Guillaume Musso
Eine himmlische Begegnung

Zu diesem Buch

Juliette Beaumont hatte große Pläne: Sie setzte alles daran, in New York als Schauspielerin Fuß zu fassen. Als sie jedoch nach einem Jahr ihr Ziel noch immer nicht erreicht hat, entscheidet sie sich zur Rückkehr in ihre Heimat Frankreich. Doch zwei Tage vor ihrem Abflug hat sie einen Autounfall. Als Glück im Unglück stellt sich der Fahrer des anderen Wagens heraus: Der verwitwete Kinderarzt Sam Galloway wirkt auf Anhieb sympathisch und kümmert sich rührend um sie. Sie verabreden sich zu einem Drink, aus einem angebrochenen Abend wird eine emotionale Liebesnacht. Jedoch rückt die Abreise von Juliette immer näher und es fällt beiden schwer, sich am Flughafen zu verabschieden. Um eine tränenreiche Szene zu vermeiden, beschließen sie, dass Juliette alleine zum Flughafen fährt. Am selben Tag erfährt Sam, dass das Flugzeug, in dem sich Juliette befand, abgestürzt ist ...

Guillaume Musso, geboren 1974 in Antibes, arbeitete als Dozent und Gymnasiallehrer. Musso ist einer der erfolgreichsten Gegenwartsautoren Frankreichs, seine Romane wurden in über zwanzig Sprachen übersetzt und haben sich als internationale Bestseller durchgesetzt.

Guillaume Musso

Eine himmlische Begegnung

Roman

Aus dem Französischen
von Antoinette Gittinger

Piper München Zürich

Mehr über unsere Autoren und Bücher:
www.piper.de

Von Musso liegen bei Piper und Pendo vor:
Nachricht von dir
Sieben Jahre später
Ein Engel im Winter
Vielleicht morgen
Eine himmlische Begegnung

Ungekürzte Taschenbuchausgabe
1. Auflage November 2014
3. Auflage Dezember 2014
© 2005 by XO Éditions
Titel der französischen Originalausgabe:
»Sauve-moi...«, XO Éditions, Paris
© der deutschsprachigen Ausgabe:
2014 Piper Verlag GmbH, München
Deutsche Erstausgabe: 2006 Verlagsgruppe Random House GmbH
Die Rechte an der deutschen Übersetzung von Antoinette Gittinger liegen beim Blanvalet Verlag, München, einem Unternehmen der Verlagsgruppe Random House GmbH
Umschlaggestaltung: ZERO Werbeagentur, München
Umschlagabbildung: Matej Krajcovic/Getty Images, Ayal Ardon/Arcangel Images
Satz: Buchwerkstatt GmbH, Bad Aibling
Gesetzt aus der Trump Mediäval
Papier: Munken Print von Arctic Paper Munkedals AB, Schweden
Druck und Bindung: CPI books GmbH, Leck
Printed in Germany   ISBN 978-3-492-30490-0

»Wenn ich an Sie denke,
klopft mein Herz schneller,
und das ist das Einzige,
was für mich zählt.«

1

Heute ist der erste Tag vom Rest deines Lebens.
Anonyme Inschrift auf einer Bank im Central Park

An einem Januarmorgen, in der Hafeneinfahrt von New York, zu der Stunde, da der Tag die Nacht vertreibt ...

Hoch oben am Himmel überfliegen wir mit den Wolken, die nach Norden ziehen, Ellis Island und die Freiheitsstatue. Es ist kalt. Die ganze Stadt erstarrt im Schnee und im Sturm.

Plötzlich taucht ein Vogel mit silbernem Gefieder aus den Wolken auf und fliegt schnell wie ein Pfeil auf die Wolkenkratzer zu. Er beachtet die Schneeflocken nicht, sondern lässt sich von einer geheimnisvollen Kraft leiten, die ihn in den Norden Manhattans führt. Er stößt kurze aufgeregte Laute aus, während er mit erstaunlicher Geschwindigkeit über Greenwich Village, Times Square und die Upper West Side fliegt und sich schließlich auf dem Eingangstor zu einem öffentlichen Park niederlässt.

Wir befinden uns am Ende des Morningside Parks, ganz in der Nähe der Columbia University.

In knapp einer Minute wird im obersten Stockwerk eines kleinen Wohnhauses in diesem Viertel ein Licht angehen.

Juliette Beaumont, eine junge Französin, kostet soeben die letzten drei Sekunden Schlaf aus.

6:59:57
:58
:59
7:00:00

Als der Radiowecker klingelte, langte Juliette mit ausgestrecktem Arm nach dem Nachttisch und warf auf diese Weise den Wecker zu Boden, womit das grässliche Summen aufhörte.

Sie schob ihr Federbett zur Seite, rieb sich die Augen, stellte einen Fu orsichtig auf das glänzende Parkett, ging ein paar Schritte vorwärts und verfing sich dann im Teppich, der auf dem gebohnerten Holz wegrutschte. Verärgert rappelte sie sich wieder hoch und griff nach ihrer Brille, die sie hasste, aber unbedingt tragen musste, weil sie kurzsichtig war und keine Kontaktlinsen vertrug.

An der Wand neben der Treppe zeigten ihr kleine bunt zusammengewürfelte Spiegel, die sie auf diversen Trödelmärkten erworben hatte, das Bild einer jungen Frau von achtundzwanzig Jahren mit mittellangem Haar und Schalk im Blick. Sie machte ihrem Spiegelbild einen Schmollmund und versuchte, etwas Ordnung in ihre Frisur zu bringen, indem sie auf die Schnelle ein paar goldene Strähnen glatt strich, die ihr vom Kopf abstanden. Ihr ausgeschnittenes T-Shirt und ihr knapper Seidenslip ließen sie sexy und aufreizend aussehen. Doch dieses angenehme Bild verschwand schnell wieder: Juliette hüllte sich in eine dicke rotkarierte Wolldecke. In diesem Apartment, das sie seit drei Jahren mit ihrer Mitbewohnerin Colleen teilte, war die Heizung schon immer der Schwachpunkt gewesen.

Wenn man bedenkt, dass wir zweitausend Dol-

lar Miete zahlen, seufzte sie. Fest eingemummt stieg sie mit vorsichtigen Trippelschritten die Treppenstufen hinunter und stieß mit einer sanften Hüftbewegung die Küchentür auf. Ein dicker getigerter Kater, der sie seit einigen Minuten beobachtete, sprang ihr auf den Arm und setzte sich auf ihre Schulter, wobei immer die Gefahr bestand, dass er mit seinen Krallen ihren Hals aufkratzte.

»Schluss damit, Jean-Camille!«, rief sie und packte den Kater, um ihn auf den Boden zu setzen.

Der Kater miaute missbilligend und rollte sich dann doch in seinem Korb zusammen.

Inzwischen stellte Juliette einen Wasserkessel auf den Herd und schaltete das Radio ein:

... der heftige Schneesturm, der seit achtundvierzig Stunden über Washington und Philadelphia hinwegfegt, breitet sich über den ganzen Nordosten des Landes aus und wütet jetzt in New York und Boston.

Heute Morgen liegt eine dichte Schneedecke über Manhattan, die den Verkehr zum Erliegen bringt und die Stadt zur Langsamkeit zwingt.

Das Unwetter wirkt sich auch auf den Flugverkehr aus: alle Flüge ab JFK und La Guardia wurden annulliert oder verschoben.

Der Straßenzustand ist bedrohlich und der Bürgermeister empfiehlt, wenn irgend möglich das Auto zu Hause zu lassen.

Die U-Bahn müsste fahren, aber der Busverkehr ist stark beeinträchtigt. Amtrack verkündet einen eingeschränkten Bahnverkehr, und zum ersten Mal seit sieben Jahren bleiben die Museen, der Zoo und die öffentlichen Gebäude geschlossen.

Dieser Sturm, der auf ein Zusammentreffen feuchtwarmer Luftmassen vom Golf von Mexiko mit einer Kaltluftfront aus Kanada zurückzuführen ist, bewegt sich im Laufe des Tages in Richtung Neuengland.

Wir raten Ihnen zu äußerster Vorsicht.

Sie haben Manhattan 101,4, Ihren Sender, eingeschaltet.

Manhattan 101,4. Sie schenken uns zehn Minuten und wir schenken Ihnen die Welt ...

Juliette fröstelte, als sie die Nachrichten hörte. Sie brauchte etwas zum Aufwärmen und schaute in den Küchenschrank: kein Instant-Kaffee, kein Tee. Auch wenn sie sich ein wenig schämte, blieb ihr nichts anderes übrig, als Colleens Teebeutel vom Vortag aus dem Spülbecken zu nehmen.

Verschlafen stellte sie sich ans Fenster, um die Stadt zu betrachten, die einen weißen Mantel trug.

Die junge Französin spürte eine große Wehmut, denn sie wusste, sie würde Ende der Woche Manhattan verlassen.

Die Entscheidung war ihr nicht leicht gefallen, doch sie musste die Tatsache akzeptieren: Juliette liebte New York, doch New York liebte Juliette nicht. Diese Stadt hatte keine ihrer Hoffnungen und keinen ihrer Träume erfüllt.

Nach dem Abitur hatte sie eine Vorbereitungsklasse für Literatur besucht und an der Sorbonne ihren Magister gemacht, während sie in den Theaterklubs der Universität auftrat. Dann war sie in die Schauspielschule Florent aufgenommen worden und galt als eine besonders viel versprechende Schülerin. Sie hatte an Castings teilgenommen, zwei oder drei Werbespots gedreht und Nebenrollen in einigen Fernsehfilmen ergattert. Doch alle weiteren Anstrengungen waren vergebens gewesen, und so musste sie nach und nach ihre Ambitionen herunterschrauben, trat in Supermärkten, vor Aufsichtsräten, in Theaterstücken für Geburtstagsfeiern auf und spielte in Euro Disney den Bär Winnie.

Ihre Aussichten waren nicht rosig gewesen, doch sie hatte sich nicht entmutigen lassen, hatte den Stier bei den Hörnern gepackt und den großen Sprung über den Atlantik gewagt. Mit Träumen vom Broadway war sie voller Hoffnung als Au-pair-Mädchen nach Big Apple gekommen. Hieß es nicht, wer in New York Erfolg hat, würde überall Erfolg haben?

Im ersten Jahr hatte sie neben dem Kinderhüten noch Zeit gefunden, ihr Englisch zu verbessern, sich ihren Akzent abzugewöhnen und Schauspielunterricht zu nehmen. Aber kein Vorsprechen hatte ihr mehr eingebracht als kleine Rollen in experimentellen oder avantgardistischen Stücken, die in winzigen Theatern, in Gemeindesälen oder alten Scheunen aufgeführt wurden.

Um ihren Lebensunterhalt zu verdienen, hatte sie schließlich kleine Jobs angenommen: Halbtagskassiererin in einem Supermarkt, Zugehfrau in einem schäbigen Hotel in der Amsterdam Avenue, Kellnerin in einem Coffeeshop ...

Vor einem Monat hatte sie beschlossen, nach Frankreich zurückzukehren. Colleen wollte mit ihrem Freund zusammenziehen und sie hatte weder Mut noch Lust, sich eine andere Mitbewohnerin zu suchen. Es war an der Zeit, sich das Scheitern einzugestehen. Juliette hatte ein riskantes Spiel gespielt und verloren. Lange Zeit hatte sie geglaubt, sie sei schlauer als die anderen, weil sie den Fallen der Routine und der Zwänge aus dem Weg ging. Doch inzwischen fühlte sie sich völlig verloren, ohne Orientierung, ohne Struktur. Im Übrigen war ihr Erspartes aufgebraucht und ihr Visum als Aupair-Mädchen längst abgelaufen, womit sie als illegale Einwanderin galt.

Ihr Rückflug nach Paris war für übermorgen vorgesehen, wenn das Wetter es zuließ.

Nun, Mädchen, hör auf, dein Schicksal zu beklagen!

Sie riss sich vom Fenster los und ging langsam ins Bad. Dort ließ sie die Decke fallen, zog ihre Unterwäsche aus und stellte sich unter die Dusche.

»Aaaahhhh«, kreischte sie, als sie den eiskalten Wasserstrahl auf der Haut fühlte.

Colleen war als Erste unter die Dusche gegangen, und so war kein einziger Tropfen heißen Wassers übrig geblieben.

Nicht gerade sehr nett.

Sich mit kaltem Wasser zu waschen, war eine echte Qual, aber da sie nicht nachtragend war, fand sie schnell eine Entschuldigung für ihre Freundin: Colleen beendete gerade ihr Jurastudium mit glänzenden Noten und hatte heute ein Vorstellungsgespräch bei einer angesehenen Kanzlei.

Juliette war nicht narzisstisch veranlagt, auch wenn sie an jenem Morgen etwas länger vor dem Spiegel verweilte. Immer häufiger quälte sie die Frage:

Bin ich noch jung?

Sie war gerade achtundzwanzig Jahre alt geworden. Natürlich war sie noch jung, aber sie musste zugeben, dass sie eben keine zwanzig mehr war.

Während sie ihr Haar frottierte, stellte sie sich vor den Spiegel, studierte ihr Gesicht und entdeckte winzige Fältchen um die Augen.

Der Schauspielberuf, der bereits für Männer sehr schwierig war, bedeutete für Frauen eine noch größere Herausforderung: an Frauen duldete man keine Unvollkommenheit, während Falten bei einem Mann als Zeichen von Charme und Charakter galten, worüber sie sich von jeher geärgert hatte.

Sie trat einen Schritt zurück. Ihre Brüste waren immer noch schön, aber vielleicht nicht mehr ganz so straff wie noch zwei Jahre zuvor.

Nein, das bildest du dir nur ein.

Juliette hatte es immer abgelehnt, ihren Körper ein wenig zu »verbessern«: ihr Lächeln mit Collagen aufzufrischen, ihre Stirnfalten mit Botox wegzuspritzen, ihre Backenknochen anzuheben, sich ein kleines Grübchen oder einen neuen Busen operieren zu lassen ... Vielleicht war sie naiv, aber sie wollte sein, wie sie war: natürlich, einfühlsam und verträumt.

Das Problem bestand jedoch darin, dass sie jegliches Selbstvertrauen verloren hatte. Nach und nach musste sie ihre beiden größten Hoffnungen aufgeben: Bühnenschauspielerin zu werden und eine echte Liebesgeschichte zu erleben. Noch vor drei Jahren hatte sie das Gefühl gehabt, alles sei möglich. Sie könnte eine zweite Julia Roberts oder Juliette Binoche sein. Doch dann hatte der Alltag sie allmählich aufgefressen: Ihr ganzes Geld ging für die Miete drauf, seit einer Ewigkeit hatte sie sich nichts mehr zum Anziehen gekauft und ernähren tat sie sich von Ravioli aus der Dose oder Nudeln mit Ketchup.

Sie war weder Julia Roberts noch Juliette Binoche geworden. Für fünf Dollar in der Stunde servierte sie Cappuccino in einem Coffeeshop, und weil das nicht für die Miete reichte, musste sie am Wochenende einen zweiten Job übernehmen.

Im Geiste stellte sie ihrem Spiegelbild weitere Fragen:

Habe ich noch die Macht zu verführen? Verlangen zu erwecken?

Zweifellos, aber für wie lange noch!?

Sie sah sich direkt in die Augen und sagte wie zur Warnung:

»In nicht allzu ferner Zeit wird sich kein Mann mehr nach dir umdrehen ...«

Aber inzwischen könntest du dich mit dem Anziehen beeilen, wenn du nicht zu spät kommen willst.

Sie zog eine Strumpfhose und zwei Paar Socken an, schlüpfte in eine schwarze Jeans, in ein gestreiftes Hemd und streifte sich einen grobmaschigen Pullover und eine Wolljacke mit Fransen über.

Ihr Blick wanderte zur Wanduhr und sie geriet in Panik. Sie musste sich beeilen, denn mit ihrem Chef war nicht zu spaßen. Auch wenn heute ihr letzter Arbeitstag war, und der Schneesturm war für ihn kein Grund.

Sie schnappte sich rasch noch eine Mütze und einen bunten Schal von der Garderobe und eilte die Treppe hinunter. Sie ließ die Tür hinter sich ins Schloss fallen und achtete darauf, ihren Kater nicht zu »guillotinieren«, denn der kühne Jean-Camille hielt, angelockt durch die dichte Schneedecke, die sich über Nacht gebildet hatte, seine Nase in den Wind.

Draußen umfing sie eisige Luft. Noch nie hatte sie New York so still erlebt. In wenigen Stunden hatte sich Manhattan in ein riesiges Skigebiet verwandelt. Der Schnee auf den Straßen ließ die Weltstadt wie eine Geisterstadt aussehen. Auf Bürgersteigen und an Kreuzungen hatten sich Schneeverwehungen gebildet. Auf den gewöhnlich überfüllten und lauten Straßen fuhren nur noch Jeeps mit Allradantrieb und ein paar wagemutige Yellow Cabs. Die wenigen Fußgänger trugen Langlaufskier.

Juliette, die sich für einen Augenblick an ihre Kindheit erinnert fühlte, hob den Kopf und fing mit dem Mund eine Schneeflocke auf. Fast wäre sie gefallen. Sie breitete die Arme aus, um das Gleichgewicht zu halten. Zum Glück war die U-Bahn-Station nicht weit. Sie musste nur aufpassen, dass sie nicht ausru…

Zu spät. Sie ruderte hilflos mit den Armen und landete mit der Nase im Pulverschnee.

Zwei Studenten gingen an ihr vorüber und dachten überhaupt nicht daran, ihr aufzuhelfen, sondern lachten auch noch hämisch. Juliette fühlte sich gedemütigt und spürte plötzlich das Verlangen, zu heulen. Der Tag begann entschieden übel.

2

*Und wir sind immer noch miteinander
verbunden.
Sie halb lebendig und ich halb tot.*

Victor Hugo

Ein paar Kilometer weiter im Süden fuhr ein imposanter Landrover auf den verlassenen Parkplatz des Friedhofs von Brooklyn Hill.

In der rechten oberen Ecke der Windschutzscheibe verriet eine in Plastikfolie eingeschweißte Karte Identität und Beruf des Fahrers:

Dr. Sam Galloway
St. Matthew's Hospital
New York City

Der Wagen parkte in der Nähe des Eingangs. Der Mann, der ausstieg, war gerade erst dreißig. Mit seinen breiten Schultern und seinem einreihigen gut geschnittenen Mantel wirkte er solide und elegant, doch sein merkwürdiger Blick – er hatte ein grünes und ein blaues Auge – verriet Melancholie.

Sam Galloway band sich den Schal fester um den Hals und blies in seine Hände, um sie zu wärmen. Er stapfte durch den Schnee auf den Eingang zu. Zu dieser Tageszeit waren die Gittertore noch geschlossen, aber Sam hatte dem Friedhof im letzten Jahr eine großzügige Spende für die Grabpflege zukommen lassen und besaß seither einen eigenen Schlüssel.

Seit einem Jahr kam er hierher, einmal in der Woche, immer morgens, bevor er in die Klinik fuhr. Ein Ritual, das zur Droge geworden war.

Die einzige Möglichkeit, noch ein wenig bei ihr zu sein ...

Sam öffnete das schmiedeeiserne Tor und schaltete die Beleuchtung an – was für gewöhnlich der Wächter tat –, bevor seine Schritte ihn automatisch die Wege entlangführten.

Der Friedhof war so weitläufig wie ein Park und ziemlich hügelig. Im Sommer kamen viele Spaziergänger hierher, um die vielen Bäume und die schattigen Wege zu genießen. Doch heute Morgen störte kein Vogelgesang oder irgendein anderer Besucher die Stille des Ortes. Nur der Schnee türmte sich schweigend auf.

Nach dreihundert Metern stand Sam vor dem Grab seiner Frau.

Der Schnee hatte den rosafarbenen Granitstein fast völlig unter sich begraben. Mit dem Ärmel seines Mantels entfernte Sam den Schnee von der Inschrift:

Federica Galloway
1974–2004
Sie ruhe in Frieden

Darunter sah man das Schwarz-Weiß-Foto einer dreißigjährigen Frau, die ihr dunkles Haar zu einem Knoten gebunden hatte und deren Blick dem Blitzlicht auswich.

Undurchdringlich.

»Guten Morgen«, sagte er leise, »es ist kalt heute Morgen, nicht wahr?«

Federica war seit einem Jahr tot, und Sam redete noch immer mit ihr, als ob sie lebte.

Dabei war Sam Galloway alles andere als ein wirklichkeitsfremder Schwärmer. Er glaubte weder an Gott noch an ein hypothetisches Jenseits. Ehrlich gesagt, glaubte Sam jenseits der Medizin an nicht gerade viel. Er war ein ausgezeichneter Kinderarzt, der, wie es hieß, großes Mitgefühl für seine Patienten bewies. Trotz seiner jungen Jahre hatte er bereits zahlreiche Artikel in medizinischen Fachzeitschriften veröffentlicht und er bekam Angebote von den angesehensten Kliniken, obwohl er gerade erst seine Facharztausbildung beendet hatte.

Sam hatte sich auf ein Gebiet der Psychiatrie spezialisiert, auf die so genannte Resilienz, die von dem Prinzip ausgeht, dass sogar Menschen, die von den schlimmsten Tragödien heimgesucht wurden, die Kraft finden können, sich wieder aufzurichten und sich nicht der Unabwendbarkeit des Unglücks hingeben müssen. Ein Teil seiner Arbeit bestand darin, schwerste psychische Traumata von Kindern zu therapieren: Krankheiten, Misshandlungen, Vergewaltigungen, den zu frühen Tod eines engen Verwandten …

Auch wenn Sam stark genug war, seinen Patienten zu helfen, ihren Schmerz zu überwinden und ihr Leben wieder in den Griff zu bekommen, schien er unfähig zu sein, die Ratschläge, die er ihnen erteilte, selbst zu befolgen. Der Tod seiner Frau vor einem Jahr hatte ihn am Boden zerstört.

Sein Verhältnis zu Federica war schwierig gewesen. Sie kannten sich von Jugend an, waren gemeinsam in Bedford-Stuyvesant aufgewachsen, in jenem gottverdammten Viertel von Brooklyn, das für seine Crackhändler und seine Rekordzahl an täglichen Mordopfern berühmt war.

Federicas Eltern stammten aus Kolumbien. Als sie sechs war, flüchteten sie aus Medellins Straßen, ohne zu ahnen, dass sie eine Hölle verließen, um in einer anderen anzukommen. Gerade mal ein Jahr waren sie dort, als Federicas Vater bei einer Schießerei zwischen zwei rivalisierenden Banden des Viertels von einem Querschläger getroffen wurde. Federica blieb allein mit ihrer Mutter, die immer mehr dem Alkohol, den Drogen und der Depression verfiel.

Sie besuchte eine baufällige Schule inmitten von Müllhalden und ausgebrannten Autowracks. Die Luft war verpestet, die Atmosphäre geladen und überall lungerten Drogendealer herum.

Mit elf Jahren verkaufte sie als Junge verkleidet Stoff in einem schmutzigen *crack house* in der Bushwick Avenue. Es war Mitte der achtziger Jahre in Brooklyn und es war die einzige Möglichkeit, die Drogen zu beschaffen, die ihre Mutter brauchte. Sie hatte ihr im Übrigen die erste Grundregel des Dealens beigebracht: Niemals die Ware übergeben, bevor der Käufer gezahlt hat.

Auf der Realschule hatte sie zwei Jungs kennen gelernt, die etwas jünger als sie waren und die sich von den anderen zu unterscheiden schienen: Sam Galloway und Shake Powell. Sam, der immer ein Buch unter dem Arm trug, war der Intellektuelle in der Klasse, ein Junge, der bei seiner Großmutter aufwuchs, der einzige »Weiße« in der Schule, was ihm in diesem afroamerikanischen Umfeld jede Menge Feinde einbrachte.

Shake besaß eine Bärennatur. Mit dreizehn war er so groß und kräftig wie die meisten Erwachsenen des Viertels, doch hinter der Fassade des bösen Jungen verbarg er eine große Empfindsamkeit.

Zu dritt bündelten sie ihre Kräfte, um in dieser kaputten Umgebung zu überleben. Ihre gegenseitige Hilfe und ihre Freundschaft baute darauf, dass sie einander ergänzten, jeder von ihnen fand dank der beiden anderen sein Gleichgewicht. Die Kolumbianerin, der Weiße und der Schwarze: das Herz, die Intelligenz und die Kraft.

Während sie heranwuchsen, hielten sie sich so weit wie möglich von den Unruhen im Viertel fern. Sie hatten nur allzu deutlich die verheerenden Auswirkungen der harten Drogen auf ihre Umwelt erlebt, um für immer davor gefeit zu sein.

Sam und Federica hatten sich nie vorstellen können, eines Tages dieser menschlichen Kloake zu entkommen, in der das Leben an einem seidenen Faden hing. Die ständige Lebensgefahr verhinderte jede Langzeitplanung. Sie hatten keine konkreten Bestrebungen, weil niemand hier welche hatte. Dennoch verließen sie wider Erwarten dank günstiger Umstände diese Umgebung. Sam studierte Medizin mit seiner Jugendfreundin im Schlepptau, und es war eine fast natürliche Folge, dass er sie heiratete.

In schweren, nassen Flocken fiel der Schnee auf den Friedhof. Sam starrte wie gebannt auf das Bild seiner Frau. Auf dem Foto hatte sie ihre Haare um einen langen Pinsel geschlungen. Sie trug, wie immer, wenn sie malte, ihren Kittel. Sam hatte sie fotografiert. Die Aufnahme war jedoch ein wenig verschwommen. Das war normal, denn Federica war nie wirklich zu fassen.

In der Klinik wusste niemand von Sams gesellschaftlicher Herkunft, und er sprach nie darüber. Auch nicht mit Federica. Allerdings war Mitteilsamkeit sowieso nicht gerade eine hervorstechende Eigenschaft seiner Frau gewesen. Um sich vor den dunklen Erinnerungen an ihre Kindheit zu schützen, hatte sie sich sehr bald mit ihrer Malerei eine Welt aufgebaut, in der nichts sie berühren konnte. Ihr Panzer war so hart geworden, dass sie ihn noch lange, nachdem sie Bed-Stuy verlassen hatten, nicht abgelegt hatte. Sam hatte immer gehofft, es würde ihm mit der Zeit gelingen, sie zu »heilen«, so wie er viele seiner Patienten geheilt hatte. Doch die Dinge entwickelten sich anders. In den Monaten vor ihrem Tod hatte sich Federica immer tiefer in ihre Welt der Malerei und des Schweigens zurückgezogen.

Und sie und Sam hatten sich immer weiter voneinander entfernt.

Bis zu jenem unheilvollen Abend, an dem der junge Arzt sein Haus betrat und entdeckte, dass seine Frau beschlossen hatte, ihrem Leben ein Ende zu setzen, weil es ihr unerträglich geworden war.

Sam fiel in einen Zustand der Erstarrung. Niemals hatte Federica ihm echte Anzeichen dafür geliefert, dass sie sich umbringen würde. Er erinnerte sich sogar daran, dass sie in den letzten Tagen friedlicher als sonst gewirkt hatte. Jetzt begriff er, dass gerade ihre Ruhe ein Zeichen für ihre Entscheidung gewesen war, weil sie dieses fatale Ende als Erlösung empfunden hatte.

Sam hatte alle Phasen durchgemacht: Verzweiflung, Scham, Aufbegehren … Noch heute verging kein Tag, an dem er sich nicht fragte:

Was hätte ich tun können, was ich nicht getan habe?

Die quälenden Schuldgefühle hinderten ihn zu trauern und daran zu denken, sein Leben »neu zu gestalten«. Er trug immer noch seinen Ehering, arbeitete siebzig Stunden in der Woche und blieb häufig mehrere Nächte hintereinander in der Klinik.

In manchen Augenblicken hegte er Federica gegenüber ein Gefühl des Zorns. Er warf ihr vor, gegangen zu sein, ohne ihm etwas hinterlassen zu haben, an das er sich klammern könnte: kein Wort des Abschieds, keine Erklärung. Niemals würde er erfahren, was sie zu dieser Tat bewogen hatte. Aber es war, wie es war. Es gab Fragen ohne Antworten und er musste es akzeptieren.

Natürlich wusste er in seinem tiefsten Innern, dass seine Frau ihre Kindheit nie wirklich überwunden hatte. In ihrer Vorstellung lebte sie weiterhin in dem Block mit den Sozialwohnungen in Bed-Stuy, umgeben von Gewalt, Angst und den Glassplittern der Crack-Ampullen.

Manche Verletzungen sind weder ungeschehen zu machen noch zu heilen. Das musste er zugeben, auch wenn er seinen Patienten täglich das Gegenteil versicherte.

Ein alter Baum ächzte unter der Last des Schnees. Sam zündete sich eine Zigarette an. Wie jede Woche erzählte er seiner Frau die wichtigsten Ereignisse der letzten Tage.

Nach einer Weile hielt er inne. Er wollte nur bei ihr sein und überließ sich seinen Erinnerungen. Die eisige Kälte brannte auf seinem Gesicht. Eingehüllt in einen Wirbel aus Schneeflocken, die an seinem

Haar und seinen Bartstoppeln kleben blieben, fühlte er sich wohl. Bei ihr.

Manchmal entwickelte er nach einer anstrengenden Nachtwache eine merkwürdige Sinneswahrnehmung, die fast einer Halluzination gleichkam: Er glaubte, Federicas Stimme zu vernehmen und sie in der Ecke eines Zimmers oder an der Biegung eines Gangs sogar flüchtig zu sehen. Er wusste, dass es nicht der Wirklichkeit entsprach, aber er gewöhnte sich daran, als sei es eine neue Möglichkeit, ein wenig länger mit ihr zusammen zu sein.

Als die Kälte unerträglich wurde, beschloss Sam, zu seinem Auto zurückzukehren. Er hatte sich bereits auf den Weg gemacht, als er plötzlich stehen blieb.

»Federica, weißt du, dass ich dir schon lange etwas sagen wollte …?«

Seine Stimme versagte.

»Etwas, das ich dir nie gesagt habe … das ich noch nie jemandem gesagt habe.«

Er schwieg einen Augenblick, als sei er sich nicht sicher, ob er diese Beichte fortsetzen solle.

Muss man dem Menschen, den man liebt, alles sagen? Eigentlich nicht, dachte er, doch er fuhr fort.

»Ich habe nie mit dir darüber gesprochen … aber wenn du tatsächlich da oben bist, weißt du es sicher bereits.«

Nie hatte er die Anwesenheit seiner Frau nach ihrem Tode so deutlich gespürt wie an diesem Morgen. Vielleicht lag es an der unwirklich weißen Landschaft um ihn herum, die ihm das Gefühl vermittelte, im Himmel zu sein.

Er redete lange und ohne Unterbrechung und

enthüllte ihr endlich, was ihm all die Jahre auf der Seele brannte.

Kein Geständnis eines Seitensprungs, kein Eheproblem, kein Geldproblem. *Etwas anderes.*

Etwas viel Schlimmeres.

Als er alles gesagt hatte, fühlte er sich leer und erschöpft.

Bevor er ging, fand er noch die Kraft zu murmeln:

»Ich hoffe nur, dass du mich immer noch liebst ...«

3

Jemandem das Leben zu retten ist, als würde man sich verlieben: Es gibt keine bessere Droge. Danach geht man tagelang durch die Straßen, und alles sieht verwandelt aus. Man glaubt, man sei unsterblich geworden, als habe man sein eigenes Leben gerettet.

Aus dem Film *Bringen Out the Dead*
(Nächte der Erinnerung) von Martin Scorsese

St. Matthew's Hospital
17:15 Uhr

Wie jeden Abend beendete Sam seinen Rundgang mit denselben beiden Zimmern. Immer ließ er diese beiden Patienten bis zum Schluss übrig. Vielleicht weil er sie seit langem beobachtete und sie – ohne es wirklich zuzugeben – ein wenig als seine Familie betrachtete.

Behutsam stieß er die Tür zum Zimmer 403 der Station für Kinderonkologie auf.

»Guten Abend, Angela.«

»Guten Abend, Dr. Galloway.«

Ein junges mageres, durchscheinendes Mädchen von vierzehn Jahren saß im Schneidersitz auf dem einzigen Bett im Zimmer, ein Notebook mit grellen Farben auf den Knien.

»Was gibt's Neues heute?«

Angela berichtete in ironischem Ton von ihrem Tag. Zumeist auf ihre Verteidigung bedacht, hasste sie jede Art von Mitgefühl und wollte nicht, dass man sie wegen ihrer Krankheit bemitleidete. Sie besaß keine Familie. Ihre Mutter hatte sie nach der Geburt in der Entbindungsklinik einer kleinen Stadt in New Jersey zurückgelassen. Sie war ein aufsässiges, wenig umgängliches Kind, das von Familie zu Familie weitergereicht wurde. Sam hatte viel Zeit gebraucht, um ihr Vertrauen zu gewinnen. Da sie bereits mehrere Male lange im Krankenhaus gelegen hatte, bat er sie manchmal, kleinere Kinder vor einer Chemotherapie oder einer Operation zu beruhigen.

Wie jedes Mal, wenn er sie lachen sah, dachte er, wie schwer man sich doch vorstellen konnte, dass im selben Augenblick Krebszellen ihr Blut zerstörten.

Das junge Mädchen litt an einer schweren Form der Leukämie. Zwei Knochenmarktransplantationen hatte sie bereits hinter sich, aber jedes Mal hatte ihr Körper das Knochenmark abgestoßen.

»Hast du darüber nachgedacht, was ich dir gesagt habe?«

»Über den neuen Eingriff?«

»Ja.«

Die Krankheit hatte jenes Stadium erreicht, in dem sich Metastasen in Leber und Milz bildeten und Angela sterben würde, wenn man keine neue Knochenmarktransplantation versuchte.

»Ich weiß nicht, ob ich die Kraft habe, Doktor. Muss ich wieder eine Chemo machen?«

»Ja, leider. Und du musst wieder isoliert in einem sterilen Zimmer liegen.«

Einige von Sams Kollegen fanden es nicht richtig, dass er sich so engagierte; sie meinten, er sollte Angela in Ruhe sterben lassen. Ihr Organismus war dermaßen geschwächt, dass die Aussicht auf Erfolg bei einem neuerlichen Eingriff weniger als fünf Prozent betrug. Doch Sam fühlte sich so eng mit ihr verbunden, dass er nicht die Absicht hatte, sie zu verlieren.

Selbst wenn ich nur die Chance von eins zu einer Million hätte, würde ich es versuchen.

»Herr Doktor, ich werde darüber nachdenken.«

»Natürlich. Lass dir Zeit. Du entscheidest.«

Er musste behutsam mit ihr umgehen. Angela war mutig, aber nicht unverletzlich.

Sam kontrollierte das Krankenblatt und zeichnete es ab. Er wollte das Zimmer schon verlassen, als sie ihn zurückrief:

»Warten Sie, Doktor.«

»Was gibt's?«

Das junge Mädchen betätigte den Drucker, der an ihr Notebook angeschlossen war und eine seltsame Zeichnung ausspuckte. Um Abstand zu ihrer Krankheit zu gewinnen, hatte Sam sie ermutigt, verschiedene künstlerische Tätigkeiten zu versuchen. Seit einiger Zeit halfen Malen und Zeichnen Angela über die Trostlosigkeit ihres Alltags hinweg.

Sie betrachtete aufmerksam ihr Werk und zufrieden reichte sie es Sam.

»Schauen Sie, das habe ich für Sie gemacht.«

Er griff nach dem Blatt und betrachtete es überrascht. Die purpurroten und ockerfarbenen Flächen, die das Blatt füllten, erinnerten ihn an manche Bilder von Federica. Wenn er sich richtig erinnerte, hatte Angela zum ersten Mal nichts Gegenständliches gemalt. Er wollte fragen, was es darstellen sollte, und besann sich sogleich, weil er sich daran erinnerte, wie sehr seine Frau diese Frage gehasst hatte.

»Vielen Dank, ich werde es in meinem Büro aufhängen.«

Er faltete das Bild zusammen und steckte es in die Tasche seines Kittels. Er wusste, dass Angela Komplimente hasste. Deshalb sagte er nichts weiter.

»Schlaf gut«, sagte er und ging zur Tür.

»Ich werde sterben, nicht wahr?«

Er blieb mit einem Ruck auf der Türschwelle stehen und drehte sich nach ihr um. Angela fuhr fort:

»Wenn ich diese verdammte Knochenmarktransplantation nicht bekomme, gehe ich drauf, nicht wahr?«

Langsam kehrte er zu ihrem Bett zurück und setzte sich zu ihr. Sie betrachtete ihn mit einer Mischung aus Patzigkeit und Verletzlichkeit. Er wusste sehr wohl, dass sich hinter ihrer herausfordernden Haltung eine große Furcht verbarg.

»Ja, es stimmt, du könntest sterben«, gab er zu.

Er schwieg eine Weile und fuhr fort:

»Aber das wird nicht passieren.«

Dann:

»Ich verspreche es dir.«

Café Starbucks – Fifth Avenue
16:59 Uhr

»Einen großen Cappuccino und einen Heidelbeermuffin, bitte.«

»Sofort.«

Während Juliette den Wunsch des Gastes erfüllte, warf sie einen Blick durch die Fensterscheibe: Auch wenn es am späten Vormittag zu schneien aufgehört hatte, herrschten immer noch Wind und Kälte in der Stadt.

»Bitte sehr.«

»Danke.«

Sie warf einen Blick auf die Wanduhr: In einer knappen Minute hatte sie Feierabend.

»Einen *espresso macchiato* und eine Flasche Evian.«

»Sofort.«

Der letzte Gast, ihr letzter Arbeitstag, und in zwei Tagen würde sie New York den Rücken kehren.

Sie reichte die Getränke einem tadellos aussehenden *working girl*, das hinausging ohne sich zu bedanken.

Juliette schaute immer voller Neugier und Neid auf diese New Yorkerinnen, die ihr im Café oder auf der Straße begegneten. Wie sollte sie sich gegen diese langgliedrigen schlanken Frauen behaupten, die wie Models gekleidet waren, alle Regeln kannten und jeden Code beherrschten?

Sie sind all das, was ich nicht bin, dachte sie, *brillant, sportlich, selbstsicher … Sie können selbstbewusst reden, sich hervortun, alle Spiele spielen …*

Und vor allem waren sie *finanziell abgesichert,* anders gesagt, sie hatten einen prima Job und entsprechende Einkünfte.

Juliette trat an den Garderobenschrank, zog ihre Kellnerinuniform aus, ging in den großen Caféraum zurück und registrierte enttäuscht, dass keine ihrer Kolleginnen ihr zum Abschied *good luck* wünschte.

Sie winkte in Richtung Theke, aber dort reagierte man nur halbherzig. Sie wurde das Gefühl nicht los, unsichtbar zu sein.

Zum letzten Mal durchquerte sie den großen Raum. Als sie hinausgehen wollte, sprach eine Stimme in der Nähe des Eingangs sie auf Französisch an:

»Mademoiselle!«

Juliettes Blick fiel auf einen Mann mit graumeliertem Haar und tadellos gestutztem Bart, der mit dem Rücken am Fenster lehnte. Auch wenn er nicht mehr jung war, wirkte alles an ihm kraftvoll. Seine breiten Schultern und sein hoher Wuchs ließen den Cafétisch klein und zerbrechlich erscheinen. Sie kannte den Mann. Er tauchte von Zeit zu Zeit, vor allem spätabends, auf. Manchmal, wenn der Chef nicht da war, hatte Juliette ihm erlaubt, seinen Hund mitzubringen, eine große schwarze Dogge, die auf den seltsamen Namen Cujo hörte.

»Juliette, ich will mich von Ihnen verabschieden. Wenn ich mich richtig erinnere, kehren Sie bald nach Frankreich zurück.«

»Woher wissen Sie das?«

»Ich habe es gehört«, erwiderte er lakonisch.

Dieser Mann wirkte beruhigend und furchteinflößend zugleich auf sie. Ein seltsamer Eindruck.

»Ich habe mir erlaubt, einen warmen Cidre für Sie zu bestellen«, sagte er und deutete auf den Becher auf seinem Tisch.

Juliette war verblüfft, denn der Mann schien sie gut zu kennen, obwohl sie nie zuvor mit ihm gesprochen hatte. Sie hatte das Gefühl, ein offenes

Buch für ihn zu sein.

»Setzen Sie sich einen Moment«, schlug er vor.

Sie zögerte, wagte jedoch, ihm in die Augen zu schauen, und entdeckte keinerlei Feindseligkeit in seinem Blick. Nur eine Mischung aus mitfühlender Menschlichkeit und großer Erschöpfung. Und ein intensives Leuchten, das sie nur schwer deuten konnte.

Sie beschloss, ihm gegenüber Platz zu nehmen und einen Schluck Cidre zu trinken.

Der Mann wusste, dass die junge Französin hinter einem heiteren und dynamischen Äußeren einen unsicheren und verletzlichen Charakter verbarg.

Er hasste es, sie erschrecken zu müssen, aber er hatte nur wenig Zeit. Sein Leben war kompliziert, seine Tage lang und seine Aufgaben nicht immer angenehm. Also kam er gleich zur Sache:

»Auch wenn Sie glauben, Ihr Leben sei ein Misserfolg, stimmt das nicht.«

»Warum sagen Sie das?«

»Weil Sie es sich täglich vor Ihrem Spiegel sagen.«

Überrascht und entsetzt machte Juliette eine abwehrende Bewegung.

»Woher wissen Sie, dass …?«

Der Mann ließ sie nicht weiterreden.

»Diese Stadt ist sehr hart«, fuhr er fort.

»Allerdings«, stimmte Juliette ihm zu. »Jeder kümmert sich nur um sich selbst, aber nicht um den anderen. Die Menschen werden aneinander gedrängt und sind dennoch einsam.«

»So ist es«, bekräftigte er und breitete die Arme aus. »Die Welt ist, wie sie ist, und nicht so, wie wir sie gern hätten: eine gerechte Welt, in der den guten

Menschen die guten Dinge widerfahren …«

Der Mann schwieg einen Moment. Dann fuhr er fort:

»Aber Sie, Juliette, gehören zu den Guten: Eines Tages habe ich beobachtet, wie Sie einen Gast bedienten, der nicht zahlen konnte, obwohl Sie genau wussten, dass man den Betrag von Ihrem Lohn abziehen würde.«

»Das ist nichts Besonderes«, protestierte die Französin und zuckte mit den Schultern.

»Vielleicht ist es nichts Besonderes, und doch ist es etwas Besonderes. Nichts ist wirklich unbedeutend, aber nicht immer fürchtet man die Folgen seiner Handlung.«

»Warum sagen Sie mir all das?«

»Weil es notwendig ist, dass Sie sich dessen bewusst sind, bevor Sie abreisen.«

»Bevor ich nach Frankreich zurückkehre?«

»Passen Sie auf sich auf, Juliette«, sagte er und stand auf, ohne die Frage zu beantworten.

»Warten Sie«, rief sie.

Sie wusste nicht warum, aber sie musste ihn unbedingt zurückhalten. Sie rannte ihm nach, aber der Mann hatte das Café bereits verlassen.

Direkt neben der Drehtür hatte man vergessen, den Schneematsch wegzuwischen, den die Gäste mitbrachten. Zum dritten Mal an diesem Tag rutschte Juliette aus. Sie fiel nach hinten und hielt sich am Arm eines Mannes fest, der mit einem Tablett in der Hand einen Platz suchte. Sie zog ihn mit sich und beide landeten auf dem Boden, während sich der heiße Cappuccino über ihre Kleidung ergoss.

Das ist mal wieder typisch für mich! Die unge-

schickte Tölpelin, die gern Audrey Hepburns Anmut hätte und immer mit der Nase in der Gosse landet.

Schamrot erhob sie sich rasch wieder, entschuldigte sich höflich bei dem Gast – der ihr wütend mit rechtlichen Schritten drohte – und eilte hinaus.

Manhattan litt unter dem üblichen Wahnsinn. In der Stadt herrschten wieder Getümmel und Stress. Direkt vor dem Café vermischte sich der Krach einer Straßenkehrmaschine mit dem Lärm des übrigen Verkehrs. Juliette setzte ihre Brille auf und blickte die Straße hoch nach Norden, dann nach *downtown*.

Der Mann war verschwunden.

Zur gleichen Zeit fuhr Sam mit dem Aufzug in den vierten Stock der Klinik und lenkte seine Schritte zum Zimmer 808.

»Guten Abend, Leonard.«

»Immer hereinspaziert, Herr Doktor.«

Der letzte Mensch, den Sam an diesem Abend besuchte, war eigentlich gar nicht sein Patient. Leonard McQueen gehörte zu den Personen, die am längsten im St. Matthew's lagen. Sam war ihm letzten Sommer während einer Nachtwache begegnet. Der alte McQueen hatte keinen Schlaf gefunden und war auf das Terrassendach des Hospitals ausgebüxt, um sich eine Zigarette zu drehen. Natürlich war das verboten, erst recht, da McQueen an Lungenkrebs im Endstadium litt. Als Sam ihn auf dem Dach entdeckt hatte, war er jedoch feinfühlig genug gewesen, den alten Mann nicht lächerlich zu machen und ihn wie einen unfolgsamen Jungen zu schelten. Er hatte sich lediglich neben ihn gesetzt und sie hatten sich in der Abendkühle eine Weile unterhalten. Später erkundigte sich Sam regelmäßig nach ihm, und die beiden Männer betrachteten sich mit gegenseitigem Respekt.

»Und wie fühlen Sie sich heute?«

McQueen richtete sich in seinem Bett ein wenig auf. »Wissen Sie was, Doktor? Nie fühlt man sich lebendiger als in dem Augenblick, in dem man dem Tod ins Auge schaut.«

»Leonard, so weit sind Sie noch nicht.«

»Bemühen Sie sich nicht, ich weiß genau, dass mein Ende naht.«

Und wie um die Richtigkeit seiner Worte zu unterstreichen, bekam er einen starken Hustenanfall, der die Verschlechterung seines Gesundheitszustands bewies.

Sam half ihm in einen Rollstuhl und schob ihn an das Fenster.

McQueens Husten hatte sich beruhigt. Er schaute wie hypnotisiert auf die Stadt, die sich zu seinen Füßen ausbreitete. Die Klinik lag am East River und von hier aus hatte man einen wunderbaren Blick auf den Sitz der Vereinten Nationen, auf dieses Gebäude aus Marmor, Glas und Stahl, das steil in den Himmel ragte.

»Nun, Herr Doktor, immer noch ledig?«

»Immer noch *Witwer*, Leonard, das ist nicht dasselbe.«

»Wissen Sie, was Ihnen fehlt: ein paar hübsche gespreizte Beine. Ich glaube, dann wären Sie weniger ernst. In Ihrem Alter ist es gar nicht gut, seine Männlichkeit so lange zu vernachlässigen, wenn Sie verstehen, was ich meine …«

Sam musste unwillkürlich lächeln.

»Ehrlich gesagt glaube ich, Sie brauchen mir noch keine Zeichnung dafür anzufertigen.«

»Allen Ernstes, Doktor, Sie brauchen einen Menschen in Ihrem Leben.«

Sam seufzte:

»Es ist noch zu früh. Die Erinnerung an Federica ...«

McQueen unterbrach ihn:

»Bei allem Respekt, Herr Doktor, Sie langweilen mich mit Ihrer Federica. Ich war dreimal verheiratet und ich kann Ihnen eines versichern: Wenn Sie einmal in Ihrem Leben aufrichtig geliebt haben, haben Sie die besten Chancen, erneut zu lieben.«

»Ich weiß nicht ...«

Der alte Mann deutete auf die Stadt unter ihnen. »Versuchen Sie nicht mir weiszumachen, dass es unter den Millionen Menschen in Manhattan keine Frau gebe, die Sie genauso lieben könnten wie Ihre Frau.«

»Leonard, ich glaube, so einfach ist das nicht.«

»Und ich glaube, dass Sie alles so kompliziert machen. Wenn ich so jung und so gesund wäre wie Sie, würde ich meine Abende nicht damit vergeuden, mich mit einem alten Mann wie mir zu unterhalten.«

»Und aus diesem Grund werde ich Sie jetzt verlassen, Leonard.«

»Bevor Sie gehen, habe ich noch etwas für Sie.«

McQueen wühlte in seiner Tasche und hielt ihm einen kleinen Schlüsselbund hin.

»Wenn Ihnen danach zumute ist, gehen Sie irgendwann in den nächsten Tagen in mein Haus. Im Keller liegen eine Menge berühmter Weine, die ich für besondere Gelegenheiten aufbewahrt habe, statt sie zu trinken. Wie töricht von mir!«

Er schwieg einen Moment, dann sagte er wie zu sich selbst: »Manchmal ist man eben ein Idiot.«

»Wie Sie wissen, stehe ich nicht so sehr auf ...«

»Vorsicht, es handelt sich nicht um irgendwelche Rachenputzer«, erwiderte McQueen gekränkt. »Ich spreche von Jahrgängen französischer Weine, die ein Vermögen wert sind. Sie sind viel besser als all diese Weine aus Kalifornien oder Südamerika. Stoßen Sie auf meine Gesundheit an, das würde mich wirklich freuen. Versprechen Sie mir das.«

»Versprochen«, erwiderte Sam und lächelte.

McQueen warf die Schlüssel in die Luft und Sam fing sie auf.

»Schönen Abend, Leonard.«

»Schönen Abend, Doktor.«

Als Sam das Zimmer verließ, dachte er über Leonards Worte nach: »Nie fühlt man sich lebendiger als in dem Augenblick, in dem man dem Tod ins Auge schaut.«

4

Man liebt, was man nicht ist.

Albert Cohen

»Colleen, bist du da?«

Juliette öffnete die Tür ihres Apartments und gab Acht, dass sie die Fertiggerichte vom Chinesen und die Flasche Wein, die sie vom Trinkgeld der Woche gekauft hatte, nicht fallen ließ.

»Colleen? Ich bin's. Bist du zu Hause?«

Im Laufe des Vormittags hatte ihre Mitbewohnerin sie im Coffeeshop angerufen und ihr erzählt, dass ihr Vorstellungsgespräch gut gelaufen und sie eingestellt worden sei. Die beiden Frauen hatten sich vorgenommen, einen echten Weiberabend zu verbringen, um das Ereignis zu feiern.

»Bist du da?«

Die einzige Antwort, die sie erhielt, war Jean-Camilles Miauen. Er kam aus dem Wohnzimmer gerannt, rieb sich an ihren Beinen und schnurrte behaglich.

Juliette stellte ihre Pakete auf den Küchentisch, nahm den Kater auf den Arm und eilte ins Wohnzimmer. Es war der einzige Raum des Apartments, in dem die Heizung noch funktionierte.

Sie schloss die Augen und lehnte sich an die Heizung, die auf höchster Stufe lief. Wohlige Wärme erfasste sie von den Beinen aufwärts und breitete sich in ihrem ganzen Körper aus.

Hm ... besser als jeder Mann!

Sie ließ die Augen geschlossen und träumte einen Moment lang, sie befände sich in einer vollkommenen Welt, in einer Welt, in der genügend Wasser im Boiler vorhanden war, um nach der Arbeit ein wunderbares heißes Bad zu nehmen.

Aber man sollte nicht zu viel verlangen.

Als sie die Augen öffnete, sah sie, dass der Anrufbeantworter blinkte. Mit Bedauern entfernte sie sich von der Heizung, um die Anrufe abzuhören.

Sie haben eine neue Nachricht:

Hallo, Juliette, ich bin's. Tut mir Leid, aber ich kann heute Abend nicht. Du wirst nie erraten, weshalb. Jimmy hat mich zwei Tage nach Barbados eingeladen. Stell dir vor: BAR-BA-DOS! Wenn ich dich nicht mehr sehen sollte, gute Heimreise nach Frankreich!

Juliette spürte eine tiefe Enttäuschung.

Das also war Freundschaft auf die amerikanische Art: Drei Jahre lang teilt man sich eine Wohnung mit einem Mädchen und im Augenblick des Abschieds hinterlässt einem dieses zwei Sätze auf einem Anrufbeantworter.

Aber Juliette musste realistisch sein! Natürlich verbrachte Colleen das Wochenende lieber mit ihrem Verlobten als mit ihr.

Sie ging in der Wohnung umher und vergrub sich in ihren Kummer. Ab und zu blieb sie vor den vielen Fotos stehen, die wichtige Etappen der letzten drei Jahre zeigten.

Die beiden jungen Frauen hatten bei ihrer Ankunft in New York ein klares Ziel vor Augen: Colleen wollte Anwältin werden und Juliette Schauspielerin. In drei Jahren wollten sie es geschafft haben. Das Ergebnis: Eine war gerade in einer angesehenen Kanzlei angestellt worden und die andere arbeitete als Kellnerin in einem Coffeeshop.

Mit ihrer Arbeitswut und ihrer Hartnäckigkeit würde Colleen schließlich zur Teilhaberin aufsteigen. Sie würde viel Geld verdienen, sich bei Donna Karan einkleiden und ihre Fälle in der gedämpften Atmosphäre eines gediegenen Büros in einem Glasturm abwickeln. Sie würde sein, was sie immer werden wollte: eine dieser *executive women*, denen sie morgens auf der Park Avenue begegnete.

Juliette war keineswegs neidisch auf den Erfolg ihrer Mitbewohnerin. Aber der Gegensatz zwischen Colleens Erfolg und ihrem eigenen Scheitern war dermaßen augenscheinlich, dass ihr übel wurde.

Was sollte aus ihr werden, wenn sie nach Frankreich zurückkehrte? Würde ihr Magister in Altphilologie ihr irgendetwas nützen? Und wenn sie sich vorstellte, dass sie in der ersten Zeit bei ihren Eltern wohnen musste! Sie dachte an ihre Schwester Aurelia, jünger als sie, aber schon unter der Haube! Sie arbeitete als Lehrerin und war ihrem Mann gefolgt, der als Gendarm in die Gegend von Limoges versetzt worden war. Aurelia und ihr Mann urteilten sehr streng über das »Bohème-Leben«, das Juliette ihrer Meinung nach führte, und hielten es für unverantwortlich.

In Paris hatten viele ihrer alten Freunde Karriere gemacht. Die meisten übten freie Berufe aus, angeblich kreative Tätigkeiten, bei denen man sich verwirklichen konnte: Ingenieur, Architekt, Journalist, Informatiker … Sie lebten in Partnerschaften, hatten Kredite für ein Haus aufgenommen, und auf den Rückbänken ihrer Großraumlimousinen spielten bereits ein oder zwei Kinder …

Juliette hatte nichts von all dem aufzuweisen: weder einen festen Beruf noch einen Partner oder gar ein Kind. Sie wusste, dass es ein unsinniges Unterfangen gewesen war, nach New York zu kommen, um hier ihr Glück als Schauspielerin zu versuchen. Im Übrigen hatten ihr alle vorhergesagt, dass es nicht *vernünftig* sei. Und das stimmte, denn es war nicht die Zeit, in der man Risiken einging. Das Prinzip der Vorsicht herrschte über alles, die Besessenheit vom »Nullrisiko«. Die Gesellschaft predigte die Rentenvorsorge ab 25, die Zwangsdiäten, die Stigmatisierung der Raucher ...

Aber Juliette hatte auf niemanden gehört. Sie vertraute ihrem guten Stern, sagte sich immer wieder, dass sie eines Tages alle überraschen und wieder versöhnen würde, wenn auf der Titelseite von *Paris Match* zu lesen wäre: EINE JUNGE FRANZÖSIN ERHÄLT IN HOLLYWOOD EINE HAUPTROLLE! Sie hatte nie aufgegeben und sich mit ihren eigenen Waffen geschlagen. Aber vielleicht war sie zu liebenswürdig, ein viel zu »braves Mädchen«, um Erfolg zu haben. Natürlich wäre alles viel leichter gewesen, wenn sie die »Tochter von ...« gewesen wäre. Aber ihr Vater hieß nun einmal nicht Gérard Depardieu, sondern Gérard Beaumont und war Optiker in Aulnay-sous-Bois.

Vielleicht besaß sie ja gar kein Talent? Aber wenn *sie* nicht an sich glaubte, wer dann? Viele Schauspieler und Schauspielerinnen hatten es schwer gehabt, bevor sie zu Ruhm gelangten: Tom Hanks war jahrelang in Schmierentheatern aufgetreten, Michelle Pfeiffer hatte als Kassiererin im Supermarkt gearbeitet, Al Pacino wurde der Eintritt ins Actors Studio verweigert, Sharon Stone hatte ihre erste Hauptrolle erst sehr spät bekommen und Brad Pitt hatte als Huhn verkleidet in einem Großmarkt Sandwiches verkauft.

Das Wichtigste war – und das begriff niemand wirklich –, dass Juliette sich nur dann richtig lebendig fühlte, wenn sie spielte. Es spielte keine Rolle, dass sie in einem Stück an der Uni auftrat, es spielte auch keine Rolle, dass nur zwei Zuschauer gekommen waren: Sie fühlte sich nur dann richtig lebendig, wenn sie eine Rolle spielte. Sie war nur dann sie selbst, wenn sie in eine andere Rolle schlüpfte. Als ob sie eine Leere in sich ausfüllen müsste, als ob das wirkliche Leben ihr nicht genügte. Und jedes Mal, wenn Juliette das erkannte, dachte sie darüber nach, ob dieses Bedürfnis, eine Alternative zur Realität zu suchen, vielleicht etwas Pathologisches hatte.

Sie verscheuchte diese düsteren Gedanken, indem sie Aznavours Worte summte: »Ich sehe mich bereits oben auf dem Plakat ...« Leise singend betrat sie Colleens Zimmer. Auf dem Stuhl lagen sorgfältig zusammengefaltet die teuren Kleider, die ihre Mitbewohnerin für die Vorstellungsgespräche gekauft hatte. Eine riskante Investition, die sich ausgezahlt hatte. Juliette gab der Versuchung nach und probierte sie an. Sie hatte Glück, denn Colleen und sie hatten fast die gleiche Kleidergröße.

Die junge Frau zog ihre Jeans und ihren alten Pullover aus, um in das graue Ralph-Lauren-Kostüm ihrer Freundin zu schlüpfen. Sie zwinkerte ihrem Spiegelbild zu.

Nicht übel.

Sie zog auch den eleganten schwarzen Rollkragenpulli aus Kaschmir, einen gerade geschnittenen

Mantel aus Tweed und ein paar Ferragamo-Slipper an.

Voller Elan legte sie ein leichtes Make-up auf: etwas Puder aufs Gesicht, Mascara und Eyeliner.

»Spieglein, Spieglein an der Wand, wer ist die Schönste im ganzen Land?«

Sie war erstaunt, wie verändert sie aussah. In diesem Outfit sah sie wie eine echte Geschäftsfrau aus. Ganz entschieden machten Kleider Leute.

Verwirrt erinnerte sie sich an den Film, in dem Dustin Hoffman in Frauenkleider schlüpft und damit die Rolle seines Lebens spielt.

Ermutigt sagte sie zu ihrem Spiegelbild:

»Juliette Beaumont, sehr erfreut. Ich bin Anwältin.«

So gekleidet ging sie die Treppe hinunter, wurde aber von Jean-Camilles kläglichem Miauen zurückgehalten. Der Kater forderte energisch sein Futter.

Sie schüttete ihm das chinesische Essen in den Fressnapf. »Da hast du etwas Köstliches: Hühnchen mit fünf Gewürzen und thailändischen Reis.«

Sie tätschelte den Kopf des Tiers, das zufrieden schnurrte, und erklärte ihm: »Juliette Beaumont, sehr erfreut. Ich bin Anwältin.«

Sie war plötzlich wild entschlossen, den Abend nicht wie eine alte Jungfer zu Hause zu verbringen. Sollte sie sich vielleicht ein Musical am Broadway gönnen? Eine Stunde vor Vorstellungsbeginn konnte man am Times Square manchmal Karten zu einem günstigen Preis ergattern, wenn welche zurückgegeben wurden. Und bei dem Schnee hatten bestimmt viele Leute ihre Bestellung rückgängig gemacht. Jetzt oder nie. Vielleicht sollte sie sich *Das Phantom der Oper* ansehen, oder *Cats?*

Sie musterte sich erneut im Badezimmerspiegel und zum ersten Mal seit langer Zeit fand sie sich hübsch.

»Tut mir Leid, Jean-Camille, aber New York wartet auf mich«, rief sie theatralisch.

Dann kehrte sie in Colleens Zimmer zurück, griff nach ihrem Burberry-Schal und ging hinaus in die kristallklare Nacht, fest entschlossen, diese letzten Stunden in Manhattan zu genießen ...

5

In New York sucht jeder etwas. Männer
suchen Frauen und Frauen suchen Männer.
In New York sucht jeder etwas. Und von
Zeit zu Zeit ... wird jemand fündig.

Donald Westlake

Sam war in eine Akte vertieft, als die Oberschwes-
ter Beckie ihn an der Schulter berührte.

»Herr Doktor, seit einer halben Stunde ist Ihr
Dienst zu Ende«, sagte sie und zeigte auf den
Dienstplan.

»Nur noch dieser eine Fall«, sagte Sam, als bäte
er um einen Gefallen.

»Sie sind hier der Fall«, erwiderte sie und nahm
ihm die Akte weg. »Gehen Sie nach Hause, Herr
Doktor.«

Sam gehorchte und deutete ein Lächeln an.

Während Beckie ihm nachsah, flüsterte ihr eine
Praktikantin ins Ohr: »Wie süß er ist ...«

»Vergiss es, meine Kleine, du hast keine
Chance.«

»Ist er verheiratet?«

»Schlimmer.«

Sam betrat den Ruheraum des Klinikpersonals.
Er hängte seinen zerknitterten Kittel auf einen Bü-
gel und verstaute ihn in seinem metallenen Garderobenschrank. Er band seine Krawatte, schlüpfte in
sein Jackett und in seinen Mantel, ohne einen Blick
in den Spiegel zu werfen. Schon seit langem wollte

er niemandem mehr gefallen, aber er wusste nicht, wie anziehend gerade das auf viele Frauen wirkte.

· Im Aufzug stand er neben einem asiatischen Krankenpfleger mit einem Bett vor sich. Das Tuch über dem »Patienten« ließ wenig Zweifel an seinem Zustand. Der Krankenpfleger versuchte zu scherzen, aber Sams düsterer Blick ließ ihn verstummen. Im Erdgeschoss traten sie aus dem Aufzug in die große Halle, in der es von Menschen nur so wimmelte und die an die Abfertigungshalle eines Flughafens erinnerte. Sam warf unwillkürlich einen Blick in den Warteraum der Notaufnahme: er war bereits voll.

Und in den nächsten Stunden würde es noch schlimmer werden.

In einer Ecke saß ein alter Mann zusammengesunken auf seinem Stuhl. Eingehüllt in einen abgetragenen Regenmantel betrachtete er fröstelnd die exotischen Fische im Aquarium, die unablässig ihre Bahnen zogen. Sams Blick begegnete dem einer jungen Frau. Sie war völlig abgemagert und hatte ihre Knie hochgezogen, um ihr Kinn darauf abzustützen. Drogen oder Schlaflosigkeit hatten ihre Augen gerötet. Neben ihr klammerte sich ein Kind an ihr Bein und weinte.

Soll ich zum Nachtdienst bleiben?

»Macht sechs Dollar, Mademoiselle.«

Juliette bezahlte den haitianischen Taxifahrer und fügte noch ein bescheidenes Trinkgeld hinzu, um ihm dafür zu danken, dass er sich mit ihr auf Französisch unterhalten hatte.

Das Taxi hatte sie am Times Square abgesetzt, an der Kreuzung Broadway/Seventh Avenue, an jenem berühmten Platz Manhattans, der zu jeder Tages- und Nachtzeit belebt war.

Juliette wurde von diesem Ort magisch angezogen. Die meisten großen Theater der Stadt scharten sich um dieses kleine, von Wolkenkratzern umgebene Asphaltdreieck.

Ob bei Regen, Wind oder Schnee, der Times Square mit seinen Riesenleinwänden und elektrischen Lichterketten, die die Fassaden der Gebäude funkeln ließen, war ein überwältigendes Schauspiel. Von allen Seiten lockten Theater, Kinos und Restaurants und es herrschte ein fieberhaftes Treiben.

Juliette kaufte bei einem fliegenden Händler eine Brezel und aß sie, während sie sorgsam darauf achtete, keinen Ketchup auf *ihren* schönen Mantel zu kleckern. Sie studierte eine Riesenvideoleinwand, auf der die Theaterprogramme zu lesen waren. Dann ging sie auf das weiße Marmorgebäude zu, vor dem sich am 31. Dezember die Leute versammeln, um den berühmten Big Apple, das Symbol von New York, fallen zu sehen, was den Beginn eines neuen Jahres ankündigt.

Die junge Französin wollte ein letztes Mal diesen Rausch aus Energie und Glamour erleben. Auch wenn sie Manhattan verfluchte, liebte sie es im Grunde ihres Herzens. Sie war eher eine Großstadtpflanze als eine Landpomeranze, denn sie träumte nicht vom Land, von der Stille und den kleinen Vögeln. Sie brauchte großstädtisches Treiben um sich, brauchte Geschäfte, die rund um die Uhr geöffnet waren, um zu wissen, was möglich war.

Natürlich war all das exzessiv und oberflächlich, eine Art riesiger Nachtklub inmitten von Manhattan. Natürlich konnte man diesen Ort mit der aggressiven Werbung, der betäubenden Musik und dem Smog, der über der Stadt waberte, grauenhaft finden. Aber hier fühlte Juliette sich lebendig. Weil es von Menschen wimmelte, war sie zumindest nicht allein.

Das war New York, das war der Broadway, die *längste Straße der Welt*, wie die Touristenführer ihn anpriesen, der ganz Manhattan durchquerte und weit über die Bronx hinausging ...

Das Heulen einer Sirene durchschnitt die Kälte der Nacht.

Die schweren Automatiktüren des St. Matthew's Hospital schlossen sich hinter Sam, genau in dem Augenblick, als ein Krankenwagen auf den Parkplatz gerast kam. Sams erster Impuls war, den Krankenwagenfahrern zu helfen, doch er hielt sich zurück: Doktor Freeman, die Chefärztin der Notaufnahme, hatte sein Angebot für den Nachtdienst gerade eben mit der Begründung abgelehnt, dass er in den letzten Nächten nicht genug geschlafen habe.

Seit heute Morgen streckte er nun zum ersten Mal die Nase ins Freie. Fast hatte er den Schneesturm vergessen. Die unglaublich niedrige Temperatur verursachte ihm beinahe einen Schwindelanfall.

Bevor er das Krankenhausgelände endgültig verließ, beobachtete er das Klinikpersonal, das sich um die Trage zu schaffen machte. Er schnappte Wortfetzen auf: *Verbrennungen zweiten Grades ... Blutdruck 8/5 ... Puls 65 ... Glasgow um 6 ...* Dann verstummten die Stimmen und er ging zu seinem Auto.

Mit den Händen auf dem Lenkrad, ließ er den Motor eine kleine Weile im Stehen laufen. Er brauchte immer ziemlich lange, bis er sich entspannen und versuchen konnte, die Patienten zu vergessen, mit denen er im Laufe des Tages zu tun gehabt hatte. Meistens gelang ihm das übrigens nicht.

An diesem Abend war er besonders erschöpft. Er fuhr die First Avenue hinauf, immer weiter nach Norden. Der Verkehr war nicht so dicht wie sonst.

Er schaltete das Radio ein:

... der Bürgermeister von New York geht davon aus, dass der Schneesturm Kosten von mindestens zehn Millionen Dollar verursachen wird, dabei hat die Stadt wegen der Kosten für die Straßenräumung in diesem Winter bereits ein Defizit von vierzehn Millionen.

Im Augenblick haben die Mitarbeiter des Straßenräumdienstes noch große Mühe, die Hauptverkehrsadern zu räumen. Die Straßen sind immer noch sehr glatt und wir raten nach wie vor zu größter Vorsicht ...

Juliette fühlte sich wie ein winziger Wassertropfen, der vom Strom einer Menschenmenge im blendenden Licht riesiger Leuchtwerbung fortgerissen wurde. Die Sirenen, die Straßenmusiker, die Menge, das Gelb der vorbeifahrenden Taxis ... all das verursachte ihr jetzt Kopfschmerzen.

Wie hypnotisiert richtete sie ihren Blick auf die Großanzeigen an den Fassaden und Schwindel erfasste sie. Es waren so viele, dass sie nicht mehr wusste, wohin sie schauen sollte: Börsenkurse, Videoclips, Fernsehnachrichten, Wettervorhersagen ...

Sie ließ ihre Gedanken treiben, so wie sie sich treiben ließ, und beschloss, auf die andere Straßenseite zu gehen, auf der es etwas ruhiger zuging.

Von allen Seiten kamen Autos, aber sie schien sie nicht zu sehen ...

Sam fuhr jetzt den Broadway hinauf. Er hatte eine alte Jazz-CD eingelegt und ließ sich zwischen den Autos und den gläsernen Häuserfronten von einem Saxophonsolo einlullen. Er unterdrückte ein Gähnen und griff nach der Zigarettenschachtel in seiner Hemdtasche. Es war eine schlechte Gewohnheit, die er seit seiner Jugend pflegte. Zu seiner Zeit fingen die meisten Jungen in Bed-Stuy mit sieben oder acht Jahren zu rauchen an und wandten sich wenig später schädlicheren Substanzen zu. Der Wagen vor ihm hatte einen farbigen Aufkleber auf der Heckscheibe. Automatisch kniff Sam die Augen zusammen, um ihn zu entziffern: *Wenn Sie das lesen können, fahren Sie zu dicht auf!* Durchdringendes Hupen riss ihn aus seinen Gedanken. Unwillkürlich fluchte er auf das Auto, das ihn überholte. Dabei fiel sein Blick auf den Slogan auf einem Werbeplakat, das sich über die gesamte Fassade eines Wohnhauses erstreckte. Ein knackiges Topmodel in Shorts und Body pries die Vorteile des Sports gegenüber der schädlichen Wirkung der Zigaretten und verkündete: *Es ist noch nicht zu spät, das Leben zu ändern!*

»Das gilt dir«, sagte er laut.

Aber wofür sollte das gut sein? Er hatte sich bereits einmal in seinem Leben verändert und das war genug. Er zog herausfordernd an seiner Zigarette und atmete den Rauch tief ein. Das war seine Art zu sagen, dass es ihm egal war, bei bester Gesundheit zu sterben, und dass er weder Tod noch Teufel fürchtete: gegen den Ersten konnte er nichts ausrichten und an den Zweiten glaubte er nicht.

Als er sein Feuerzeug wieder einsteckte, fühlte er in der Tasche die Zeichnung, die Angela ihm gegeben hatte. Er faltete sie auseinander. Auf der Rückseite entdeckte er eine Menge kleiner kabbalistischer Zeichen, die er zuvor nicht bemerkt hatte: Kreise, Dreiecke, Sterne, die geheimnisvoll miteinander verschlungen waren. Was war der Sinn dieser seltsamen Zeichen?

Tief in Gedanken versunken sah Sam die junge Frau, die vor ihm über die Straße ging, erst im letzten Augenblick.

Gott im Himmel! Zum Bremsen war es zu spät. Er riss das Lenkrad nach rechts, stieß ein Stoßgebet aus, obwohl er nicht an Gott glaubte, und brüllte: »Vorsicht!!!«

»Vorsicht!!!«

Juliette blieb ruckartig stehen. Der Wagen verfehlte sie nur um Haaresbreite. Zum ersten Mal in ihrem Leben spürte die junge Französin den Hauch des Todes.

Der Jeep fuhr auf den Gehweg und blieb mit knirschenden Reifen stehen. Es war ein Wunder, dass er niemanden umfuhr.

»Wahnsinniger! Mörder!«, rief Juliette dem Verkehrsrowdy zu, obwohl sie wusste, dass sie nicht ganz unschuldig war.

Innerhalb von Sekunden hatte sich ihr Herz überschlagen.

Sie war völlig geistesabwesend gewesen. Wie

immer. Diese Stadt war ganz eindeutig nicht für Träumer geschaffen. Gefahr lauerte überall, an jeder Straßenecke.

»Scheiße!«, rief Sam.

Dieses Mal hatte er wirklich Angst gehabt. Das Leben konnte sich in Sekunden völlig verändern. Ständig lebte man am Rand des Abgrunds, das wusste er besser als irgendjemand anders. Und immer fürchtete man sich.

Mit dem Arztkoffer, der unter dem Beifahrersitz immer in Reichweite lag, in der Hand, sprang er rasch aus dem Wagen.

»Geht es? Fehlt Ihnen nichts? Ich bin Arzt, ich kann Sie untersuchen oder in die Klinik fahren.«

»Alles in Ordnung, mir fehlt nichts«, versicherte Juliette.

Er griff nach ihrem Arm, um ihr aufzuhelfen. Erst jetzt blickte sie zu ihm hoch.

Noch vor einer Sekunde hatte es sie nicht gegeben, und plötzlich war sie da.

»Sind Sie sicher, dass alles in Ordnung ist?«, wiederholte er unbeholfen.

»Ja, alles okay.«

»Wollen Sie einen Drink zur Stärkung?«

»Nein danke«, lehnte Juliette ab. »Nicht nötig.«

Doch er bestand darauf.

»Ich bitte Sie, damit Sie mir verzeihen.«

Er deutete auf die breite Fassade des Marriott, dessen futuristische Silhouette die Westseite des Times Square dominierte.

»Ich fahre meinen Wagen in die Hotelgarage. Ich brauche nur eine Minute. Warten Sie in der Halle auf mich?«

»In Ordnung.«

Er ging auf seinen Jeep zu, dann drehte er sich plötzlich um und kam zurück, um sich vorzustellen:

»Ich heiße Sam Galloway«, sagte er, »ich bin Arzt.«

Sie betrachtete ihn und verspürte plötzlich das Verlangen, ihm zu gefallen. In dem Augenblick, in dem sie den Mund öffnete, wusste sie, dass sie eine Dummheit beging, aber es war zu spät:

»Ich heiße Juliette Beaumont, ich bin Anwältin.«

6

*Es war die Dauer eines Lidschlags; und sie sah
mich an, ohne mich zu erkennen. Es war die
Zeit der Herrlichkeit, des Frühlings, der Sonne
und des lauwarmen Meeres ...*

Albert Cohen

Juliette beobachtete aus der Halle, wie trotz Sturm
und Kälte ununterbrochen Taxis und Limousinen
vorfuhren und Gäste in Smoking und Abendgarde-
robe ausstiegen. Dann kam Sam aus dem Aufzug
zur Tiefgarage.

Das Marriott ist mit seinen fünfzig Etagen aus
Glas und Beton das zweitgrößte Hotel in Manhattan. Juliette war noch nie hier gewesen und machte
große Augen, als sie den riesigen Innenhof betrat,
der sich fast vierzig Stockwerke emporreckte. Seine
blendende Helligkeit ließ sie für einen Augenblick
vergessen, dass es mitten im Winter war.

Sie stieg mit Sam in einen Fahrstuhl, der sie in
die zweite Etage brachte. Hier wechselten sie in einen der gläsernen Aufzüge, die wie Raumkapseln
an dem Gebäude entlangglitten. Sam drückte den
Knopf für den 49. Stock, und sie fuhren in rasender
Geschwindigkeit ins oberste Stockwerk.

Noch immer hatten sie kein Wort gewechselt.

*Warum nur habe ich dieses Mädchen eingela-
den?*, fragte er sich und fühlte sich von der Situation überrumpelt.

»Sind Sie geschäftlich in New York?«, fragte er.

»Ja«, erwiderte sie mit gewollt selbstsicherer Stimme, »ich nehme an einem Juristenkongress teil.«

Du lieber Himmel, warum nur habe ich behauptet, ich sei Anwältin? Nun muss ich weiterlügen.

»Bleiben Sie lange in Manhattan?«

»Ich fliege morgen Abend nach Frankreich zurück.«

Das zumindest war nicht gelogen.

In der dreißigsten Etage lehnte sie sich vorsichtig an die Glaswand und blickte nach unten. Schwindel erfasste sie und sie fühlte sich, als schwebe sie im freien Raum.

Uups, es war nicht der richtige Augenblick, sich zu übergeben.

Der Aufzug öffnete sich zu einer Garderobe hin, an der eine Garderobiere ihnen die Mäntel abnahm. Die Panoramabar nahm den größten Teil der obersten Etage ein und war zum Glück nicht besonders voll. Sie konnten sich direkt ans Fenster setzen und den einmaligen Blick auf New York genießen.

Gedämpftes Licht hüllte den Raum ein. Auf einem kleinen Podium spielte eine junge Frau Jazzmelodien im Stil von Diana Krall.

Juliette warf einen Blick auf die Karte: schon das einfachste Getränk war unglaublich teuer. Sam wählte einen trockenen Martini und sie entschied sich für einen kompliziert klingenden Cocktail auf Wodkabasis mit Blaubeerensaft und Limone. Die Atmosphäre war friedlich, aber es gelang ihr nicht, sich zu entspannen, weil sie so aufgewühlt war. Plötzlich spürte sie, dass das Gebäude sich bewegte.

Er registrierte ihre Panik.

»Die Bar dreht sich«, erklärte er und lachte.

»Wie das denn?«

»Die Bar ruht auf einer Plattform, die sich dreht.«

»Sehr beeindruckend«, bemerkte sie und erwiderte sein Lächeln.

Es war 19:03 Uhr.

19:08 Uhr

Im Schein der Kerzen fielen ihr seine erschöpften Gesichtszüge und seine unterschiedlichen Augen, ein grünes und ein blaues, auf.

Nach der Kirchenlehre galt dies als ein Zeichen für den Teufel ...

Aber sonst war er wirklich nicht übel. *Gorgeous* würden die Amerikaner sagen, hinreißend.

Und dann war da noch seine einlullende, beruhigende Stimme.

Sie atmete tief durch, denn ihr Herz schlug schneller, als ihr lieb war.

19:11 Uhr

Sie: »Waren Sie schon mal in Frankreich?«

Er: »Nein. Wissen Sie, ich bin ein ungebildeter Amerikaner, der noch nie sein Land verlassen hat.«

Sie: »Es ist Ihnen sicherlich bekannt, dass wir in fast allen Wohnungen fließendes Wasser haben?«

Er: »Kein Witz? Und Strom?«

Sie: »Kommt demnächst.«

19:12 Uhr

Ihm gefiel, dass sie nicht raffiniert tat. Obwohl sie

die Uniform eines *working girl* trug, war sie unkompliziert und natürlich. Sie sprach perfekt Englisch und hatte einen reizenden Akzent. Wenn sie lächelte, strahlte sie.

Jedes Mal, wenn er sie ansah, glaubte er, einen kleinen elektrischen Schlag zu bekommen.

19:15 Uhr
Hätte er mich auch auf einen Drink eingeladen, wenn ich ihm gesagt hätte, dass ich Kellnerin bin?

19:20 Uhr
Sam sah, dass sie in ihrem leichten Pullover fröstelte. Er stand auf und legte ihr seine Jacke um die Schultern.

»Nein, nein, es geht schon, ich schwöre es Ihnen«, sagte sie der Form halber, aber er hatte den Eindruck, ihr Gesicht sage das genaue Gegenteil.

»Sie geben sie mir nachher wieder«, schlug er ganz gelassen vor.

Und ich finde Sie wunderschön.

19:22 Uhr
Eine Unterhaltung über Männer und Frauen.

Sie: »Sie haben Recht, es ist nicht schwer, Männern zu gefallen. Man braucht nur lange Beine, einen knackigen Hintern, einen flachen Bauch, eine Wespentaille, ein sexy Lächeln, Rehaugen und einen üppigen festen Busen ...«

Er lachte.

19:25 Uhr
Schweigen.

Sie nippte an ihrem Cocktail.

Er blickte zum Fenster hinaus und stellte sich vor, wie die Stadt fünfzig Etagen tiefer pulsierte, von Menschen nur so wimmelte. Sie war so weit und doch so nah.

Als sein Blick auf ihren abgeknabberten Fingernägeln verweilte, ließ sie sie schnell verschwinden, indem sie eine Faust machte. Er lächelte amüsiert.

Auch wenn sie schwiegen, setzten sie ihren Dialog fort.

19:26 Uhr
Sag's ihm.
  Sag ihm die Wahrheit. Jetzt.
  Sag ihm, dass du keine Anwältin bist.

19:34 Uhr
Sie: »Was ist Ihr Lieblingsfilm?«

  Er: »*Der Pate.* Und Ihrer?«

  Sie: »*Die Frau nebenan* von François Truffaut.«

  Er versuchte den Namen des Regisseurs zu wiederholen. Das klang etwa wie »Fwansoi Twoufo«, was bei ihr einen Lachanfall auslöste.

  Er: »Machen Sie sich ja nicht über mich lustig.«

19:35 Uhr
Sie: »Und Ihr Lieblingsschriftsteller? Meiner ist Paul Auster.«

  Er (etwas unsicher): »Lassen Sie mich nachdenken …«

19:40 Uhr
Er: »Was ist Ihr Lieblingsbild?«

  Sie: »Die *Siesta* von van Gogh. Und Ihres?«

Statt einer Antwort reichte er ihr Angelas Zeichnung und erklärte ihr, warum sie sich ohne dieses kleine Stück Papier nie begegnet wären ...

19:41 Uhr
Wenn ein so genialer Mann mich begehrt, werde ich wohl doch nicht so übel sein ...

19:43 Uhr
Sie: »Was ist Ihr Lieblingsgericht?«
    Er: »Ein guter Cheeseburger.«
    Sie (zuckt mit den Schultern): »Pff ...«
    Er: »Haben Sie einen besseren Vorschlag?«
    Sie: »Brioche d'escargots au foie grasse ...«

19:45 Uhr
Warum begegnet man Tausenden von Menschen und verliebt sich nur in einen?

19:46 Uhr
Er: »Ich kenne ein Restaurant, das Ihnen gefallen wird: Dort gibt es Hamburger mit Gänseleber.«
    Sie: »Sie nehmen mich wohl auf den Arm?«
    Er: »Keineswegs. Es ist sogar die Spezialität des Hauses: ein Parmesanbrötchen mit geschmorten Koteletts, Gänseleber und schwarzen Trüffeln. Und dazu die berühmten *Pommes*.«
    Sie: »Erbarmen, stopp, ich bekomme Hunger.«
    Er: »Ich gebe Ihnen gern die Adresse.«
    Ich werde Sie dorthin einladen.

19:51 Uhr
Vielleicht ist sie die Richtige, aber nicht im richtigen Moment.

19:52 Uhr
Er: »Was ist Ihr Lieblingsort in New York?«

Sie: »Der Gemüsemarkt am Union Square im Herbst, wenn das Laub im Park in allen Farben leuchtet. Und Ihrer?«

Er: »Hier, heute Abend mit Ihnen, inmitten dieses Waldes aus Wolkenkratzern, die in der Nacht leuchten ...«

Sie (entzückt, aber auf der Hut): »Das sind schöne Worte ...«

19:55 Uhr
Sie: »Wer war der letzte Patient, der Spuren bei Ihnen hinterlassen hat?«

Er: »Eine alte Portugiesin, die vor ein paar Wochen einen Herzinfarkt hatte. Sie war eigentlich nicht meine Patientin, ich war nur zufällig bei ihrer Aufnahme dabei. Meine Kollegen haben eine Angioplastie durchgeführt, um die verstopfte Arterie zu erweitern, aber sie hatte ein zu schwaches Herz ...« Er schwieg, als erlebe er von neuem eine Operation, deren Ausgang ungewiss war.

Sie: »Hat sie die Operation nicht überlebt?«

Er: »Nein, man konnte sie nicht retten. Ihr Mann hat in dieser hektischen Kliniknacht Stunden an ihrem Bett verbracht. Er wirkte unendlich traurig. Mehrere Male hörte ich ihn murmeln: ›*Estou com saudade de tu.*‹«

Sie: »Das heißt, *du fehlst mir*, nicht wahr?«

Er: »In etwa. Als ich versuchte ihn zu trösten, erklärte er mir, dass man in seinem Land von *saudade* sprach, um den Kummer über die Abwesenheit derer auszudrücken, die weit weg oder verstorben sind. Es ist eigentlich unübersetzbar, denn es drückt einen undefinierbaren Seelenzustand aus, eine vergeistigte Traurigkeit, die die Gegenwart überschattet.«

Sie: »Und was ist aus ihm geworden?«

Er: »Ein paar Tage später ist er ebenfalls gestorben. Natürlich war er nicht mehr der Jüngste, aber keiner wusste, woran genau er gestorben war. (*Er ließ ein paar Sekunden verstreichen, bevor er fortfuhr:*) Ich weiß, dass man den Tod beschleunigen kann, wenn einen hier nichts mehr hält ...«

20:01 Uhr
Er: »Wie war der letzte Prozess, den Sie gewonnen haben?«

Sie *(nach kurzem Zögern):* »Wir werden nicht die Zeit vergeuden, indem wir über den Job sprechen ...«

20:02 Uhr
Einen Moment lang lauschten sie stumm der lasziven Stimme der Sängerin, die mal sanft, dann wieder rau, mit den Noten spielte. Ihre Lieder handelten von aufkeimender Liebe und von den Spuren, die Desillusionierung, Kummer und Schmerz hinterlassen ...

20:05 Uhr
Er betrachtete sie, während sie sich mechanisch eine Locke um den Finger wickelte.

20:06 Uhr
Sie: »Manchmal habe ich den Eindruck, dass Sie mir nicht ganz aufmerksam zuhören. Lenkt das Dekolleté der Kellnerin Sie ab?«

Er *(lächelnd):* »Machen Sie mir gerade eine Szene?«

Sie: »Bilden Sie sich bloß nichts ein.«

Dann stand sie auf, um zur Toilette zu gehen.

Als er allein war, stellte er fest, dass er völlig verwirrt war.

Sam, mach dich aus dem Staub, bevor es zu spät ist.

Diese Frau war gefährlich. Da war so ein Leuchten in ihren Augen. Ein sanfter, ehrlicher Ausdruck in ihrem Gesicht, für den er nur allzu empfänglich war. Er war noch nicht bereit. Natürlich hatte er sich ein paar Minuten lang leicht, euphorisch, allmächtig und glücklich gefühlt. Aber es war eine Illusion, die genauso schnell wieder verflog, wie sie entstanden war.

Er warf einen Blick auf seine Armbanduhr und seufzte tief. Um sich zu beruhigen, legte er seine Zigarettenschachtel auf den Tisch, aber das machte ihn nur noch nervöser. Neuerdings war in allen Bars und Restaurants der Stadt das Rauchen verboten. Die »Stadt, die nie schlief«, litt unter der Diktatur des Nullrisikos.

Dann dachte er an das, was McQueen ihm gesagt hatte. Warum sich nicht mal wieder amüsieren? Guten Sex haben, um die Dinge beim Namen zu nennen. Das war ja kein Verbrechen. Aber er verdrängte diesen Gedanken: Was er für diese Juliette empfand, war nicht nur sexuelles Verlangen …

Genau darin bestand das Problem.

Juliette schloss voller Panik die Toilettentür hinter sich.

*Was geschieht mir? Man kann sich doch nicht in
einer Dreiviertelstunde in jemanden verlieben!*

Das war nicht der richtige Augenblick: Über-
morgen würde sie nach Frankreich zurückkehren.
Und sie war nicht so naiv, an Liebe auf den ersten
Blick zu glauben.

Manhattan ist ja keineswegs romantisch. Die
Menschen kommen nicht hierher, um Liebe zu finden. Sie kommen geschäftlich nach New York, um
ihre beruflichen oder künstlerischen Ambitionen
zu verwirklichen, selten, um eine verwandte Seele
zu finden. Und Juliette musste zugeben, dass sich
diese drei Jahre aus emotionaler Hinsicht nicht als
unvergesslich einprägen würden. Anfangs hatte sie
allerdings Versuche unternommen. Sie hatte verschiedene Dates gehabt, sich aber nie besonders
wohl gefühlt, wenn sie amerikanische Männer
traf.

Hier traf man seine amourösen Verabredungen
über Palm Pilot. Und die Unterhaltung glich dann
einem Einstellungsgespräch und drehte sich immer
um den Job und ums Geld. Alles war zu vorher-
sehbar, zu festgefahren. In dieser Stadt, in der vier
von fünf Ehen vor dem Scheidungsrichter endeten,
leierte man beim ersten Date seinen Lebenslauf
herunter und stellte die berühmte Frage: *Wie viel
verdienen Sie?*, um sicherzugehen, dass sich der in-
vestierte Zeitaufwand lohnte.

Die junge Französin hatte diese Dates schnell
wieder aufgegeben, denn sie gaben ihr eher das Gefühl, eine mündliche Prüfung an der Elitehochschu-
le für Staatsbeamte abzulegen, statt den Zauber der
Liebe zu erleben.

Aber dieses Mal war es anders. Sam Galloway

war nicht wie die anderen. Seit sie sich zu unterhalten angefangen hatten, spürte sie, wie ihr warm ums Herz wurde.

Hör auf, dir was vorzumachen, Mädchen, du bist keine sechzehn mehr!

Juliette bemühte sich, ihre Gefühle im Zaum zu halten. Außerdem war da noch ihre große Lüge. Und eine Beziehung, die mit einer Lüge anfängt, kann nicht gut gehen. Dieser Mann würde ihr Schmerzen zufügen, davon war sie überzeugt. Am besten wäre es vielleicht, gar nicht wieder zu ihm zurückzukehren.

Sie hob den Blick zur Decke und verfluchte das Schicksal: Genau in dem Augenblick, in dem sie beschlossen hatte, vernünftiger zu sein, stiftete eine unerwartete Begegnung Verwirrung in ihrem Kopf.

»Ich brauche im Moment keinen Mann in meinem Leben«, versuchte sie mit eindringlicher Stimme ihr Spiegelbild zu überzeugen.

»Umso besser für dich, meine Süße«, antwortete eine Frauenstimme aus einer Toilettenkabine hinter ihr, »dann bleibt einer mehr für die Freundinnen.«

Juliette erstarrte und verließ dann eilig die Toilette.

Sam war immer noch da. Eine unsichtbare starke Macht hielt ihn auf seinem Stuhl fest.

Er machte einen letzten Versuch, seine Gefühle zu rationalisieren.

Liebe auf den ersten Blick existiert nicht, das ist ein ausschließlich biologisches Phänomen.

Sein Gehirn hatte Informationen über Juliette

aufgenommen: ihre Art zu lächeln, an der Unterlippe zu kauen, ihre Gesichtsform, die Wölbung ihres Hinterteils, ihr niedlicher französischer Akzent … Ähnlich einem Computer hatte sein Hirn diese Informationen gespeichert und dann in seinem Organismus Hormone und Neurotransmitter freigesetzt. Das war der Grund, aus dem er sich euphorisch fühlte.

Siehst du, es lohnt sich nicht, um eine einfache chemische Reaktion so viel Aufhebens zu machen. Also steh auf und mach dich aus dem Staub, bevor sie zurückkehrt.

Heimlich holte Juliette ihren Mantel und ging Richtung Aufzug. Sie hatte den richtigen, den einzig vernünftigen Entschluss gefasst.

Mit einem gedämpften Klingeln öffnete sich die Tür.

Sie zögerte …

Vielleicht gibt es Menschen, die den Augenblick erkennen, in dem ihr Schicksal sich entscheidet.

Wenn das für sie jetzt der Augenblick war?

»Alles in Ordnung?«

»Ja, und bei Ihnen?«

Sie hatte ihm gegenüber wieder Platz genommen.

Er bemerkte, dass sie ihren Mantel geholt hatte. Und sie stellte fest, dass er seine Jacke wieder an sich genommen hatte.

Dann trank er seinen Martini und sie ihren Cocktail aus.

Zum letzten Mal bewunderte Juliette die Lichter der Stadt, die wie Tausende von Sternen glitzerten.

Sie fühlte sich in eine dieser romantischen Komödien mit Meg Ryan versetzt, die im Allgemeinen nur Happy Ends kennen. Sie wusste, dass es nicht so bleiben würde.

Als Sam sah, dass eine Schneeflocke an die Scheibe prallte, legte er die Hand auf Juliettes Unterarm.

»Haben Sie einen Freund?«

»Vielleicht«, erwiderte sie, um nicht so leicht nachzugeben. »Und Sie?«

»Ich habe keinen Freund.«

»Sie haben mich sehr gut verstanden.«

Als Sam antworten wollte, sah er plötzlich Federicas Gesicht vor sich. Mit wehendem Haar schritt sie über den langen Holzsteg von Key West. Drei Jahre zuvor hatten sie eine Woche Urlaub dort gemacht, und es war eine der kurzen, wirklich glücklichen Perioden in ihrem Leben gewesen.

Sam blinzelte mehrmals, um dieses Bild zu verdrängen. Schließlich schaute er Juliette an und sagte:

»Ich ... ich bin verheiratet.«

7

Die Liebe ist wie das Fieber, es kommt
und geht, ohne dass der Wille im Geringsten
beteiligt wäre.

Stendhal

Während der Aufzug hinunterfuhr, wechselten
sie kein Wort und keinen Blick. Sie hatten einen
wundervollen Moment erlebt, doch der Charme
war verflogen, und es war an der Zeit, wieder
Bodenhaftung zu bekommen und damit auf die
Schattenseite ihres kleinen Lebens zu treten. »Soll
ich Sie begleiten?«, schlug er vor, als sie auf die
Straße hinaustraten und ihnen die Kälte entgegen-
schlug.

»Nein«, erwiderte sie verkniffen.

»In welchem Hotel wohnen Sie?«

»Das geht Sie nichts an.«

»Vielleicht sollten Sie mir Ihre Telefonnummer
geben, für den Fall, dass ...«

»Für den Fall, dass was?«, unterbrach sie ihn und
stemmte die Fäuste in die Seiten.

»Nichts, Sie haben Recht.«

Er betrachtete sie voller Bedauern. Wenn sie
sprach, bildete sich in der Kälte Dunst vor ihrem
Mund. In ihrem Zorn fand er sie noch hübscher.

Er bereute seine Lüge bereits. Doch es war die
einzige Ausrede, die ihm eingefallen war, um sich
nicht in Gefahr zu begeben und sich nicht unehren-
haft zu zeigen.

»Also dann auf Wiedersehen«, sagte sie und wollte sich umdrehen. »Viele Grüße an Ihre Frau.«

»Warten Sie«, stammelte er, um sie zurückzuhalten.

»Lassen Sie. Ich interessiere mich nicht für verheiratete Männer.«

»Das kann ich gut verstehen.«

»Sie verstehen gar nichts. Sie sind ... wirklich alle gleich.«

»Sie haben nicht das Recht, über mich zu urteilen«, verteidigte er sich. »Sie wissen nichts über mein Leben, Sie kennen mich nicht ...«

»... und ich habe auch keine Lust, Sie kennen zu lernen.«

»Sehr gut, trotzdem danke für die Gesellschaft.«

»Ich danke Ihnen, dass Sie mich nicht überfahren haben«, erwiderte sie ironisch. »Und für die Zukunft empfehle ich Ihnen, etwas mehr Vorsicht beim Fahren ...«

»Danke für den guten Rat!«

»Ciao.«

»Ebenfalls.«

Juliette drehte sich um und eilte auf die nächstgelegene U-Bahn-Station zu.

Nie mit einem verheirateten Mann: Das war eine Regel, die keine Ausnahme duldete. Auch wenn sie kein Geld, keine Kinder, keinen richtigen Beruf und keinen Mann in ihrem Leben hatte, sie besaß Wertvorstellungen. Und genau an die klammerte sie sich oft, wenn alles schief ging.

Sam hatte seine Meinung geändert. Er rannte ihr nach und griff nach ihrem Arm.

Als sich die junge Frau umwandte, entdeckte

Sam, dass heiße Tränen ihre eiskalten Wangen hinunterrannen.

»Hören Sie, es tut mir Leid, dass dieser Abend so übel endet. Ich finde Sie wirklich ... reizend und ich habe mich seit einer Ewigkeit mit niemandem mehr so wohl gefühlt.«

»Ich bin sicher, Ihre Frau freut sich darüber.«

Sie wehrte sich und war gleichzeitig verwirrt, weil seine Worte so ehrlich klangen.

»Das ist nicht gut, wenn wir so auseinander gehen«, behauptete Sam.

»Lassen Sie mich los«, rief sie und schüttelte ihn ab.

Passanten drehten sich um und bedachten Sam mit vorwurfsvollen Blicken. Ein uniformierter Polizist kam auf sie zu und schien entschlossen zu sein, Ordnung in diese Unterhaltung zu bringen.

»Alles in Ordnung. Kümmern Sie sich um Ihren eigenen Kram«, rief Sam und kehrte um.

Der Portier reichte ihm die Schlüssel seines Jeeps, den er soeben vorgefahren hatte. Der Polizist befahl ihm loszufahren, um nicht den Verkehr aufzuhalten. Sam blickte der jungen Französin nach, die die Straße hinunterging.

»Juliette«, rief er, aber sie drehte sich nicht um.

Lass sie nicht gehen! Finde einen Vorwand, wie im Film ... Was hätte Cary Grant getan, um Grace Kelly zurückzuhalten? Was George Clooney, um Julia Roberts zurückzuhalten?

Er wusste es nicht. Er gab dem jungen Portier zwanzig Dollar Trinkgeld und vollführte ein gefährliches Manöver, um sich in den fließenden Verkehr einzufädeln. Er fuhr im Zickzack und schließlich direkt neben Juliette her. Er kurbelte das Fenster

68

herunter und sagte: »Hören Sie, die einzige Wahrheit auf dieser Erde ist, dass man nie weiß, was
morgen geschehen wird …«

Sie schien ihn nicht zu hören, doch er fuhr fort:
»Nur die Gegenwart zählt. Hier und jetzt.«

Seine Worte wurden vom Wind und vom Schnee
fortgetragen.

Sie verlangsamte ihre Schritte und betrachtete
ihn aus einer Mischung aus Neugier und gekränkter
Scham.

»Und was haben Sie mir anzubieten, hier und
jetzt?«

»Einen einzigen Tag und eine einzige Nacht.
Unter zwei Bedingungen: keine Bindung und keine
Fragen über meine Frau. Sie ist an diesem Wochen-
ende nicht in Manhattan.«

»Scheren Sie sich doch zum Teufel!«

Gekränkt wandte er sich ab und gab Gas.

Sie blickte dem Wagen nach. Plötzlich wurde
ihr bewusst, dass sie nicht einmal wusste, wo er
wohnte.

Sam hatte alles verdorben und fühlte sich elend.
Obwohl es wieder zu schneien begonnen hatte, ließ
er das Fenster offen. Er hoffte, ohne wirklich daran
zu glauben, der Fahrtwind würde helfen, Juliettes
Gesicht zu vergessen. Er verdrängte alle Gedanken
und achtete nur darauf, vorsichtig zu fahren, wie
sie ihm geraten hatte …

An der 45. Straße am All Star Café winkte Juliette
wie wild, um ein Taxi anzuhalten.

»St. Matthew's Hospital bitte«, sagte sie und
setzte sich auf den ramponierten Sitz.

»Wo ist das?«, fragte der junge Mann mit dem Turban und der bronzefarbenen Haut.

»Fahren Sie los, ich sage es Ihnen unterwegs«, befahl Juliette, die sich nicht mehr von diesen Taxifahrern beeindrucken ließ, die neu hier waren und die Stadt genauso wenig kannten wie ein Tourist, der eben erst eintraf.

Sam gelangte nach Greenwich Village und fand zum Glück einen Parkplatz keine hundert Meter von seinem Haus entfernt. Es war ein hübsches zweistöckiges Backsteinhaus, direkt hinter dem Washington Square an einer asphaltierten schmalen Straße, in der ehemalige Viehställe in hübsche Apartments umgebaut worden waren. Sams Haus mit seinem unauffälligen Charme gehörte dem Besitzer einer angesehenen Kunstgalerie in der Mercer Street. Sam hatte Jahre zuvor mit Erfolg dessen Sohn behandelt und zum Dank überließ ihm der Mann das Haus zu einer vernünftigen Miete. Sam war das Haus eigentlich zu luxuriös, aber damals nahm er es, damit Federica ihr Atelier einrichten konnte.

Als er die Haustür öffnete, traf es ihn wie ein Blitz aus heiterem Himmel, und für einen Augenblick erhellte das strahlende Gesicht der jungen Französin das Labyrinth seiner düsteren Gedanken.

»Warten Sie hier auf mich, ich komme gleich wieder.«

Das Taxi hatte Juliette zum Haupteingang der Klinik gefahren. Die junge Frau ging entschlossen auf die Automatiktür zu. War sie wirklich eine gute Schauspielerin? Gleich würde sie es wissen. Falls ja, würde es ihr gelingen, die Adresse von Sam Galloway herauszukriegen. Meryl Streep hätte es in ihrer besten Zeit bestimmt geschafft. Natürlich war sie nicht Meryl Streep, aber sie war bereits ziemlich verliebt und das konnte im vorliegenden Fall sicher von Nutzen sein.

Juliette warf einen Blick auf ihre Armbanduhr, atmete tief durch und betrat die Klinik.

Während sie auf die Aufnahme zueilte, hob sie den Kopf, warf die Haare zurück und achtete darauf, sich besonders gerade zu halten. Ein solches arrogant aristokratisches Auftreten musste im Allgemeinen durch Geburt erworben werden, es sei denn, man war eine gute Schauspielerin.

»Ich möchte gern Sam Galloway sprechen«, bat sie in höflichem, aber gleichzeitig ein wenig hochnäsigem Ton.

Die Angestellte warf einen Blick auf seinen Dienstplan und sagte, was Juliette bereits wusste:

»Tut mir Leid, Madam, aber Dr. Galloway ist vor drei Stunden nach Hause gegangen.«

»Das ist aber unerfreulich«, erwiderte Juliette verärgert, »wir hatten uns hier verabredet.«

Juliette holte ihr Handy heraus und tat so, als wähle sie eine Nummer.

»Sein Handy ist ausgeschaltet«, erklärte sie der Angestellten, die auf diese Weise zur Zeugin wurde.

Dann wühlte sie in ihrer Tasche, nahm einen Stapel Papiere (die Veranstaltungsprogramme) heraus und schwenkte sie in alle Richtungen, damit niemand sie entziffern konnte. »Diese Verträge werden nicht rechtzeitig unterschrieben sein«, äußerte sie verzweifelt und schien in Panik zu geraten.

»Kann das nicht warten?«

»Nein, es ist sehr dringend. Ich muss sie unbedingt morgen früh abgeben.«

»Ist es wirklich so wichtig?«

»Wenn Sie wüssten ...«

Die Angestellte runzelte nachdenklich die Stirn und Juliette begriff, dass sie das Spiel fast gewonnen hatte. Sie beugte sich ein wenig vor und sagte in vertraulichem Ton: »Darf ich mich vorstellen? Ich bin Juliette Beaumont, Anwältin.«

Sam hatte das Feuer im Kamin angezündet. In New York fiel zwar häufig Schnee, aber der Schneesturm verstärkte noch das Kältegefühl. Während sich die Wohnung erwärmte, zog er Mantel und Jackett aus und fuhr sich durch die Haare.

Das Wohnzimmer war der gemütlichste Raum des Hauses, vermutlich wegen des großen Rundfensters zur Straße hinaus. Das bunt zusammengewürfelte Mobiliar verlieh dem Zimmer eine angenehme Atmosphäre. In einer Ecke stand ein alter Plattenspieler neben einem Klavier aus den dreißiger Jahren, das aus einer Kirche stammte. Gegenüber befand sich ein altes Ledersofa.

Etwas verwirrend für einen Besucher waren sicher die leeren Rahmen an der Wand. Sam hatte Federicas Fotos und Bilder entfernt, nur die kunstvoll gearbeiteten Einfassungen waren übrig geblieben, sie strahlten etwas Geheimnisvolles und Gespenstisches aus. Sam ließ den Blick über die alten Schallplatten gleiten, die er auf dem Trödelmarkt günstig erstanden hatte: Bill Evans, Duke Ellington, Oscar Peterson ... Juliettes Stimme, die er immer noch im Kopf hatte, führte ihn zu einer zärtlichen Melodie:

You Are So Beautiful To Me, gesungen von dem jungen Joe Cocker.

Er legte die Platte auf und ließ sich schwer auf das Sofa fallen. Er schloss die Augen und war dermaßen erschöpft, dass er sich ziemlich sicher war, nicht einschlafen zu können. Überhaupt fand er in letzter Zeit so wenig Schlaf, dass er sich nicht einmal mehr die Mühe machte, ins Bett zu gehen. Er legte sich ein paar Stunden aufs Sofa – oder wenn er Nachtdienst hatte auf ein Klinikbett – und dämmerte in halbwachem Zustand bis zum Morgengrauen dahin. Nie war er wirklich erholt, wenn er einen neuen Tag begann.

Bruchstücke des Abends, die von der Musik getragen wurden, drangen in sein Bewusstsein. Die Müdigkeit hinderte ihn, klar zu denken. Sollte er sich dazu beglückwünschen, vernünftig gewesen zu sein, oder sich verfluchen, weil er alles verdorben hatte? Bei dieser Frage musste er an Pater Hathaway denken, einen ungewöhnlichen Priester, der seine Kindheit begleitet und ein paar Jungs aus Bed-Stuy – wie ihn selbst – davon abgehalten hatte, die Grenze zur Kriminalität zu überschreiten. Der Pater kannte sich mit der menschlichen Natur aus und sagte häufig: »Der Mensch widersteht der Versuchung nicht, deshalb muss er ihr aus dem Weg gehen.«

Plötzlich kam Joe Cockers Stimme ins Trudeln, als sei das Haus von einem leichten Erdbeben erschüttert worden. Sam öffnete die Augen: Das ganze Zimmer lag im Dunkeln.

Er tastete sich zum Sicherungskasten, als ihm einfiel, dass es sich um einen allgemeinen Stromausfall handeln könnte. Er öffnete die Vorhänge und schaute zum Fenster hinaus. Manhattan war in

Dunkel getaucht und wurde nur durch die Scheinwerfer der Autos und den weißen Schnee erhellt, der in der Nacht fluoreszierte.

Sam zündete ein paar Kerzen an und legte noch ein Holzscheit in den Kamin. Plötzlich tastete sich ein Lichtstreifen über die Zimmerdecke. Sam blickte zum Fenster hinaus. Der Schnee glänzte im Licht: Ein Taxi lud einen Fahrgast am oberen Ende des Washington Mews ab.

Es war eine Frau.

Ein wenig orientierungslos kam sie die Straße herunter, hinterließ flache Spuren, die das Schneegestöber schnell verwischte.

Juliette zitterte vor Kälte und Besorgnis. Ihr Herz schlug zum Zerspringen. In der Dunkelheit hatte sie Mühe, die richtige Hausnummer zu finden. Sie ließ sich einfach von ihrer Intuition leiten.

Nur wenige Meter von ihr entfernt öffnete sich plötzlich eine nachtblaue Tür. Sam kam auf sie zu.

In seinem Blick entdeckte sie jene intensive Flamme, die sie bereits kannte. Diese unterschiedlichen blau und grün mit Goldsplittern gesprenkelten Augen glänzten in der Nacht wie Smaragde.

Betört vom Rausch des Unbekannten, gab sie sich ganz dem Augenblick hin. Sie wusste, dass in einer Beziehung die nun folgenden Sekunden häufig die schönsten waren: der verzauberte Augenblick vor dem ersten Kuss.

Zuerst zwei Lippen, die sich flüchtig berühren und sich suchen. Der Atem zweier Menschen, der sich in der Kälte vermischt. Ein zärtlicher Kuss, der sich beinahe wie ein Biss anfühlt. Ein Kuss, mit dem man das Intimste des anderen berührt.

Ohne Vorbehalte schmiegt sich Juliette an Sam. Im selben Moment empfindet sie etwas Heftiges, etwas Zerstörerisches für ihn. Eine Anziehung voller Faszination und Furcht. Ein starkes Brennen, ein köstlicher Schmerz ...

Sam zieht sie ins Haus und schließt die Tür, ohne sie loszulassen.

Er hilft ihr aus dem Mantel, der zu Boden fällt.

Sie knöpft sein Hemd auf und wirft es in hohem Bogen über eine Nachttischlampe. Ihre Hände zittern ein wenig.

Er zieht ihr die Jacke aus. In der Eile löst sich ein Knopf und rollt zu Boden.

Keine Empfehlung für Colleens Schneider!

Sie bemerkt direkt unter seiner Schulter eine sternförmige Narbe.

Er küsst sie auf den Hals, sie wirft den Kopf in den Nacken.

Sie knabbert an seinen Lippen und küsst ihn behutsam, wie um eine Wunde zu heilen.

Sie hebt die Arme hoch, damit er ihr den Pullover über den Kopf streifen kann.

Er löst ihren Rock, der zu Boden flattert. Sie drängt sich an ihn.

Das Zimmer liegt immer noch im Halbdunkel. Juliette entdeckt an einer Wand einen großen Schreibtisch, auf dem sich Bücher stapeln. Sam schiebt sie einfach beiseite.

Sie setzt sich auf den derart frei geräumten Platz. Sam streift ihre Schuhe ab, rollt ihre Strumpfhose herunter. Langsam streicht er mit dem Finger über ihre Lippen, während sie seine Jeans öffnet.

Ihre Wangen glühen, als pulsiere frisches Blut durch ihren Körper. Sie beugt sich über ihn und genießt seine samtene Haut. Er riecht nach Zimt.

Sie können den Blick nicht voneinander lösen. Sie nimmt seine Hände und legt sie auf ihre Brüste. Seine Hände und seine Zunge liebkosen ihre Brust, dann ihren Bauch. Er atmet den Duft ihrer Haut ein, sie riecht nach Lavendel. Sie versenkt den Blick in seinen. Er schließt sie in seine Arme. Sie schlingt die Beine um seine Taille. Er nähert sein Gesicht dem ihren, um sie zu küssen. Sie findet ihn erstaunlich zärtlich, als ob er fürchte, er könne ihr aus Versehen wehtun.

Für ihn war es so noch nie. In ihrer Umarmung sind all seine Sinne ungeheuer wach. Er hört sein Herz schlagen, vernimmt das intensive Geräusch seines Atems. Er fühlt sich verloren, steht neben sich, als hätte ein anderer Mann die Kontrolle über seinen Körper übernommen, und doch ist er noch nie in seinem Leben so sehr er selbst gewesen.

Dann gibt es kein *Er*, kein *Sie*, kein Vorher und kein Nachher, keinen Süden und keinen Norden mehr. Nur die Vereinigung zweier Exilanten auf einem unbekannten Kontinent. Das Feuer zweier einsamer Menschen, die sich aneinander klammern. Auf einem anderen Planeten, unter einem anderen Himmel, in einem kleinen schneebedeckten Haus, unten in Manhattan.

Sam lag quer über dem Bett und sein Kopf ruhte in Juliettes Schoß. Die junge Frau strich ihrem Geliebten durch die Haare. Sie fühlte sich wohl. Ihr Körper schien ihr wie neu, wie regeneriert.

Sie waren etwas verlegen, suchten nach Worten.

Ohne ihre falsche Identität zuzugeben berichtete sie ihm kurz, wie sie »seine Spur gefunden« hatte. Er sagte, er sei froh, dass sie gekommen sei. Als sie nicht mehr wussten, was sie noch sagen sollten, küssten sie sich wieder, und es war wunderbar.

Später begutachtete sie die Regale seiner Bibliothek, bemerkte die leeren Rahmen, aber unterließ es geflissentlich, Fragen nach seiner Frau zu stellen.

Um zwei Uhr morgens stellten sie fest, dass sie Hunger hatten. Da der Kühlschrank leer war, schlüpfte Juliette in ihren Mantel und kämpfte sich durch die Kälte zu einem kleinen Lebensmittelladen direkt hinter dem Washington Square, der rund um die Uhr geöffnet hatte. Ein paar Minuten später war sie mit *bagels, cream cheese,* einer Dose Grapefruitsaft und einer Tüte Süßigkeiten zurück.

Sie wickelte sich in die Bettdecke und kuschelte sich an ihn. Wie die Kinder machten sie sich einen Spaß daraus, Marshmellows auf lange Metallspieße zu stecken und zu rösten. Sie öffnete die Grapefruitdose, nahm einen Schluck, beugte sich über Sam und träufelte den Saft in seinen Mund.

Später schliefen sie nebeneinander ein, sie lauschten dem Wind, der ums Haus fegte. Sie hörten fern, aber klar und deutlich, das typische Geräusch von Hupen und Sirenen, das einem manchmal den Eindruck vermittelte, in einer belagerten Stadt zu leben.

Um vier Uhr morgens wachte Sam plötzlich auf. Der Strom war wieder da, und der Fernseher, den sie in der Küche angelassen hatten, strahlte stumme Bilder aus.

Er stand auf, um ihn auszuschalten. Automatisch zappte er durch ein paar Kanäle, was wie eine Erinnerungsspritze auf ihn wirkte: Draußen ging das wirkliche Leben weiter und das Tagesgeschehen lieferte seinen Anteil von Angst, Opfern und menschlichem Wahnsinn ab.

Irgendwo im Nahen Osten war ein Bus explodiert und hatte ungefähr zwanzig Tote gefordert. Irgendwo in Südamerika war in einem Gefängnis ein Großbrand ausgebrochen. Bilanz: 130 verkohlte Leichen, denn die Gefängnisverwaltung hatte »vergessen«, ein paar Zellen aufzuschließen. Unterdessen präsentierte in Japan ein berühmter Couturier seine neue Hundebekleidungs-Kollektion und als Höhepunkt einen Hundeschmuck aus Pelz und Diamanten zum Preis von fünfundvierzigtausend Dollar. Auf dem Wissenschaftskanal diskutierten namhafte Professoren immer noch endlos über die Ursachen der Klimaerwärmung, während gleichzeitig das Packeis unaufhörlich schmolz. Ein riesiger Eisblock, so groß wie New Jersey, löste sich von der Antarktis und trieb einsam auf einem Meer der Tränen dahin.

Sam verharrte eine Zeit lang vor dem Fernseher, hypnotisiert und zugleich entsetzt über diese Verletzungen des Planeten. Er empfand über den Bildschirm hinweg eine Art Mitleid.

Zum Glück erlöste ihn ein neuerlicher Stromausfall von dieser Qual und er legte sich wieder neben den Engel, der im Nebenzimmer schlief.

8

Die Luft besteht nur noch aus Strahlen,
weil so viele Engel umherschwirren.

Agrippa d'Aubigné

Die Vorhänge aus Musselin lassen viel Licht herein
und deshalb ist an Ausschlafen nicht zu denken.

Bereits seit einigen Minuten spürt Juliette, dass
ein Sonnenstrahl so heimtückisch unter ihre Lider
zu dringen versucht wie ein Fischer, der eine Auster mit dem Messer zu öffnen trachtet. Sie widersteht diesem Feind mehr schlecht als recht, bis Dan
Arthur, der nervtötende Sprecher von Manhattan
101,4, ihr dank der »Magie der Kurzwellen« in die
Ohren brüllt:

Willkommen bei Manhattan 101,4!

Es ist neun Uhr, bereits neun Uhr. Gibt es zu die-
ser Zeit noch irgendwelche Faulpelze, die im Bett
liegen? Das kann ich gar nicht glauben. Zumal die
Sonne hoch am Himmel steht. Auf dem Programm
stehen heute: Schlitten fahren im Central Park, Ski
laufen und Schneeballschlacht ...

Die gute Nachricht: Die Flughäfen sind wieder
in Betrieb und alle Wochenendflüge können statt-
finden. Doch Vorsicht vor Glatteis und Schnee-
lawinen von den Dächern. Zwei Personen erlitten
einen Herzschlag, als sie versuchten, die Gehwege
vor ihrem Haus freizuschaufeln.

Also Vorsicht ...

*Halten Sie sich weiterhin mit Manhattan 101,4
auf dem Laufenden, dem Radiowecker …*

Dan Arthurs Wortschwall wird plötzlich abge-
würgt. Sam hat mit einem gezielten Handflächen-
schlag den Sprecher zum Schweigen gebracht.

Juliette springt aus dem Bett. Auch wenn sie
wie ein Baby geschlafen hat, spürt sie erneut die
Angst vor dem Morgen. Gestern Abend haben sich
die Ereignisse dank ihres gegenseitigen übermäch-
tigen Verlangens überschlagen, doch heute Morgen
sieht sie sicher grauenhaft aus. Sie muss unbedingt
ins Bad, um ihr Make-up zu richten und sich etwas
frisch zu machen.

*Wie verhält man sich nach einer solchen Nacht?
Sammelt man seine Sachen ein, sagt danke und
adieu und kehrt in seine Wohnung zurück?*

Doch Sam zieht sie an sich und beantwortet
die unausgesprochene Frage mit einem glühenden
Kuss.

Zuerst führt sie ihn in ein kleines Café, das sich
hinter einer Tür ohne Schild verbirgt. Dieses beinahe geheime Lokal wird von einer Französin geführt,
die aus einem kleinen Glasbläserdorf in den Alpes-
Maritimes stammt. Von den karierten Tischdecken
bis zu den alten Dosen von Chicorée Leroux und
Banania auf den Regalen ist alles so eingerichtet,
um die Atmosphäre eines alten Dorfbistros zu
schaffen. Die strohgelbe Farbe der Wände, die alten
Reklametafeln und die Terrakottafliesen erwecken
jedoch eher den Eindruck eines gemütlichen Wohn-
zimmers als eines traditionellen Cafés.

Nur wenige Stammgäste kennen die Adresse

und halten sie streng geheim, um zu vermeiden, dass sich das Café in einen Touristentummelplatz verwandelt.

In diesem intimen französischen Café mitten in New York erklärt Juliette Sam die Köstlichkeit von echtem Milchkaffee und Marmeladencroissants, während im Hintergrund ein alter Kassettenrekorder Melodien aus den sechziger Jahren spielt. Françoise Hardy singt eines ihrer erfolgreichen Chansons. Juliette summt den Refrain mit. Sam fragt neugierig, wovon das Lied handelt. Juliette übersetzt ein paar Worte für ihn:

… du gleichst all jenen, die Kummer hatten, aber der Kummer der anderen interessiert mich nicht, da die Augen der anderen weniger blau als deine sind …

Dann schlendern sie durch die kleinen kurvigen und friedlichen Gassen von Greenwich Village. Der Himmel glänzt metallisch grau und die ganze Stadt liegt unter knirschendem glänzendem Raureif. Am Washington Square treffen sie auf Studenten der NYU, der größten Universität der Stadt, die mehrere Blocks des Viertels einnimmt.

Im Augenblick ist alles gut.

Sie umarmen sich wie zwei Teenager, halten sich an den Händen und küssen sich an jeder Straßenecke.

Es ist elf Uhr. Wegen des Schnees liegen in vielen Zeitungsautomaten noch die Zeitungen von gestern. Juliette erlebt so etwas zum ersten Mal in New York, in der Stadt, in der die Zeit nie anhält.

Aber diese Zeit wird nicht lange anhalten.

Gegen Mittag schauen sie bei Balducci's vorbei, einem berühmten italienischen Lebensmittelgeschäft im Village. Die Auslagen und Vitrinen bieten Wintergemüse, Meeresfrüchte und Fertiggerichte. Innen duftet es köstlich nach Kaffee und Keksen. Wie so oft, ist das Geschäft überfüllt, aber das macht auch einen Teil seines Zaubers aus.

Juliette nimmt alle möglichen Dinge in die Hand, eilt von Regal zu Regal, um Zutaten für ein improvisiertes Picknick zusammenzusuchen: Sesambrot, *pastrami* (mariniertes Rindfleisch, gekocht und leicht geräuchert), *cheesecake*, *pancakes*, Ahornsirup aus Vermont ...

Sie essen auf einer Bank im Central Park, gegenüber dem zugefrorenen Ententeich.

Nach dem Dessert feuchtet sie eine Papierserviette mit Speichel an, beugt sich zu Sam und wischt ihm einen Tropfen Sirup von den Lippen.

Die Luft ist von trockener klarer Kälte erfüllt, brennt wie Feuer, doch der Himmel ist wolkenlos. Sam verschwindet für einen Moment. Um sich aufzuwärmen hüpft Juliette von einem Fuß auf den anderen und reibt sich die Hände.

»Um eine Unterkühlung zu vermeiden«, sagt Sam. In den Händen hält er einen großen Kaffee, den er bei einem ambulanten Händler gekauft hat. Sie umfassen beide den dampfenden Becher. Ihre Gesichter sind ganz nah. Juliette senkt den Blick und lächelt. Noch nie hat ein Mann sie so intensiv betrachtet.

Später streicht sie indianisches Dermophil auf seine rissigen Lippen, küsst ihn, trägt erneut Dermophil auf, küsst ihn und küsst ihn ...

Als sie über die Gapstow Bridge im Central Park gehen, bittet eine alte Frau, vermutlich eine Zigeunerin, höflich um einen Dollar. Ohne zu zögern gibt Sam ihr fünf. Die Frau rät ihnen, sich etwas zu wünschen, bevor sie am Ende der Brücke angelangt sind.

Wetten, dass ...?

Es ist Nachmittag. Er filmt sie mit seiner Digitalkamera, die er im Allgemeinen benutzt, um medizinische Eingriffe festzuhalten. Er folgt ihr durch die Straßen der Stadt: die Madison, die 5., die Lexington ... Sie tanzt, läuft, lacht und singt vor seiner Kamera. Sie fühlt sich wie siebzehn. Ihre Augen funkeln und ihr Lächeln strahlt. Unter Sams Blick fühlt sie sich schön und neu, »anders«, und doch »sie selbst«. Einen Augenblick lang vergisst sie all ihre Hemmungen und Ängste. Erstaunt stellt sie fest, wie zerbrechlich Selbstachtung ist, wenn sie direkt vom Blick des geliebten Menschen abhängt. Und wie ein paar verzauberte Stunden die Jahre der Demütigung eines armseligen Lebens verfärben können.

Sam ist von Juliettes Energie und Heiterkeit fasziniert. Sie ist begabt fürs Leben, er nicht. Seine ganzen privaten Erfahrungen lassen ihn an den kurzen Augenblicken des Glücks zweifeln, als ob sie widernatürlich wären. Von jeher ist er darauf gefasst, das Schlimmste hinzunehmen, und es fällt ihm schwer, seine Abwehr aufzugeben. Glück ist in seinem Terminkalender nicht vorgesehen. Er rechnet nicht damit. Auf jeden Fall nicht in dieser Form.

Und das Glück ist so vergänglich ...

Die Sonne geht über dem Hudson unter und taucht den Himmel in Orange und Rosa.

Am frühen Abend genießen sie gemeinsam ein Bad in Sams Haus. Juliette holt aus einem Regal eine Flasche mit Duftöl, die neben einer kobaltblauen Vase stand, und verwandelt die Badewanne in eine Quelle der Sinnlichkeit. In wenigen Sekunden bildet sich ein betörender Dampf aus Lavendelduft.

Er sagt zu ihr, sie sei sein Frühling und sein Weihnachten. Sie macht ihm flammende Liebeserklärungen, rezitiert Gedichte auf Französisch, damit er sie nicht versteht und sich nicht über ihre Naivität lustig machen kann. Damit sie sich nicht schämen muss.

Sie döst kurz ein oder tut zumindest so. Er versucht sie anhand ihrer Atembewegungen zu deuten. Er stellt sich vor, sie sei ängstlich, liebend und großzügig ...

Sie denkt flüchtig an ihre Schwester, an den Gendarm in Limoges, an die Großraumlimousinen ihrer Freunde. Jetzt erscheint ihr all dies unwichtig, weit weg, mittelmäßig. Sie pfeift darauf, weil sie mit ihm zusammen ist.

Sie glauben beide nicht an das Schicksal. Sie glauben nur an den Zufall, der dieses Mal alles gut gemacht hat.

Sie amüsieren sich sogar darüber, dass sie um ein Haar einander verpasst hätten. Hundertmal erleben sie die Szene ihrer Begegnung aufs Neue. Sam erklärt ihr, dass er gewöhnlich nie über den Times Square nach Hause fährt. Juliette berichtet, dass sie keine Absicht hatte, aus dem Haus zu gehen, dass sich im letzten Moment alles durch ein seltsames *Zusammentreffen von Umständen* ergeben habe.

Das Leben ist entschieden gut gemacht, denken beide und preisen die Launen des Zufalls. Denn seien wir realistisch, wovon kann denn der Lauf der Ereignisse abhängen, wenn nicht vom Zufall? Im Wirbel des Alltags ist er der Sandkrümel, der das Leben auf den Kopf stellt. Ein kleiner Nagel auf der Fahrbahn. Ihr Vater fährt auf dem Weg zum Bahnhof darüber. Er muss den Reifen wechseln und verpasst den Zug. Er nimmt den nächsten und stellt sich in einen Waggon. »Meine Damen und Herren, Fahrscheinkontrolle.« Verflixt, er hat vergessen, seinen Fahrschein zu entwerten. Zum Glück hat der Schaffner einen guten Tag. Er schlägt ihm sogar vor, in die erste Klasse zu wechseln, weil dort Plätze frei sind. Und dort lernt Ihr Vater Ihre Mutter kennen. Sie lächeln sich an, unterhalten sich, scherzen miteinander und neun Monate später kommen Sie auf die Welt. Davon ausgehend würde alles, was Sie während Ihres Erdendaseins erleben, niemals geschehen, wenn an jenem Morgen ein kleiner rostiger Nagel von drei Zentimetern Länge nicht genau dort gelegen hätte. *Zufall.* Davon also hängt unser glorreiches Leben ab: von einem Nagel, einer nicht richtig festgezogenen Schraube, von einem Zug, der Verspätung hat ...

Weder Sam noch Juliette glauben an das Schicksal. Doch einige Stunden später wird einer von beiden unter dramatischen Umständen dazu gebracht, seine Meinung zu ändern. Vielleicht ist doch nichts ganz und gar zufällig. Vielleicht müssen bestimmte Ereignisse um jeden Preis eintreten.

Als wären sie in einer Art Buch des Schicksals festgeschrieben.

Vergleichbar vielleicht ein wenig mit dem Bogen, der in grauer Vorzeit gespannt wurde und immer gewusst hat, wo und wann er treffen soll ...

Aber im Augenblick läuft alles gut. Es ist 22:30 Uhr. Sie essen in einem Restaurant auf einem ausgedienten Lastkahn, der auf der anderen Seite des Hudson am Kai liegt. Der Blick auf die Brooklyn Bridge ist beeindruckend.

Ein Lufthauch zieht durch den Raum.

Sie bemerkt mit einem Lächeln: »Ich habe meinen Mantel nicht mitgenommen, ich weiß schon, dass es sich nicht lohnt, wenn du dabei bist.«

Und zum zweiten Mal in ihrer Geschichte legt er ihr sein Jackett über die Schultern.

In der Nacht von Samstag auf Sonntag schlafen sie nicht. Sie haben sich so viel zu sagen, sie müssen sich so viel lieben. Und jedes Mal ist es wieder eine Auferstehung, ein innerer Tornado, eine Projektion in die Unendlichkeit.

Sie staunen, wie viele ihrer Begierden gleichzeitig befriedigt werden, wie jeder dem anderen genau das gibt, was er braucht. Sie spürt in ihm eine Kraft und eine Sicherheit, die ihr immer gefehlt haben, er in ihr eine Freiheit und eine Sanftheit, die ihm immer gefehlt haben.

Schweißperlen stehen auf seiner Stirn. Wie am Tag zuvor geht sie wieder los, um in dem kleinen Deli hinter dem Washington Square etwas zu essen zu besorgen. Die Kälte und die Nacht sorgen dafür, dass das Viertel wie ausgestorben zu sein scheint. Als sie über den Platz geht, gefällt ihr die Vorstellung, die Stadt gehöre ihr.

Dieses Mal bringt sie bunte Kerzen und eine lange schmale Flasche Eiswein aus Ontario mit. Juliette befreit die Flasche vom Packpapier und geht mit einem geradezu sachlichen Lächeln auf Sam zu.

»Auf alle Fälle glaube ich, dass wir uns den nicht entgehen lassen sollten ...«

Er gießt die strohgelbe Flüssigkeit in ein großes Glas und sie benetzen damit nacheinander ihre Lippen. Er hat so etwas noch nie getrunken. Sie erklärt ihm, dass dieser besondere Wein aus gefrorenen Trauben hergestellt wird, die bei minus zehn Grad ausgepresst werden, damit die Eiskristalle in der Presse bleiben.

Der Nektar ist lieblich, schmeckt nach Pfirsich und Aprikose und lässt ihre Küsse honigsüß werden.

Sie trinken ein Glas nach dem anderen, sinken sich in die Arme und lassen sich treiben.

Die Zeiger der Uhren drehen sich und es ist bereits Sonntag. Die Sonne überflutet das Wohnzimmer. Juliette trägt eines von Sams Gauloise-blauen Hemden und eine seiner Unterhosen. Sie hat es sich in den Kissen auf dem Sofa gemütlich gemacht und liest die *New York Times* vom Wochenende, die einen Umfang von mehr als dreihundert Seiten hat. Sam hat Kaffee gekocht und spielt Klavier. Aber er spielt immer mal wieder falsch, was nicht verwunderlich ist, weil er die Augen nicht von der Frau auf dem Sofa wenden kann, als sei sie ein Kunstwerk.

Später am Vormittag machen sie einen Spaziergang über den Sutton Place, entlang der Promenade am East River. Wie auf einem Plakat für einen Woody-Allen-Film sitzen sie auf einer Bank mit der Queensboro Bridge im Hintergrund, die sich imposant über Roosevelt Island spannt. Im Wind und im Rauschen der Wellen verliert sich jeder in der Wärme des anderen. Juliette schließt die Augen, um sich besser diesem Augenblick hingeben zu können.

Getragen von einer Woge unbestimmter Melancholie begreift sie, dass sie bereits Erinnerungen zu sammeln beginnt, die sie lange mit sich herumtragen wird. Sie weiß, dass sie nichts an ihm vergessen wird, weder die Form seiner Hände noch den Duft seiner Haut oder die Intensität seines Blicks.

Sie weiß auch, dass diese Augenblicke des Glücks ihr nicht völlig gehören, da sie nicht »Anwältin Juliette Beaumont« ist.

Egal, sie sammelt Bilder dieser gestohlenen Augenblicke und wird sie an einsamen Abenden vor ihrem inneren Auge vorbeiziehen lassen, wie einen alten Film, den man immer wieder anschauen kann.

Denn das Hochgefühl einiger Stunden Glück genügt zuweilen, um die Enttäuschungen und die Gemeinheiten erträglich zu machen, die das Leben uns unweigerlich beschert.

9

Aber das Leben trennt jene, die sich lieben ...

Jacques Prévert

Sonntag, 16 Uhr

Warum nur war ich einverstanden, dass er mit-kommt?, fragte sich Juliette im Taxi, das sie zum Flughafen brachte.

Sie hatte sich am späten Vormittag von Sam verabschiedet, um ihr Gepäck zu holen und sich für die Reise umzukleiden.

Sam hatte vorgeschlagen, sich am Check-in des JFK zu treffen. Sie hätte das ganz entschieden ablehnen müssen, denn sie fühlte sich emotional nicht stark genug für eine herzzerreißende Abschiedsszene. Aber da sie verliebt – und also schwach – war, hatte sie zugestimmt.

Die Strahlen einer tief stehenden Sonne brachen sich an den Scheiben des Taxis, das sie vor der Abflughalle absetzte. Der Taxifahrer half ihr, die schweren Koffer zu tragen. Juliette blickte auf die Tafel mit den Abflugzeiten auf dieser Seite der Halle. Gott mochte wissen, weshalb sie sich in diesem Moment an die Worte des seltsamen Mannes im Coffeeshop erinnerte: »Nichts ist wirklich unbedeutend, aber nicht immer fürchtet man die Folgen seiner Handlung. Sie sollten sich vor Ihrer Abreise dessen bewusst sein.« Vor allem diese Worte klangen merkwürdig in ihr nach: »Vor Ihrer Abreise.«

Sie stellte ihre Koffer auf einen Wagen und ging durch die Automatiktür. Ihr Kopf hoffte, dass Sam nicht kommen möge.

Sam parkte seinen Wagen in einem unterirdischen Parkhaus und kam über das lange Laufband zur Abflughalle.

Er wusste, er hätte nicht kommen sollen. Um sich davon zu überzeugen, hatte er in seinem Kopf die Platte mit dem Verstand aufgelegt. Sicher hatten sie zwei wunderbare Tage verbracht, als ob sie ganz allein auf der Welt wären, ganz ohne Bezugspunkte. Aber das war eine gefährliche Illusion. Sie hätten mehr Zeit gebraucht, um ihre beginnende Liebe auf eine solide Basis zu stellen.

In Wahrheit war er völlig durcheinander, war von etwas überrannt worden, dessen Vorhandensein er nicht einmal geahnt hatte. Er schwebte noch immer im siebenten Himmel, gleichzeitig aber quälten ihn Gewissensbisse, weil er sie wegen Federica belogen hatte. Wenn er Juliette jetzt die Wahrheit sagte, wofür würde sie ihn dann halten? Sicher für einen psychisch gestörten Typen. Im Übrigen, war er das etwa nicht?

Er durchquerte die Halle bis zur Tafel mit den Abflugzeiten, entdeckte den Check-in und stürzte darauf zu. Es herrschte geschäftiges Treiben, dennoch fand er Juliette schnell. Sie stand in einer Schlange, um ihr Gepäck aufzugeben. Einen Augenblick lang betrachtete er sie, ohne sich zu zeigen. Sie hatte ihr Kostüm gegen lässige Kleidung eingetauscht. Sie trug eine abgewetzte Jeans mit Gürtel, einen bunten Pulli, eine Lederjacke und einen langen bunten Schal. Über der Schulter trug sie eine Reportertasche aus hellem Leder und an den Füßen Converse-Schuhe.

Sie sah überhaupt nicht mehr wie eine Anwältin aus, sondern eher wie eine Kunststudentin aus den siebziger Jahren. Er fand sie jünger, einfacher und schöner.

»Hallo«, sagte er und trat auf sie zu. Dafür erntete er den strengen Blick eines Familienvaters, der mit seinen Gören überfordert war.

»Hallo«, erwiderte sie gekünstelt ungezwungen.

Er legte ihr die Hand auf die Schulter und wartete neben ihr. Sie hatten sich bereits so weit voneinander entfernt und waren sich doch noch so nah, sie fühlten sich gehemmt und linkisch und wagten es kaum, sich anzusehen oder miteinander zu reden. Wenige Stunden der Trennung hatten genügt, um ihr so natürlich erscheinendes Einvernehmen in Befangenheit zu verwandeln.

Als Juliette an die Reihe kam, half Sam ihr, die Koffer auf das Förderband zu stellen. Dann schlug er ihr vor, einen Kaffee zu trinken. Geistesabwesend wie ein Roboter folgte sie ihm, als wäre sie bereits auf der anderen Seite des Atlantiks, in Frankreich.

Die Cafeteria lag direkt an der Rollbahn. Juliette setzte sich ans Fenster, während Sam sich um die Getränke kümmerte. Für sich bestellte er einen *caffe latte*, für sie einen *caramel macchiato*.

Er stellte das Tablett auf dem Tisch ab und nahm ihr gegenüber Platz. Sie war mit den Gedanken anderswo und wich seinem Blick aus. Er betrachtete sie aufmerksam. Auf ihrer Lederjacke bemerkte er einen Sticker, auf dem stand: *I sur-*

vived NY und auf einem anderen: *No war – Make love instead.*

Er nahm seinen ganzen Mut zusammen und brach das Schweigen, wobei er auch noch versuchte, die Stimme der Vernunft zu Wort kommen zu lassen:

»Ich glaube, wir haben uns ziemlich gedankenlos einander in die Arme geworfen ...«

Sie tat, als habe sie nichts gehört, trank einen Schluck Kaffee und beobachtete, wie ein Flugzeug auf einer Rollbahn landete.

»Wir haben alles übereilt. Ich kenne dich nicht wirklich und du mich auch nicht. Wir kommen aus zwei verschiedenen Welten, aus zwei unterschiedlichen Ländern ...«

»Alles okay, ich habe die Botschaft verstanden«, unterbrach sie ihn.

Eine Haarsträhne fiel ihr ins Gesicht. Er wollte sie ihr hinter das Ohr streichen, aber sie wehrte seine Hand ab.

Er machte einen neuerlichen Versuch und glaubte, nett zu sein, als er sagte:

»Wenn du mal wieder nach New York kommen solltest ...«

»Ach ja, wenn ich mal wieder nach New York kommen sollte und deine Frau gerade nicht da ist und du Lust auf ein Abenteuer hast, wäre es nett, wenn wir uns sehen würden.«

»Das wollte ich nicht sagen.«

»Lass es«, erwiderte sie mit einer abwehrenden Geste.

»Ich dachte, die Regeln seien klar«, beharrte er.

»Lass mich bloß in Ruhe mit deinen Regeln«, rief sie auf Französisch.

Dann erhob sie sich so plötzlich, dass ihr Kaffeebecher sich drehte und zu Boden fiel. Erst in diesem Moment begriff Sam, wie sehr er sie verletzt hatte.

Juliette brummte geringschätzig vor sich hin, während sie durch den Raum ging und die Cafeteria verließ. Sie versuchte, Haltung zu wahren.

In den Bemerkungen an den Nachbartischen kam mehrere Male der Begriff *french girl* vor, als ob vollkommen klar sei, dass sich nur eine Französin so benehmen konnte ...

Mit dem Ticket in der Hand rannte sie zur Abflughalle und biss sich auf die Lippen, um nicht loszuheulen.

Im Grunde ihres Herzens wusste sie, dass Sam nicht einmal Unrecht hatte.

Natürlich genügten keine zwei Tage Leidenschaft, um ein Paar zu bilden. Natürlich barg der Zauber einer Verliebtheit auf den ersten Blick nicht unbedingt die Verträglichkeit zweier Menschen auf lange Sicht. Und schließlich war Sam verheiratet, lebte sechstausend Kilometer von Paris entfernt, und vor allem – und das war für Juliette das Wichtigste – hatte sie ihn über ihren wahren sozialen Status getäuscht.

Mit gesenktem Kopf rannte sie los, überwältigt von ihren Gedanken und ihrem Kummer. Plötzlich bemerkte sie, dass ihre Brille im Koffer lag und sie kaum die Hinweisschilder lesen konnte. Im ersten Stock rannte sie in die falsche Richtung, kehrte um und stieg dann aber aus Unachtsamkeit auf ein Laufband in die Gegenrichtung.

Zwangsläufig rempelte sie ein paar Fluggäste

an, was ihr die ernste Rüge eines Polizisten einbrachte.

Sie fand tatsächlich, dies sei bereits der schlimmste Tag ihres Lebens …

Sehr geehrte Damen und Herren, eine Durchsage für die Passagiere für den Flug 714 nach Paris/Charles de Gaulle: Wir beginnen am Flugsteig 18 mit dem Einstieg. Bitte halten Sie Ihre Bordkarte und Ihren Pass bereit. Wir bitten die Fluggäste mit Sitzplätzen im Mittelgang als Erste zum Einstieg.

Geistesabwesend ließ sie die Sicherheitskontrolle über sich ergehen, zeigte mechanisch ihr Ticket und ihren Ausweis vor und betrat das Flugzeug.

Die Maschine war fast voll, und es herrschte drückende Hitze. Juliette suchte ihren Platz. Eigentlich saß sie lieber am Fenster, aber dieses Mal hatte man ihr einen Sitz zwischen einem wimmernden Jungen und einem Mann mit deutlichem Übergewicht zugewiesen. Eingezwängt zwischen diesen beiden Fluggästen atmete sie tief durch, um ihren Herzschlag zu beruhigen.

Im selben Augenblick hatte sie nur einen Wunsch: das Flugzeug zu verlassen und bei Sam zu bleiben. Sie wusste, dass das unvernünftig war. *Mit achtundzwanzig wird es Zeit, vernünftig zu werden, mein Mädchen,* dachte sie und sank auf ihrem Sitz zusammen. Sie musste stark sein. Sie war nicht mehr in dem Alter, in dem sie leichtfertig handeln durfte. Hatte sie im Übrigen nicht gerade beschlossen, solide zu werden? Gute Vorsätze zu fassen, wie ihre Schwester zu werden …

Sie würde ihren Stolz aufpolieren, nach Frankreich zurückkehren und endlich ein vernünftiges Leben beginnen. Sie musste langsam damit aufhören, sich für cleverer zu halten als die anderen. Künftig würde sie sich wie alle anderen verhalten: gebremst leben, das Lauwarme mögen, Kalorien zählen, entkoffeinierten Kaffee trinken, sich von Bioprodukten ernähren und jeden Tag eine halbe Stunde Fitnessübungen absolvieren.

Benimm dich nicht wie ein Teenager, rügte sie sich selbst. *Häng dich nicht an jemanden, der dich nicht will. Dieser Typ liebt dich nicht. Er hat nichts getan, um dich zurückzuhalten.*

Natürlich hatte es zwei Tage lang diese vollkommene Übereinstimmung zwischen ihnen gegeben, aber das war Augenwischerei: die Legende von der Liebe auf den ersten Blick, von der Literatur und Kino leben.

Erschöpft unterdrückte sie ein Gähnen. Eine Träne rollte über ihre Wange. Sie hatte heute Nacht kein Auge zugetan und in der Nacht zuvor auch wenig geschlafen. Ihr ganzer Körper schmerzte. Zum ersten Mal in ihrem Leben fand sie, dass es vielleicht besser wäre, sich von der Liebe fern zu halten.

Während die letzten Fluggäste Platz nahmen, legte Juliette ihren Gurt an und schloss die Augen.

In guten sechs Stunden würde sie in Paris sein.

Zumindest glaubte sie das.

Fast erleichtert über diesen Ausgang der Geschichte verließ Sam das Flughafengebäude. Die Sonne ging bereits unter. Er musste warten, um die drei Fahrbahnen überqueren zu können, die zum Parkhaus führten, in dem sein Wagen stand. An diesem Abend kehrten die New Yorker vom Wochenende zurück, und die Taxis fuhren wie üblich im Wettlauf mit der Zeit.

Sam zündete mit seinem alten abgenutzten Feuerzeug eine Zigarette an. Er inhalierte tief und atmete in der Kälte der Nacht den Rauch wieder aus. Warum war er so niedergeschlagen? Diese Geschichte konnte doch zu nichts führen. In seinem Leben war kein Platz für Juliette. Und dann war da noch die Lüge und die Last einer Vergangenheit, die er nicht verarbeitet und von der Juliette keine Ahnung hatte.

Doch er musste zugeben, dass sich in diesen zwei Tagen etwas in ihm gelöst hatte. Endlich fühlte er sich von dieser dumpfen Angst befreit, die ihn seit seiner Kindheit beherrschte.

Als er die Straße überqueren wollte, hielt eine geheimnisvolle Kraft ihn fest.

Nein, er durfte sich diese Chance nicht entgehen lassen. Wenn Juliette jetzt abflog, würde er es sein ganzes Leben lang bereuen. Plötzlich war er davon überzeugt, dass sie nicht ins Flugzeug gestiegen war, sondern in der großen Halle auf ihn wartete.

Er machte kehrt und rannte wie ein Wahnsinniger zurück. Lange Zeit hatte er geglaubt, er sei für glühende Leidenschaft und schmerzhaften Verzicht unempfänglich, aber das stimmte nicht. Die Liebe erfüllte ihn mit ebenso viel Furcht wie Lust. Nie zuvor hatte er ein solches Verlangen verspürt, zu leben und all die Ängste der Vergangenheit zu vergessen. Zum ersten Mal hielt er das sogar für möglich, und das dank einer Frau, die 48 Stunden zuvor noch eine Unbekannte für ihn war: die letzte Hoffnung eines Mannes ohne Hoffnung.

Er kam in die Abflughalle gerannt: keine Juliette. Er lief suchend umher. Nichts.

Er ging auf die Glasscheibe zu und sah, wie die Maschine für Flug 714 am Ende der Rollbahn auftauchte. Es war zu spät. Er hatte seine Chance gehabt und er hatte sie nicht genutzt. Vielleicht hätte es genügt zu sagen: Bleib! Aber er hatte es nicht gesagt.

Die Maschine blieb stehen, rollte dann wieder los und hob ab.

Sam blieb lange am selben Fleck stehen und blickte ihr hinterher.

Dann verlor er das Flugzeug aus den Augen.

Im Schutz seines Jeeps fuhr er nach Manhattan zurück. Unmerklich hatte sich die Nacht über die Stadt gelegt. Noch nie hatte er sich so gefühlt: Es gab jemanden, der ihm wie eine Droge fehlte. Er parkte in einer Querstraße des Sheridan Square und ging in der Kälte ein paar Schritte zu Fuß. Er hatte nicht unbedingt die Absicht, nach Hause zu fahren. Einsam und verletzbar fürchtete er sich, in sein leeres Haus zurückzukehren, in dem sie so glücklich gewesen waren, auf einer Insel des Glücks inmitten des Chaos.

Als er lief, erinnerte er sich an ihr Gesicht, ihren Geruch, ihre Art zu lächeln und den Funken Lebenslust, den sie stets in sich trug. Um die Erinnerungen zu verdrängen, die ihn zu überfluten drohten, betrat er die erstbeste Bar, an der er vorbeikam.

Die Silk Bar war kein ruhiges Etablissement, in der man Backgammon oder Schach spielen konnte, sondern eher ein moderner Pub, wie sie gerade »in« waren, gemütlich und mit guter Musik. Sam bahnte sich mühsam einen Weg bis an den langen Tresen, an dem hoch gewachsene hübsche Kellnerinnen in kurzen Shorts in der Art der *Coyote Girls* mit den Flaschen jonglierten.

Im Hintergrund drängten sich die Gäste vor einem riesigen Fernseher, in dem ein Footballspiel übertragen wurde. Die Saison hatte gerade wieder begonnen und wieder wurde der Kampf um die Meisterschaft ausgetragen.

Für die meisten Menschen war es ein ganz gewöhnlicher Sonntagabend.

Sam betrachtete sie, ohne sie zu sehen. In seinen Kummer versunken bestellte er etwas Starkes und bedauerte, dass er nicht rauchen durfte.

Plötzlich wurde die Übertragung des Spiels unterbrochen, andere Bilder erschienen und wurden zunächst schweigend angestarrt. Dann ertönten ein paar Zwischenrufe – *God! God! Damned!*

Von der Theke aus konnte Sam nichts sehen, weil sich jetzt eine große Menschenmenge vor dem Bildschirm versammelt hatte. Aber er wollte auch gar nicht wissen, was passiert war. Es interessierte ihn nicht sonderlich: Er war so mit seinem eigenen Elend beschäftigt, dass ihn sogar die Nachricht von einer Invasion der Erde durch entfesselte Aliens kalt gelassen hätte.

Dennoch nahm er sein Wodkaglas in die Hand und näherte sich dem Fernseher.

Was er auf dem Bildschirm sah, versetzte ihn schlagartig in Panik. Er musste ein paar Leute beiseite stoßen, um besser sehen zu können. Er musste Gewissheit haben!

Es war doch bestimmt nicht … es durfte nicht!
Aber es war …

Er stand da wie versteinert. Sein Herz erstarrte vor
Entsetzen, dann spürte er, wie seine Knie schlot-
terten und ein Zittern ihn von Kopf bis Fuß durchlief.

10

Der Wind weht, wohin er will ...
Evangelium

Aulnay-sous-Bois, in einem Reihenhaus-Viertel

Marie Beaumont hatte sich den Wecker für den nächsten Morgen auf fünf Uhr gestellt. Das Flugzeug ihrer Tochter Juliette würde um 6:35 Uhr in Roissy landen und sie wollte pünktlich sein.

»Soll ich dich begleiten?«, brummte ihr Mann auf der anderen Seite und zog die Bettdecke an sich.

»Nein, schlaf ruhig noch ein bisschen«, flüsterte Marie und legte ihm die Hand auf die Schulter.

Sie schlüpfte in ihren Morgenmantel und ging die Treppe hinunter zur Küche. Der Hund begrüßte sie bellend.

»Ruhig, Jasper«, schalt sie ihn, »es ist noch viel zu früh.«

Draußen war die Nacht kalt und unfreundlich. Um munter zu werden, brühte sie sich eine Tasse Instant-Kaffee auf, dann noch eine. Sie knabberte an einem Knäckebrot, überlegte, ob sie die Nachrichten hören sollte, unterließ es dann jedoch, um keinen Lärm zu machen. Sie unterdrückte ein herzhaftes Gähnen. In dieser Nacht hatte sie sehr schlecht geschlafen. Um Mitternacht war sie nach einem Albtraum schweißgebadet hochgeschreckt. Nur hatte sie sich seltsamerweise nicht erinnern können, wovon sie geträumt hatte. Auf jeden Fall war sie so durcheinander gewesen, dass sie kein Auge mehr zugetan und die Angst ihr den Magen verkrampft hatte.

Sie ging schnell unter die Dusche, zog sich warm an und prüfte zum x-ten Mal die Daten, die Juliette ihr übermittelt hatte:

Flug Nummer 714

Abflug: JFK – 17.00 Uhr – Terminal 3

Ankunft: CDG – 6:35 Uhr – Terminal 2F.

Ein Druck auf den Schlüssel und der Wagen war entriegelt. Bis zum Flughafen war es nicht weit und um diese Zeit herrschte noch kein Verkehr. Zwanzig Minuten später würde sie in Roissy sein. Jasper rannte etwa fünfzig Meter weit hinter dem Auto her, aber Marie widerstand der Versuchung, ihn mitzunehmen.

Während der Fahrt dachte sie liebevoll an Juliette. Marie hatte zwei Töchter und liebte beide sehr. Für jede hätte sie mehr als ihr Leben geopfert. Doch sie musste zugeben, dass sie sich zu Juliette besonders hingezogen fühlte. Aurelia hatte zielstrebig den Weg des Konformismus mit dem Hang zur »Ratgeberin« eingeschlagen, was sie unausstehlich, ihr Mann jedoch bewunderungswürdig fand.

Juliette und ihr Vater verstanden sich nicht. Er hatte nie akzeptiert, dass seine älteste Tochter ohne Erfolgsaussichten Altphilologie studierte. Er hatte sich vehement gegen ihre Theaterpläne gestellt und noch vehementer gegen ihre Reise in die USA. Er hätte es gern gesehen, dass sie eine »richtige Stelle« bekäme: als Ingenieurin zum Beispiel oder als Buchhalterin wie die Tochter des Nachbarn, die kürzlich ihr Examen so glänzend bestanden hatte.

Marie verteidigte ihre Tochter immer. Sie begriff

sehr gut, dass Juliette nicht danach strebte, »unter die Haube zu kommen«. Eines war sicher: Juliette besaß Charakter und Mut. Sie hatte Mittelmäßigkeit stets abgelehnt, und Marie bewunderte sie dafür, auch wenn sie sehr wohl wusste, dass ihre Tochter in den Augen der Außenstehenden schwach war. Mehrere Male hatte sie in der Stimme ihrer Tochter eine gewisse Desillusionierung wahrgenommen, wenn sie mit ihr telefonierte. Auch wenn sich Juliette niemals beklagte, wusste Marie, dass ihre Jahre in Amerika keineswegs rosig waren. Um ihr zu helfen, hatte sie oft heimlich ein wenig Geld geschickt. Doch am meisten betrübte es sie, dass ihre Tochter noch keine verwandte Seele gefunden hatte, wie man das in ihrer Jugend nannte. All diesen Artikeln in der Presse über die *neuen Singles* oder die *Entfaltung als Single* zum Trotz, brauchte man nach wie vor jemanden, den man liebt. Selbst wenn ihre Tochter manchmal das Gegenteil behauptete, bildete sie keine Ausnahme.

Marie bog in die Verbindungsstraße ein, die zum Terminal 2F führte. Warum nur spürte sie immer noch dieses beklemmende Gefühl in der Brust? Es war sogar noch stärker geworden! Sie drehte die Heizung weiter auf und warf einen Blick auf die Uhr am Armaturenbrett. Wunderbar, sie würde pünktlich sein, hoffentlich war es das Flugzeug ebenfalls.

Sie befand sich jetzt auf einer Spur, die zu den Parkplätzen des Terminals führte. Trotz der frühen Morgenstunde herrschte eine seltsame Betriebsamkeit. Sie überholte ein Fahrzeug von TF1, dann einen Ü-Wagen von France Télévision. Ein Stück weiter machte ein Kameramann Aufnahmen vom

Terminal, während ein Radioreporter Mitglieder des Flughafenpersonals interviewte. Plötzlich überfiel Marie eine furchtbare Vorahnung und sie beschloss zu tun, was sie seit dem Erwachen abgelehnt hatte: das Radio einzuschalten.

Willkommen bei Europe 1. Es ist 6:30 Uhr und hier sind die wichtigsten Meldungen: Eine grauenhafte Flugkatastrophe über dem Atlantik ...

Der Flug Nummer 714 von New York nach Paris hob um 17:06 Uhr Ortszeit vom Flughafen JFK ab. An Bord befanden sich 152 Passagiere und zwölf Besatzungsmitglieder.

Der Pilot des Flugzeugs, Michel Blanchard, flog seit achtzehn Jahren. Er verstand sein Handwerk, war keiner dieser jungen Männer, die erst nach mehreren Versuchen den richtigen Kurs und die richtige Höhe finden. Er war die Strecke bereits unzählige Male geflogen. Noch nie hatte es irgendwelche Probleme gegeben. Er hielt die Passagiere gern auf dem Laufenden über die Flugroute und die Wetterverhältnisse und erklärte ihnen die wichtigsten Punkte, die sie überflogen.

Die Passagierliste gab das Bild einer Gesellschaft im Kleinen wieder: Geschäftsleute, Familien, junge und ältere Paare, die sich ein amouröses Wochenende gegönnt hatten, Rentnerreisegruppen ... In den Unterhaltungen mischte sich Französisch mit Englisch.

Unter den Passagieren befand sich auch Carly Fiorentino, 38, die Pressesprecherin einer berühmten Rockgruppe, die am nächsten Tag ihre Europatournee antrat. Carly, eine elegante Erscheinung mit wunderschönen Haaren, die glatt auf ihre Schultern fielen, trug eine Markensonnenbrille, die sie selten abnahm. Und sie hatte panische Flugangst. Um sie zu bekämpfen, hatte sie alles versucht: Pillen, Atemübungen … nichts half. Dieses Mal hatte sie eine neue Methode ausprobiert: Noch im Hotel hatte sie sich über die Minibar hergemacht, sodass sie nun leicht angetrunken war. Vielleicht half das ja, die Angst zu überwinden.

Das Flugzeug rollte ans Ende der Startbahn, machte kurz Halt und beschleunigte dann.

Maude Goddard, 70, Geschäftsfrau im Ruhestand, umklammerte die Hand ihres Mannes. Die beiden waren zum ersten Mal in New York gewesen. Sie hatten ihren Enkel besucht, der eine Amerikanerin geheiratet hatte und im Tal des Hudson Enten und Milchschafe züchtete. Maudes Magen krampfte sich zusammen, ihre Angst wuchs. Ihr Mann musterte sie besorgt. Sie zwang sich zu einem Lächeln, um ihn nicht zu beunruhigen, aber er kannte ihre Angst und küsste sie auf die Augen. Maude sagte sich, wenn sie heute sterben müsste, würde sie es zumindest in seinen Armen tun. Dieser verrückte Gedanke beruhigte sie.

Der Start verlief perfekt. Als das Flugzeug abhob, wunderte sich Antoine Rambert, dass er ein leichtes Kribbeln im Unterleib spürte. Der berühmte Reporter hatte schon aus allen Teilen der Welt berichtet, er kannte alle Krisenregionen: Kosovo, Tschetschenien, Afghanistan, Irak … Mehrere Male schon war er unter Beschuss geraten, hatte in Lebensgefahr geschwebt, doch nie hatte er Angst vor dem Tod gehabt. Und ein Linienflug konnte ihn schon gar nicht beeindrucken. Doch seit der Geburt seines Sohnes vor ein paar Monaten stellte er eine gewisse Verletzbarkeit an sich fest und musste zugeben, dass er gegen die Angst nicht mehr immun war.

Es ist bizarr, dachte er, *wenn man ein Kind hat, erscheint einem alles viel stärker und zugleich auch schwächer.*

Das hätte er nie gedacht.

Kurz nach dem Start in New York wurde das Flugzeug vom Kontrollzentrum in Boston übernommen. Auch ohne die Aufforderung des Flugkapitäns konnte jeder die vielfarbigen Nuancen eines orangefarbenen Himmels bewundern, der wie ein Kaminfeuer loderte.

Als Marine, eine der Flugbegleiterinnen, das Essen auf die Tabletts stellte, dachte sie an ihren Verlobten, der sie um 6 Uhr morgens in Orly abholen würde. Jean-Christophe nahm immer am Montag frei, und im Allgemeinen verwöhnte er sie mit einem lukullischen Frühstück mit Orangensaft, Ananas und Kiwis. Dann würden sie miteinander schlafen und bis Mittag im Bett bleiben. Sie konnte es kaum erwarten und summte *Le lundi au soleil* von Claude François vor sich hin.

Um 17:24 Uhr, eine knappe halbe Stunde nach dem Start, als das Flugzeug eine Höhe von ungefähr dreitausend Fuß erreicht hatte, spürte der Kopilot als Erster einen ungewöhnlichen Geruch: Ein beißender scharfer Rauch drang ins Cockpit.

Zwei Minuten später hüllte eine kleine Dunstwolke das Cockpit einen Moment lang ein.

Verdammt, dachten alle Mitglieder der Crew gleichzeitig.

Doch der Rauch verschwand so schnell, wie er

aufgetaucht war, und die Spannung lockerte sich ein wenig.

»Die Klimaanlage funktioniert nicht richtig«, bemerkte der Flugkapitän.

Mit ruhiger Stimme gab Blanchard die Meldung »pan pan« durch, die in der Luftfahrtsprache eine ernste, aber nicht hoffnungslose Lage anzeigt.

Carly holte zwei Tabletten aus ihrer Handtasche. Der viele Alkohol hatte ihr Kopfschmerzen verursacht und verstärkte das Stimmengewirr um sie herum, sodass ihr das geringste Geräusch zu viel wurde. Sie litt unter heftigen Magenkrämpfen und der Junge, der neben ihr saß, ging ihr mit seinem einfältigen Lächeln allmählich auf die Nerven. Sie überzeugte sich davon, dass das Signal *fasten seat belts* ausgeschaltet war, und stand auf, um zur Toilette zu gehen, bevor sich dort eine Schlange bildete.

Mike, 14, den Kopfhörer fest auf den Ohren, stand auf, um seine Nachbarin, eine mindestens 35-jährige Frau, vorbeizulassen. Während ihrer Abwesenheit genoss er den Blick durch das Fenster. Er flog leidenschaftlich gern und hatte jedes Mal das Gefühl, die Welt zu beherrschen. Ach, was für ein Glück! Insgeheim wünschte er sich sogar, sie gerieten in ein paar Turbulenzen. Er stellte die Musik lauter und hoffte ungeduldig, sich in den Luftlöchern zum Rap von Snoop Doggy Dog bewegen zu können.

Meine Damen und Herren, hier spricht Ihr Flugkapitän, Michel Blanchard. Aufgrund eines kleinen technischen Problems müssen wir in Boston landen, um den Schaden zu überprüfen. Zu Ihrer eigenen Sicherheit bitten wir Sie, den Tisch an Ih-

ren Sitzen hochzuklappen, Ihre Sicherheitsgurte anzulegen und sitzen zu bleiben, bis das Lichtsignal erlischt.

Das Flugzeug verlor an Höhe, um die Landung vorzubereiten. Nachdem der Flugkapitän mit dem Sicherheitspersonal gesprochen hatte, bekam er die Erlaubnis, in Boston Logan herunterzugehen. Erneut war Rauch ins Cockpit gedrungen.

Die Crew-Mitglieder erkannten jetzt, dass sich über der Decke ein Schwelbrand ausbreitete ...

Entsprechend der Flugsicherungsbestimmungen war die Maschine vor dem Flug von qualifizierten Technikern gründlich überprüft worden. Das Flugzeug war knapp achtzehn Jahre alt und hatte alle äußerst strengen Kontrollen und obligatorischen Inspektionen durchlaufen, die das Leben eines Flugzeugs prägen: Check A, der durchschnittlich alle dreihundert Flugstunden erfolgt, Check C nach viertausend Stunden, d. h. alle sechs Jahre. Bei dieser Gelegenheit wird das Flugzeug sechs Wochen lang aus dem Verkehr gezogen. Die Mechaniker und Ingenieure nehmen es völlig auseinander.

Das Flugzeug gehörte einer großen westeuropäischen Airline – einer der sichersten der Welt – und war keine Chartermaschine einer zweitklassigen Gesellschaft. Jeder hatte seine Aufgabe gewissenhaft erledigt. Keiner war nachlässig gewesen und niemand hatte versucht, an den Wartungskosten zu sparen.

Trotzdem war – Gott mochte wissen warum – über der Decke hinter dem Cockpit ein Brand ausgebrochen. Aus einem unerklärlichen Grund hatte der integrierte Schaltkreis für die Gefahrenanzeige nicht funktioniert, was zur Folge hatte, dass sich das Feuer bereits ausbreiten konnte und unkontrollierbar geworden war, als die Crew endlich erkannte, was geschah.

Carly schloss die Toilettentür hinter sich und betrachtete den engen Raum. *Dass manche Leute behaupten, hier Sex gehabt zu haben,* überlegte sie verträumt. *Es wäre nicht schlecht, wenn mir jemand zeigen würde, wie das funktioniert ...*

Sie benetzte das Gesicht mit etwas frischem Wasser. Eines wusste sie genau: Nie wieder würde sie in ein Flugzeug steigen. Es war zu grauenhaft, sein Schicksal nicht beeinflussen zu können. Wenn nötig, war sie sogar bereit, ihren Beruf zu wechseln. Doch das behauptete sie jedes Mal. Jemand hatte etwas an die Wand gekritzelt, ganz klein. Es interessierte sie. Sie sah es sich ganz aus der Nähe an und las: *Der Mensch denkt und Gott lenkt!* Sie wollte gerade darüber nachdenken, als über ihrem Kopf das Signal *return to seat* aufleuchtete.

Im selben Moment stellte Billys Mutter in einem Randbezirk von Queens eine dampfende Schale Brühe auf ein Regal voller CDs, das als Nachttisch diente.

»Erhole dich gut, mein Liebling.« Sie gab ihm einen Kuss auf die Stirn. »Bist du sehr enttäuscht, dass deine Klassenfahrt nach Frankreich ins Wasser gefallen ist?«

In seinem Bett schüttelte Billy den Kopf. Eine Kompresse lag auf seinem Kopf.

Als seine Mutter das Zimmer verlassen hatte, sprang der Junge aus dem Bett und schüttete die

Brühe zum Fenster hinaus. Er hasste das. Heute Morgen war der Arzt gekommen und Billy hatte ihn hinters Licht geführt, indem er eine heftige Grippe simulierte.

Er tat es aus Notwendigkeit. Erst gestern hatte er wieder diesen grauenhaften Albtraum gehabt, in dem er so exakt und deutlich die Flammen sah, die das Flugzeug und all die schreienden Menschen verschlangen.

Er hätte gern mit den anderen darüber gesprochen, aber seit einiger Zeit hatte er aufgehört, über seine Visionen zu reden, denn niemand glaubte ihm.

Er machte es sich im Bett bequem und schaltete leise seine Playstation ein, die ihm als Fernseher diente. Im Augenblick lenkte ein Footballspiel die Aufmerksamkeit der Menschen auf sich, aber Billy wusste, dass es nicht so bleiben würde.

Trotzdem bat er inbrünstig darum, sich geirrt zu haben.

Um 17:32 Uhr sandte Kapitän Blanchard den Notruf *Mayday! Mayday! Mayday!*, um zu signalisieren, dass das Flugzeug in ernster Gefahr schwebte. Er kündigte seine Absicht an, in Boston eine Notlandung zu machen.

Zur selben Stunde öffnete Bruce Booker, 25, in einem Zimmer des Waldorf Astoria die Augen, unterdrückte ein Gähnen und stellte fest, dass er sein Flugzeug verpasst hatte. Zu viel Alkohol, zu viel Kokain, ganz zu schweigen von den beiden Callgirls, die erst im Morgengrauen sein Zimmer verlassen hatten. Seit ein paar Wochen hatte er eine

Reservierung für den Flug 714. Er sollte ein paar Tage in Paris verbringen und dann ein paar Freunde in einem Schweizer Wintersportort besuchen.

Na schön, das habe ich versäumt.

Er betrachtete sich im Spiegel und fand sich grauenhaft. Er musste endlich erwachsen werden, anderen Umgang pflegen, andere Werte anstreben, kurzum alles ändern. Doch es fehlte ihm der Mut. Manchmal dachte er, dass eines Tages ein Ereignis ihm die Kraft geben würde, einen anderen Weg einzuschlagen. Etwas würde ihn bewegen, ein besserer Mensch zu werden. Aber er hatte keine Ahnung, was das sein könnte.

Er zog seinen Schlafanzug aus, stellte sich unter die Dusche und stöhnte.

Ein paar Minuten später würde er den Fernseher anstellen und sein Leben verändern.

Im Cockpit verschlimmerte sich die Lage. Der Rauch und die Hitze machten es für den Piloten sehr schwierig, die Anzeigen mit den Flugdaten zu kontrollieren.

Um 17:37 Uhr war der Schatten des Flugzeugs noch auf dem Radar des Kontrollturms zu sehen.

Dann kamen diese schrecklichen Sekunden, in denen das Flugzeug durchgeschüttelt und von den angstvollen Schreien der Passagiere erfüllt wurde. Die Sauerstoffmasken fielen von oben herab und die Flugbegleiterinnen erklärten, wie man die Schwimmwesten aufblies. Dabei wussten sie genau, dass es nichts nutzen würde.

Es wäre gelogen zu behaupten, alles habe sich sehr schnell abgespielt und niemand habe gemerkt, was los war. Im Gegenteil. Alle sahen, wie die Flammen das Cockpit verschlangen, und die Panik, die in der Maschine ausbrach, dauerte lange genug, damit jeder erkannte, wie es ausgehen würde.

Vor einigen Minuten hatte Mike die Farbe gewechselt.

Schließlich passiert das immer nur den anderen, sagte er sich voller Panik.

Carly dachte daran, dass sie ihr Leben verpfuscht hatte, und bedauerte, dass sie ihren Vater nicht häufiger besucht hatte. Seit einem Jahr hatte sie ihren Besuch immer wieder meist aus fadenscheinigen Gründen verschoben.

Sie wandte sich ihrem Nachbarn zu und stellte fest, dass sie neben einem vierzehnjährigen Jungen sterben würde, den sie erst seit einer halben Stunde kannte. Doch sie reichte ihm die Hand, und Mike klammerte sich heulend an sie.

Maude, die sich an ihren Mann geschmiegt hatte, dachte, dass sie ein schönes Leben gehabt hatte, aber es gern noch länger gelebt hätte. Man gewöhnte sich entschieden schnell an das Glück.

Im Netz vor ihrem Sitz befand sich eine Broschüre, in der die Gefahren der Flugreise relativiert wurden. Unter all den Statistiken konnte man auch lesen, dass jeden Tag sechstausend Flugzeuge abhoben und nur eines von einer Million einen ernsthaften Zwischenfall erleben würde. Das machte das Flugzeug zum sichersten Verkehrsmittel. Und die Zahlen stimmten.

Um 17:38 Uhr schnappte ein Amateurfunker zufällig die letzten Worte von Flugkapitän Blanchard auf: »Wir stürzen ab! Wir stürzen ab!«

Wenige Sekunden später verschwand die Maschine von den Kontrollbildschirmen, als die Einwohner von Charley Cross, einem kleinen Ort in Neuengland, eine gigantische Explosion hörten.

Kurz vor seinem Tod dachte der Kriegsreporter Antoine Rambert an seinen Sohn. Und er, der sich für nicht besonders gefühlvoll hielt, erinnerte sich an seinen ersten richtigen Kuss zwanzig Jahre zuvor im Hof des französischen Gymnasiums in Mailand. Sie hieß Clémence Laberge, war sechzehn und hatte weiche Lippen. Eine Sekunde, bevor das Flugzeug in den Ozean stürzte, sagte sich Antoine, dass Brassens schließlich Recht hatte: *Niemals vergisst man das erste Mädchen, das man in den Armen gehalten hat* ...

Fiebrig glühend und zitternd betrat Marie Beaumont das Flughafengebäude, als sei sie auf dem Weg zur Schlachtbank. Warum hatte sie das Angebot ihres Mannes, sie zu begleiten, abgelehnt? Allein würde sie das nicht aushalten, das spürte sie. Eine Sekunde lang hegte sie eine unsinnige Hoffnung. Und wenn Juliette das nächste Flugzeug genommen hatte?

Vielleicht gab es noch eine Chance. Von eins zu zehntausend? Zu hunderttausend? Zu einer Million? Nein, Marie wusste, das war nicht möglich. Ihre Tochter hatte nur wenige Stunden vor ihrem Abflug angerufen und den Flug bestätigt.

Sie ging auf den Bereich zu, in dem die Passagiere aus New York hätten ankommen sollen. Es wimmelte nur so von Kameraleuten und Polizisten. Der Verkehrsminister war ebenfalls anwesend und erklärte den Journalisten, dass im Augenblick kein Verdacht in Bezug auf die Unfallursachen ausge-

112

schlossen werde. Im Geiste verfluchte Marie Gott, das Schicksal, den Zufall ...

Rettet sie! Rettet sie und ich tu alles, was ihr wollt! Alles! Gebt mir meine Tochter wieder. Meine kleine Tochter! Man stirbt nicht mit 28. Nicht heute und nicht so!

Voller Schuldgefühle bedauerte sie, ihre Tochter allein in dieses Land der Verrückten gelassen zu haben. Warum nur hatte sie sie nicht länger bei sich behalten? Zu Hause?

Zwei Pariser Flughafenangestellte, die ihre Panik bemerkten, gingen auf sie zu. Behutsam führten sie Marie zum Krisenstab und zu dem psychologischen Beistand, der für die Angehörigen der Opfer eingerichtet worden war.

Seit einigen Stunden erlebte Dr. Nathalie Delerm, die Chefärztin am Pariser Flughafen, einen der härtesten Tage ihrer Laufbahn. Sie hatte bereits etwa zehn Familien betreut und das war erst der Anfang. Das Ärzteteam, das sie leitete, bestand aus zwei Psychologen, drei Psychiatern und fünf Krankenschwestern. Sie befanden sich in einer separaten Lounge des Terminals, fernab aller Aufregungen. Ihre Aufgabe bestand darin, die Familien zu informieren und sich um sie zu kümmern. Nathalie hielt die Passagierliste in der Hand, die man ihr gegeben hatte. Der Vorgang folgte stets dem gleichen Ritual: Zuerst hörte sie eine gebrochene Stimme, die besorgt fragte: »Waren mein Bruder/meine Schwester/meine Eltern/meine Kinder/meine Verlobte/mein Freund/mein Mann/ meine Frau/meine Familie/meine Freunde ... bei Flug 714 dabei?« Dann fragte Nathalie nach einem Namen und warf einen Blick auf die Liste.

113

Das dauerte nur wenige Sekunden, aber die waren eine grausame Qual. Wenn Nathalie mit »Nein« antwortete, war es die Erlösung, die Gnade, der schönste Tag im Leben ... Antwortete sie mit »Ja«, war es der Zusammenbruch.

Die Reaktionen waren schwer vorauszusehen. Manche Menschen, die vor Kummer am Boden zerstört waren, brachten keinen Ton mehr hervor. Andere dagegen brachen zusammen und schrien ihren Schmerz hinaus, der durch das Echo des Flughafens verstärkt wurde.

Nathalie wusste, dass dieser Tag sie für immer prägen würde. Bei der Katastrophe von Scharm el-Scheich hatte sie bereits zum mobilen Ärzteteam gehört und sie hatte sich nie richtig davon erholt. Doch um nichts in der Welt hätte sie anderswo sein wollen. Sie würde den Menschen helfen, ihren Schmerz in Worte zu fassen, sie unterstützen, damit sie über den ersten Schock hinwegkamen, versuchen, diese Tragödie für jene, die sie erlebten, erträglich zu machen.

Als Marie in die Lounge kam, ging Nathalie auf sie zu: »Ich bin Dr. Delerm.«

»Ich möchte mich nach meiner Tochter Juliette Beaumont erkundigen«, sagte Marie, »sie wollte diesen Flug nehmen.«

Sie hatte sich äußerlich wieder gefasst, auch wenn der Sturm in ihrem Inneren alles zu zerstören drohte.

Nathalie warf einen Blick auf die Liste, hielt dann inne.

Juliette Beaumont ...? Sie hatte spezielle Anordnungen in Bezug auf diesen Fall erhalten. Als sie ihren Dienst antrat, hatten die Männer vom Sicherheitsdienst sie gebeten, ihnen sofort jede Person zu melden, die sich nach diesem Fluggast erkundigen würde.

»Hm ... einen Augenblick, Madame«, bat sie ungeschickt und ärgerte sich über sich selbst.

Es war zu spät. Überwältigt von ihrem Gefühl, überzeugt vom fatalen Ende, weinte Marie still vor sich hin.

Nathalie ging auf die beiden Dienst habenden Polizisten in Uniform zu und erklärte ihnen die Lage.

Marie sah diese beiden Männer in marineblauer Uniform auf sich zukommen. Sie umgaben sie wie eine mächtige Mauer.

»Madame Beaumont?«

Die Augen voller Tränen begriff sie nicht, was ihr geschah, und nickte.

»Bitte folgen Sie uns.«

11

Für alle, die leben, gibt es Hoffnung;
sogar ein lebender Hund ist mehr wert
als ein toter Löwe.

Das Buch Jesus Sirach

Montagmorgen, im Kommissariat des 21. Bezirks

»Sie können sie befragen, man hat sie in die Vernehmungszelle gebracht.«

»Ich komme«, erwiderte Inspektor Franck Di Novi und erhob sich.

Bevor er hinausging, blieb er kurz vor dem Fernseher stehen. Ein Nachrichtensender war eingeschaltet und zeigte die neuesten Bilder vom Flugzeugabsturz.

Sofort nach dem Unfall wurde eine Sicherheitszone eingerichtet, erklärte ein Sprecher. *Die Suche geht weiter, aber der Aufprall war so heftig, dass es kaum Überlebende geben wird. Bislang wurden lediglich dreißig Leichen geborgen.*

Militärschiffe kreisten die Zone ein und Hubschrauber flogen über den Ozean. Als Di Novi näher an den Bildschirm trat, entdeckte er Teile der Kabine, aufgerissenes Gepäck und Schwimmwesten, die an der Wasseroberfläche trieben.

Offiziell wissen wir immer noch nicht, ob es sich um einen Unfall oder einen Terrorakt handelt. Nach einem anonymen Anruf bei Al-Dschasira soll ein Mann, der sich zu einer unbekannten isla-

mistischen Gruppe bekennt, eine Bombe an Bord des Flugzeugs geschmuggelt haben. Diese Behauptung ist mit höchster Vorsicht zu betrachten. Die Sicherheitsbehörden haben im Übrigen verlauten lassen, dass dieser Anruf wenig glaubwürdig sei.

Die New Yorker Polizei befragt zurzeit einen Verdächtigen, dessen Identität noch ungeklärt ist. Nach verschiedenen Quellen soll es sich um eine junge Frau handeln, die kurz vor dem Start plötzlich das Flugzeug verlassen haben soll ...

Franck Di Novi drückte wütend die Aus-Taste der Fernbedienung. Seine Kollegen vom Flughafen hatten also mit den Journalisten geplaudert. In wenigen Stunden würde die ganze Welt wissen, dass sie diese Französin in der Mangel hatten.

Wutentbrannt betrat er das kleine Zimmer, das neben der Vernehmungszelle lag, drehte den Knopf, um den Spiegel zu aktivieren. Auf der halben Wand erschien das Bild einer jungen Frau, die auf einem Hocker saß. Mit angelegten Handschellen, dunklen Augenringen und aschfahl im Gesicht blickte sie ins Leere, ohne zu begreifen, was ihr geschah. Di Novi musterte sie intensiv, sah dann auf seine Notizen. Sie hieß Juliette Beaumont. Die Polizisten vom JFK hatten sie am Abend zuvor festgenommen, kurz nach dem Absturz. In ihrem Bericht stand, dass sie nur wenige Minuten vor dem Start das Flugzeug verlassen wollte. Die Beamten vom Zoll und von der Einwanderungsbehörde, die von ihrem seltsamen Verhalten irritiert waren, hatten sie zu einer Routinekontrolle gebeten, eine einfache Überprüfung, die sich nach und nach in ein regelrechtes Verhör verwandelt hatte. In erster Linie weil die Französin nicht kooperiert hatte. Sie erklärte, sie habe es eilig, einen Freund zu treffen, und hatte während der Festnahme lebhaften Widerstand geleistet und sich sogar hinreißen lassen, die Ordnungskräfte zu beschimpfen. Dieses bereits für eine amerikanische Bürgerin empörende Verhalten war für eine Französin ganz und gar unzulässig.

Aber das war noch nicht alles. Eine nähere Untersuchung ihres Passes hatte nämlich die Fälschung des Datums für ihr Visum ergeben. Die junge Dame hatte das Datum abgekratzt und verändert. Diese Tatsachen waren bei weitem ausreichend, sie in Polizeigewahrsam zu nehmen.

»Soll ich ihre Handschellen abnehmen, Herr Inspektor?«, fragte ein Polizeibeamter in Uniform.

»Nicht nötig«, erwiderte Di Novi.

»Sind Sie sicher?«

»Ja.«

Kurz nach dem Flugzeugabsturz hatte man kurzfristig die Möglichkeit erwogen, die Untergrundbahn, die Brücken und die Tunnel aus Angst vor einem neuen Terrorangriff zu schließen. Doch die Behörden hatten sich nicht in Panik versetzen lassen und an diesem Morgen schien niemand mehr ernsthaft an ein Attentat zu glauben.

Auch Di Novi glaubte nicht daran, aber er hasste diese Verräter von Franzosen und er würde sich das Vergnügen nicht nehmen lassen, dieser jungen Frau eine kleine Lektion zu erteilen. Er wusste außerdem aus Erfahrung, dass die Menschen bei einem Verhör in der Lage waren, alles Mögliche zu gestehen, wenn man nur verstand, es ihnen zu entlocken. Und Franck konnte so etwas. Zudem hatte er freie Bahn, da Lieutenant Rodriguez, der den 21. Bezirk leitete, ein paar Tage freigenommen hatte, weil seine Frau nach langer Krankheit gestorben war.

Franck schluckte zwei Betablocker, um sein Herzklopfen zu beruhigen, bevor er den Vernehmungsraum betrat.

»Guten Tag, Mademoiselle Beaumont. Ich hoffe für Sie, dass wir uns gut verstehen ...«

Ein verzerrtes Grinsen entstellte die Gesichtszüge des Polizisten und verlieh ihm den Anschein eines gezwungenen Lächelns.

72 Stunden konnte er sie in Polizeigewahrsam behalten. Er hatte genug Zeit, sich zu amüsieren. Eine ganze Weile würde sie nur ihm gehören.

»Wir werden alles von Anfang an rekonstruieren«, sagte er und legte die Hände auf den Tisch. »Weshalb haben Sie das Flugzeug ein paar Minuten vor dem Start verlassen?«

Juliette öffnete den Mund, brachte jedoch keinen Laut hervor. Sie sah den Polizisten kaum, der seine Frage wiederholte. In dem Schockzustand war sie hypnotisiert von einem kurzen Satz, der zum Rhythmus ihres Herzschlags in ihrer Brust erklang:

Ich lebe,

ich lebe,

ich lebe ...

Doch eine andere Stimme rief ihr zu, dass sie nicht am Leben sein sollte ...

12

Zwischen uns und (...) dem Himmel gibt es nur noch das Leben, das (...) auf der Welt das Unbeständigste überhaupt ist.

Pascal

Montagnachmittag im nördlichen Central Park

Sam Galloway ging mit kleinen Schritten über den Kiesweg des Parks.

Das erste Mal seit dem Tod seiner Frau hatte er an diesem Morgen in der Klinik angerufen, um mitzuteilen, dass er nicht komme. Wie ein Jahr zuvor blieb er zu Hause, von Kummer und Schuldgefühlen zerfressen. Die beiden Frauen, die er geliebt hatte, waren tot, und zwar durch seine Schuld. In seinem Kopf brodelte es wie Lava. Eine Fülle von Erinnerungen und widersprüchlichen Gedanken prallte in einem zusammenhanglosen Magma aufeinander. Obwohl er in seinem Beruf täglich mit dem Tod konfrontiert war, jetzt war er völlig hilflos.

Sam zog die Kapuze seines Trainingsanzugs zu, um sich gegen den eisigen Wind zu schützen. Vor einer Stunde hatte er beschlossen, nach draußen zu gehen, um nicht vor Kummer zu Hause den Verstand zu verlieren. Völlig naiv hatte er angenommen, dass Laufen ihm vielleicht gut tun würde.

Doch so funktionierte es nicht.

Vor dem Basketballplatz machte er Halt, um

tief einzuatmen. Der Platz war teilweise noch von Raureif bedeckt und lag völlig verlassen da. Offensichtlich hatte die Kälte Jordans Nacheiferer abgeschreckt.

Sam stieß die Gittertür zum Spielfeld auf und ließ sich auf eine Bank fallen. Er bekam einen Muskelkrampf in der Wade. Er vergrub seinen Kopf in den Händen. Seit drei Tagen hatte er praktisch nicht mehr geschlafen und in seinem Kopf wirbelte es bedrohlich durcheinander. Als er einen heftigen Schmerz in der Brust spürte, erinnerte er sich daran, dass er seit vierundzwanzig Stunden nichts mehr gegessen hatte. Sein Magen rebellierte. Er versuchte Luft zu holen, doch seine Atmung stockte.

Ich ersticke!

Für einen Augenblick konnte er nur noch verschwommen sehen, in der Ferne schien die Gittertür zu ächzen. Die kalte Luft brannte in seiner Lunge. Er beugte sich vor, als wolle er sein Herz erbrechen. Er musste unbedingt etwas trinken.

»Kaffee?«

Sam blickte auf: Vor ihm stand eine brünette athletische junge Frau in Jeans und Lederjacke. Ihr Blick war offen und entschlossen. Ihr längliches Gesicht mit den großen Mandelaugen, die an Modigliani erinnerten, erschien alterslos.

Wie konnte sie hier so plötzlich auftauchen, ohne dass er sie bemerkt hatte? Und warum bot sie ihm einen der beiden Pappbecher Kaffee an, die sie in beiden Händen hielt?

»Geht schon, danke«, erwiderte er in einem Hustenanfall.

»Nun nehmen Sie schon«, beharrte sie, »ich habe zwei gekauft.«

Mechanisch griff Sam nach dem Kaffee, der ihm von dieser mildtätigen, geheimnisvollen Hand gereicht wurde. Das Getränk tat ihm gut, es beruhigte seinen Husten und erwärmte ihn.

Als sich die Frau zu ihm hinabbeugte, öffnete sich ihre Jacke zur Seite und Sam sah, dass sie ein Schulterhalfter mit einem Revolver trug.

Eine Polizistin!

In seinem ehemaligen Viertel hatte man nicht gerade große Sympathie für die Bullen gehegt. Ihr oft unangebrachtes Eingreifen hatte häufig zu neuen Übergriffen geführt, die mehr Unruhe als Frieden geschaffen hatten. Er hatte sich dieses Misstrauen bewahrt und sich geschworen, dass Polizisten die Letzten wären, die er um Rat bitten würde, sollte er einmal in ernste Schwierigkeiten geraten.

»Darf ich mich setzen?«, fragte sie.

»Nur zu«, erwiderte er misstrauisch.

Sie bemerkte seine abweisende Haltung und begriff, dass er ihren Revolver gesehen hatte. Sie musste sich also früher vorstellen, als sie vorgehabt hatte.

»Ich heiße Grace Costello und bin Detective im 36. Bezirk«, erklärte sie und zeigte ihr Abzeichen.

Ein paar Strahlen verfingen sich auf der Metallplakette und die vier Buchstaben NYPD für New York Police Department leuchteten auf.

»Sie patrouillieren hier?«, fragte er betont lässig.

»Ja, ich warte auf jemanden.« Grace ließ einen Augenblick verstreichen, dann fuhr sie fort: »Auf einen Mann.«

»Tut mir Leid, dass ich seinen Kaffee getrunken habe«, entschuldigte er sich und schüttelte den halb leeren Becher.

»Ich glaube, er wird es Ihnen nicht übel nehmen.«

In Grace Costellos Augen leuchtete ein seltsames Feuer auf. Sam erkannte etwas Beunruhigendes wie eine bevorstehende Gefahr, und es drängte ihn weiterzugehen. Mit einem Satz sprang er hoch.

»Nun denn, auf Wiedersehen. Ich hoffe, Ihr Freund kommt bald ...«

»Er ist eigentlich schon da, und es ist nicht unbedingt ein Freund.«

Später, als Sam ein wenig Abstand gewonnen hatte, spielte er manchmal mit dem Gedanken, dass alles vielleicht anders verlaufen wäre, wenn er nicht an jenem Nachmittag auf dieser Bank gesessen hätte. Aber im Grunde genommen wusste er genau, dass Grace Costello ihn auch irgendwo anders angesprochen hätte und dass alles, was danach geschah, sich auf jeden Fall genauso abgespielt hätte.

»Was wollen Sie damit sagen?«

»Ich bin Ihretwegen hier, Herr Doktor.«

Sam furchte die Stirn. Wie wusste sie, dass er ...

Statt einer Antwort deutete Grace auf die Tasche seines Trainingsanzugs, auf die das kleine Abzeichen der Basketballmannschaft des St. Matthew's Hospital genäht war.

»Ich heiße Sam Galloway«, erklärte er verärgert darüber, seine Identität enthüllen zu müssen. »Ich bin Kinderarzt.«

Statt eine Bemerkung wie »Freut mich, Sie kennen zu lernen« zu machen, sagte Grace Costello betont langsam: »Sie sehen bekümmert aus, Dr. Galloway.«

»Ich bin erschöpft, das ist alles. Und jetzt muss ich mich auf den Weg machen.«

Sam entfernte sich ein paar Schritte. Er hatte fast die Gittertür erreicht, als eine Bemerkung von Grace ihn erstarren ließ:

»Es ist schwer, jemanden zu verlieren, nicht wahr?«

»Ich verstehe nicht«, erwiderte er und drehte sich um.

Er betrachtete sie jetzt mit zunehmender Besorgnis. Auch Grace stand auf und stellte sich vor ihn, mit einer Selbstsicherheit und Entschlossenheit, die ihre Weiblichkeit allerdings nicht beeinträchtigten. Der Himmel hatte sich rosa gefärbt, während die Sonne sich über den Hudson senkte.

»Hören Sie, ich weiß, dass Sie eine schwere Zeit durchmachen, aber ich habe nicht die Zeit, viele Umstände zu machen. Also: Ich habe zwei Nachrichten für Sie, eine gute und eine schlechte ...«

»Ich bin überhaupt nicht in der Stimmung für Ratespiele«, unterbrach er sie barsch.

Doch Grace ließ sich nicht beirren:

»Die gute Nachricht ist, dass Ihre Freundin lebt.«

Wie betäubt rieb Sam sich die Augen.

»Welche Freundin?«

»Juliette war nicht im Flugzeug«, erklärte Grace. »Sie ist am Leben.«

»Das sagen Sie nur so.«

Statt einer Antwort zog Grace einen Zeitungsartikel aus der Tasche, den Sam ihr aus der Hand riss. Er las auf der Titelseite:

Junge Französin nach dem Absturz von Flug 714
in Polizeigewahrsam

Die Zeitung trug das Datum vom nächsten Tag, was völlig unmöglich war.

»Wo haben Sie das gefunden?«, fragte der Arzt fassungslos.

Grace schwieg und Sam überflog den Artikel in einem Zustand äußerster Anspannung.

»Wenn das ein Scherz ist«, drohte er.

»Es ist kein Scherz: Juliette lebt.«

»Warum steht auf dieser Zeitung das Datum von morgen?«

Grace seufzte. Dieser Kerl würde ihr die Aufgabe nicht gerade erleichtern.

»Beruhigen Sie sich.«

Wutentbrannt entfernte sich Sam plötzlich. Diese Frau hatte ihn aus dem Gleichgewicht gebracht. Sie redete ungereimtes Zeug, das stand fest. Aber dennoch musste er Gewissheit haben, denn unwillkürlich erfüllte ihn unsinnige Hoffnung.

Wenn dieser Artikel nun die Wahrheit sagte? Wenn Juliette am Leben war?

Als er auf der anderen Seite der Gittertür angelangt war, wandte er sich noch einmal nach Grace um. Ihr seltsamer Blick verriet Mitleid und Herausforderung. Sam hörte sich fragen:

»Und wie lautet die schlechte Nachricht?«

13

Das Schicksal leitet jene, die es annehmen,
und verfolgt jene, die es ablehnen.

Seneca

Montagabend, im Kommissariat des 21. Bezirks

»Sind Sie sicher, dass sie hier ist?«

»Ich habe es Ihnen bereits erklärt, Sir, Juliette Beaumont ist in Polizeigewahrsam und im Augenblick gibt es keine weiteren Informationen.«

Sam konnte es nicht glauben: Juliette lebte! Gut, sie war in Händen der Polizei, aber sie lebte.

Völlig aufgelöst konnte er nicht einmal still stehen. Erneut wandte er sich an die Beamtin in Uniform, eine junge Afroamerikanerin mit grünen Augen und tadellos geflochtenen Zöpfen:

»Es kann sich nur um ein Missverständnis handeln: Ich kenne Miss Beaumont gut. Wir haben das Wochenende miteinander verbracht und ich versichere Ihnen, sie hat mit diesem Flugzeugabsturz nichts zu tun.«

Die junge Frau reagierte ungeduldig:

»Während Sie darauf warten, dass jemand Ihre Aussage aufnimmt, wäre ich Ihnen dankbar, wenn Sie Platz nehmen und Ruhe bewahren würden.«

Sam ging murrend hinaus. Er trug immer noch seinen Trainingsanzug, er war hierher gestürzt und hatte sich nicht erst die Mühe gemacht, sich umzuziehen. Er hatte weder sein Handy noch einen

Dollar in der Tasche. Doch er musste schleunigst einen Anwalt anrufen, wenn er Juliette hier rausholen wollte.

Er ging wieder auf die junge Frau zu. Das Abzeichen auf ihrer Uniform verriet, dass sie auf den hübschen Namen Calista hörte.

»Sie werden lachen, aber ich habe mein Portmonee vergessen.«

»Das ist tatsächlich lustig.«

»Könnten Sie mir einen Dollar leihen?«

»Und was sonst noch?«

»Um zu telefonieren.«

Sie seufzte.

»Wenn ich all den Typen, die hier vorbeikommen, einen Dollar geben würde …«

»Ich zahle ihn zurück.«

»Sie gehen mir auf die Nerven.«

Verärgert holte sie vier 25-Cent-Münzen heraus und rollte sie ihm zu. Nachdem Sam sich bedankt hatte, kehrte er in die Halle zurück, um eines der öffentlichen Telefone zu benutzen.

Im Gegensatz zu vielen seiner Mitbürger hatte er keinen Anwalt. Sein erster Impuls war also, eine der Rechtsberaterinnen der Klinik anzurufen, die ihm sympathisch war. Nachdem er sein Problem geschildert hatte, empfahl sie ihm einen Kollegen, mit dem er sofort Kontakt aufnahm. Der Anwalt, sicherlich verführt vom möglichen Widerhall der Geschichte in den Medien, war bereit, alles stehen und liegen zu lassen und sofort zu kommen.

Sam legte erleichtert auf.

Alles würde sich regeln. Die Bullen in dieser Stadt waren zwar nicht sonderlich schlau, aber sie würden bald merken, dass Juliette nichts mit dem

Flugzeugabsturz zu tun hatte, auch wenn sie das Trauma vom 11. September immer noch nicht verarbeitet hatten.

Er versuchte, einen Augenblick Platz zu nehmen, aber er konnte nicht still sitzen. Er musste immer an Grace Costello denken, an die Polizistin im Central Park, die ihn mit ihrem Spiel von der guten und der schlechten Nachricht so irritiert hatte. Die gute Nachricht war, wie sie ihm erklärt hatte, dass Juliette am Leben war. Doch als er nach der schlechten gefragt hatte, hatte sie sybillinisch geantwortet: »Die schlechte ist, dass sie nur noch wenige Tage zu leben hat.« Sam war überzeugt, dass die Frau wirres Zeug redete, und er war fortgegangen, ohne zu versuchen, mehr zu erfahren, was er jetzt bitter bereute.

Nein, es war absurd, er sollte sich freuen, dass er Juliette wiedergefunden hatte. Sie war also nicht ins Flugzeug gestiegen. Wie er geahnt hatte, war sie zurückgekehrt, um auf ihn zu warten. Einen Augenblick lang erwog er die Tragweite dieser Geste und gewann erneut Vertrauen ins Leben. Er beschloss, ihr so bald wie möglich die Wahrheit zu sagen. Er würde ihr gestehen, dass er nicht verheiratet war, und hoffentlich trug sie ihm diese blödsinnige Lüge nicht nach.

»Mister Galloway, ich bin Inspektor Di Novi.«

In seinen Gedanken gestört hob Sam den Kopf und sah einen Polizisten vor sich stehen, der ihn aufforderte, ihm in sein Büro zu folgen. Di Novi glich eher einem Filmstar als einem gewöhnlichen Polizisten. Sein Anzug saß hervorragend und sein schwarzes Polohemd verriet die Handschrift eines berühmten italienischen Couturiers. Er wirkte sportlich, besaß ein strahlendes Lächeln und sein gebräunter Teint verriet entweder einen kürzlich verbrachten Urlaub in der Sonne oder den häufigen Besuch des Solariums.

Sam misstraute ihm auf Anhieb. Allerdings ohne konkreten Grund. Schließlich sind Männer ja nicht so kompliziert, und der erste Eindruck, den man von jemandem gewinnt, ist oft der richtige.

»Mister Galloway, ich höre.«

Sam berichtete ihm in wenigen Worten, wie er Juliette kennen gelernt hatte. Er schwor feierlich, sie während der letzten 48 Stunden keine Minute allein gelassen zu haben. Di Novi erwähnte den gefälschten Pass, aber Sam erwiderte, das genüge nicht, um Juliette des Terrorismus zu verdächtigen.

»Wenn ich Sie richtig verstanden habe, soll Miss Beaumont aus dem Flugzeug gestürzt sein, um Sie zu treffen ...«

»Genau.«

»Weil sie beschlossen hatte, bei Ihnen in New York zu bleiben?«

»Ich vermute.«

Der Polizist seufzte. »Mister Galloway, ich gestehe, dass ich die Logik Ihres kleinen Spiels mit der Miss nicht richtig verstehe: Ich liebe dich, ich verlasse dich, ich liebe dich, ich verlasse dich ...«

»So läuft es nun mal im Leben«, ereiferte sich Sam, »Beziehungen zwischen Männern und Frauen sind nicht unbedingt einfach. Das scheint Ihnen offensichtlich bislang entgangen zu sein.«

Di Novi überhörte die Bemerkung und setzte sein Verhör fort.

»Haben Sie Miss Beaumont beim Packen geholfen?«

»Nein.«

»Hat sie Ihres Wissens irgendwelche Gegenstände oder Pakete für jemand anderen transportiert?«

»Nein.«

»Hat sie am Flughafen ihre Gepäckstücke ohne Aufsicht gelassen?«

»Ich glaube nicht.«

»Hat sie Drogen genommen?«

»Nein.«

»Sie wissen nichts darüber.«

»Ich bin Arzt und kann Drogensüchtige erkennen.«

Di Novi verzog zweifelnd den Mund. Sam ging zum Gegenangriff über:

»Wir sind in Amerika, man verurteilt Leute nicht zu einer Gefängnisstrafe, weil sie sich lieben.«

»Wenn Sie mir erlauben: Ich glaube, die Lage ist etwas komplizierter.«

»Lassen Sie mich wenigstens mit ihr reden.«

»Das ist unmöglich. Sie werden rechtzeitig benachrichtigt, wenn ihr Polizeigewahrsam aufgehoben wird. Aber wenn Sie meinen Rat hören wollen: Das wird nicht so schnell passieren«, fügte er sadistisch hinzu.

Der Polizist studierte seinen Notizblock, bevor er ostentativ seinen Füller zuschraubte.

»Noch eine letzte Frage, Mister Galloway: Wie haben Sie erfahren, dass Miss Beaumont dem Flugzeugunglück entkommen ist?«

Sam zögerte kurz, aber intuitiv unterließ er es, das mysteriöse Eingreifen von Grace Costello zu erwähnen. Stattdessen warnte er den Polizisten:

»Sie sind im Begriff, einen großen Fehler zu begehen.«

»Ich mache nur meinen Job.«

»Ich rate Ihnen, nicht darüber hinauszugehen, Inspektor. Juliette ist Anwältin und wird sich zu verteidigen wissen, wenn ...«

Di Novi furchte die Stirn.

»Wer ist Anwältin?«

»Juliette Beaumont.«

»Hat sie das gesagt?«

»Ja«, bestätigte Sam, ohne zu begreifen, dass er einen Fehler beging.

Di Novi richtete sich brüsk auf. Diese Französin war eindeutig nicht ehrlich: Passfälschung, Aufruhr, Identitätsusurpation ...

»Du lieber Himmel, wollen Sie mir nicht verraten, was los ist?«, rief Sam.

»Juliette Beaumont ist keine Anwältin«, erwiderte Di Novi mit triumphierender Miene, »sie ist Kellnerin in einem Café.«

Verdrossen ging Sam in der Halle des Kommissariats hin und her. Er hatte sich gerade mit dem Anwalt unterhalten, der Juliette vertreten würde. Der Jurist hatte ihm geraten, nach Hause zu gehen: Der Polizeigewahrsam konnte noch zwei Tage dauern und es hatte keinen Sinn, seine Zeit hier zu vergeuden. Bevor Sam diesen Rat befolgte, wollte er noch eines überprüfen.

Er sprach in Calistas Büro vor.

»Noch eine gute Tat zum Abschluss des Tages?«

Die junge Schwarze schüttelte den Kopf.

»Tut mir Leid, mein Dienst ist zu Ende«, erwiderte sie und räumte ihren Schreibtisch auf.

»Hören Sie, ich benötige eine Auskunft über eine Polizistin aus einem anderen Kommissariat.

Es geht um Grace Costello, sie ist Detective im 36. Bezirk.«

»Ich kann Ihnen nicht helfen.«

»Es ist aber sehr wichtig.«

»Vielleicht für Sie, aber nicht für mich«, sagte sie und zuckte mit den Schultern.

»Bitte, helfen Sie mir noch einmal«, bettelte Sam mit der ganzen Überzeugung, derer er fähig war.

»Nur eine Frage: warum wenden Sie sich immer an mich, während es doch zwei weitere Büros am Eingang dieses verdammten Kommissariats gibt?«

»Vielleicht deswegen«, gestand der Arzt und deutete auf ein kleines Foto, das an der Wand hinter der jungen Frau hing.

Das Foto zeigte zwei kleine Mädchen, die auf einem Trottoir in der Bedford Avenue Himmel und Hölle spielten.

Calista runzelte die Stirn.

»Ich bin auch dort aufgewachsen«, erklärte Sam.

»Quatsch!«

»Stimmt aber.«

»Das sollte mich sehr wundern.«

»Warum?«

»Deswegen«, sagte sie und deutete zuerst auf ihr Gesicht und dann auf das Gesicht des Arztes, womit sie ihn auf seine weiße Haut aufmerksam machen wollte, denn in Bedford lebten nur Schwarze.

»Grundschule Martin Luther King und anschließend College Charles Drew.«

»Wenn Sie die Namen der Schulen kennen, beweist das noch nicht, dass Sie dort Schüler waren«, bemerkte sie misstrauisch.

Sam seufzte.

»Wollen Sie einen Beweis? Hier!«

Zuerst öffnete er den Reißverschluss seines Trainingsanzugs, dann zog er seinen Pullover und sein T-Shirt hoch.

»Dr. Galloway, bedenken Sie, dass wir uns auf einem Kommissariat befinden«, rief Calista, geschockt von diesem unerwarteten Striptease. »Ich will keinen Ärger …«

Mit nacktem Oberkörper näherte sich Sam der jungen Frau so weit, dass sie eine kleine bläuliche Tätowierung unterhalb der Schulter erkennen konnte: *Do or die – Tu etwas oder stirb*, die Devise von Bedford, seinem ehemaligen Viertel.

Calista musterte Sam ohne mit der Wimper zu zucken. Dann griff sie nach dem Telefonhörer, doch der Beamte, der sie ablösen sollte, war bereits gekommen und begann sich einzurichten.

»Wie hieß die Polizistin noch mal?«

»Grace Costello.«

»Warten Sie einen Augenblick«, befahl sie.

Sam blickte ihr nach, wie sie den großen Raum durchquerte, in dem sich das Verwaltungspersonal befand. Calista fand im Zwischengeschoss oberhalb der Halle ein leeres Büro. Durch eine Glastür konnte er sie beobachten. Sie tätigte verschiedene Telefonate, dann erhielt sie ein Fax. An den verstohlenen Blicken, mit denen sie sich umsah, erkannte er, dass so etwas nicht unbedingt in ihren Aufgabenbereich gehörte und dass sie für ihn womöglich Unannehmlichkeiten auf sich nahm. Mehrere Male runzelte sie die Stirn als Zeichen des Unverständnisses.

Dann kam sie wieder zu ihm, mit einem Blatt Papier in der Hand.

»Sie wollen mich wohl auf den Arm nehmen?«, fragte sie ihn verärgert.

»Natürlich nicht«, verteidigte er sich, »warum sagen Sie das?«

Sie reichte ihm das Fax, das sie erhalten hatte.

»Weil Grace Costello seit zehn Jahren tot ist.«

14

Wenn sie töten, töten sie jene, die du liebst ...
Aus dem Film *Der Pate* von Francis Ford Coppola

Sam verließ verwirrt und ratlos das Kommissariat. Die kalte Luft draußen tat ihm gut. Er ging schnellen Schrittes die Straße hinauf, um sich aufzuwärmen. Dabei hielt er Ausschau nach einem freien Taxi. Die Nacht war hereingebrochen und ein Rest vereisten Schnees knirschte unter seinen Schritten. Als er eine Straßenlaterne erreichte, blieb er stehen und holte das Fax, das ihm Calista gegeben hatte – ein zehn Jahre alter Artikel der *New York Post* –, aus seiner Tasche, um es noch mal zu lesen.

Polizistin in Brooklyn erschossen

Grace Costello, eine Polizistin des 36. Bezirks, wurde gestern Nacht am Steuer ihres Wagens tot aufgefunden. Sie ist von einem Schuss in die Schläfe getötet worden. Im Augenblick sind die Umstände ihres Todes noch unklar, zumal sie zum Zeitpunkt des Verbrechens offenbar nicht im Dienst war.

Grace Costello, 38, gehörte seit fünfzehn Jahren der New Yorker Polizei an. Sie hatte als Streifenpolizistin gearbeitet, bevor sie eine Beamtenlaufbahn begann. Diese Frau, die schon mit 26 zum Detective befördert wurde, hat mit ihrem Wissen und Können entscheidend zur Lösung mehrerer großer Kriminalfälle beigetragen.

Sie besaß einen Abschluss der New Yorker Universität und der FBI National Academy in Quantico. Sie hatte eine fünfjährige Tochter und eine glänzende Karriere bei der Polizei vor sich – in Kürze sollte sie zum Lieutenant befördert werden.

Zwei Fotos von Grace illustrierten den Artikel: ein klassisches Foto in Uniform anlässlich ihrer Verbeamtung bei der New Yorker Polizei und ein privates, auf dem sie mit ihrer Tochter als Baby am Meer zu sehen ist.

Die Fotos waren deutlich genug, dass Sam klar erkennen konnte, dass es dieselbe Frau war, die er ein paar Stunden zuvor im Central Park getroffen hatte. Eine Frau, die seit zehn Jahren tot war ...

Endlich fand er ein Taxi, das soeben um die Ecke bog. Am gelb leuchtenden Aufsatz erkannte er, dass es frei war. Sam winkte dem Fahrer. Während er bremste, wurde er rechts von einem Polizeiwagen überholt, der neben Sam anhielt. Das Fenster auf der Fahrerseite wurde heruntergelassen und ein mürrischer Polizist um die fünfzig wandte sich an Sam:

»Mister Galloway?«

»Ja?«

»Wenn es Ihnen nichts ausmacht, würde ich gern eine kleine Spazierfahrt mit Ihnen unternehmen.«

»Das wäre mir im Augenblick gar nicht angenehm, denn ich brauche ein Taxi und keine offizielle Eskorte.«

»Leider muss ich darauf bestehen.«

»Leider muss ich ablehnen: Für heute habe ich genug Uniformen gesehen und Ihre Manieren gefallen mir auch nicht.«

»Zwingen Sie mich nicht, Option B zu wählen.«

»Und worin besteht die?«

»Ich steige aus und verprügele Sie«, drohte der Bulle.

»Ehrlich? Das würde ich gern erleben.«

»Ich werde es Ihnen zeigen.«

Der Wagen fuhr an, hielt auf dem Bürgersteig und versperrte Sam den Weg. Er saß in der Falle. Der Polizist sprang aus dem Auto und kam auf ihn zu. Ein stämmiger Mann mittlerer Größe, der trotz seiner flinken Bewegungen ein paar Kilo zu viel auf den Rippen hatte.

»Ich bin Mark Rutelli«, stellte er sich vor und legte die Hand auf seine Dienstwaffe, die in einem Halfter an seinem Gürtel steckte.

Er musterte Sam mit wilder Entschlossenheit. Dieser Mann schien zu allem bereit, nur damit Sam ihn begleitete.

»Ich denke, Sie sollten mal lesen, was auf Ihrem Wagen steht«, bemerkte Sam und deutete auf die drei Buchstaben HPR – Höflichkeit, Professionalität und Respekt –, die Devise der New Yorker Polizei.

»Nun denn, ich frage Sie ein letztes Mal in aller Höflichkeit«, sagte Rutelli, »ich möchte *sehr gern,* dass wir uns beide unterhalten.«

Da Sam begriff, dass er gar keine Wahl hatte, und weil ihm nichts anderes übrig blieb, als einen kleinen Schwatz mit diesem Hitzkopf zu halten, erwiderte er resigniert: »Worüber wollen Sie sich denn mit mir unterhalten?«

»Über meine ehemalige Partnerin Grace Costello.«

Sam stieg in den Wagen und Rutelli fuhr Richtung Süden.

»Sie sind doch Arzt, nicht wahr?«

»Ja, ich bin Kinderarzt, aber ich verstehe nicht, was das ...«

Rutelli hob die Hand, um Sam zum Schweigen zu bringen.

»Vor einer halben Stunde, als ich nach dem Dienst meine Sachen holen wollte, erzählte mir ein Mann aus der Zentrale, dass sich ein Polizeibeamter vom 21. Bezirk nach Grace Costello erkundigt hatte.«

»Ich hatte ihn darum gebeten«, bestätigte Sam.

»... und er glaubte fest, dass sie noch am Leben sei.«

»Sie ist noch am Leben«, bekräftigte Sam.

»Und wie kommen Sie darauf?«

»Ich habe heute Nachmittag mit ihr gesprochen.«

Rutelli seufzte tief. Sam bemerkte, dass die Hände des Polizisten zu zittern begannen und er das Lenkrad fester umklammerte, um ruhig zu bleiben. Rutelli öffnete das Fenster und atmete die frische kalte Luft ein. Er schwieg und begnügte sich damit, ein paar rote Ampeln zu überfahren.

Während der Wagen über die Brooklyn Bridge fuhr, fragte Sam: »Was soll diese Fahrt?«

»Ich will Ihnen klar machen, dass es keine Gespenster gibt.«

Sie gelangten nach Bensonhurst, dem letzten authentischen italienischen Viertel in New York, seit *Little Italy* sich zu einer Touristenattraktion gemausert hatte.

Der Polizist fuhr mehrere Male um einen Häuserblock, fand aber keinen Parkplatz. Jemand hatte den Gehweg für fünf oder sechs Meter mit einem Schild gesperrt, auf dem die Drohung stand:

YOU TAKE MY SPACE
I BREAK YOUR FACE

Aber Rutelli war nicht der Mann, der sich von einem Unbekannten einschüchtern ließ, der ihm Prügel androhte, wenn er seinen Parkplatz nutzte. Er stieg aus, versetzte dem Schild einen verächtlichen Fußtritt und stellte den Wagen ab.

Dann betrat er mit Sam eine Trattoria, in der man ihn offensichtlich gut kannte. Eine alte Leuchtreklame verkündete, dass es dieses Lokal seit etwa vierzig Jahren gab, was in einer Stadt wie New York, in der sich ständig alles veränderte, ziemlich ungewöhnlich war.

»Kommen Sie mit«, befahl Rutelli.

Sam folgte ihm in einen kleinen Raum, in dem es verlockend nach Brotteig, Olivenöl und gefüllten Fladen duftete. An den Wänden hingen Fotos von berühmten Italoamerikanern: Sinatra, De Niro, Travolta, Madonna, Stallone ...

Die beiden Männer setzten sich einander gegenüber auf eine lederbezogene Bank.

»Ciao Marko«, sagte der Inhaber und stellte eine angebrochene Flasche Wein vor Rutelli auf den Tisch.

»Ciao Carmine.«

Rutelli schenkte sich ein Glas ein, leerte es in einem Zug und beendete auf diese Weise das Zittern seiner Hände.

Nur oberflächlich beruhigt, forderte er Sam auf,

ihm ganz genau zu erklären, was er über Grace wusste.

Sam erzählte ihm die ganze Geschichte, angefangen von seiner Begegnung mit Juliette bis zu Graces Auftauchen im Central Park. Nur den Absturz von Flug 714 ließ er aus.

Als er mit seinem Bericht zu Ende war, schenkte sich Rutelli ein neues Glas ein, rieb sich die Augen, ohne jedoch den Schleier der Traurigkeit vertreiben zu können.

»Hören Sie, Galloway, ich war mehr als zehn Jahre lang Graces Partner. Wir haben fast zur gleichen Zeit im Morddezernat angefangen und an den gleichen Fällen gearbeitet. Wir waren nicht nur ein gutes Team, sondern auch Freunde, sehr gute Freunde ...«

Während er redete, holte er ein Foto aus seiner Brieftasche und reichte es Sam. Der Arzt betrachtete es aufmerksam: Es zeigte Rutelli in Begleitung von Grace irgendwo vor einem See und einer Bergkette. Sie waren jung und unbeschwert. Grace strahlte und Rutelli war schlank, gut gelaunt, voller Zuversicht. Ganz anders als dieser jähzornige Mann, der Sam gegenübersaß.

»Wenn Sie mir eine Frage erlauben«, fuhr Sam fort. Rutelli forderte ihn auf, sie zu stellen.

»Da Sie mit Grace gearbeitet haben, müssten Sie den Grad eines Detective haben ...«

»Genau wie sie sollte ich zum Lieutenant ernannt werden.«

»Wie kommt es dann, dass Sie zehn Jahre später ein einfacher Streifenpolizist sind?«

Rutelli holte eine Schachtel Zigaretten aus der Tasche und zündete sich eine an. Er sah nicht aus wie jemand, den man gern an das Rauchverbot erinnerte.

»Seit Graces Tod wurde alles anders für mich.«

»Sie haben ein Alkoholproblem, nicht wahr?«

»Ein Alkoholproblem?«

»Rutelli, sind Sie Alkoholiker?«

»Was geht Sie das an?«

»Ich bin Arzt, ich verurteile Sie nicht, aber Sie könnten sich vielleicht helfen lassen.«

Der Polizist tat dieses Angebot mit einer Geste ab. »Die Anonymen Alkoholiker und der ganze Quatsch! Nein, danke, nichts für mich.«

Er wollte noch etwas hinzufügen, doch die Worte blieben ihm im Hals stecken. Er schluckte kurz, dann fuhr er fort:

»Grace kannte mich gut, mit all meinen Schwächen und Stärken. Sie besaß die Fähigkeit, das Beste aus mir rauszuholen.«

Er tat einen langen Zug an seiner Zigarette, dann fuhr er fort:

»Sie sah auch immer alles positiv, sie glaubte an all dieses Zeug«, sagte er und machte eine wegwerfende Geste.

»Was für *Zeug?*«

Rutellis Blick verlor sich in der Ferne.

»Sie glaubte an das Glück, an die Zukunft, an die gute Seite der Dinge und der Menschen ... Sie glaubte an die Menschen.«

Er machte eine kurze Pause, dann gestand er: »Ich bin nicht so.«

Ich auch nicht, dachte Sam für sich.

»Ohne sie fand ich diesen Beruf höllisch. Sie war nicht mehr da, um mich im Zaum zu halten, um mich zu besänftigen ...«

»Und so hat man Sie degradiert?«, fragte Sam.

Rutelli nickte.

»Ich habe in den letzten Jahren öfter mal den Bogen überspannt.«

»Und wie erklären Sie sich meine heutige Begegnung mit Grace?«

Die Hände des Polizisten zitterten erneut.

»Galloway, das war nicht sie«, erwiderte er und schenkte sich erneut ein Glas ein.

»Aber sie war es, sie sah genauso aus wie auf dem Foto, als sei sie nicht älter geworden, als sei sie immer noch so jung wie auf dem Foto in der Zeitung.«

»Galloway, sie hat eine Kugel abbekommen. Eine verdammte Kugel hat ihr den Schädel zerschmettert. Verstehen Sie das?«, rief er.

»Vielleicht ist sie nicht tot«, wandte Sam ein.

Rutelli ereiferte sich:

»Als Grace erschossen wurde, habe ich sie identifiziert. Ich habe ihr Gesicht gesehen, ich habe geweint, als ich sie in den Armen hielt. Und glauben Sie mir, sie war es wirklich.«

Sam blickte Rutelli in die Augen und erkannte, dass er die Wahrheit sagte.

Wenig später fuhr der Polizist Sam nach Hause. Als sie vor dem kleinen Haus in Greenwich Village ankamen, schien Rutelli sich wieder beruhigt zu haben.

»Stinkvornehm, Ihr Viertel.«

»Das ist eine Geschichte für sich«, erwiderte Sam.

Weil es kalt war, blieben die beiden Männer im Auto sitzen und rauchten in der Stille der Nacht eine letzte Zigarette zusammen. Ein eisiger Wind ließ die Äste des Ginkgos und der Glyzinien erzittern. Sie schwiegen – vermutlich eine Ewigkeit. Sam dachte an Juliette, die allein in einer Zelle saß, Rutelli dachte an Grace, die einzige Frau, die er je geliebt hatte. Er bedauerte wieder einmal, ihr zu ihren Lebzeiten nie seine Gefühle offenbart zu haben. Sam brach als Erster das Schweigen:

»Wer hat Grace getötet? Wissen Sie das?«

Der Polizist schüttelte den Kopf.

»Über ein Jahr lang habe ich unermüdlich nach dem Täter gesucht, meine Wochenenden und meinen Urlaub geopfert. Aber ich bin nie auf die richtige Spur gestoßen.«

Er machte seine Zigarette aus und ließ den Motor an.

»Gute Nacht, Galloway.«

»Gute Nacht, Rutelli«, erwiderte Sam und öffnete die Wagentür. »Wenn Sie eines Tages Lust haben, mit dem Trinken aufzuhören, kommen Sie zu mir. Eine Freundin von mir sagt immer: *Es gibt keine Probleme, nur Lösungen.*«

»Grace sagte das auch.«

Spontan reichte ihm der Polizist die Hand und war ganz erstaunt über die seltsame Komplizenschaft, die zwischen ihm und diesem jungen Arzt zu entstehen schien.

»Sie sind schon ein seltsamer Arzt.«

»Das höre ich manchmal«, erwiderte Sam und drückte die dargebotene Hand.

Rutelli hatte offenbar etwas von seiner Antriebskraft zurückgewonnen. Seine Augen glänzten wie Diamanten.

»Was werden Sie tun?«, fragte Sam beunruhigt.

»Irgendjemand in dieser Stadt gibt sich als Grace

Costello aus«, bemerkte Rutelli. »Ich muss herausfinden, *wer* und *warum.*«

»Passen Sie auf sich auf.«

»Sie auch, man weiß ja nie.«

Sam stieg aus und Rutelli fuhr in die Nacht hinaus.

Der Arzt konnte sich nicht mehr auf den Beinen halten. In seinem Kopf wirbelte alles durcheinander und er hatte Magenschmerzen. Todmüde stieß er die Tür seines Hauses auf, fest entschlossen, sofort schlafen zu gehen.

Die beiden Männer waren so in ihre Unterhaltung vertieft gewesen, dass keiner von ihnen bemerkt hatte, wie eine schattenhafte Gestalt, auf der anderen Straßenseite verborgen, jedes ihrer Worte belauscht hatte.

15

Als er auf der anderen Seite der Brücke war,
kamen die Gespenster auf ihn zu.

Zwischentitel aus dem Film *Nosferatu*

Sam sortierte seine Nachrichten: Auf seinem Handy und seinem *Beeper* quollen die Anrufe aus der Klinik längst über. Offensichtlich hatte man den ganzen Nachmittag versucht, ihn zu erreichen.

Was war geschehen?

Er wollte zurückrufen, als er in der oberen Etage plötzlich Lärm hörte. Er stürzte die Treppe hinauf und riss die Tür zum Schlafzimmer auf. Ein eisiger Hauch wehte durch das Zimmer. Das Fenster stand offen.

Die Umrisse einer Gestalt zeichneten sich vor der blauschwarzen Nacht ab. Eine Frau, katzenartig und hoch gewachsen, saß auf dem Fenstersims: Grace Costello.

»Wie sind Sie hier reingekommen?«

»Das war nicht besonders schwierig«, erwiderte sie und sprang herunter.

»Sie befinden sich in einem Privathaus. Haben Sie einen Durchsuchungsbefehl oder eine offizielle Vollmacht?«

Grace zuckte die Schultern.

»Was glauben Sie, wo Sie sind? Im Film?«

»Ich werde die Polizei rufen«, drohte er.

Sie griff energisch nach seinem Arm und gebot ihm Einhalt.

»Ich bin die Polizei.«

Ohne die Fassung zu verlieren, packte er sie am Kragen ihrer Lederjacke.

»Auch wenn Sie eine Waffe haben, schüchtern Sie mich nicht ein.«

Sie blickte zu ihm hoch. Aus der Nähe verwirrte sie ihn durch ihre Schönheit: Ihre Gesichtszüge waren zart und ihre großen Augen glänzten im Halbschatten. Sie war ihm so nahe, dass er ihren Atem an seinem Ohr spürte.

»Ich will Ihnen keine Angst einjagen«, sagte sie umgänglicher. »Ich will nur mit Ihnen reden.«

»Worüber?«, erkundigte er sich und ließ sie los.

»Über Juliette.«

»Woher wussten Sie, dass sie das Flugzeug verlassen hatte?«

Grace wich ein Stück zurück. Ohne seine Frage zu beantworten, ging sie langsam durchs Zimmer und musterte die Regale, auf denen sich die Bücher türmten.

»Glauben Sie an das Jenseits, Dr. Galloway?«

»Nein«, erwiderte er ohne Zögern.

»Vielleicht glauben Sie zumindest an die spirituelle Seite der Dinge?«

»Tut mir Leid, Sie enttäuschen zu müssen, aber in dieser Hinsicht bin ich so unbedarft wie eine Krabbe.«

»Und wenn Sie in der Klinik einen Patienten verlieren«, beharrte Grace, »fragen Sie sich nie, ob danach noch etwas kommt?«

»Na ja, das kann schon passieren«, räumte Sam ein.

Einen Moment lang sah er Federicas Gesicht vor sich.

*Wo ist sie jetzt? Gibt es ein Jenseits? Einen Ort,
an den wir alle gehen werden?*

Er bemühte sich, diesen Gedanken zu verdrängen.

»Wer entscheidet Ihrer Meinung nach über den Zeitpunkt des Todes?«, fragte Grace weiter.

Der Arzt runzelte die Stirn.

»Abgesehen von Mord und Selbstmord sterben wir, wenn unser Organismus keine Kraft mehr hat ...«

»Blablabla.«

»Das ist die Wahrheit«, verteidigte sich Sam, »die Menschen sind so alt wie ihre Arterien. Ihr Gesundheitszustand hängt von ihrer Verfassung, ihrer Ernährung und ihrer Lebensführung ab.«

»Und bei Unfällen?«

Er zuckte die Schultern.

»Das nennt man *Lebensrisiko*, nicht wahr? Eine Folge unglücklicher Umstände, die bewirken, dass man sich zur falschen Zeit am falschen Ort befindet.«

»Scheint Ihnen das alles nicht zu prosaisch?«

»Nein, scheint es mir nicht, und ich weiß auch nicht, worauf Sie hinauswollen.«

»Stellen Sie sich vor, die Stunde und die Umstände unseres Todes seien vorherbestimmt«, sagte Grace.

»Ich habe *Matrix* im Fernsehen gesehen, aber ich habe nicht viel verstanden.«

»Ich meine es ernst. Stellen Sie sich vor, einer jungen Frau sei es vorherbestimmt, bei einem Flugzeugabsturz ums Leben zu kommen ...«

»Ich glaube nicht an den Schwachsinn vom Schicksal.«

»Stellen Sie sich vor, dass sie aus emotionalen Gründen in letzter Minute das Flugzeug verlassen und dadurch die Pläne des Todes plötzlich vereitelt hat.«

»Ich würde sagen, diese Frau hat Riesenglück und das ist sehr erfreulich für sie.«

»Man kann den Tod nicht überlisten.«

»Anscheinend doch.«

Grace blickte Sam in die Augen.

»Ich versuche Ihnen klar zu machen, Galloway, dass alles einen Sinn hat. Nichts geschieht, was nicht geschehen soll, selbst wenn die menschlichen Leidenschaften manchmal den himmlischen Ablauf durcheinander bringen.«

»Was hat das mit Juliette zu tun?«

»Juliette sollte bei diesem Unfall ums Leben kommen, das gehörte zum *Plan der Dinge*, und um diesen Fehler zu korrigieren, wurde ich entsandt.«

»Um diesen Fehler zu korrigieren?«

»Galloway, ich bin eine *Botin*.«

»Und worin besteht Ihre Aufgabe?«

»Ich dachte, Sie hätten es begriffen: Meine Aufgabe besteht darin, Juliette heimzuholen.«

»Wohin?«

»Dorthin«, erwiderte sie und deutete mit dem Zeigefinger zum Himmel.

Sam schwieg lange, wie ein Therapeut, der sich konzentriert, bevor er sein Rezept verkündet.

»Wenn ich Sie richtig verstehe, sind Sie eine Art Beamtin, die damit beauftragt ist, die Todesfälle im Jenseits zu verwalten?«

»So kann man es sehen.«

»Was mich am meisten erschreckt …«, fuhr Sam fort.

»Das wäre?«

»Am meisten erschreckt mich, dass Sie wirklich all das glauben, was Sie sagen, nicht wahr?«

»Ich bin mir sehr wohl im Klaren, dass es schwierig zu akzeptieren ist«, gab Grace zu.

»Etwas hat Sie aus einem mir unbekannten Grund durcheinander gebracht, aber ich bin Arzt und ich könnte Ihnen vielleicht helfen ...«

»Hören Sie auf, mir Ihre Hilfe anzubieten.«

»Ich meinte es zu Ihrem Besten.«

»Ihr Mitleid lässt mich ziemlich kalt: Ich bin tot und seit zehn Jahren begraben.«

»In diesem Fall sage ich, es reicht«, beschloss Sam. »Verlassen Sie mein Haus!«

»Mit Ihnen zusammenzuarbeiten wird nicht gerade ein Vergnügen sein«, seufzte Grace.

Sie ging auf das Fenster zu, durch das sie hereingekommen war.

»Noch ein Letztes: Hören Sie auf, die Leute über mich auszuhorchen. Lassen Sie Mark Rutelli in Frieden. Und sprechen Sie mit niemandem über das alles.«

»Aha, also nur Sie haben das Recht, in das Leben der Menschen einzudringen.«

»Hören Sie auf meinen Rat: Wenn man anfängt, die Vergangenheit aufzuwühlen, lassen die Scherereien nicht lange auf sich warten.«

»Blablabla.«

»Ich habe Sie gewarnt.«

Plötzlich gewann der gewissenhafte Arzt wieder die Oberhand über den zornigen Mann, und Sam fühlte sich nicht wohl dabei, eine Frau, die ganz offensichtlich die Hilfe eines Psychiaters benötigte, ziehen zu lassen.

»Wenn Sie Hilfe brauchen, können Sie jederzeit zu mir in die Klinik kommen«, bot er von neuem an.

»Wir werden uns wiedersehen, Galloway, wir werden uns ganz bestimmt wiedersehen.«

Grace schwang sich auf das Fensterbrett. Sie wollte schon hinunterspringen, als sie in ihrer Bewegung innehielt und noch eine Bombe platzen ließ:

»Ach übrigens, fast hätte ich's vergessen: Machen Sie sich keine Sorgen, Ihre Frau liebt Sie immer noch, selbst nach dem, was Sie ihr neulich Morgen auf dem Friedhof gestanden haben.«

Sam, der ebenso verblüfft wie außer sich war, brauchte ein paar Sekunden, um zu reagieren. Dann stürzte er zum Fenster.

»Seit wann spionieren Sie mir hinterher?«, rief er auf die Straße hinunter.

Aber Grace Costello war bereits verschwunden.

16

An der medizinischen Fakultät bringt man uns bei, dass viele Personen das Gesicht des Arztes von der Notaufnahme als letztes Bild mit sich nehmen.
Wenn ich all die entsetzten Blicke auf mich gerichtet sehe, versuche ich das nie zu vergessen.
Zitat aus dem Film *Im Zeichen der Libelle* von Tom Shadyac

Dienstagvormittag – St. Matthew's Hospital

»Sie kommen zu spät, Dr. Galloway.«

»Ist ja gut, lassen Sie mir wenigstens die Zeit, mich fertig zu machen«, erwiderte Sam und knöpfte seinen Kittel zu.

Janice Freeman, die Chefin der Notaufnahme, war damit beschäftigt, die verschiedenen Operationen des Vormittags aufzuteilen.

Die Afroamerikanerin mit dem beeindruckenden Äußeren schätzte Sam sehr, und er dankte es ihr.

»Ist heute Morgen eine Stange Dynamit neben Ihrem Kopf explodiert?«, erkundigte sie sich und deutete auf die zersauste Frisur des Arztes.

»Ich habe eine aufregende Nacht hinter mir.«

»Freut mich für Sie.«

»Nicht was Sie denken«, wiegelte Sam ab.

»Oh, Sie brauchen sich nicht zu rechtfertigen.«

»Was haben Sie für mich?«

»Ich muss mit Ihnen reden, Sam.«

Gerade als Janice ihm etwas sagen wollte, platzte eine Frau mit einem Kind auf dem Arm in die Notaufnahme.

»Ich brauche einen Arzt, schnell.«

»Ich kümmere mich darum«, bot Sam an.

»Ich komme mit«, schlug Janice vor.

»Was ist passiert, Madam?«, fragte Sam und bettete das Kind auf eine Trage.

»Das ist mein Sohn Miles.«

»Wie alt ist er?«

»Vier. Als ich ihn zur Schule brachte, wurde er von einer Wespe in den Hals gestochen.«

Eine Wespe? Mitten im Winter?

»Madam, sind Sie sicher, dass es eine Wespe war?«

»Ich ... ich glaube ja.«

Verdammt, die halten sich tatsächlich nicht mehr an die Jahreszeiten!

Sam schnitt den Pullover des Jungen auf, um den angeblichen Stich zu untersuchen. Tatsächlich entdeckte er unterhalb des Halses eine deutliche Schwellung.

Scheiße.

»Ein Quincke-Ödem?«, erkundigte sich Janice.

»Ja.«

»Wir müssen uns beeilen, Sam, er atmet nicht mehr.«

»Ich mache einen Luftröhrenschnitt.«

In Sekundenschnelle beugte sich der Arzt über das Kind und legte ihm einen Katheter in die Luftröhre, direkt unter dem Adamsapfel. Dann setzte er eine Spritze an, damit das Kind wieder atmen konnte.

»Er atmet«, sagte Janice.

»Geben Sie 300 Adrenalin und 400 Solumedrol«, bat Sam eine Krankenschwester.

Dann sagte er zur Mutter des Kindes:

»Alles in Ordnung, Ihr Sohn ist außer Gefahr.«

Sam stand vor der Kaffeemaschine und trank seinen ersten Kaffee an diesem Morgen.

Ein zufriedenes Lächeln spielte um seine Mundwinkel. Ein Tagesanfang ganz nach seinem Geschmack: eine gute Diagnose, ein exakter Eingriff – und zack ein Leben gerettet!

»Es reizt Sie, den lieben Gott zu spielen, nicht wahr?«, bemerkte Janice, die neben ihn getreten war.

»Es reizt Sie, mir blöde Fragen zu stellen, nicht wahr?«, erwiderte er prompt.

»Gut gekontert.«

»Danke. Kann ich Ihnen einen Kaffee anbieten?«

»Gern. Einen Cappuccino bitte.«

»Haben Sie mir gestern 36 Nachrichten auf den AB gesprochen?«

»Eher 36000.«

»Was gab's denn so Eiliges?«, fragte er und schob ein paar Münzen in den Automaten.

»Nicht von mir werden Sie lernen, Sam, dass unser Beruf ein Auf und Ab von großer Freude und großem Schmerz ist ...«

»Kommen Sie zur Sache«, sagte er plötzlich sehr beunruhigt.

»Es geht um Angela. Sie ist tot, Sam. Sie starb gestern Vormittag.«

»Das ist ... unmöglich. Ihr Zustand war stabil.«

»Niemand hat begriffen, was genau passiert ist.

Eine tödliche Infektion vielleicht. Auf jeden Fall etwas sehr Seltenes.«

Völlig am Boden zerstört lief Sam aus dem Aufenthaltsraum in den Flur. Er drückte wie wild auf den Knopf des Aufzugs. Er musste sich unbedingt selbst davon überzeugen.

»Dr. Galloway, warten Sie!«

Weil der Aufzug nicht kam, stürzte er die Treppe hinauf, ohne auf Janices Ruf zu achten.

Er stieß die Tür zu Angelas Zimmer auf. Das Bett war gemacht und alle persönlichen Dinge waren bereits entfernt worden. Sam war völlig niedergeschlagen. Er hatte so fest geglaubt, sie retten zu können.

Janice stellte sich neben ihn.

»Das hat sie für Sie hinterlassen«, sagte sie und reichte ihm eine Kollegmappe.

Gerührt klappte Sam sie auf. Ihm fehlten die Worte. Die Mappe enthielt einen Stapel Zeichnungen: Pastelle, Gouachen, Collagen aus Papier, Pappe und Sand – geheimnisvolle Bilder mit dichter Struktur, die ihn an die Gemälde seiner Frau erinnerten. Die Formen waren abstrakt, die Farben blutrot und erdbraun. Sie vermischten sich in atemberaubenden Spiralen.

Hatte das Ganze eine Bedeutung? Als Kinderarzt ließ er kranke Kinder häufig zeichnen, um ihnen zu helfen, ihre Ängste und Gefühle auszudrücken. Für Kinder war malen natürlicher als reden. Manchmal schlug Sam seinen jungen, an Krebs oder Leukämie erkrankten Patienten vor, den Kampf zwischen ihrer Krankheit und ihrem Abwehrsystem zu malen. Auch wenn das nicht besonders akademisch war, wusste er, dass es anhand dieser Bilder möglich war, die Entwicklung der Krankheit ziemlich genau vorherzusagen.

Doch wie sollte er die Zeichnungen von Angela deuten?

Als Janice ihn aufforderte, sich wieder um seine Patienten zu kümmern, erinnerte sich Sam plötzlich an das Gespräch, das er am Tag zuvor mit Grace Costello geführt hatte.

»Stellen Sie sich ab und zu die Frage, Janice?«

»Welche Frage?«

»Wohin sie gehen?«

»Meinen Sie die Patienten, die uns *verlassen*?«

»Ja.«

Janice Freeman seufzte tief.

»Sam, sie gehen nirgendwohin, sie sind tot.«

Mit einem Sandwich in der einen und dem Handy in der anderen Hand ging Sam auf der Dachterrasse der Klinik hin und her. Hier landete der Hubschrauber, wenn er lebensgefährlich Verletzte oder Organspenden lieferte. Der Zugang zur Dachterrasse war streng geregelt und kein Arzt hatte das Recht, hier seine Mittagspause zu verbringen. Doch Sam liebte diesen Ort, hier konnte er wenigstens in Ruhe rauchen. Er schätzte diese Freiheit über alles und war nicht bereit, in einem Untergeschoss des Hauses den anderen überzeugten Rauchern Gesellschaft zu leisten, die dem Volkszorn ausgeliefert waren, als seien sie eine Ausgeburt der Hölle. Vermutlich waren die Vereinigten Staaten das Land der Welt, in dem man sich am leichtesten Zigaretten beschaffen konnte. Das ganze Problem bestand nur darin, dass man sie nirgends mehr rauchen konnte.

Sam nutzte die Pause, um mit dem Anwalt zu

telefonieren, der sich um Juliette kümmerte. Die junge Frau befand sich immer noch in Polizeigewahrsam und der Anwalt rechnete nicht damit, dass sie in den nächsten Stunden freigelassen würde. Sam meinte, egal, was passiere, er würde die Kaution so bald wie möglich bezahlen. Um weitere Informationen zu bekommen, nahm er Kontakt mit dem französischen Konsulat auf, bei dem er sich als Juliettes Verlobter vorstellte. Man verwies ihn von einer Stelle zur nächsten. Nach endlosem Warten geruhte schließlich jemand, ihn mit einem Beamten zu verbinden, der ihm versicherte, das Konsulat habe »alle Vorkehrungen getroffen, um den Schutz von Miss Beaumont zu gewährleisten«.

Als Sam sich erkundigte, worin diese Vorkehrungen bestünden, stieß er auf eine Mauer des Schweigens. Er beschwerte sich über die Behandlung, die Juliette zuteil wurde, und erklärte, er finde es inakzeptabel, dass Frankreich – das so gern Lektionen in Sachen Demokratie erteilte – seine Staatsangehörigen so im Stich lasse. Man erklärte ihm mit wenigen Worten, er möge kein Aufsehen erregen. Jeder hatte inzwischen begriffen, dass diese Attentatsgeschichte nicht haltbar war, doch nach den Meinungsverschiedenheiten der beiden Länder bezüglich des Irak versuchte Paris nun eine Annäherung an Washington und legte absolut keinen Wert darauf, aus diesem Vorfall einen Skandal zu machen.

»Genau!«, ereiferte sich Sam. »Es ist Ihnen völlig gleichgültig, ob das Leben eines Ihrer Bürger aus mysteriösen politischen Gründen zerstört wird.«

Während er noch auf die französischen Behörden wetterte, wurde plötzlich die Tür zum Dach aufgerissen und Grace Costello betrat die Terrasse. Sie hörte ihm einen Augenblick lang zu, nahm ihm dann das Handy aus der Hand und beendete sein Gespräch.

»Geben Sie es mir sofort zurück.«

»Beruhigen Sie sich, Dr. Galloway, Ihre Freundin wird am Ende freikommen.«

»Sie haben mir gerade noch gefehlt. Wenn Sie mir weiterhin nachspionieren, sehe ich mich gezwungen ...«

»Sie haben mir doch gesagt, ich solle zu Ihnen ins Krankenhaus kommen.«

Sam widerstand dem Drang, eine Zigarette anzuzünden, und atmete tief durch.

»Also, Grace, oder wie immer Sie heißen mögen, was wollen Sie mir heute verkünden? Dass Sie Kennedy ermordet haben?«

»Haben Sie noch mal über unsere Unterhaltung von gestern Abend nachgedacht?«

»Ich habe anderes zu tun, wenn Sie es genau wissen wollen.«

»Sie haben kein Wort von meiner Botengeschichte geglaubt, nicht wahr?«

Sam seufzte tief. Grace näherte sich dem Dachrand und fand es lustig, sich selbst Angst einzujagen, indem sie nach unten schaute. Im Wasser des East River spiegelte sich die Sonne und sprühte tausend Funken.

»Nicht übel, nicht wahr?«, sagte er und ging auf Grace zu. »Aber ihr da oben im Himmel seid solche Ausblicke ja gewöhnt ...«

»Haha, das ist sehr gut. Haben Sie mal daran gedacht, Sketche zu schreiben?«

Behände kletterte sie eine gusseiserne Leiter

hinauf, um auf einen schmalen Vorsprung zu gelangen, auf dem eine Art Antenne installiert war. Der Zugang zu dieser gefährlichen Stelle war verboten, aber Sam kletterte ihr nach, weil er es als Herausforderung betrachtete und um sie zu schützen, für den Fall, dass sie plötzlich das Verlangen verspüren sollte, hinunterzuspringen. Seit Federicas Tod sah er überall Selbstmörder.

»Sie scheinen schlechte Laune zu haben. Stimmt was nicht?«

»Genau. Die Frau, die ich liebe, sitzt im Gefängnis und ich habe gerade eine junge Patientin verloren, an der ich sehr hing.«

Grace hob den Kopf. »Die kleine Angela?«

»Woher wissen Sie ...?«

»Ich fühle mit Ihnen. Ich weiß, Sie sind ein junger kompetenter Arzt voller guter Absichten, aber etwas hat man Ihnen in Ihrem Studium nicht beigebracht.«

»Und das wäre?«

»Dass es sinnlos ist, gegen die *Ordnung der Dinge* zu kämpfen.«

Er musterte sie streng. »Eine solche Ordnung gibt es nicht. Nichts ist von vornherein festgelegt.«

»Ich sage nicht, dass man fatalistisch sein muss«, seufzte sie, »aber man muss in einem bestimmten Augenblick verzichten können ...«

»Verzichten heißt, sich fügen.«

»Menschen *müssen* eines Tages sterben. So ist es nun mal.«

»Was wissen Sie denn davon?« Er musterte ihr Gesicht, dessen Züge sich verhärteten.

»Ich bin bereits tot.«

»Sie reden dummes Zeug.«

Sofort bedauerte er, dass er sich hatte hinreißen lassen. Diese Frau war nicht bei Verstand. Er musste sie als Patientin betrachten.

»Hören Sie, wir sind in einer Klinik. Warum nutzen Sie nicht die Gelegenheit, um sich etwas zu erholen?«

»Ich bin nicht müde.«

»Ich könnte Ihnen ein Zimmer in der Psychiatrie besorgen. Wir haben wirklich gute Spezialisten, die …«

»Wenn Sie mich für eine Spinnerin halten, liegen Sie völlig falsch. Nur weil ich tot bin, lasse ich mich nicht beleidigen.«

»Na schön, als Nächstes werden Sie mir erklären, dass Außerirdische die Kontrolle über Ihr Gehirn übernommen haben.«

»Machen Sie sich nur über mich lustig.«

»Als ob Sie das nicht herausgefordert hätten.«

Grace seufzte erneut abgrundtief.

»Wir werden uns nicht einigen«, stellte sie fest und erhob sich. »Sie reden zu viel und hören nicht zu.«

Nach diesen Worten zog sie den Revolver aus ihrem Halfter und richtete ihn auf den Arzt.

»Sie haben es so gewollt.«

Sams Büro war ein schmuckloser Raum, der zum Fluss hin lag. Auf dem Schreibtisch befanden sich ein Notebook neben einem leeren Rahmen und eine Yankee-Mütze neben einem Vintage-Baseball mit Autogramm. An einer Pinnwand aus Kork gegenüber der Tür hingen ein paar Kinderzeichnungen.

Grace hatte in seinem Schreibtischsessel Platz

genommen, während Sam, den sie immer noch mit der Waffe bedrohte, auf einem Stuhl ihr gegenüber saß.

»Sie werden mir jetzt ernsthaft zuhören und mir Ihre Bemerkungen und Sarkasmen ersparen, verstanden?«

»Okay«, erwiderte Sam, zwischen Neugier und Angst schwankend.

»Alles, was ich Ihnen gestern Abend erzählt habe, ist wahr. Ich bin vor zehn Jahren getötet worden und aus einem mir unerklärlichen Grunde auf die Erde zurückgeschickt worden, um eine Aufgabe zu erfüllen.«

Sam biss sich auf die Lippe, um eine Bemerkung zu unterdrücken.

»Sie glauben mir immer noch nicht?«

»Wie könnte ich?«

»Was glauben Sie denn?«

»Ich glaube, dass Sie nicht getötet wurden. Ich glaube, dass Sie Ihren Tod *simuliert* haben. Ich glaube, dass die Polizei Ihnen eine neue Identität gegeben hat, um Sie zu schützen.«

»Und vor wem?«

»Ich weiß nicht: vor der Mafia, vor einer Verbrecherbande, die Sie bedrohte … Ich habe im Fernsehen mal eine ähnliche Geschichte gehört.«

Grace verdrehte die Augen.

»Wenn Sie glauben, dass das so funktioniert …«

Sie stand auf und ging nachdenklich im Zimmer auf und ab. Plötzlich zeigte sie auf den Zeitungsartikel auf dem Schreibtisch, der von ihrem Tod berichtete.

»In welchem Alter bin ich dem Artikel nach gestorben?«

»Achtunddreißig«, erwiderte Sam, nachdem er sich davon überzeugt hatte.

»Glauben Sie, dass ich die Frau auf dem Foto bin?«

»Sie oder jemand, der Ihnen gleicht. Vielleicht Ihre Schwester.«

»Ich habe keine Schwester, wie Sie aus meiner Personalakte wissen.«

Sie ging auf ihn zu. All ihre Bewegungen zeigten eine natürliche Anmut.

»Kennen Sie sich etwas aus?«

»Womit?«

»Mit Frauen.«

Mit der Waffe in der Hand stützte sie sich lässig auf den Schreibtisch und neigte sich zu ihm. In diesem Augenblick ging eine verwirrende Sinnlichkeit von ihr aus. Sam begriff, dass sie damit kokettierte, und wollte sich nicht aus der Fassung bringen lassen.

»Für wie alt halten Sie mich?«

»Ich weiß nicht.«

»Los, sagen Sie's.«

»Zwischen dreißig und vierzig.«

»Danke für die Dreißig. Tatsächlich sehe ich genauso aus wie zum Zeitpunkt meines Todes. Es scheint so, als sei die Zeit zehn Jahre lang stehen geblieben. Finden Sie das nicht seltsam?«

Sam schwieg und Grace fuhr fort:

»Welches Alter sollte ich jetzt haben?«

»Ungefähr fünfzig.«

»Sehe ich Ihrer Meinung nach wie fünfzig aus?«

»Dank der modernen Schönheitschirurgie kenne ich fünfzigjährige Frauen, die im *Playboy* posieren.«

Sie rückte näher an ihn heran und schob ihre Haare hoch, damit er ihren Halsansatz sehen konnte.

»Sehen Sie irgendwelche Spuren einer Operation?«

»Nein«, gab Sam zu.

»Danke für Ihre Offenheit«, erwiderte sie und war offensichtlich zufrieden, einen Punkt gewonnen zu haben.

»Das untermauert noch keineswegs Ihre Rede von gestern Abend: die Vorstellung, dass der Ablauf des Lebens eines Einzelnen niedergeschrieben sei in einer Art …«

Sam zeichnete mit den Fingern Anführungszeichen in die Luft.

»… Schicksalsbuch.«

»Auch wenn Sie sich darüber lustig machen, gibt es so etwas«, bestätigte Grace.

»Absurd und zum Verzweifeln: Wer glaubt heute noch an Vorherbestimmung?«

»Bei allem Respekt, fast zwanzig Jahrhunderte lang diskutieren die Menschen diese Frage, also kann ich mir kaum vorstellen, dass Sie dieses Problem an einem einzigen Nachmittag lösen werden.«

Sie kehrte zu ihrem Sessel zurück.

»Lassen Sie uns ein paar Minuten ernst sein, Dr. Galloway. Ich verstehe sehr wohl, dass es viel bequemer ist sich vorzustellen, dass wir die Ereignisse in unserem Leben bestimmen. Im Übrigen schaffen wir es ja auch meistens, uns das einzureden. Aber es gibt Dinge, an denen wir nichts ändern können. Juliette sollte bei diesem Unfall sterben. Es tut mir Leid, aber jeder sollte den Weg gehen, der ihm bestimmt ist.«

162

»Jetzt sind wir also beim buddhistischen Unsinn angelangt.«

»Das hat nichts mit Buddhismus zu tun, und ob es Ihnen nun gefällt oder nicht, ich werde Juliette mitnehmen.«

»Falls es nicht indiskret ist, wie wollen Sie mit ihr ins *Jenseits* gelangen? Mit der fliegenden Untertasse?«

»Ehrlich gesagt, fehlt es nicht an Möglichkeiten. Wir werden beide denselben Weg nehmen.«

Sie klappte das Notebook auf, klickte sich ins Internet ein, tippte etwas und drehte dann den Bildschirm, damit Sam ihn sehen konnte.

Offensichtlich war es die Website einer Tageszeitung: der *New York Post*. Eine Nachrichtenleiste zog sich über den oberen Teil des Bildschirms:

Schreckliches Seilbahnunglück
Heute Mittag um 12:30 Uhr ist eine Seilbahnkabine von Roosevelt Island mit mindestens zwei Personen an Bord in den Fluss gestürzt.

Sam begriff nicht. Er hatte vor einer Stunde in der Cafeteria die Nachrichten gehört, und soviel er wusste, war mit der New Yorker Seilbahn alles in Ordnung. Diese Frau war eindeutig wahnsinnig. Sie ging sogar so weit, eine falsche Schlagzeile zu produzieren, um ihre verworrenen Theorien zu untermauern.

»Dieser Unfall findet nächsten Samstag statt«, erklärte Grace. »Und Juliette und ich werden in der Kabine sein, wenn sie herunterfällt.«

Sam war so verblüfft von dieser bizarren Vorstellung und hätte fast erwidert: »Ich lass es nicht zu«, doch er beherrschte sich und fragte stattdessen: »Warum um Himmels willen erzählen Sie mir das alles?«

Grace sah ihn durchdringend an und Sam erkannte plötzlich, dass die Antwort auf diese Frage der eigentliche Anlass ihres Besuchs war.

»Ich erzähle Ihnen das alles, weil ich will, dass Sie mir helfen.«

Sam heftete den Blick auf den Bildschirm des Computers, als Grace ernsthaft erklärte:

»Der Unfall soll in vier Tagen stattfinden, genau um 12:30 Uhr. Juliette vertraut Ihnen. Sorgen Sie dafür, dass sie in die Kabine steigt, ziehen Sie sich aber dann zurück.«

»Wenn Sie glauben, dass ich mit Ihnen zusammenarbeite …«

»Ich fürchte, Sie haben keine Wahl.«

»Wollen Sie mir drohen?«

»So kann man das auch nennen.«

Sam schlug mit den Fäusten auf den Schreibtisch. »Sie sind nicht nur geistesgestört, Sie sind außerdem auch gefährlich.«

Grace schüttelte den Kopf.

»Ich sehe, Sie begreifen immer noch nicht. Nichts kann mich daran hindern, Juliette früher zu töten. Aus Mitleid habe ich beschlossen, Ihnen eine Frist zu lassen, weil ich weiß, wie schwer das für Sie ist …« Sie zeigte ihm ihre Waffe. »… aber wenn Sie mir nicht helfen, dann versichere ich Ihnen, dass ich nicht bis Samstag warten werde, um Ihre Dulcinea zu töten, und Sie hätten nicht einmal mehr die Gelegenheit, sie lebendig zu sehen.«

»Das werden wir ja sehen.«

Er erhob sich brüsk und stürzte sich wie ein Wilder auf sie. Mit einem Satz nach hinten wich sie ihm aus. In ihrer Polizistenlaufbahn hatte sie es mit viel härteren Typen zu tun gehabt, doch mit einem Anflug von Müdigkeit ließ sie zu, dass er ihren Arm ergriff und sie entwaffnete.

»Man könnte meinen, die Rollen sind jetzt vertauscht«, verkündete er triumphierend und schwenkte die Waffe.

Er hielt Grace auf Abstand, als er nach dem Telefon griff.

»Hallo, ist da der Sicherheitsdienst? Hier spricht Dr. Galloway, ich bin in meinem Büro. Kommen Sie schnell. Eine Frau ist mit einer Waffe in das Gebäude eingedrungen, aber es ist mir gelungen, sie zu überwältigen.«

Dann legte er wieder auf.

»Jetzt spucken Sie wohl keine großen Töne mehr, oder?«, sagte er triumphierend.

»Haben Sie etwa geglaubt, er sei geladen?«, sagte sie und zuckte die Achseln.

Dort, wo Sam aufgewachsen war, kannte man sich mit Waffen ein wenig aus. Er untersuchte den Revolver und stellte fest, dass er tatsächlich nicht geladen war.

Grace hatte bereits die Tür des Büros aufgerissen. Als sie auf der Schwelle stand, drehte sie sich nach Sam um und warnte ihn unverhohlen:

»Dr. Galloway, ich bitte Sie ein letztes Mal: *Glauben Sie mir und helfen Sie mir.* Das liegt in Ihrem und in meinem Interesse.«

Und dann verließ sie blitzschnell den Raum.

17

Als die Situation es erforderte, verstand er,
sich schwach zu zeigen, und genau darin lag
seine Stärke.   Kim Wozencraft

»Tut mir Leid, Dr. Galloway, sie ist uns entwischt.«

Am anderen Ende der Leitung versuchte Skinner, der Sicherheitschef, sich zu rechtfertigen:

»Hm ... sie hat uns an der Nase herumgeführt«, gab er gekränkt zu. »Sie hat im zweiten Stock den Aufzug genommen, doch als sich die Türen des Aufzugs im Erdgeschoss öffneten, war er leer. Wir prüfen gerade die Videoaufzeichnungen, aber ich glaube, sie ist längst über alle Berge.«

»Macht nichts«, erwiderte Sam, ohne wirklich erstaunt zu sein.

Scheiße, dachte er, als er auflegte, *diese Schwachköpfe sind nicht einmal imstande, ihren Job ordentlich zu machen.*

Diese Grace Costello war ganz eindeutig gefährlich. Einen Moment lang überlegte er, was er tun sollte. Den Vorfall der Polizei melden? Hm, das war riskant. Wenn er behauptete, vom Gespenst einer Frau, die seit zehn Jahren tot war, verfolgt zu werden, würde man ihn mit Sicherheit auslachen. Costello war offiziell tot und begraben. Rutelli hatte ihre Leiche identifiziert. Zudem besaß Sam keinen Zeugen, denn Grace war nur bei ihm aufgetaucht, wenn er allein war.

Aber ich habe doch einen Beweis, dachte er plötzlich, als er sich an die Website erinnerte.

Er prüfte auf seinem Notebook den Verlauf, suchte in allen Richtungen, aber er fand die Seite nicht wieder, die den kommenden Unfall ankündigte.

Natürlich besaß er noch die Waffe, die er ihr entwendet hatte, aber wie konnte er das nutzen? Welcher Bulle wäre bereit, nach Spuren zu suchen? Selbst wenn man die Fingerabdrücke von Grace Costello darauf finden würde, was würde das schon beweisen?

Immer noch unter Schock nahm sich Sam die Zeit, eine Seite voll zu schreiben, um den Vorfall festzuhalten. Er wollte nicht, dass man ihm Nachlässigkeit vorwarf. Deshalb führte er sich noch einmal die unglaubliche Rede vor Augen, die Grace Costello ihm gehalten hatte. Ganz entschieden glaubte er kein Wort davon – wer hätte das schon getan? Trotzdem quälten ihn ein paar Fragen.

Er öffnete den Notizblock seines Notebooks und rekapitulierte die verwirrenden Punkte:

– *Ist Grace Costello tatsächlich seit zehn Jahren tot? Wenn ja, wer gibt sich dann für sie aus? Wenn nicht, warum ist sie dann nach Manhattan zurückgekehrt?*

– *Wie konnte sie vor allen anderen wissen, dass Juliette bei dem Flugzeugabsturz nicht umgekommen ist? Und woher wusste sie, was ich auf dem Friedhof Federica erzählt habe?*

– *Was verbirgt sich hinter ihrer Rede über ihre angebliche Rolle als Botin?*

Zuletzt schrieb er:

– *Ist diese Frau gefährlich?*

Erneut versuchte er sich zu beruhigen: Es handelte sich lediglich um eine Verkettung von Umständen. Insgesamt gesehen schienen sie verwirrend zu sein, doch wenn man jeden einzeln betrachtete, waren sie alle zu erklären.

Noch ein anderer Gedanke ging ihm durch den Kopf: *Warum beunruhigt mich diese Frau und warum habe ich den Eindruck, dass sie nur Lügen auftischt?* Das schrieb er aber nicht nieder. Nein, er musste sich zusammennehmen und auf dem Boden der Vernunft bleiben. Er musste die Frage aus medizinischer Sicht beleuchten. Er griff also nach seinem kleinen Diktaphon, drückte eine Taste und diktierte:

Dr. Galloway – Diagnose der Patientin Grace Costello, die heute, am 24. Januar, zur Sprechstunde in die Klinik kam, bevor sie die Flucht ergriff.

Die Patientin zeigt mehrere psychotische Symptome: Wahnvorstellungen mit mystischem Charakter, die Unfähigkeit, bestimmte Aspekte der Realität zu erfassen, schwere Gedächtnisstörungen.

Verfolgt von ihren Obsessionen zeigt die Patientin Zeichen fortgeschrittener Paranoia, da sie davon überzeugt ist, unter dem Einfluss fremder Kräfte zu stehen, in diesem Fall eines Komplotts einer himmlischen Organisation, die über unbegrenzte Macht verfügt.

Soweit beurteilbar, hat Grace Costello weder Drogen noch Alkohol zu sich genommen. Sie ist sehr schlagfertig und ihre fixen Ideen konnten ihrer Intelligenz nichts anhaben. Sie zeigt weder Apathie noch ein katatonisches Syndrom.

Da die Patientin ihre Krankheit völlig verneint,

*scheint sie sich im Augenblick keiner ihrer Patho-
logie – offensichtlich rezidive paranoide Schizo-
phrenie – angemessenen Behandlung zu unterziehen.*

*Da sie keine Beruhigungsmittel nimmt, ist mit
unkontrollierten Reaktionen zu rechnen, was die
Patientin zu einem potenziell gefährlichen Indivi-
duum macht.*

Grace Costello war es gelungen, unbemerkt die
Klinik zu verlassen. Nun ging sie die Fifth Avenue
in Richtung Norden hinauf. Sie fühlte sich unter
den Touristen und umgeben von Luxusläden und
Hochhäusern in Sicherheit. Natürlich bestand immer ein Risiko: Jeden Moment konnte sie einen
ehemaligen Kollegen treffen. Doch selbst wenn das
geschah, würde der lediglich annehmen, er hätte jemanden gesehen, der ihr ähnelte.

Nein, sie hatte keinen Grund, sich zu sorgen.
Zum ersten Mal seit ihrer *Rückkehr* bewunderte
sie sogar ihre Umgebung.

Wie gern hatte sie in dieser Stadt gelebt und
gearbeitet. New York war der intensivste Ort
der Welt. Sie hatte alle Viertel in all ihrer Unter-
schiedlichkeit gemocht. Hier lief alles anders als
irgendwo sonst. Die Atmosphäre auf der Fifth Avenue hatte sich nicht verändert: immer noch eine
Warteschlange vor dem Empire State Building; immer noch wachten die beiden Löwen aus Marmor
über die Stadtbibliothek; die Auslagen von Tiffany
funkelten noch immer wie zu Audrey Hepburns
Zeiten; überall sah man japanische Touristen und
die Louis-Vuitton-Taschen waren immer noch genauso teuer wie früher.

Doch etwas schien anders zu sein, und sie konnte nicht sagen, was es war. Vielleicht war Manhattan sauberer und zivilisierter, aber es herrschte eine Atmosphäre, die sie nicht kannte. Als ob der Stadt etwas fehlte.

In Höhe der 49. Straße bog sie zum Rockefeller Center ab. Der Gebäudekomplex im Art-déco-Stil umfasste die höchsten Wolkenkratzer der Welt. Mit seinen Gärten, Restaurants, seiner Einkaufspassage und seinen etwa hundert Kunstwerken, die überall verteilt waren, bildete er für sich allein eine richtige kleine Stadt innerhalb von Manhattan.

Grace ging über die Tower Plaza und betrat ein Café. Sie wählte einen kleinen Tisch vor einer langen Fensterfront. Von hier aus hatte sie einen wunderbaren Blick auf die Eisbahn und die berühmte goldene Statue des Prometheus.

Als jemand Grace die Karte brachte, merkte sie, dass sie so hungrig war, als hätte sie zehn Jahre nicht mehr gegessen, was im Übrigen der Fall war. Langsam blätterte sie die Speisenkarte durch, war begeistert von der großen Auswahl an Kuchen und Wiener Gebäck. Alles reizte sie: Tiramisu, Muffins, Brownies, Waffeln, Biskuitröllchen mit Zimt und Zucker.

Schließlich entschied sie sich für einen Milchkaffee und einen Kuchen mit dreierlei Schokolade. Als sie den Preis sah, zuckte sie zusammen. *Sieben Dollar fünfzig für ein Stück Kuchen!* Während ihrer Abwesenheit war die Welt verrückt geworden.

Es war ein schöner Winternachmittag, kalt, aber sonnig. Lichtstrahlen spiegelten sich auf dem Eis, überfluteten die Terrasse und ließen die Gebäude glitzern. Grace schaute eine Weile den Kindern zu, die Figuren auf das Eis zauberten, und spürte, wie ihr Herz wehtat. Sie dachte an ihre Tochter.

Jeden ersten Dienstag im Dezember hatte sie Jodie mitgenommen, um das Anzünden der Lichter des riesigen Weihnachtsbaums auf der Esplanade zu bewundern. Zu diesem Anlass schnippte der jeweils größte Star des Jahres mit den Fingern, mehr als zwanzigtausend Lichter gingen an und schufen eine Märchenwelt. Jodie hatte dieses Ereignis so sehr geliebt, dass Grace es für die beste Tradition von New York hielt.

Sie kramte in ihrer Jackentasche. Ihr Portmonee war noch da, mit dem gleichen Inhalt wie vor zehn Jahren. Zum ersten Mal seit ihrer Rückkehr wagte sie das Foto ihrer kleinen Tochter anzuschauen und plötzlich spürte sie Gänsehaut am ganzen Körper. Nichts ist trügerischer als ein Foto: Man glaubt, einen glücklichen Moment für alle Ewigkeit festzuhalten, während man lediglich Nostalgie schafft. Man drückt auf den Auslöser und hopp, eine Sekunde später ist der Moment verflogen.

Grace spürte, wie sich Tränen in ihren Augenwinkeln bildeten, und sie wischte sie schnell mit einer Papierserviette weg.

Oh Gott, das war nicht der richtige Moment, schwach zu werden.

Sie hatte nicht das Recht, sich gehen zu lassen. Man hatte sie auf die Erde geschickt, um eine Aufgabe zu erfüllen. Man hatte sie ausgewählt, weil sie stark, gewissenhaft und diszipliniert war. Man hatte sie ausgewählt, weil sie Polizistin war und Polizisten gewohnt waren zu gehorchen.

Knapp zwei Kilometer von ihr entfernt streifte Mark Rutelli durch den Central Park. Er hatte an der Stelle geparkt, an der die 97. Straße nicht weit von den Basketball- und Tennisplätzen entfernt durch den Park verlief. Seit dem Morgen hatte er mehr als zweihundert Personen befragt, aber keine Spur der Frau, die sich Grace nannte, gefunden. Sein Gespräch vom Vorabend mit Sam Galloway hatte ihn dermaßen aufgewühlt, dass er nachts mehrere Male aus Albträumen aufgewacht war, in denen Grace lebte und ihn um Hilfe bat.

Natürlich wusste er, dass all das keinerlei Sinn machte: Grace war tot und er wusste es besser als irgendjemand sonst. Doch eine einzige Unterhaltung hatte ausgereicht, um alles wieder an die Oberfläche zu holen: die starken Gefühle, die Reue, auch den Groll ...

Grace und er – das war eine komplizierte Geschichte. Seit zehn Jahren sagte er sich immer wieder, dass vielleicht alles anders gekommen wäre, wenn er sich getraut hätte, ihr seine Gefühle zu gestehen.

Aber hatte sie sie nicht erraten?

Nicht dass er nicht gewusst hätte, wie man Frauen behandelt. Zu jener Zeit kam er bei Frauen ziemlich gut an. Er galt als charmanter, selbstsicherer Mann, und wenn er samstagabends mit seinen Kollegen oder mit den Feuerwehrleuten ausging, verbrachte er die Nacht selten allein.

Mit Grace war das anders. Nie fand er den Mut, ihr seine Liebe zu gestehen. An manchen Tagen dachte er, sie sei in ihn verliebt, aber wie konnte er sich dessen sicher sein? Vor allem fühlte er sich nicht stark genug, ihre Ablehnung zu ertragen. Dafür liebte er sie zu sehr. Und er hatte große Angst, dass sie den Riss, den er in sich trug, bemerkte. Dieses mangelnde Selbstbewusstsein, das er hinter Posen und starken Worten verbarg. Mit der Zeit gewöhnte er sich an die Rolle des guten Kameraden, auf den sie zählen konnte.

Eines Tages war Grace vermutlich des Wartens müde geworden. Sie begann sich mit einem Lieutenant des 4. Bezirks zu treffen. Rutelli hatte angenommen, sie wollte dadurch seine Eifersucht entfachen und ihn zwingen, die Karten auf den Tisch zu legen, doch er konnte sich nicht dazu durchringen. Schließlich beschloss er aufzugeben, und irgendwann war ihr geheimes Einverständnis beendet.

In Wahrheit hatte Grace mit diesem Lieutenant nicht viel im Sinn, aber sie wurde schwanger. Sie wollte ein Kind und es machte ihr nichts aus, es allein großzuziehen. Von diesem Zeitpunkt an hatte Rutelli nichts mehr unternommen, weil er keine Lust hatte, als zweite Wahl angesehen zu werden. Doch er hatte sich nie wieder verliebt, und ehrlich gesagt hatte er sich an jenem Abend, an dem sie getötet wurde, nichts mehr gewünscht als an ihrer Stelle zu sein. Ihr Tod hatte ihn zerstört. Der Riss, den er in sich trug, weitete sich zur Kluft, und der temperamentvolle Mann verwandelte sich in einen zornigen.

An manchen besonders depressiven Abenden sagte er sich, dass Grace ihn nie so gekannt hatte, und das war sein einziger Trost und sein Stolz.

Grace trank einen Schluck Kaffee, steckte das Foto ihrer Tochter in ihr Portmonee zurück und gelobte, es nie wieder anzusehen. Sie durfte vor allem keinen Kontakt zu Jodie aufnehmen. Sie war hier, um einen Fehler zu korrigieren, nicht um Chaos zu stiften.

Außerdem wusste sie genau, dass sie nicht mehr dieselbe war wie vor ihrem Tod, auch wenn sie noch in dem gleichen Körper steckte. Doch seit sie auf die Erde zurückgekehrt war, kehrten auch die Erinnerungen an ihr ehemaliges Leben nach und nach zurück, als sei sie aus einem langen Koma erwacht. Sie hatte alles in ihrem Gedächtnis bewahrt, mit Ausnahme der Tage vor ihrem Tod. Sie hatte aufmerksam den Zeitungsartikel gelesen, den Sam Galloway aufgetrieben hatte und der die Umstände ihres Todes zusammenfasste, denn sie erinnerte sich nicht mehr, wer sie getötet hatte noch wie es passiert war. Aber sie war nicht hier, um das aufzudecken. Sie hatte eine klar umrissene Aufgabe zu erfüllen und nichts sollte sie davon abbringen.

Sie entdeckte auf der anderen Seite der Fensterscheibe ein junges Mädchen von etwa fünfzehn Jahren auf Inlinern. Es blies Seifenblasen in die Luft. Einige durchsichtige Blasen flogen in ihre Richtung und prallten an die Fensterfront. Automatisch winkte Grace ihr freundschaftlich zu. Das junge Mädchen lächelte zurück. Es trug eine Zahnspange.

Was Grace auch sagte und tat, eine Frage ging ihr nicht aus dem Sinn: Wo war Jodie jetzt und was war aus ihr geworden?

Rutelli stieg wieder in seinen Wagen und schlug die Tür zu. Er war im Dienst. Es war noch früh am Tage, aber er verspürte unbändiges Verlangen nach Alkohol. Er dachte heute bereits zum zweiten Mal an das Gespräch, das er am Tag zuvor mit dem jungen Arzt geführt hatte. Mit dem Trinken aufhören? Als ob das so einfach wäre. Einmal hatte er es versucht und Halluzinationen bekommen: er sah Eidechsen, Warane, Leguane, die ihm die Eingeweide plünderten und die Glieder ausrissen. Ein schrecklicher Albtraum.

Er fuhr Richtung Süden, den westlichen Central Park entlang bis zum Columbus Circle. Während der Fahrt rückte er den Innenspiegel zurecht. Der kleine Spiegel zeigte ihm sein Bild, leicht verschwommen und gespenstisch. Wo stand er in seinem Leben? Würde er weiterhin jeden Tag ein bisschen tiefer fallen, bis er ganz unten angekommen war? Er hatte große Angst davor, denn er sah nicht, welches Wunder geschehen müsste, damit sich die Dinge besserten.

Aufhören mit dem Trinken ... Aber für wen? Wofür?

Er wusste, dass er immer noch stark sein konnte. Das Feuer des Zorns, das in ihm brannte, war nicht nur zerstörerisch. Vom Zorn zur Entschlossenheit fehlte oft nur ein kleiner Schritt. Wie um es sich zu beweisen, beschloss er einige Stunden keinen Alkohol zu sich zu nehmen. Im Augenblick würde er sich mit Kaffee begnügen.

Kurz vor dem Times Square bog er zum Rockefeller Center ab. Er parkte den Wagen auf einem Gehweg, kaufte sich einen Kaffee zum Mitnehmen und trank ihn auf der Tower Plaza. Seit einer Ewigkeit war er nicht mehr hier gewesen. Einst mochte er diesen Ort. Mehrere Weihnachten hintereinander war er mit Grace und ihrer Tochter hierher gekommen, um die Weihnachtsdekoration zu bewundern.

Er stellte sich an den Rand der Eisfläche. Fasziniert sah er eine Weile den Eisläufern zu. Paare ermutigten ihre Kinder, filmten sie, machten Fotos von ihnen, man hörte freudige Rufe, Scherze, ein fröhliches Treiben. Dieses ganze Glück machte ihm seine eigene Einsamkeit nur noch deutlicher bewusst.

Hätte er den Kopf nach rechts, in Richtung des Harper Cafés gedreht, hätte er vielleicht die Frau gesehen, die ihm nicht aus dem Sinn ging. Denn in diesem Augenblick saß Grace Costello nur zehn Meter von ihm entfernt.

Aber er sollte es nie erfahren.

Grace war in Gedanken versunken und bemerkte ihren ehemaligen Partner ebenfalls nicht. Als sie ihren Kaffee getrunken hatte, verließ sie das Café durch den gegenüberliegenden Ausgang. Sie knöpfte ihre Jacke zu und trat auf die Straße. Es war jetzt richtig kalt. Erneut hatte sie den seltsamen Eindruck, dass etwas in der Stadt »fehlte« – sie wusste immer noch nicht, was es war. Sie konzentrierte sich, blickte nach Norden, dann nach Süden. In ihrem Kopf zogen die Bilder der letzten beiden Tage vorbei.

Plötzlich schien sie zu begreifen. Es war unmöglich und doch … Sie konnten doch nicht verschwunden sein!

Das nächste Mal, wenn sie Galloway sehen würde, musste sie ihn danach fragen.

Als Sam seinen Dienst beendet hatte, kehrte er in sein Büro zurück. Es war dunkel geworden, aber einen Augenblick lang blieb er in der Dunkelheit am Fenster stehen und blickte auf die Manhattan

Bridge. Er dachte wieder an die seltsame Rede, die Grace ihm gehalten hatte. Der menschliche Geist ging oft verwirrende Wege, wenn er den Kontakt zur Realität verloren hatte.

Plötzlich glaubte er, einen schweren Atem zu hören. Jemand war im Zimmer.

Er schaltete die kleine Schreibtischlampe an, die ein gedämpftes, sanftes Licht verbreitete.

Niemand.

Doch er spürte eine gespenstische Anwesenheit im Raum. Auf dem Tisch lagen immer noch Angelas Zeichnungen. Sam betrachtete sie erneut, eine nach der anderen, ohne genau zu wissen, wonach er suchte.

Verbargen diese Zeichnungen etwas?

Während seines Medizinstudiums hatte er eines seiner Praktika in einem Gefängnis für Minderjährige absolviert. Das hatte ihn geprägt. Die Zeichnungen der Häftlinge assoziierten nur Vorstellungen von Mord und Gewalt. Er hatte sich damit beschäftigt und war einer der kompetentesten Kinderärzte, wenn es um das Entziffern und Analysieren von Kinderzeichnungen ging. Er hatte sogar in einer medizinischen Fachzeitschrift einen Artikel darüber geschrieben und kannte die meisten Arbeiten, die dieses Thema behandelten und im Übrigen von verblüffenden Fällen berichteten. Manchmal ließen die Zeichnungen vermuten, dass einige Kinder genau wussten, wann sie sterben würden. Mit ihren Zeichnungen nahmen sie ihren Tod vorweg und nutzten diesen Weg, um ihrer Familie eine letzte Nachricht zu übermitteln. Seltsamerweise strahlten diese Bilder häufig Heiterkeit aus, als ob die Kinder sich in dem Augenblick, da sie in die andere Welt aufbrachen, bereits von ihrer Angst und ihrem Schmerz befreit hätten. Am verwirrendsten waren vielleicht die Zeichnungen von Schmetterlingen, die man an den Mauern der Konzentrationslager gefunden hatte und die von jungen KZ-Häftlingen angefertigt worden waren.

Sam dachte an all diese Dinge, als er die Mappe umdrehte und an allen vier Ecken jedes Blatts winzige Zeichen entdeckte: Kreise, Dreiecke, Sterne ...

Vergleichbare Zeichen hatte er auf der ersten Zeichnung gesehen, die ihm Angela geschenkt hatte. Er fühlte sich immer verwirrter und wühlte in seiner Manteltasche, um die Zeichnung noch einmal eingehend zu betrachten: Auf der Rückseite des Blatts verwickelten sich die gleichen kabbalistischen Zeichen auf mysteriöse Weise.

Vielleicht war es ein Code? Und wenn ...

Die Tür des Büros fiel ins Schloss, und Sam sprang vor Schreck auf. Er spürte, wie das Zimmer in Polarkälte getaucht wurde und sein Atem sich in Dunst verwandelte. Er begann die Zeichnungen auf die Korkpinnwand zu heften, indem er sich an die Ordnung hielt, die von der ersten suggeriert wurde. Als er die zwanzig Zeichnungen befestigt hatte, rückte er die Lampe so, dass sie das große auf diese Weise entstandene Bild besser beleuchtete. Das Bild war faszinierend, abstrakt, nur punktuell gegenständlich. Hie und da glaubte man ein paar versteckte Formen zu entdecken, wie kleine getarnte Tiere in einem Tropenwald.

Sam, der hypnotisiert von dem Bild war, ließ es nicht aus den Augen, während er im Zimmer auf und ab ging, um es aus allen Perspektiven zu betrachten. Dieses Mal spürte er genau, dass etwas zu entdecken war: eine Warnung, ein Appell, eine Botschaft ...

Als er beim Fenster angelangt war, fluchte er.

Verdammt!

Er rieb sich die Augen, ging weiter und dann wieder zurück. Nein, das konnte nicht sein! Jetzt begann er verrückt zu werden.

Panisch flüchtete er auf den Flur und auf die Personaltoilette, um sich etwas Wasser ins Gesicht zu spritzen. Als er in den Spiegel blickte, stellte er fest, dass er sehr blass war, seine Hände zitterten. Er kehrte voller Besorgnis und Aufregung in sein Büro zurück. Trat wieder ans Fenster. Nahm die gleiche Position ein wie vorher. Und versenkte sich wieder in das Bild.

Kein Zweifel. Wenn man diese zwanzig Zeichnungen aus einem bestimmten Winkel betrachtete, enthielten sie über eine Anamorphose eine Botschaft.

Ein paar Buchstaben, die einen einfachen, aber beunruhigenden Satz bildeten:

GRACE SAGT DIE WAHRHEIT

18

Wenn man einmal damit angefangen hat, geht es ohne Drogen nicht mehr, aber es ist ein ekelhaftes Sklavendasein. Und doch freue ich mich, dorthin zurückzukehren. Du Glückliche! Gestern Abend war es einmalig. Jedes Mal ist es einmalig.

Die Droge
Anonymes Tagebuch einer jungen Drogenabhängigen

Im Süden der Bronx – im Viertel Hyde Pierce

Als Jodie Costello, 15, die Augen öffnete, waren ihre Laken feucht. Sie hatte Fieber und Gänsehaut, sie zitterte. Mühsam erhob sie sich und trat ans Fenster.

Was um Himmels willen treibe ich hier in diesem Elendsquartier?

Alle Reiseführer über New York rieten, diesen Ort zu meiden. Hyde Pierce lag nur wenige Meter vom glanzvollen Manhattan entfernt, war aber eine gefährliche Gegend. Das Viertel bestand aus graffitibesprühten Sozialwohnungen, weit und breit gab es keine Geschäfte, nur unbebautes Gelände, auf dem verkohlte Autowracks abgeladen wurden, die niemand je vermissen würde.

Jodie litt unter Entzugserscheinungen, alles tat ihr weh. Sie hatte Krämpfe in den Beinen, ihre Gelenke knackten. Ihre Knochen schienen in ihrem Körper zu zerbröseln.

Verdammt, ich muss unbedingt Stoff auftreiben!
Ihr Herzrhythmus beschleunigte sich und sie bekam Herzrasen. Sie schwitzte und ihr wurde heiß und kalt. Sie bekam schreckliche Magenkrämpfe, ein stechender Schmerz zerriss ihre Nieren, als ob eine Eisenstange ihren Rücken durchbohrte.

Scheiße!
Sie schob das Nachthemd hoch und setzte sich auf die Toilette. Der Spiegel an der Badtür zeigte ihr ein Gesicht, das sie nicht sehen wollte.

Früher hatte man ihr oft gesagt, sie sei hübsch mit ihren goldfarbenen Haaren und den smaragdgrünen Augen, aber jetzt sah sie sich nicht mehr ähnlich.

Du bist nichts weiter mehr als ein von Drogen zerfressenes Wrack.
Ihr abgemagerter Körper sah erschreckend aus. Das wasserstoffblonde Haar hing ihr mit einigen rot und blau gefärbten Strähnen ins Gesicht. Unter ihren Augen hatten sich dunkle Ringe gebildet, die wie verschmierte Wimperntusche aussahen. Sie löste ein paar Haare, die sich in das Piercing in ihrer Nase verheddert hatten. Ihr Bauchnabelpiercing hatte sich leicht entzündet.

Sie krümmte sich unter erneuten Magenkrämpfen. *Aua!*
Sie besaß keine Kraft mehr – zu gar nichts. Dabei hatte sie mal viel Sport getrieben, war aufgrund ihrer Größe sogar eine gute Basketballspielerin gewesen. Aber auch wenn sie hoch gewachsen war, fühlte sie sich im Innern klein und verletzlich wie ein Baby.

Denn da klaffte eine Wunde, die nicht heilen wollte.

Der Tod ihrer Mutter hatte sie einfach zu früh mit einer Welt der Angst und des Schreckens konfrontiert.

Diese Prüfung hatte sie zerstört.

Sie hatte ihrer Mutter so nahe gestanden, wie es ein kleines Mädchen in diesem Alter, das ohne Vater aufwächst, nur tun kann.

Doch Jodie suchte keine Ausflüchte.

Anfangs hatte man sie in eine Pflegefamilie gegeben, aber das hatte nicht funktioniert. Sie sei unerträglich, hieß es, was zweifellos der Wahrheit entsprach. Vor allem war sie sehr unruhig, immer von diesem Gefühl der Unsicherheit beherrscht, das sie nie mehr verließ.

Mit zehn hatte sie angefangen, Nagellackentferner zu schnüffeln, den sie im Bad gefunden hatte. Dann hatte sie regelmäßig die Familienapotheke nach Beruhigungsmittel durchsucht. Die Pflegefamilie wollte sie nicht mehr behalten und sie musste zurück ins Heim. Sie beging kleinere Diebstähle, keine großen Sachen, hier ein paar Klamotten, da ein paar Schmuckstücke. Aber sie wurde erwischt und ein halbes Jahr in eine Jugendstrafanstalt für Minderjährige gesteckt.

Später entdeckte sie viel wirkungsvollere Produkte als Nagellackentferner. Sie nahm alles, was sie kriegen konnte: Speed, Crack, Heroin, Hasch, Tabletten ... Seit einiger Zeit lebte sie nur noch dafür.

Um ihre Angst zu unterdrücken, suchte sie ständig nach einem Kick. Als sie sich das erste Mal einen Schuss setzte, war das ein so wunderbares Gefühl gewesen, dass sie sich immer nach diesem Zustand des Wohlbefindens zurücksehnte. Das erste Mal war unbeschreiblich, auch wenn darauf die Hölle folgte.

Die Droge schien eine Lösung für ihren unerträglichen Schmerz zu bieten, sie ermöglichte es ihr, ihre Sensibilität und ihre Gefühle zu verbergen. Alle glaubten, sie sei hartgesotten, aber das war falsch. Sie hatte die ganze Zeit Angst, Angst vor dem Leben, vor dem Alltag, vor allem.

Leider wurde sie schnell abhängig. Es machte keinen Sinn, sich etwas vorzulügen: Schon seit langem konnte sie ihren Drogenkonsum nicht mehr kontrollieren. Im Augenblick ging es nur darum, die Dosis zu erhöhen und den Stoff in immer kürzeren Abständen einzunehmen.

Sie hatte zwei Monate auf der Straße gelebt, bis sie bei einem Mädchen Unterschlupf gefunden hatte, das sie kennen gelernt hatte, als sie im Viertel ein paar »Lieferungen« austrug. Seit sie aus der Jugendstrafanstalt entlassen worden war, hatte sie keine Schule mehr von innen gesehen. Doch sie lernte rasch. Sie war ihrem Alter voraus und viele Lehrer sagten, sie sei intelligent. Sie las gern. Doch Bücher schützten nicht vor der Angst, sie machten nicht wirklich stark. Oder sie hatte sie nicht richtig gelesen.

Seit langem schon hatte sie kein Vertrauen mehr in die Erwachsenen. Erzieher und Bullen hatten nichts Besseres zu tun, als ihr zu erklären, dass es mit ihr böse enden würde. Vielen Dank auch, das wusste sie selbst. Sie wusste, dass sie allmählich auf den Tod zusteuerte. Einmal hatte sie sogar ein ganzes Röhrchen Schlaftabletten geschluckt, um den großen Sprung zu wagen. Weil die Tabletten nicht stark genug gewesen waren, blieb sie am Leben und eine Woche lang benommen. Besser hätte sie sich die Pulsadern aufgeschnitten. Eines Tages vielleicht ...

Inzwischen musste sie sich Stoff besorgen. Und deshalb musste sie unbedingt zu Cyrus.

Jodie richtete sich wieder auf und zog die Spülung. Ihre Magenkrämpfe hatten ein wenig nachgelassen, dafür litt sie jetzt unter Schwindel und Brechreiz.

Sie roch schlecht, hatte aber nicht die Kraft, sich unter die Dusche zu stellen. Sie schlüpfte in eine schäbige Jeans, in einen Pullover und eine alte Militärjacke.

Wie viel Geld habe ich eigentlich?

Sie kehrte in ihr Zimmer zurück. Am Tag zuvor hatte sie in der Nähe des Park Slope einer Japanerin die Handtasche entrissen. Nicht einmal eine echte Prada. Sie wühlte im Portmonee, das nur lumpige fünfundzwanzig Dollar enthielt.

Das war wenig, aber Cyrus würde bestimmt etwas dafür finden.

Sie schleppte sich aus der Wohnung.

Eisregen hüllte die Stadt ein. Jodie legte eine Hand über die Augen, um sich gegen den Wind zu schützen, der Plastiktüten und schmutzigen Abfall durch die Gegend wirbelte.

Nur ein einziger Mensch hatte ihr geholfen und sie beschützt: Mark Rutelli, der Bulle und ehemalige Freund ihrer Mutter. Einmal hatte er sogar versucht, sie zu decken, als sie bei einem Arzt Rezeptvordrucke gestohlen hatte. Die Geschichte machte die Runde, und Rutelli hätte beinahe seinen Job verloren. Seither ging sie ihm aus dem Weg: Sie wollte ihm keinen Ärger machen, zudem schämte sie sich. Sie wollte auf keinen Fall mit ihrer Mutter verglichen werden.

Jodie ging auf ein Gebäude zu, an dem alle Briefkästen abgerissen worden waren. Sie bahnte sich einen Weg durch eine Gruppe von Jugendlichen, die auf dem Treppenabsatz Schwarzhandel trieben.

Schließlich gelangte sie an ihr Ziel. Sie läutete mehrere Male, vergeblich. Sie hielt das Ohr an die Tür und hörte deutlich die Geräusche eines Radios oder Fernsehers. Also hämmerte sie mit aller Kraft dagegen.

»Cyrus, mach auf.«

In Sekundenschnelle erschien ein hoch gewachsener Afroamerikaner, der kaum dem Teenageralter entwachsen war, aber bereits Schultern wie ein Mann hatte.

»Grüß dich, Babe-o-rama.«

»Lass mich rein.«

Er griff nach ihrem Arm und zog sie in die Wohnung. Der Fernseher dröhnte so laut, dass es kein Wunder war, dass er ihr Klingeln nicht gehört hatte. Überall in der düsteren Wohnung lagen Essensreste herum und verbreiteten einen widerlichen Geruch. Cyrus setzte sich in einen alten Sessel und drehte den hochmodernen Plasmabildschirmfernseher leiser.

Man hätte dringend die Vorhänge beiseite ziehen und die Fenster aufreißen müssen, um zu lüften. Aber das war nicht Jodies Aufgabe.

»Was hast du für mich?«, fragte sie.

»Hängt davon ab, wie viel Kohle du hast.«

»Fünfundzwanzig.«

»Fünfundzwanzig. Du bist wahrlich nicht Bill Gates.«

Er wühlte in seiner Tasche und beförderte einen kleinen Plastikbeutel zutage, den er Jodie unter die Nase hielt.

Sie näherte sich und betrachtete den Beutel voller Verachtung.

»Hast du nichts anderes?«

Der Dealer grinste breit.

»Das wäre aber etwas teurer«, erwiderte er, öffnete seinen Hosenschlitz und schnellte seine Zunge auf obszöne Weise hin und her.

»Vergiss es.«

»Komm doch ein bisschen näher, Süße.«

»Verpiss dich«, beschimpfte sie ihn und trat den Rückzug an.

Sie hatte sich noch nie für Drogen hingegeben. So viel Würde besaß sie noch. Doch sie wusste genau, der Tag würde kommen, an dem sie ohne einen Dollar und zitternd vor Entzugserscheinungen hier aufkreuzen würde. Dann konnte sie für nichts mehr garantieren.

Sie schleuderte ihm die fünfundzwanzig Dollar ins Gesicht. Er warf ihr den Beutel zu, den sie auffing.

»Viel Vergnügen, Babe-o-rama«, sagte er, stellte den Fernseher wieder lauter und skandierte den Text eines Rap-Songs, den er auswendig kannte.

Jodie ließ die Tür hinter sich ins Schloss fallen und eilte die Treppe hinunter.

Frierend rannte sie an den Häusern entlang, während ihr alle möglichen scheußlichen Gedanken durch den Kopf gingen. Noch ein paar Meter und sie konnte sich diesen Dreck spritzen. Im äußersten Fall würde sie sich sogar mitten im Hof eine Spritze verpassen. Dort, auf dem Parkplatz, wo die

Kinder mit ihren Skateboards zwischen den Mülltonnen hin und her fuhren. Sie wollte nur eines: zugedröhnt sein, an nichts mehr denken müssen, einen Moment lang eine Bewusstseinsstufe erreichen, auf der sie ganz bestimmt keine Angst haben würde.

Sie rannte die Treppe hoch, schloss mit einem Fußtritt die Tür und verbarrikadierte sich im Bad.

Zitternd riss sie die Plastiktüte auf und ließ ein braunes Kügelchen in die Hand gleiten. Da es nicht genügend Stoff war, um ihn zu inhalieren, beschloss sie, sich eine Spritze zu setzen. Natürlich war das nicht ungefährlich: Cyrus, dieser Idiot, war fähig, den Stoff mit weiß der Teufel was zu vermischen, mit Puder, Kakaopulver, zerkleinerten Tabletten. Warum nicht sogar mit Rattengift!

Sie ging das Risiko ein und hoffte, nicht gerade heute an einer Überdosis zu sterben.

Sie öffnete den Apothekerschrank über dem Waschbecken und holte heraus, was sie benötigte. Sie tat das Kügelchen in eine Coladose, fügte Wasser und ein paar Spritzer Zitronensaft hinzu. Mit dem Feuerzeug erwärmte sie den Boden der Dose und filterte dann die Flüssigkeit in einen Wattebausch. Gott sei Dank besaß sie noch eine Spritze von ihrem letzten Trip. Für alle Fälle. Sie stieß die Nadel in den Wattebausch, saugte die ganze Flüssigkeit auf und suchte eine Vene an ihrem Arm. Sie näherte die Spritze der Vene, stieß die Nadel hinein, schloss die Augen, atmete tief durch und ließ die Flüssigkeit einlaufen.

Eine Hitzewelle breitete sich in ihrem Körper aus und löste die Spannung, die in ihr brodelte. Sie legte sich auf den Boden, lehnte den Kopf an die

Badewanne. Sie spürte, wie sie abhob, wie sie behutsam in eine Art Blase schlüpfte, als löste sie sich von einem Teil ihrer selbst.

Ihr einziger Trost bestand darin, dass ihre Mutter sie nie so sehen würde. Sie war bestimmt in dem Bewusstsein gestorben, dass ihrer Tochter eine rosige Zukunft bevorstand. Ein Leben voller Liebe und Glück.

Tut mir Leid, Mama, ich bin nur eine armselige Fixerin.

Der einzige Vorteil toter Eltern bestand darin, dass man nicht mehr Gefahr lief, sie zu enttäuschen.

Sie zog das einzige Foto, das ihr von ihrer Mutter geblieben war, aus der Brieftasche. Jodie war damals drei oder vier gewesen. Ihre Mutter hielt sie auf dem Arm. Im Hintergrund sah man einen See und Berge. Vermutlich hatte Rutelli das Foto aufgenommen.

Während Jodie immer tiefer in eine Hölle aus Watte versank, summte sie ein paar Takte eines Liedes, das ihre Mutter ihr immer vorgesungen hatte. Eine Melodie von Gershwin, die sie in ein Wiegenlied verwandelt hatte: *Someone to watch over me.*

Draußen hatten sich die Wolken inzwischen aufgelöst. Über den Häusern zeigten sich ein paar Sonnenstrahlen. Aber Jodie sah sie nicht.

19

Das Leben ist nur ein Hauch.
Das Buch Hiob

Als Sam die Tür zum Zimmer 808 aufstieß, beendete Leonard McQueen eine Partie Computerschach.

»Und? Wer hat gewonnen?«, fragte Sam mit einem Blick auf die Figuren.

»Ich habe ihn gewinnen lassen«, versicherte McQueen.

»Sie haben eine *Maschine* gewinnen lassen?«

»Ja, ich verspürte die Lust, großzügig zu sein. Das überkommt mich manchmal, wenn ich gute Laune habe. Sie dagegen scheinen mir nicht gerade in Hochform zu sein ...«

»Nein, aber ich bin ja auch der Arzt ...«

»... und ich habe den Krebs.«

Kaum hatte er diese Worte ausgesprochen, bekam er einen Hustenanfall.

Sam blickte besorgt, doch McQueen beruhigte ihn auf seine Art:

»Es geht mir gut, Herr Doktor, machen Sie sich keine Sorgen. Heute werde ich noch nicht sterben.«

»Darüber bin ich aber sehr froh.«

»Wissen Sie, was mir Spaß machen würde?«

Sam tat, als denke er nach.

»Ich weiß nicht ... eine Havanna? Eine Stripperin? Eine Flasche Wodka?«

»Genau, ich würde gern einen Schluck mit Ihnen trinken.«

»Schau'n wir mal ...«

»Ich meine es ernst. Ein kleines Bier unter Männern. Nicht weit von hier gibt es ein kleines Café, das Portobello ...«

»Vergessen Sie's, Leonard.«

»Und wer wird mich daran hindern, dorthin zu gehen?«

»Die Klinikordnung.«

McQueen zuckte mit den Schultern und ließ nicht locker: »Hören Sie, Herr Doktor, ein letztes Glas, nur wir beide, in einer echten Bar, mit Musik und Rauch ...«

»Das halten Sie nicht durch, Leonard ...«

»Heute Abend geht es mir gut. In meinem Kleiderschrank hängen eine Jacke und ein Mantel. Geben Sie sie mir bitte.«

Sam schüttelte den Kopf.

McQueen war ein Vollblutunternehmer. Vierzig Jahre lang hatte er Gesellschaften gegründet und ausgebaut. Schon in jungen Jahren war er zu Vermögen gekommen, hatte alles verloren, sich dann aber wieder gefangen. Er liebte das Risiko und besaß vor allem eine ungewöhnliche Überzeugungskraft, die auch der Krebs nicht zerstören konnte, der ihn ans Krankenbett fesselte.

»Seien Sie nicht so. Nur ein Stündchen. Nennen Sie mir einen einzigen plausiblen Grund für Ihre Ablehnung.«

»Ich könnte locker ungefähr hundert Gründe vorbringen«, erwiderte Sam, ohne sich aus der Fassung bringen zu lassen. »Erstens riskiere ich meinen Job zu verlieren ...«

»Kein wirkliches Problem ... ich verspreche, dass *ich* Ihnen nicht auf der Tasche liegen werde.«

»Nein, es ist zu gefährlich ...«

»... aber Sie sind trotzdem bereit es zu tun, nicht wahr? Denn Sie sind ein prima Typ.«

Sam musste unwillkürlich lächeln und McQueen begriff, dass er gewonnen hatte.

Pressemitteilung – Französische Botschaft
Unsere junge Mitbürgerin Juliette Beaumont wird in den nächsten Stunden vor der Dritten Strafkammer des Bezirksgerichts von Queens erscheinen, die über ihre Freilassung entscheidet. Die New Yorker Polizei hat sie von jeglichem Verdacht freigesprochen, mit dem Flugzeugabsturz, um deren Opfer die Vereinigten Staaten seit ein paar Tagen trauern, etwas zu tun zu haben.

Wir freuen uns über den Ausgang, den dieser Fall zu nehmen scheint, für den sich unser Generalkonsul in New York und unsere Botschaft in Washington unermüdlich eingesetzt haben.

Sam und Leonard suchten sich eine ruhige Ecke im hinteren Teil des Portobello. Die Tischlampe verbreitete gedämpftes Licht. Leonard, der sich riesig freute, hier zu sein, trank sein Bier in kleinen Schlucken, während Sam seinen x-ten Kaffee des Tages trank.

»Also, Herr Doktor, mein kleiner Finger sagt mir, dass es in Ihrem Leben wieder eine Frau gibt ...«

»Wie kommen Sie darauf?«

»So etwas fühlt man.«

»Wollen wir nicht das Thema wechseln?«, schlug der Arzt vor.

»In Ordnung«, willigte McQueen ein. »Haben Sie sich immer noch nicht entschieden, wann Sie in mein Haus in Connecticut fahren?«

»Ganz bestimmt in den nächsten Tagen«, versprach Sam.

»Sie sollten Ihre Freundin mitnehmen, das wird ihr gefallen ...«

»Leonard.«

»Ist ja gut. Ich habe nichts gesagt. Wenn Sie dort sind, zögern Sie nicht, sich im Keller umzusehen.«

»Um Ihre berühmten Weine zu kosten?«

»Ja genau. Besonders eine Flasche, einen Bordeaux cheval-blanc von 1982, den ich wie einen Augapfel gehütet habe, ein großartiger Wein, eine Explosion von Aroma ...«

»Cheval-blanc«, wiederholte Sam. Seine französische Aussprache war schlecht.

»*White Horse*«, übersetzte Leonard und trank einen Schluck Bier.

»*White Horse?* Ich dachte, das sei eine Whiskymarke.«

McQueen verdrehte die Augen.

»Lassen Sie's, Sie verstehen nichts davon.«

»Das stimmt«, gab Sam zu.

»Trinken Sie diesen Wein auf jeden Fall mit ihr.«

»Sie ist Französin«, gab Sam zu.

»Dann wird sie ihn zu schätzen wissen.«

Eine Weile hüllten sich die beiden Männer in Schweigen. Unwillkürlich hatte Sam die Hand in seine Jackentasche vergraben, um nach seiner Zigarettenschachtel zu greifen, obwohl er genau wusste, dass er hier nicht rauchen durfte. Schließlich fragte McQueen:

»Warum sind Sie heute Abend nicht mit ihr zusammen?«

»Leonard, ich kann nicht.«

»Sie glauben wohl, Sie hätten noch Zeit, ist es das? Das glaubt man immer, aber ...«

»Sie ist im Gefängnis.«

Bestürzt unterbrach McQueen seine Tirade.

»Sie scherzen, Herr Doktor.«

Sam schüttelte den Kopf:

»Ich werde es Ihnen erklären.«

Sam erzählte dem alten Mann, wie er sich am Tag des Schneesturms in Juliette verliebt hatte. Er berichtete vom Zauber ihres Wochenendes und ihrer Flucht am Flughafen. Dann erklärte er sein Unverständnis: »Ich verstehe nicht wirklich, weshalb Juliette vorgegeben hat, Anwältin zu sein.«

»Aber«, sagte McQueen, »seien Sie doch nicht so naiv! Sie hat Ihnen nicht gestanden, Kellnerin zu sein, um vor einem reichen brillanten Arzt nicht als dumme Gans dazustehen.«

»Ich bin nicht reich«, korrigierte Sam, »und im Übrigen auch nicht brillant. Einfach nur kompetent, wie man sagt.«

»Hm ... aber nicht, wenn es um die weibliche Psyche geht.«

Sam tat, als sei er gekränkt, gestand aber schließlich: »Juliette war nicht die Einzige, die gelogen hat. Ich habe behauptet, verheiratet zu sein.«

McQueen stöhnte. »Immer noch Ihre Federica.«

Sam gebot ihm mit einer Geste Einhalt. »Ich muss Ihnen etwas sagen.«

Obwohl sich Sam nie jemandem anvertraut hatte, enthüllte er dem alten Mann ein paar Bruchstücke seiner schmerzlichen Geschichte mit Federica.

McQueen hörte aufmerksam zu und bald trat anstelle seiner anfänglichen Neugier echtes Mitleid. Obwohl Sam von Natur aus nicht sehr mitteilsam war, redete er ungeniert. Auch wenn er Leonard noch nicht lange kannte, hatte dieser alte Mann doch etwas Vertrauenerweckendes. McQueen besaß die Weisheit jener, die ihren eigenen Tod akzeptieren, und das beeindruckte und berührte Sam.

Es war spät, als er seinen Bericht beendete. Auf der Straße ließ der Verkehr bereits nach. Das Café leerte sich langsam, es würde bald schließen. Schweigend kehrten die beiden Männer in die Klinik zurück. Leonard war müde. Sam begleitete ihn bis zu seinem Zimmer und stützte ihn diskret. Als sie sich verabschiedeten, deutete McQueen auf das kleine Diktaphon, das Sam immer in seiner Jackentasche trug und benutzte, um seine Diagnosen festzuhalten.

»Ich glaube, Sie sollten Juliette all das erzählen, was Sie mir gerade erzählt haben.«

Juliette saß in ihrer Zelle auf der Pritsche und hatte den Kopf in den Händen vergraben. Sie war jenseits von Erschöpfung und Angst. In ihrem Kopf wirbelten die Fragen durcheinander.

Worauf kommt es im Leben an? Worauf beim Glück? Inwieweit spielt unser freier Wille bei dem, was uns widerfährt, eine Rolle? Ist der Zufall oder das Schicksal der eigentliche Herr des Spiels?

Um sie zu einem Geständnis zu zwingen, hatte Inspektor Di Novi gedroht, sie nach La Barge zu bringen, in das Schiffsgefängnis, das gegenüber der Bronx vor Anker lag. Aber sie war standhaft geblieben. In den Gemeinschaftszellen nannten die anderen Gefangenen, zumeist Schwarze und Latinas, sie nur *the french girl*, ohne wirklich zu verstehen, was sie hier machte.

Auch wenn Juliette zugab, das Datum ihres Visums gefälscht zu haben, machte das keine Terroristin aus ihr. Sie hatte es für einen Mann getan. Für einen Mann, der sie anders betrachtet hatte als alle anderen. Für einen Mann, der ihr ein wunderbares, kostbares Gefühl vermittelt hatte.

Und sie würde es jederzeit wieder tun.

Sie dachte an ihre Eltern und ihre Schwester: Selbst wenn man sie freiließ und nach Frankreich auswies, sie würde immer noch die dumme Gans in der Familie bleiben. Was auch immer sie unternahm, es würde ihr ganz sicher nie gelingen, ihre Ambitionen zu erfüllen. Sie wollte ein Kinostar werden und fand sich als Kellnerin wieder; sie wollte einem Mann gefallen und man warf sie ins Gefängnis.

Sie war einfach eine Versagerin.

Die Zellentür ging auf und eine Wärterin brachte ein Tablett mit Essen herein. Sie schleppte sich wie ein Vogel mit gebrochenen Flügeln zum Tisch.

Ihre Kehle war ausgetrocknet. Sie öffnete die kleine Flasche Mineralwasser und leerte sie zur Hälfte. Sie sah ihr Gesicht, das sich in dem Metalltablett spiegelte: Sie bemerkte, wie blass, wie abgespannt sie war, wie sich ihre Pupillen aus Schlafmangel erweitert hatten. Sie musste an all die Stunden denken, die sie in ihrem Leben mit dem Versuch verbracht hatte, schöner zu werden. All die vergeudeten Stunden, um sich den aktuellen Geboten der Schönheit anzupassen.

Warum glaubt man, dass sich hinter einem schönen Gesicht zwangsläufig eine schöne Seele verbirgt? Warum leben wir in einer Zeit, in der alle jung und schlank sein wollen, während doch der Kampf ab einem gewissen Alter von vornherein verloren ist?

Da sie gute Vorsätze gefasst hatte, schwor sie sich, künftig die Natürlichkeit dem Despotismus des guten Aussehens vorzuziehen. Und wenn es erforderlich war, jemandem ähnlich zu sehen, dann sich selbst.

Eine Sirene schrillte und kündigte das Löschen des Lichtes an. Sie kehrte zu ihrer Pritsche zurück. Die Glühlampe in ihrer Zelle wurde immer schwächer, bis sie ganz erlosch.

Als es dunkel war, hatte Juliette plötzlich ein Gefühl, als ob klebrige Larven sich in ihrem Leib tummeln würden. Ihr Herz wurde schwer und bald spürte sie, wie Tränen ihre Wangen benetzten. Steif vor Angst und Kälte wusste sie, dass sie keinen Schlaf finden würde. Sobald die Lichter ausgegangen waren, dachte sie immer wieder an die Menschen, die bei dem Flugzeugabsturz ums Leben gekommen waren. Sie erinnerte sich genau an bestimmte Gesichter, die sie nur flüchtig wahrgenommen hatte, bevor sie das Flugzeug verließ. Und jedes Mal, wenn sie zu schlafen versuchte, wurde sie von den Stimmen gestört, die im Schlaf nach ihr riefen.

Stimmen aus dem Jenseits, voller Schmerz und Angst.

Stimmen, die ihr vorwarfen, noch am Leben zu sein.

Stimmen, die ihr sagten, sie hätte sterben sollen.

Sam wollte gerade die Klinik verlassen, als die Stationsschwester ihn ansprach. »Dr. Galloway, eine Frau wartet auf Sie.« Sie deutete auf eine Gestalt am anderen Ende des Flurs in der Halle.

»Eine Patientin?«

»Ich glaube nicht.«

Sam ging den Flur entlang und fürchtete einen neuerlichen Besuch von Grace Costello.

Eine Frau stand am Fenster, ihr Blick verlor sich in der Nacht. Sie trug einen Burberry-Schal und einen gerade geschnittenen Mantel, auf dessen Kragen ihre aufgelösten Haare fielen.

Diese Kleidung, diese Haare …

»Juliette«, rief er und ging auf sie zu.

Die junge Frau drehte sich mit einem Ruck um: Sie trug dasselbe Kostüm und denselben Mantel, aber sie war nicht Juliette.

»Dr. Galloway? Ich heiße Colleen Parker und bin Juliettes Mitbewohnerin.«

Etwas verlegen wegen seines Irrtums begrüßte er Colleen. Sie musterte ihn von oben bis unten. Auch Sam betrachtete sie intensiv, ihre feinen Gesichtszüge und ihre grünen Augen. Colleen war schön, und sie wusste es.

»Ich habe heute Morgen die Zeitung gelesen«, erklärte sie, »und bin immer noch fassungslos: Juliette soll ein Flugzeug in die Luft gesprengt haben, ausgerechnet sie, die nicht einmal einen Mikrowellenherd bedienen kann.«

Sam lächelte höflich. Dann fuhr die junge Frau fort: »Ihr Anwalt hat mir sein Vorgehen erklärt. Er hat mir auch Ihre Adresse gegeben.«

»Ich denke, es besteht Aussicht, dass sie morgen freigelassen wird.«

Colleen nickte. Sam erriet die Frage, die ihr auf den Lippen brannte, und die junge Frau stellte sie tatsächlich: »Kennen Sie Juliette schon lange?«

»Nicht wirklich«, räumte er ein.

»Ein paar Monate?«

»Ein paar Tage.«

Colleen musterte den Arzt immer noch eindringlich. Je länger sie ihm zuhörte, umso besser verstand sie, was Juliette an ihm fand: diese unwahrscheinliche Mischung aus Entschlossenheit und Sanftmut, dieser Glanz in den Augen, der ihn so aufregend machte ...

»Ich muss Ihnen eine Frage stellen«, sagte sie nach kurzem Zögern. »Was hat Sie bewogen, einer Frau zu helfen, von deren Existenz Sie vor einer Woche noch gar nichts wussten?«

»Das ist eine ganz einfache und gleichzeitig auch ganz komplizierte Geschichte«, gab Sam zu.

Colleen ließ ein paar Sekunden verstreichen.

»Nur eines ist ganz einfach und gleichzeitig auch ganz kompliziert.«

»Und das wäre?«

»Die Liebe.«

Einige Stunden später tauchte mitten in der New Yorker Nacht in Harlem eine langgliederige Gestalt in der Nähe eines Backsteingebäudes auf. In dieser geräumigen Lagerhalle – nicht weit von dem Ort, an dem Clinton nach seinem Auszug aus dem Weißen Haus sein Büro eingerichtet hatte – wurden die Autopsieunterlagen aufbewahrt, wenn die Kriminalfälle gelöst oder zu den Akten gelegt worden waren.

Grace Costello betrat die Halle des Verwaltungsgebäudes. Alles war ruhig. Sie warf einen Blick auf ihre Armbanduhr: Es war kurz nach drei Uhr morgens. Wie sie vermutete, war in der Nacht nur ein kleines Team im Dienst.

»Guten Abend«, sagte sie und ging auf einen Angestellten zu, der hinter dem Empfangstresen gähnte.

»Guten Abend, ganz schön kalt draußen, nicht wahr?«

»Ja«, erwiderte sie und zeigte ihren Ausweis und ihre Dienstmarke, wie es Vorschrift war.

Sie wusste, dass eine Überwachungskamera jede ihrer Bewegungen filmte, aber sie war bereit, dieses Risiko einzugehen. Sie ging davon aus, dass niemand diese Bänder je ansehen würde, auf jeden Fall niemand, der sie erkennen könnte.

»Wenn Sie mir einen Kaffee anbieten, würde ich nicht Nein sagen«, sagte sie und rieb sich die Hände, um sich aufzuwärmen.

»Dort steht eine Maschine ...«, sagte der Angestellte und deutete auf einen Automaten am Ende des Flurs.

Grace schenkte ihm ein Lächeln, dessen Geheimnis nur sie kannte. Dieses Lächeln konnte die selbstsichersten Männer schwach machen. Sie wusste, es war ihre absolute, wenn auch irgendwie unredliche Waffe. Aber manchmal heiligte der Zweck eben die Mittel. Und das war heute Abend der Fall.

»Warten Sie«, rief der Angestellte, »ich spendier Ihnen einen Kaffee.«

»Das ist sehr liebenswürdig.«

»Ich heiße Robby.«

»Sehr erfreut.«

Er verließ seinen Schreibtisch und Grace nutzte die Situation, um sich vor seinen Computer zu setzen. Sie tippte ihren Namen ein und auf dem Bildschirm erschien die gewünschte Auskunft:

Grace Lauren Costello

Akte Nr. 1060–674

Sie kritzelte die Zahlen auf einen Notizzettel und wartete auf Robbys Rückkehr, um ihn nach der Akte mit dieser Nummer zu fragen, ohne den Namen des Opfers nennen zu müssen.

»Ich habe Sie hier noch nie gesehen«, bemerkte er.

»In den letzten Jahren hatte ich ein paar gesundheitliche Probleme«, erklärte sie.

»Sie wirken aber ziemlich gesund.«

Er kehrte wenige Minuten später zurück und reichte ihr einen dicken Aktenordner. Zum Glück fiel ihm die Namensgleichheit nicht auf.

Nachdem Grace sich bedankt hatte, zog sie sich in eine Nische zurück, um ihre Akte zu studieren. Sie war sich bewusst, dass sie gerade etwas tat, das keine Tote vor ihr je getan hatte: Sie konnte den Bericht ihrer eigenen Autopsie lesen.

Bei aller Mühe, ruhig zu bleiben, konnte sie nicht verhindern, dass ihre Finger zitterten, als sie das erste Blatt der Akte in die Hand nahm.

ALLGEMEINE INFORMATIONEN
Grace Lauren Costello
Geschlecht: weiblich – Rasse: weiß – Alter: 38
Größe: 1,79 m – Gewicht: 66 kg

Sechsundsechzig Kilo! Wenn ich gewusst hätte, was mich erwartete, hätte ich mich niemals dieser Diät unterzogen, überlegte sie, um die Situation zu entdramatisieren.

Sie setzte ihre Lektüre fort und versuchte, einen Hinweis zu finden, der sie an die Umstände ihres Todes erinnerte. Im Bericht hieß es, dass ihre Leiche um fünf Uhr morgens gefunden wurde, in ihrem eigenen Wagen, der in einer kleinen Straße, nicht weit von der Manhattan Bridge, geparkt worden sei.

All das erklärt immer noch nicht, was ich dort getan habe.

Ein Umschlag enthielt eine Reihe Fotos. Es fiel ihr schwer, sie anzuschauen. Auch wenn sie sehr beherzt war, konnte sie das surrealistische Gefühl, ihre eigene Leiche zu begutachten, nur schwer ertragen. Sie war durch eine Kugel in die Schläfe getötet worden. Sie hatte sie von hinten getroffen und den linken Teil ihres Schädels zerstört, bevor sie in der oberen rechten Hirnhälfte stecken blieb. Auf den Fotos war der hintere Teil ihres Schädels eine blutige Masse.

Ihr übriger Körper zeigte nur die Spur eines einzigen Schlags – einen deutlichen Bluterguss in Höhe eines Backenknochens –, aber keine Zeichen von Folter, Vergewaltigung und Verteidigungswunde. Sie hatte nicht einmal die Gelegenheit gehabt, sich zu wehren oder sich zu schützen, denn jemand, dem sie den Rücken zukehrte, hatte ihr eine Kugel in den Kopf gejagt.

Zuerst wollte sie die letzten beiden Seiten auslassen, die den toxikologischen Bericht enthielten, weil sie davon überzeugt war, dass sie nichts Interessantes finden würde.

Aber nachdem sie ihn gelesen hatte, zwang sie sich, die darin enthaltenen Informationen dreimal nachzulesen, denn was da stand, verblüffte sie zutiefst: die Blutprobe ergab Spuren von Heroin in ihrem Organismus.

Grace kauerte sich auf ihrem Sitz zusammen. Das war schwer zu ertragen. Irgendwas stimmte hier nicht. Ihr ganzes Leben lang hatte sie keine Drogen angerührt. Noch ganz benommen erhob sie sich und gab Robby die Akte zurück.

Als sie auf die Straße trat, empfing sie schneidende Kälte, doch sie achtete nicht darauf. Drei Fragen quälten sie. Wer hatte sie getötet? Warum hatte sie Heroin im Blut? Und stand das alles in Zusammenhang mit der seltsamen Aufgabe, die man ihr aufgetragen hatte?

Dienstagmorgen

Um 9.30 Uhr wurde Juliette Beaumont vor die dritte Strafkammer des Bezirksgerichts in Queens geführt. Als sie den Saal betrat, suchte sie vergeblich nach einem vertrauten Gesicht. Da die Verhandlung unter Ausschluss der Öffentlichkeit stattfand, durften weder Colleen noch Sam teilnehmen.

Auf Anraten ihres Anwalts bekannte sie sich schuldig der Gehorsamsverweigerung gegenüber den Ordnungskräften und der Übertretung des Einwanderungsgesetzes.

Da es der New Yorker Polizei nicht gelungen war, auch nur die geringste Verwicklung der Französin in den Flugzeugabsturz nachzuweisen, ließ das Gericht alle in diesem Zusammenhang stehenden Anklagepunkte fallen und verurteilte sie nach Absprache mit dem Staatsanwalt zu einer einfachen Geldstrafe von tausendfünfhundert Dollar.

Nachdem sie ins Kommissariat zurückgebracht worden war, um ihre persönlichen Sachen zu holen, wurde sie zur Einwanderungsbehörde gefahren, die das Ausweisungsverfahren beschleunigen sollte. Während Juliette damit rechnete, sofort nach Frankreich ausgewiesen zu werden, bekundete plötzlich eine mysteriöse Untersuchungskommission zur inneren Sicherheit – die nach dem 11. September gebildet worden war – ihre Absicht, sie in den kommenden Tagen zu befragen. Um zwölf Uhr setzte man also das Ausweisungsverfahren aus und sie verließ – Ironie des Schicksals – das Gebäude mit einer Verlängerung ihrer Aufenthaltsgenehmigung in der Tasche. Ihr Visum galt bis zum Tag nach ihrer Vorladung.

Colleen holte sie ab und die beiden Freundinnen fielen sich weinend in die Arme. Noch nie waren sie sich so nah gewesen. Mit dem Taxi fuhren sie in ihre Wohnung. Es war ein schöner kalter Tag, und noch nie hatte Juliette das Tageslicht als so erholsam empfunden.

Sie ließ sich ein heißes Bad ein, das das Badezimmer in eine Sauna verwandelte, schlüpfte schnell aus ihren Kleidern und ließ sich in das duftende Wasser gleiten. Sie ließ noch mehr Wasser ein, bis es fast überschwappte. Sie tauchte den Kopf unter Wasser und blieb länger als eine Minute still liegen. Sie versuchte, an nichts zu denken, um wieder Kraft zu schöpfen.

Polizeigewahrsam und Gefängnis waren eine Prüfung gewesen, die sie nicht so schnell vergessen würde. Sie hoffte, dass diese Episode nicht zu viele Spuren in ihrem Kopf hinterlassen würde. Auf jeden Fall wollte sie für den Augenblick nicht daran denken und sie war Colleen dankbar, dass sie sie nicht mit Fragen bestürmt hatte.

Sie hob den Kopf aus dem Wasser, um Atem zu schöpfen. Sie fühlte sich wie neu geboren, erschöpft, aber vor Energie sprühend. Sie konnte sich vorstellen, drei Tage lang durchzuschlafen oder aber zehn Kilometer durch den Central Park zu joggen.

Sie schlüpfte in einen Bademantel und ging zu Colleen ins Wohnzimmer.

»Danke, dass du mich abgeholt hast.«

Colleen deutete auf eine alte Reisetasche, die sie auf das Sofa gelegt hatte.

»Ich habe dir ein paar Kleider zum Wechseln besorgt. Du hattest sie unten im Schrank gelassen.«

Juliette wühlte in der Tasche, als handle es sich um eine Schatztruhe. Die meisten Kleider stammten aus ihrer Studienzeit, einige sogar noch aus ihrer Jugendzeit.

»Weißt du, er hat sich große Sorgen um dich gemacht«, bemerkte Colleen geheimnisvoll.

»Wer denn?«

»Was glaubst du wohl?«

»Ich weiß nicht ... Mr Andrew, unser neunzigjähriger Nachbar?«

»Weißt du«, fuhr Colleen fort und lächelte, »ich kann verstehen, dass du schwach geworden bist: Er ist wirklich ... wie soll ich es ausdrücken? *Schön* ist nicht das richtige Wort ... auch nicht *süß* ... er ist auf jeden Fall ein richtiger Mann.«

»Ich habe keine Ahnung, von wem du sprichst.«

»Nun gut, wie du willst, lassen wir das.«

Juliette wühlte in ihren alten Sachen und suchte etwas »Tragbares«. Sie fand einen grobmaschigen, mit Perlen und Strass bestickten Pullover, eine mit Blumen bestickte Bluse, die immer noch was hergab, und eine verwaschene Hose mit vielen Taschen. Sie hatte sie kurz nach ihrem Abitur im Forum des Halles gekauft.

Auch wenn sie so tat, als sei sie mit den Kleidern beschäftigt, begann sie zu grübeln, was Colleen gemeint haben könnte.

Sie bereute, die Unterhaltung beendet zu haben, denn eine Frage brannte ihr plötzlich auf der Seele: Woher kannte ihre Mitbewohnerin Sam Galloway?

»Sag mal ...«

»Ja?«

»Was genau soll das bedeuten, *er hat sich große Sorgen um dich gemacht?*«

Colleen tat so, als verstehe sie nicht.

»Gar nichts, Süße. Du willst deine Geheimnisse für dich behalten und das ist ganz normal.«

»Hör auf, mich zu quälen.«

Zufrieden hob Colleen den Blick von ihrem Computer.

»Nun, ich hatte eine kleine Unterhaltung mit Sam Galloway, und ich glaube wirklich, dass dem Mann etwas an dir liegt.«

»Weißt du, das ist sehr kompliziert: Er ist Arzt und verheiratet ... und ich glaube nicht, dass er mich so lieben könnte, wie ich bin.«

»Und ich glaube das Gegenteil.« Colleen reichte ihr das kleine Diktaphon.

Juliette blickte verständnislos, doch ihre Mitbewohnerin half ihr nicht auf die Sprünge.

»Ich lass dich jetzt allein. Da ich jetzt weiß, was mit dir los ist, kann ich in Ruhe einkaufen gehen.

Ich habe bei Saks ein Kleid entdeckt und ich glaube, ich muss es haben.«

Nachdem sich Colleen in aller Freundlichkeit verdrückt hatte, drückte Juliette den Play-Knopf und Sams Stimme, die so weit entfernt und doch so nah war, erfüllte das Zimmer.

Liebe Juliette ...

20

*Was ich gelernt habe, kann ich in drei, vier
Worten zusammenfassen: An dem Tag, an dem
jemand Sie liebt, ist es sehr schön, ich kann es
nicht anders ausdrücken, es ist sehr schön!*

Jean Gabin

Liebe Juliette ...,
*bitte, nimm dir die Zeit, mir zuzuhören, auch
wenn du wütend auf mich bist ...*

*Ich weiß, die letzten Tage waren sehr schwierig
für dich, aber glaube mir, keine Minute verging,
ohne dass ich an dich gedacht habe.*

*Ich weiß, dass nichts passiert wäre, wenn ich
am Flughafen den Mut gehabt hätte, dich zu bitten, bei mir zu bleiben, statt dich in dieses verdammte Flugzeug steigen zu lassen. Es lag nicht
daran, dass ich keine Lust gehabt hätte, sondern
eher am fehlenden Vertrauen in das Leben und an
der Angst, dass unsere Geschichte auf einer Lüge
beruhte.*

Juliette setzte sich aufs Sofa, zog die Knie ans
Kinn und lauschte Sams Worten.

*Ich habe dich angelogen: Ich bin nicht verhei-
ratet. Ich war es, aber meine Frau ist seit einem
Jahr tot.*

*Sie hieß Federica. Ich kannte sie von klein auf.
Wir sind im selben Viertel in Brooklyn aufgewach-
sen. Ein übles Viertel, wie es sie in allen großen
Städten gibt. Ich bin ohne Eltern aufgewachsen,*

meine Großmutter hat sich so gut wie möglich um mich gekümmert. Federica hatte eine Mutter, allerdings stand die von früh bis spät unter Drogen. So war unsere Kindheit. Um dir einen Eindruck zu vermitteln: Wenn wir in den letzten Schuljahren alte Klassenfotos anschauten, stellten wir fest, dass die meisten unserer ehemaligen Kameraden entweder tot waren oder im Gefängnis saßen.

Aber wir blieben am Leben. Ich wurde Arzt und sie Malerin; wir lebten in einer hübschen Wohnung, wir hatten es geschafft. Zumindest glaubte ich das, bis zu jenem schrecklichen Abend ...

Ich erinnere mich. Es war Mitte Dezember und ich ließ mich von der Atmosphäre dieser Jahreszeit mitreißen. Nachmittags hatten wir in der Klinik Weihnachten gefeiert, in einer besonders herzlichen Atmosphäre. Die Kinder hatten einen großen Tannenbaum mit ihren eigenen Origamis (Papierfiguren, die nach einer alten japanischen Technik gefaltet werden) geschmückt. Seit vierzehn Tagen hatte es keinen Todesfall mehr unter meinen Patienten gegeben. Federica erwartete ein Baby und ich war überglücklich.

Als ich an jenem Abend aus der Klinik kam, schlenderte ich an den verlockenden Auslagen der Geschäfte vorbei, um ein paar Geschenke zu kaufen: für Federica ein Buch über Raffael, eine bemalte Holzmarionette und einen Plüschelefanten für das Kinderzimmer ...

Zum ersten Mal schien mir die Zukunft fast friedlich und klar umrissen. Unbeschwert kehrte ich nach Hause zurück. Die Tür stand offen. Auf der Treppe rief ich nach Federica, aber sie reagierte nicht. Besorgt stieß ich die Tür zum Badezimmer *auf und prallte entsetzt zurück. Die Fliesen an der Wand und auf dem Boden waren voller Blut. In der Badewanne lag Federicas lebloser Körper in blutrotem Wasser, die Hand- und Fußgelenke waren tief aufgeschnitten. Meine Frau hatte Selbstmord begangen, obwohl sie schwanger war.*

Erschüttert wischte Juliette eine Träne weg, die ihr über die Wange rollte. Mit dem Diktaphon am Ohr trat sie auf die Terrasse, um Luft zu bekommen. Sam sprach weiter:

Was auch immer mir in Zukunft zustoßen sollte, nichts kann so schlimm sein wie der Tod meiner Frau.

Juliette, du musst mich verstehen: Als Arzt bin ich davon überzeugt, dass das Leiden kein Verhängnis ist. Jeden Tag kommen Kinder in meine Sprechstunde, die an Gewalt, Trauer oder Krankheit zerbrochen sind. Meine Aufgabe besteht darin, sie davon zu überzeugen, dass sie ihr Trauma überwinden können. Und meist gelingt es mir. Das ist einer der Gründe, weswegen ich Arzt geworden bin. Ich weiß nämlich, dass selbst nach grauenhaften Erlebnissen ein Leben noch möglich ist. Wenn man Menschen behandelt, sucht man nicht nur die Ursachen für ihre Krankheiten, sondern gibt ihnen auch die Hoffnung, dass das Morgen besser ist als das Gestern.

Aber Federica habe ich nie überzeugen können. Die Frau, die ich liebte, befand sich in einer Notlage und ich war unfähig, sie von ihren Schmerzen zu befreien. Wir lebten nebeneinander, aber wir waren nur ein »eins plus eins«, ohne dass es uns je gelungen wäre, zwei zu sein.

Ich glaube, man kann jemandem nur helfen,

wenn er Hilfe annimmt. Aber Federica wurde immer verschlossener. Sie konnte sich nie von ihrer Vergangenheit lösen. Ich ahnte nicht einmal, in welchem Maße sie unfähig war zu kämpfen. Wie viel Hoffnung musste sie verloren haben, wenn sie sich trotz der Schwangerschaft das Leben nahm?

In den folgenden Monaten war mir alles gleichgültig. Nichts ließ ich an mich ran, weder Freude noch Schmerz. Mein eigener Tod konnte mich nicht mehr schrecken. An manchen Tagen erwartete ich ihn sogar wie eine Erlösung.

Nur mein Beruf fesselte mein Interesse, aber ich übte ihn mit weniger Überzeugung aus. Ich erhoffte nichts mehr, ich lebte wie ein Roboter.

Bis du kamst ...

Was glaubst du, wie groß unsere Chancen waren, uns zu begegnen? Ich habe irgendwo gelesen, dass sich über anderthalb Millionen Menschen täglich am Times Square begegnen. Stell dir mal vor, anderthalb Millionen!

Um ein Haar hätten wir uns verpasst. Um eine halbe Sekunde? Im Höchstfall eine Sekunde ...

Wenn du eine Sekunde früher die Straße überquert hättest, hätten wir uns verpasst. Wenn ich eine Sekunde später die Spur gewechselt hätte, hätten wir uns verpasst.

Unsere ganze Geschichte hängt an dieser einen Sekunde.

Nur eine Sekunde und ich hätte dein Gesicht nie gesehen.

Eine kleine Sekunde und du hättest nichts von meiner Existenz gewusst.

Eine kleine Sekunde und du wärst nicht aus dem Flugzeug ausgestiegen ...

»Eine Sekunde und ich wäre tot gewesen«, dachte Juliette auf der Terrasse.

Und wenn diese Sekunde unsere Sekunde gewesen wäre? Unser unerwarteter Funke, unsere Chance?

Die Sekunde, die unser Leben für immer verändern könnte ...

Denk daran!

Ich weiß, ich habe dich belogen. Glaub mir, ich bedauere es.

Ich weiß auch, dass du keine Anwältin bist, aber glaub ja nicht, dass mich das stört, im Gegenteil. Kellnerin oder Schauspielerin, was spielt das schon für eine Rolle! Ich suche weder Reichtum noch Ruhm. Geld steht bei meinen Entscheidungen nie an erster Stelle. Ich besitze kein Vermögen, ich besitze nichts, nicht einmal eine eigene Wohnung. Nur einen Beruf, der mein Leben ist.

Und eine Hoffnung, die du erraten sollst ...

Mit Tränen in den Augen schaltete Juliette das Diktaphon ab. Sie streifte ihren Bademantel ab und schlüpfte im Nu in die Sachen, die sie ausgewählt hatte, ohne sich die Zeit zu nehmen, sich schön zu machen. Sie rundete ihren Aufzug mit einem langen gelblichen Schal und einer gestreiften pelzgefütterten Samtjacke ab.

Zwei Sekunden später war sie draußen.

Kurz danach kehrte sie in die Wohnung zurück: In ihrer Eile war sie barfuß hinausgestürmt. Sie wühlte in der Reisetasche und fand ihre geliebten zweifarbigen Kickers aus weichem Leder mit Gummisohlen.

Vor dem Spiegel im Flur ordnete sie ihre Haare.

Sie sah gar nicht so übel aus. Ihre alten Kleider verliehen ihr etwas Bohemehaftes. Natürlich war sie nicht todschick, aber sie war sie selbst.

Sie fuhr zu Sam in die Klinik, und beide verspürten das gleiche Verlangen, den Nachmittag außerhalb der Stadt zu verbringen. Das traf sich gut: Leonard McQueen hatte Sam erneut in sein Haus in Neuengland eingeladen und dieses Mal lehnte Sam nicht ab.

Sie fuhren über die Route 95 aus New York hinaus. Nicht einmal im Auto konnten sie voneinander lassen. Sie fuhren viel zu schnell und küssten sich an jeder roten Ampel. Ihre Küsse schmeckten nach Frühling, und sie wunderten sich darüber. Kurz nach New Haven verließen sie die Autobahn, um die Landschaft zu genießen. An der Küste, die sich nach Nordosten erstreckte, reihten sich Buchten und Häfen aneinander. Sie führte sie zur Grenze von Connecticut und Rhode Island, in ein kleines Fischerdorf, in dem McQueens Haus stand.

Im Sommer tummelten sich hier Touristen und Sportsegler, während das Dorf an jenem Tag fast ausgestorben, aber dafür umso authentischer war. Nachdem Sam und Juliette den Wagen geparkt hatten, schlenderten sie über die Hauptstraße, an der die ehemaligen Wohnsitze der Marinekapitäne standen. Dann gingen sie hinunter zum Meer. Seit dem Vormittag herrschten ein wolkenloser Himmel und unglaublich milde Temperaturen, als sei mitten im Winter der Indian Summer zurückgekehrt. Hand in Hand bummelten sie im goldenen Licht die Hafenmole entlang. Sie bewunderten die Boote und Juliette scherzte: »Wenn wir im Film wären und ich eine bekannte Schauspielerin und du Kevin Costner, dann würden wir an Bord eines dieser Segelschiffe gehen und aufs offene Meer hinausfahren.«

»Das ist gar nicht so unmöglich, wie du denkst, McQueen hat mir erzählt, dass sein Schiff hier liegt.«

»Wie heißt es?«

»Jasmin«, erwiderte Sam und schaute auf die Namen der Schiffe.

Nachdem sie ein paar Minuten gesucht hatten, standen sie vor einem 28 Fuß langen, wunderschönen Segelschiff aus lackiertem Holz.

»Kannst du segeln?«, fragte sie ihn und sprang an Deck.

»Wenn man in Harvard Medizin studiert, hat man den Vorteil, hin und wieder zu einem Wochenende auf einer Yacht eingeladen zu werden«, erklärte er und stellte sich neben sie.

»Sag mal, planst du ernsthaft eine Tour?«

»Warum nicht?«

»Aber ich nehme an, man braucht einen Segelschein …«

»Mach dir keine Sorgen. Wenn man uns festnimmt, muss ich dieses Mal ins Gefängnis.«

Er entfernte die Abdeckungen für die Segel und machte das Schiff startklar. Nachdem er in dem Schlüsselbund, den McQueen ihm anvertraut hatte, den richtigen Schlüssel gefunden hatte, ließ er den Motor an, der anstandslos funktionierte.

»Leinen los!«, rief Sam. »Zumindest würde Kevin Costner das sagen, nicht wahr?«

»Er kann dir nicht das Wasser reichen«, erwiderte sie und umarmte ihn. Dann erklomm sie mit einem anmutigen Sprung das Oberdeck. Sie betrachtete die Seeschwalben, die über ihrem Kopf kreisten.

Weil der Wind günstig war, stellte Sam den Motor ab, hisste die Segel, und das Schiff glitt aufs offene Meer hinaus. Die langsam untergehende Sonne färbte den Himmel orange. Juliette stellte sich neben Sam ans Steuer und schmiegte sich an ihn. Schweigend genossen sie es, einfach nur zusammen zu sein. Sie ließen sich vom Plätschern der Wellen einlullen und gaben sich der Flüchtigkeit des Augenblicks hin, in dem das plötzlich in neues Licht getauchte Leben ihnen eine neue Chance zu bieten schien.

Seit einer halben Stunde waren sie wieder im Hafen. Juliette saß in einem kleinen Restaurant und wärmte sich mit einer Tasse Tee auf, während Sam die Yacht ordnungsgemäß vertäute. Als er fertig war, ging er die lange Holzpromenade am Meer entlang. Er fühlte sich leicht und euphorisch. Wenn man verliebt war, sah die Welt wirklich ganz anders aus. Sein Leben schien wieder einen Sinn zu haben. Er wollte gerade zu Juliette gehen, als ein Klingeln seine Glückseligkeit beendete. Es war weder sein Beeper noch sein Handy, es kam aus der offenen Telefonzelle. War das ein Scherz? Er wandte sich nach rechts, dann nach links: die Holzpromenade war verwaist. Er beschloss, nicht darauf zu achten, doch sein Arztreflex stellte sich rasch ein. Was, wenn jemand Hilfe brauchte? Es war besser, kein Risiko einzugehen, sondern den Hörer abzunehmen.

»Ja?«, fragte er, als er den Hörer in der Hand hielt.

Am anderen Ende der Leitung brachte sich eine Person in Erinnerung, von der er am wenigsten etwas hören wollte.

»Galloway, vergessen Sie nicht unsere Abmachung: Die Geschichte endet am Samstag im Laufe des Tages.«

»Costello? Was wollen Sie denn noch? Und vor allem: Wo sind Sie?«

»Sie wissen genau, was ich will«, erwiderte Grace.

»Ich kann das der Frau, die ich liebe, nicht antun.«

»Ich befürchte, Sie haben keine Wahl.«

»Warum tun Sie uns das an? Ich habe genug Trauer erlebt, ich habe meinen Anteil an Leid erfahren.«

»Ich weiß, Sam, aber nicht ich entscheide das.«

»Wer dann?«, rief er. »Wer entscheidet?«

Grace hatte eingehängt.

Wütend warf Sam den Hörer an die Kabinenwand.

21

*Man muss sein Leben immer
vorausschauend leben, aber man
versteht es nur in der Rückschau.*
Søren Kierkegaard

Donnerstagmorgen

Sam drehte sich zu Juliette um. Nur ein Teil ihrer
nackten Schulter und ein paar goldblonde Haare,
die sich wie Sonnenstrahlen auf dem Kissen aus-
breiteten, schauten unter der Bettdecke hervor.
Obwohl von Angst gequält, hatte er es geschafft,
ein paar Stunden zu schlafen. Er warf einen Blick
auf den Wecker. 5:04 Uhr. Dennoch beschloss er
aufzustehen.

Er konnte sich nichts mehr vormachen: Ihr
drohte Gefahr und er wusste nicht, wie er sie schützen sollte. Vollkommen verunsichert fühlte er sich,
wie ein Mensch aus der *Vierten Dimension*, jener
Fernsehserie, die er seit Kinderzeiten schaute. Sie
handelte von einem ganz normalen Mann, der eine
Grenze überschritten hatte, deren Vorhandensein
er nicht einmal ahnte, und der sich nun voller
Entsetzen bewusst wurde, dass die Realität einen
Bruch aufwies.

Er erhob sich leise. Auf dem Parkettfußboden
sah man die Spuren ihres Liebesspiels vom Vorabend: eine kurze Weste, ein bunter Pullover, ein
Arrow-Hemd, Unterwäsche ...

Er ging ins Bad und drehte das heiße Wasser in der Dusche auf. Es blubberte in der Leitung und erfüllte den Raum mit Dampf. Sam stellte sich unter den wärmenden Strahl. Immer noch quälten ihn dieselben Zweifel. Allmählich verlor er die Kontrolle über die Ereignisse und vor allem blieb er mit seinen Fragen allein. Mit wem konnte er über das, was ihm geschah, reden, ohne auf Unglauben zu stoßen? An wen sollte er sich wenden?

Da wäre sehr wohl noch jemand, dachte er plötzlich, *aber das ist schon so lange her ...*

Er hatte keine Lust auf diese Möglichkeit, trat aus der Dusche und rubbelte sich energisch trocken. Im Schlafzimmer kleidete er sich in aller Eile an, schrieb ein paar Zeilen für Juliette und legte den Zettel deutlich sichtbar auf das Kopfkissen. Er ließ ihr auch die Schlüssel für sein Apartment in Manhattan da.

In der Küche suchte er verzweifelt, aber vergeblich nach einem Rest Kaffee.

Ausgerechnet heute Morgen, wo ich zehn Tassen nötig hätte!

Bevor er hinausging, betrachtete er noch einmal die schlafende Juliette. Er trat auf die Treppe hinaus. Ein eisiger Wind und das Plätschern der Wellen empfingen ihn. In Gedanken versunken, ging er die Stufen hinunter und rieb sich die Hände. Trotz der Kälte sprang sein Jeep sofort an.

So früh am Tag war er in einer knappen Stunde in New York. Er fuhr in Richtung Osten zur Klinik, als er plötzlich den Wagen wendete, um nach Brooklyn zurückzukehren.

»Aaaaaah!«

Sam trat voll auf die Bremse, um nicht mit dem

Lieferwagen eines Floristen zusammenzuprallen, der aus einer Ausfahrt kam. Seine Reifen quietschten und rutschten über die Fahrbahn. Die Bremsen funktionierten gut, aber dennoch fuhr der Jeep auf den Lieferwagen auf. Der Aufprall war nicht besonders heftig, doch er wurde ordentlich durchgeschüttelt.

Sam setzte zurück und scherte aus, um das Auto des Lieferanten zu überholen. Er stellte fest, dass der junge Latino am Steuer nicht verletzt war. Doch er fuchtelte wild mit dem Arm, zeigte dem Arzt die Faust und bedachte ihn mit allerlei Schimpfworten.

Sam beschloss, im Auto zu bleiben. Er nahm eine Visitenkarte heraus, die er immer in der Brieftasche bei sich trug, beugte sich aus dem Fenster zum Lieferwagen hinüber und steckte sie hinter dessen Scheibenwischer.

»Ich werde alles bezahlen!«, rief er und fuhr weiter.

Er war bereit, die Verantwortung zu tragen, aber im Augenblick musste er andere Prioritäten setzen.

Er musste unbedingt jemanden finden.

Jemanden, an den er sich früher immer gewandt hatte.

Immer wenn es ihm nicht mehr gelungen war, die Dinge richtig zu ordnen.

Sam parkte neben dem Gehweg. Zehn Jahre war es her, dass er Bed-Stuy verlassen hatte. Er hatte sich geschworen, nie wieder hierher zurückzukehren. Bis heute hatte er sich auch daran gehalten.

Zunächst war er verblüfft darüber, wie bürgerlich das Viertel geworden war. Der Immobilienboom hatte die Mittelschicht aus Manhattan hierher vertrieben, in diese kleinen Häuser aus braunem Backstein, die früher von allem möglichen Pack besetzt waren.

Weiter unten fuhr ein Streifenwagen vorbei, und alles schien sauberer zu sein als einst, als wäre *Klein-Beirut* in den letzten Jahren genauso friedlich geworden wie ein Villenvorort.

Bald darauf durchlief ihn jedoch ein Zittern wie in alter Zeit, und er begriff, dass für all jene, die in den schwierigen Jahren hier gelebt hatten, die Gespenster der Vergangenheit noch immer ihr Unwesen trieben.

Er ging zu Fuß die Straße hinauf. Die kleine Kirche stand nach wie vor zwischen dem Basketballplatz und einer abbruchreifen Lagerhalle eingepfercht. Sam stieg die wenigen Stufen hinauf und blieb vor dem Eingang stehen. Pater Hathaway hatte das »Haus Gottes« immer offen gelassen, für den Fall, dass jemand käme. Er war tot und ein anderer Priester an seine Stelle getreten, aber als Sam gegen die schwere Holztür stieß, öffnete sie sich knarrend. Wenigstens das hatte sich nicht verändert.

Die Ausstattung im Innern war üppig und erinnerte ein wenig an südamerikanische Kirchen. Die Wände waren mit Goldstoffen bespannt und mit Myriaden von kleinen Spiegeln verziert. Über dem Altar streckte eine geflügelte Marienstatue ihre Hände nach den Besuchern aus, während eine bunt bemalte Freske das Leiden Christi darstellte.

Gerührt setzte sich Sam auf eine Kirchenbank. Als Kind hatte er sich häufig hierher geflüchtet. Pater Hathaway hatte ihm in der Sakristei eine kleine Ecke freigeräumt, in der er seine Hausaufgaben erledigen konnte. Sam war nie besonders gläubig gewesen, aber es gab im Viertel kaum einen Ort, an dem er lernen konnte, deshalb hatte er keine große Wahl gehabt.

Der Arzt näherte sich einer Schale, die in helles Licht getaucht war. Eine Räucherpfanne, die an kleinen Ketten aufgehängt war, diente als Weihrauchfass. Darum herum brannten zahlreiche Kerzen. Er steckte ein paar Dollar in den Schlitz und zündete drei Kerzen an: eine für Federica, eine für Angela und eine für Juliette.

Ein besonderer Geruch, eine Mischung aus Pfeffer und Vanille, erfüllte noch immer die Kirche und Sam fühlte sich zehn Jahre zurückversetzt.

Lange Zeit war er davon überzeugt gewesen, die Leiden seiner Jugend überwunden zu haben. Er hatte wie ein Berserker gearbeitet und sich törichterweise eingeredet, dass er endgültig von seinen Ängsten befreit sein und Frieden finden würde, wenn er nur genug Kranke heilen würde. Aber so funktionierte das nicht: Auch wenn die unerträgliche Angst verschwunden war, die Verletzungen waren geblieben. Federicas Selbstmord hätte ihn zwingen müssen, sich seiner Vergangenheit zu stellen, um sich von ihr befreien zu können. Stattdessen hatte er sich in der Position des untröstlichen Witwers eingerichtet. Bis zu jenem Tag, als er Juliette traf und neue Hoffnung ihn erfüllte. Doch diese unerwartete Begegnung litt unter den alarmierenden Voraussagen von Grace Costello.

Sam saß auf einer der einfachen Kirchenbänke. Im tröstlichen Licht der Kirche ließ er sich von Erinnerungen einholen. Bruchstücke aus einer Vergangenheit, die allzu lange in der Truhe seines

Gedächtnisses verschlossen waren, stiegen an die Oberfläche und versetzten ihn in den August des Jahres 1994.

In den Sommer, der ihrer beider Leben völlig veränderte ...

Sie waren beide neunzehn und es war ihm und Federica gelungen, sich eher schlecht als recht von den Strudeln der Gewalt in der Stadt fern zu halten.

Die Schule hatte Sam problemlos gemeistert und seit einem Jahr studierte er Medizin. Er verbrachte seine ganze Zeit mit den Büchern, was sich auszahlte, denn er war der beste Student. Wenn er so weitermachte, konnte er eine der angesehensten medizinischen Fakultäten der Ostküste besuchen. Doch er brauchte Geld. Das kleine Stipendium, das er erhielt, lief im kommenden Jahr aus. Er würde zwar ein Studentendarlehen aufnehmen können, aber es würde nicht ausreichen. Seit seinem vierzehnten Lebensjahr arbeitete er in den Sommerferien und sparte jeden Cent, in der Hoffnung, etwas auf die Seite legen zu können. In jenem Sommer hatte er in Atlantic City in einem luxuriösen Hotel am Meer einen Job als Strandjunge bekommen. Er blieb den Sommer über dort und kehrte nur alle zwei Wochen an seinem freien Tag heim, um Federica zu sehen.

Der Lebensweg des jungen Mädchens war chaotischer verlaufen. Sie beendete ihre Ausbildung an einer Gartenbauschule und arbeitete halbtags für einen Bienenzüchter in Massachusetts, der zahllose Bienenstöcke in den Gärten und Parks von Manhattan aufgestellt hatte. Auch wenn sie selber keine Drogen nahm, dealte sie, um die Drogen für ihre Mutter zu beschaffen und die Behandlung zu bezahlen, denn der Gesundheitszustand ihrer Mutter verschlechterte sich stetig.

Sam hatte angeboten, ihr Geld zu leihen, doch sie hatte seine Hilfe strikt abgelehnt. Er hatte versucht, sie zur Vernunft zu bringen, hatte sie gewarnt, dass es böse enden würde, ja, er hatte ihr sogar eine moralische Standpauke gehalten, weil sie mit dem Verteilen von Drogen das Leben anderer Menschen gefährde. Aber das alles hatte nichts genutzt. »Verlang nicht von mir, dass ich meine Mutter sterben lasse«, hatte sie gesagt, und damit war die Diskussion beendet gewesen.

Lange Zeit hatte sie sich darauf beschränkt, hie und da ein paar Tütchen zu verteilen. Dann, zu Beginn jenes Sommers 1994, hatte sich die Krankheit ihrer Mutter verschlimmert. Sie musste sofort operiert werden, was die Vorauszahlung einer großen Summe bedeutete.

Zu jener Zeit trat Dustface in ihr Leben, ein jähzorniger und brutaler Großdealer, der einen Teil des Viertels unter seiner Kontrolle hatte. Dustface beobachtete Federica schon eine ganze Weile. Die junge Frau besaß jene geheimnisvolle Aura, die Südamerikanerinnen manchmal umgibt, auch wenn sie in miserablen Verhältnissen leben. Eine Mischung aus Würde und Adel, die zweifellos erklärte, weshalb die Polizei sie bei den ständigen Razzien niemals verdächtigte. Das hatte Dustface auf eine Idee gebracht: Er wollte Federica als Botin benutzen, um Kokain in die Vereinigten Staaten zu schmuggeln.

Hätte Sam von diesem Plan Wind bekommen, er hätte sich notfalls mit Gewalt dagegen gestellt, um seine Freundin zu schützen. Leider jobbte er zu jener Zeit in Atlantic City. Ohne ihm ein Wort zu sagen, flog Federica nach Caracas. Auf dem Rückflug trug sie dreißig Kügelchen Kokain in sich, die sie kurz vor dem Abflug geschluckt hatte. Es war einer der schrecklichsten Augenblicke ihres kurzen Lebens. Den ganzen Flug über betete sie und fürchtete, dass der Verpackungsgummi reißen und die Droge sich in ihrem Magen verteilen könnte.

Als dieser Albtraum beendet war, hatte sie sich geschworen, damit aufzuhören, doch Dustface ließ nicht locker und schlug ihr einen weniger gefährlichen Auftrag vor. Sie sollte nach Mexiko fliegen und ein Auto in die USA schmuggeln, dessen Reifen mit Kokain gefüllt waren.

Leider brachte Federica es nicht fertig, abzulehnen. Sie flog nach Mexiko, wo man ihr einen harmlos aussehenden Toyota übergab. Nachdem sie die Grenze von Tijuana passiert hatte, ohne kontrolliert zu werden, fuhr sie in Richtung New York. Dabei nahm sie weniger befahrene Straßen und achtete auf die Geschwindigkeitsbegrenzungen. Alles verlief reibungslos, bis sie in der Nähe von Baton Rouge an einer Tankstelle hielt, um zu tanken und auf die Toilette zu gehen. Als sie auf den Parkplatz zurückkehrte, war der Wagen verschwunden. Unglücklicher Zufall oder geplanter Diebstahl der Drogen? Für sie spielte es keine Rolle: Niemals würde sie eine solche Summe zurückzahlen können, und Abschaum wie Dustface war durchaus fähig, sie zu quälen, sie zur Sklavin zu machen und vermutlich sogar sie zu töten.

Da sie nicht nach Brooklyn fahren konnte, nahm sie den Bus nach Atlantic City, um sich in Sams Arme zu stürzen.

Als der junge Mann den Bericht seiner Freundin hörte, war er entsetzt. Verzweifelt erklärte ihm Federica, dass sie New York für immer verlassen müsse. Sam versuchte sie zur Vernunft zu bringen: Sie konnten nicht von heute auf morgen alles stehen und liegen lassen. Und wenn sie jetzt die Flucht ergriffen, würden sie ihr Leben lang auf der Flucht sein. Selbstverständlich würde er bei ihr bleiben. Er war immer davon überzeugt gewesen, dass sie vom Schicksal füreinander bestimmt waren und sich entweder gemeinsam retten oder gemeinsam untergehen würden. Er warf sich vor, diese Katastrophe nicht vorausgesehen zu haben, und Federica bat ihn wieder und wieder um Verzeihung, weil sie ihn in diese Geschichte verwickelt hatte, aber es war bereits zu spät, einen Rückzieher zu machen.

Am Ende beschloss Sam, allein nach New York zurückzukehren. Voller Naivität glaubte er, dass sich die Dinge von selbst lösen würden. Als die Dunkelheit über New York hereinbrach, stieg er aus dem Greyhound. Zuerst ging er nach Hause, dann beschloss er, Dustface gegenüberzutreten. Er kramte die eiserne Schatulle hervor, in der er die Ersparnisse für sein Studium aufbewahrte: fast sechstausend Dollar. Er wollte sie Dustface als Austausch für sein Versprechen anbieten, Federica in Ruhe zu lassen. Aber zuvor schaute er bei seinem Freund Shake Powell vorbei. Der war Gott sei Dank nicht zu Hause. Sam kletterte an der Fassade des Gebäudes bis zum Dach hoch, seilte sich von dort bis zum Fenster des Zimmers seines Freundes ab und fand die Waffe, die Shake hinter einem Ziegelstein in der Wand aufbewahrte. Shakes Bruder hatte sie ihm hinterlassen, bevor er seinen Zwangsaufenthalt in Rykers Island antrat, jenem Gefängnis auf einer Insel zwischen Queens und Manhattan, das für seine extreme Gewalt bekannt ist. Sam stellte fest, dass die Waffe geladen war, und verstaute sie in der Innentasche seines Anoraks. Er hatte immer etwas gegen Waffen gehabt, aber er ahnte, dass es dieses Mal vielleicht nicht so gut laufen würde – was der Beweis war, dass er doch nicht ganz so naiv war.

»Ach, der verlorene Sohn träumt immer noch vor sich hin?«

Der Klang einer kupfernen Glocke holte den Arzt in die Wirklichkeit zurück. Er zitterte, als sei er bei etwas Verbotenem ertappt worden. Er hob den Kopf und sah Shake Powell, der durch die Sakristeitür in die Kirche trat.

»Shake!«

»Hallo Sam.«

Auch wenn es noch so unwahrscheinlich klang, Shake war tatsächlich Priester geworden und hatte die Nachfolge von Pater Hathaway angetreten. Der Tod seines Bruders, der sich im Gefängnis das Leben nahm, hatte ihn am Boden zerstört. Im Glauben hatte er den Trost gefunden, den er brauchte.

Wie in den alten Zeiten gaben sie sich einem komplizierten Code folgend die Hand und umarmten sich herzlich. Der große Schwarze war immer noch so athletisch wie ein Ringer. Er trug verwaschene Jeans und eine Trainingsjacke, unter der seine Muskeln deutlich hervortraten. Sein kurz geschnittener, beinahe weißer Bart hob sich von seiner schwarzen matten Haut ab. Shake war eine Naturgewalt, ein Kraftbündel, und Sam erinnerte sich gut, wie oft sein Freund ihn vor Gewalttätigkeiten beschützt hatte.

»Wie geht's dir?«

»Besser als das letzte Mal.«

Die beiden Männer hatten sich seit zehn Jahren nicht gesehen, obwohl sie hin und wieder miteinander telefonierten. Wie Shake ihm nach jener schrecklichen Nacht geraten hatte, hatte Sam jede Berührung mit dem Viertel vermieden, auch wenn es ihm sehr schwer gefallen war, den einzigen Freund, der ihm wirklich nahe stand, nicht besuchen zu können.

»Ich habe den Eindruck, als sei es erst gestern gewesen«, sagte Sam, um nicht von Rührung überwältigt zu werden.

»Mir scheint es eine Ewigkeit her. Das letzte Mal waren wir noch Jungs, und heute siehst du in deinem Anzug wie ein Geschäftsmann aus und arbeitest in einer großen Klinik.«

»Daran bist du nicht ganz unschuldig.«

»Hör auf mit dem Unsinn.«

Sie schwiegen eine Weile, dann fuhr Shake fort:

»Ich habe das von Federica erfahren und dich mehrere Male angerufen ...«

»Ich weiß, ich habe deine Nachrichten erhalten und sie haben mir gut getan, auch wenn ich nicht zurückgerufen habe.«

Shake musterte ihn forschend. »Sag mal, Junge, hast du Ärger?«

»Wer nicht?«

»Das musst du mir bei einem Kaffee erzählen. Auch wenn wir hier im Hause des Herrn sind, ist es verdammt kalt.«

Shake bewohnte ein kleines Apartment direkt neben der Kirche. Er forderte Sam auf, auf einem Hocker vor dem Küchentresen Platz zu nehmen, während er sich dahinter an einer alten verchromten Kaffeemaschine zu schaffen machte, die auch eine italienische Bar schmücken würde. Auf den Regalen standen zahlreiche Pokale, die Shake bei Boxkämpfen gewonnen hatte. Aber damit niemand denke, hier werde Gewalt verherrlicht, hatte der Priester einen Spruch von Shakespeare eingerahmt und dazugehängt: *Blut wird nicht mit Blut, sondern mit Wasser getilgt.*

»Und nun erzähl mir, was es Neues gibt«, sagte Shake und stellte einen schäumenden Espresso auf den Tresen.

»Ist das kolumbianischer Kaffee?«

»Nein, er kommt aus Jamaika, Blue Mountain. Sehr berühmt, nicht wahr?«

Sam nickte.

»Schau«, sagte Shake und deutete auf einen Zeitungsartikel, den er an einen Holzbalken geheftet hatte. »Ich habe den Artikel ausgeschnitten, den die *New York Times* über dich geschrieben hat.«

»Der Artikel handelt hauptsächlich von der Klinik, nicht von mir«, erwiderte Sam.

»Ich sehe, du spielst immer noch den Bescheidenen.«

Sam zuckte die Schultern.

»Ich habe auch deine Überweisungen erhalten«, fuhr Shake fort. »Fünftausend Dollar jedes Weihnachten für die Armen der Gemeinde.«

»Ich weiß, dass dieses Geld gut verteilt wird.«

»Ja, aber du brauchst nicht so viel zu schicken.«

»Das ist meine Art, meine Schulden zu tilgen«,

erklärte Sam. »Als ich mit Federica von hier fortzog, hat uns Pater Hathaway Geld geliehen.«

»Ich weiß. Er hat mir einmal gesagt, dass dies die beste Investition seines Lebens gewesen sei.«

»Aber dieses Geld war für die Armen bestimmt.«

Ein winziges Lächeln spielte um Shakes Mundwinkel.

»Ist dir nie in den Sinn gekommen, dass wir damals die Armen waren?«

Sam überlegte kurz, dann wandte er sich wieder seinem Freund zu.

»Shake, mir ist etwas völlig Irres passiert …«

Und er erzählte ihm von den seltsamen Ereignissen der vergangenen Tage. Zuerst berichtete er von seiner unverhofften Begegnung mit Juliette, von diesem neuen Gefühl des Wohlbehagens und des Glücks, das ihn beherrschte und ihm ein Stück Lebensmut zurückgab. Auch von seinen Ängsten, die ihn daran gehindert hatten, sie zurückzuhalten, und den dramatischen Entwicklungen nach dem Flugzeugabsturz. Dann berichtete er von seinem unglaublichen Gespräch mit der Polizistin, die behauptete, eine *Botin* zu sein, die vom Himmel gefallen war, um hier eine makabre Aufgabe zu erfüllen.

Shake Powell war ein bodenständiger Priester, der beschlossen hatte, sein Leben dafür einzusetzen, den armen Familien und den jungen Leuten zu helfen. Metaphysik war nicht seine Stärke und theologische Fragen überließ er anderen. Außerdem hielt er nicht allzu viel von übernatürlichen Dingen. Doch er hörte mit größter Ernsthaftigkeit den Ausführungen seines Freundes zu. Er wusste, dass

Sam weder ein wirklichkeitsfremder Schwärmer noch ein gläubiger Mensch war. In seiner Laufbahn als Priester war Powell selbst ein- oder zweimal mit unerklärlichen Dingen konfrontiert worden. Er hatte sich voller Demut vor diesem *Etwas* gebeugt, das stärker war als er. Man musste zuweilen einfach akzeptieren, dass man nicht alles verstehen konnte. Er hoffte, er würde die Antworten später erhalten.

Doch im Laufe von Sams Bericht wurde er unwillkürlich immer besorgter und seine Sorge vertiefte sich noch, als Sam von dem schrecklichen Handel berichtete, den die Botin ihm vorgeschlagen hatte.

Eine Ewigkeit schwiegen beide. Dann brach Shake das Schweigen mit einer Frage, die er stellen musste, auch wenn er die Antwort bereits kannte:

»Du bist immer noch nicht gläubig, nicht wahr?«

»Nein«, gestand Sam, »ich will dich nicht belügen.«

»Wie du ja weißt, geht Gott …«

»Bitte lass Gott aus dem Spiel.« Sam stand abrupt auf und ging zum Fenster. Er blickte auf den Basketballplatz, auf dem er so oft gespielt hatte. Seine Erinnerungen daran waren zwiespältig. An manchen Tagen hatte es wirklich Spaß gebracht, an anderen hatte er gegen größere, stärkere und brutalere Spieler verloren. Aber er hatte sich immer beherrscht, nie sah jemand bei ihm Tränen, was bereits ein Sieg war.

»Was soll ich deiner Meinung nach tun?«, fragte Sam und wandte sich seinem Freund zu.

Shake seufzte.

»Was du mir erzählt hast, ist verwirrend, aber

du darfst dich nicht von dieser so genannten Botin erpressen lassen.«

»Aber sie bedroht Juliette und mich.«

»Dann musst du ihr ohne Juliette entgegentreten. Sam, beschütz die Frau, die du liebst.«

»Ich weiß nicht, ob ich das kann.«

»Du unterschätzt dich noch immer ...«

»Nein, ich meine es ernst. Ich weiß wirklich nicht, was ich tun soll.«

»Lass mich mit ihr reden«, schlug Shake vor und schlug mit der rechten Faust in die linke Handfläche. »Lass mich sie ein bisschen erschrecken.«

»Nein, Shake, dieses Mal funktioniert das nicht. Diese Frau scheint sich vor nichts zu fürchten.«

»Jeder hat vor etwas Angst, Sam. Glaub mir.«

Der Pater brachte Sam zu seinem Wagen. Langsam erwachte das Viertel: Das koreanische Lebensmittelgeschäft öffnete, ein Schulbus fuhr langsam die Straße hinauf und bei Frisco begann geschäftiges Treiben.

»Weißt du, es vergeht kaum ein Tag, an dem ich nicht an jenen Abend vor zehn Jahren denke, als ich ...«

»Ja, ich weiß«, unterbrach ihn Shake. »Wenn es dich tröstet, auch ich denke oft daran.«

»Bist du sicher, dass wir die richtige Entscheidung getroffen haben?«

»Man weiß nie genau, ob man die richtige Entscheidung trifft. Das verleiht der Freiheit, die Gott uns gegeben hat, die Würze.«

Sam ließ den Motor an und kurbelte das Fenster herunter:

»Mach's gut, Shake.«

»Halte mich auf dem Laufenden und zögere nicht, wenn du mich brauchst. Und warte nicht wieder zehn Jahre, bis du zurückkommst. Es hat sich hier alles beruhigt und du hast hier nichts mehr zu befürchten.«

Sam war nicht ganz davon überzeugt.

Nach einem letzten Gruß fuhr er los.

Häufig hatte er sich die Frage gestellt: Was wäre geschehen, wenn er Dustface nicht mit einer Waffe gegenübergetreten wäre? Und hatte er an jenem besagten Abend Federica wirklich gerettet oder hatte er einfach ein unvermeidbares Ende hinausgezögert?

Auf jeden Fall war ihm seit jenem Tag klar, dass es zwei Kategorien von Menschen gab: jene, die einen Menschen getötet haben, und die anderen.

Er gehörte zur ersten.

22

*Ich werde einen Engel schicken, der dir
vorausgeht. Er soll dich auf dem Weg
schützen und dich an den Ort bringen,
den ich bestimmt habe.*

Exodus 23, 20

Mit der Tasche über der Schulter bummelte Grace
über die Straßen von East Village. Als sie bei der Polizei anfing, hatte man sie oft in diesem Viertel auf
Streife geschickt. Sie hatte es als einen pulsierenden
Ort in Erinnerung, an dem die alten Einwanderer
aus Osteuropa auf Punks und Rastas trafen. Wie
ganz Manhattan wurde auch dieses Viertel immer
bürgerlicher, selbst wenn die ärmlichen Häuser von
Alphabet City mit ihren Sozialwohnungen noch
Widerstand leisteten.

Es war immer noch sehr kalt, aber die Morgen-
sonne verhieß einen schönen Wintertag. Grace ging
in eine Bäckerei an der Ecke und holte sich einen
Kaffee zum Mitnehmen und ein Stück Schwarz-
wälder Kirschtorte. Das Leben der Menschen bot
ganz entschieden jede Menge Versuchungen, denen
man schwer widerstehen konnte.

Jodie ging die First Avenue hinauf in Richtung
Tompkins Square Park. Verkäufer auf beiden Seiten
der Straße boten ihren Trödel an. Sie hielt sich hinter den Ständen versteckt und vergewisserte sich,
dass weit und breit kein Bulle in Sicht war. Wenn
sie Passanten die Handtasche entriss, zog sie Tou-

risten als Zielgruppe vor, da bei denen die Wahrscheinlichkeit, dass sie Bargeld bei sich trugen, größer war. An jenem Morgen nahm sie mit einer weniger von Touristen besuchten Gegend vorlieb, in der es aber auch wenig Polizisten gab. Sie war nicht gerade in Hochform: Sie fröstelte, hatte Magenkrämpfe und konnte sich kaum auf den Beinen halten. Sie durfte sich nichts zu Schwieriges vornehmen, zum Beispiel keinen Kerl, der den Helden spielen und ihr hinterherrennen würde.

Sie peilte eine Frau an, die ihr den Rücken zukehrte. Sie trug eine Lederjacke, wirkte sportlich und schien noch jung zu sein. Es war riskant, aber die beiden Hände der Frau waren nicht frei, da sie in der einen Hand einen Becher Kaffee und in der anderen ein Stück Torte hielt. Ihre Tasche aus gegerbtem Leder hing ihr über der Schulter und zeugte von guter Qualität.

Jodie wog das Für und Wider ab: *Ich gehe hin, ich gehe nicht hin, ich gehe hin, ich gehe nicht hin* ... Mein Gott, wie sie das hasste. Sie fühlte sich elend und hatte Angst. *Ich gehe hin, ich gehe nicht hin* ... Sie brauchte dringend Geld. Sie hatte wieder Entzugserscheinungen und spürte, wie ihr der Schweiß die Wirbelsäule herunterrann. *Ich gehe hin, ich gehe nicht hin* ... Plötzlich entschied sie sich und nahm allen Mut zusammen.

Grace spürte, wie ihr linker Arm nach hinten schnellte, als ob man ihr die Schulter ausrenken wollte. Ihr Becher wirbelte in die Luft und landete auf dem Asphalt. Sie geriet aus dem Gleichgewicht und fiel zu Boden. Flüchtig erkannte sie ihren Angreifer. Es war eine Frau, ein junges Mädchen in einem Militärparka. Sie bemerkte ihre scharlachroten Haare und ihre schwarz lackieren Fingernägel. Einen Augenblick lang begegneten sich ihre Blicke. In Jodies trübem Blick flackerte plötzlich etwas auf: eine Mischung aus Hoffnung und Angst, was schnell durch eine Woge Ungläubigkeit weggeschwemmt wurde. Das Ganze, es dauerte nicht länger als eine Sekunde, spielte sich wie in Zeitlupe ab und grub sich für immer wie ein Kristallsplitter in ihrer beider Gedächtnis ein.

Dann überschlugen sich die Ereignisse. Jodie rannte weg, die Tasche, die sie gerade gestohlen hatte, an die Brust gedrückt. Um sie herum wurden entrüstete Rufe laut. Grace erhob sich sofort und verfolgte sie. Irgendetwas an diesem Mädchen irritierte sie, aber sie wusste nicht, was. Jodie überquerte die Straße, wurde dabei fast überfahren.

Sie blickte sich kurz um und ärgerte sich, als sie sah, dass ihr Opfer sie verfolgte. Sie versuchte, ihr Tempo zu erhöhen, rannte, bis sie außer Atem war und ihre Beine nicht mehr spürte. Grace überquerte ebenfalls die Straße und ein Hupkonzert begleitete sie. Sie war schnell, holte mit jedem Schritt auf. Jodie spürte, wie sich ihr Magen umdrehte, am liebsten hätte sie auf den Gehweg gebrochen. Grace holte unerbittlich auf, und je näher sie dem Mädchen kam, desto aufgewühlter wurde sie, ohne den Grund ihrer Aufregung zu begreifen. Jodie war außer Atem. Noch ein paar Schritte und ihre Verfolgerin hätte sie eingeholt. In Höhe der 14. Straße schwenkte sie nach links. Nicht weit entfernt war eine U-Bahn-Station. Sie musste nur noch ein paar Meter durchhalten.

»Dort ist sie!«, rief eine Männerstimme.

Jodie wandte kurz den Kopf und entdeckte zwei Polizisten, die ihr nun auch noch folgten.

Als Grace zum zweiten Mal dem Blick der Diebin begegnete, spürte sie, wie sie erschauerte. Sie begriff, warum das Mädchen sie so verwirrt hatte. Das war so unglaublich, dass ihr Verstand sich weigerte, es zu akzeptieren.

Außer sich vor Panik stürmte Jodie in den U-Bahn-Schacht und eilte die Haupttreppe hinunter. Sie nahm alle Kraft zusammen und kletterte über die automatische Schranke – Grace und die beiden Polizisten immer noch auf den Fersen. Grace wollte nicht aufgeben. Sie rempelte mehrere Fahrgäste an, rannte eine Rolltreppe in der Gegenrichtung hinunter und sprang auf den Bahnsteig. Und wieder erblickte sie das Mädchen und ihr Herz siegte über die Vernunft.

»Jodie!«, rief sie. »Jodie!«

Das junge Mädchen blieb so ruckartig stehen, als habe sie einen elektrischen Schlag erhalten. Sie drehte sich langsam um, ließ die Tasche los, die sie in der Hand hielt, und spürte, wie ihr Herz bebte, als wäre gerade eine Granate in tausend Splittern explodiert.

Diese Stimme, dieses Gesicht ...

Die beiden Frauen standen wie gelähmt einander gegenüber, nur wenige Meter voneinander entfernt.

»Mam ...?«, stammelte Jodie und ihre Stimme versagte.

Sie wollte etwas sagen, war aber unfähig, einen Ton hervorzubringen. Plötzlich schluchzte sie herzzerreißend. Die Zeit schien stehen zu bleiben, es war *ihr* Augenblick. Ein ätherischer Augenblick des Erkennens; ein Augenblick, der losgelöst war von Zeit und Vernunft.

Die U-Bahn kam angebraust und wirbelte die Luft auf.

Als die Gesetze der Anziehungskraft wieder ihr Recht beanspruchten, tat Jodie noch einen Schritt nach vorn, um auf Grace zuzugehen. Doch die beiden Polizisten hatten sie inzwischen eingeholt und der kräftigere von beiden warf sich mit vollem Gewicht auf das junge Mädchen.

»Ich hab sie!«, rief er und drückte sie brutal auf den Boden.

Er setzte sie mühelos außer Gefecht, drückte ihr Gesicht auf den Bahnsteig und drehte ihr die Arme auf den Rücken, um ihr Handschellen anzulegen.

Er hatte bereits die erste Handschelle angelegt, als ihm ein heftiger Fußtritt in die Seite den Atem nahm. Ohne zu begreifen, was geschah, drehte er sich genau in dem Augenblick zu Grace um, da sie ihm einen zweiten Tritt ins Gesicht versetzte, sodass er das Gleichgewicht verlor.

»Steig in die U-Bahn«, befahl Grace ihrer Tochter, während der zweite Bulle nach seinem Schlagstock griff.

Gelähmt und wie vom Donner gerührt von den überwältigenden Gefühlen, die auf sie einströmten, blieb Jodie stehen, ohne zu begreifen, was geschah.

»Steig endlich ein!«, schrie Grace, als das Signal für das Schließen der Türen ertönte.

Ein erster Schlag traf sie im Nacken, dann ein zweiter. Bevor sie das Bewusstsein verlor, glaubte sie noch zu sehen, wie ihre Tochter in die U-Bahn stieg.

Als sich die Bahn in Bewegung setzte, presste Jodie das Gesicht an die Scheibe, um zu beobachten, wie die Polizisten ihre Mutter die Treppe hochzerrten.

Shake Powell war besorgt. Auch wenn er es vor Sam verbarg, hatte ihn diese Geschichte von der *Botin* verwirrt, und eine Frage ging ihm nicht aus dem Kopf. Er rief das St. Matthew's Hospital an und verlangte Dr. Galloway zu sprechen.

»Shake?«

»Sag, Alter, wie heißt diese Frau, von der du mir erzählt hast?«

»Grace Costello«, erwiderte Sam, »sagt dir das was?«

»Nein«, log der Priester. »Tut mir Leid, dass ich dich gestört habe.«

Dann legte er schnell auf, denn er fürchtete, sein Freund könnte weitere Fragen stellen.

Grace Costello, wiederholte er wie ein Echo. Der Name, vor dessen Erwähnung er sich gefürchtet hatte. Shake spürte plötzlich, wie es in seinen Schläfen pulsierte. Er brauchte dringend Luft. Leicht schwankend ging er die Treppe hinunter und hinaus auf den Basketballplatz.

Grace Costello! Vielleicht sollte er Sam warnen? Einen Moment lang erwog er diese Möglichkeit, konnte sich aber nicht dazu aufraffen. Beinahe resigniert betrat er die Kirche und bekreuzigte sich. Um seinen Glauben zu bewahren, hatte er all die Jahre unaufhörlich auf die Existenz eines verständnisvollen, mitfühlenden Gottes *gewettet*. Aber was wusste er wirklich über die Beschaffenheit des Himmels? Freilich war der Gott, mit dem er seinen inneren Dialog pflegte, wohlwollend und großzügig, aber gab es diesen Gott auch außerhalb seiner Vorstellung?

Juliette erwachte in einem weichen Bett, das sich deutlich von dem unterschied, in dem sie die drei letzten Nächte verbracht hatte. Sie kuschelte sich noch einmal unter die Decke, die weich und warm war. Dann warf sie einen Blick auf die Wanduhr und geriet in Panik: bereits halb neun. Sie musste um zehn bei der Einwanderungsbehörde erscheinen, um sich der für die Verlängerung ihres Visums unerlässlichen Untersuchung zu unterziehen. Es ging um irgendwelche Impfungen, die erneuert werden mussten.

Sie sprang aus dem Bett, bestellte ein Taxi und studierte dann den Fahrplan. Sie konnte es noch schaffen, aber sie musste sich beeilen.

Sie wollte gerade unter die Dusche gehen, als sie Sams Nachricht auf dem Kopfkissen fand. Sie las sie mit klopfendem Herzen, einmal, zweimal, dreimal.

In eine Decke gehüllt ging sie an den Strand, um Himmel, Meer und Wind zu genießen. Voller Euphorie kostete sie einige Augenblicke lang ihr neues Glück und ließ in Gedanken die letzten Stunden mit Sam an sich vorüberziehen.

Die Meeresluft war eisig, was sie jedoch nicht davon abhielt, mehrmals auf dem Sand ein Rad zu schlagen. Sie fühlte sich schön und unbeschwert. Das Leben war herrlich.

Als Grace die Augen öffnete, stellte sie fest, dass sie mit Handschellen an die Hintertür eines Polizeiwagens gefesselt war.

»He, sachte, ich gehör zu euch«, rief sie.

Der Bulle auf dem Beifahrersitz wandte sich um und warf ihr einen vernichtenden Blick zu, wobei er sich ein blutiges Taschentuch vor die Nase hielt …

»Jungs, ihr macht da einen Riesenblödsinn. Ich bin Detective im 36. Bezirk.«

»Aber klar doch«, erwiderte der Fahrer, »und meine Mutter ist Britney Spears!«

»Schauen Sie in meine Innentasche.«

Um sein Gewissen zu beruhigen, wühlte der Beamte mit dem ramponierten Gesicht in Graces Jacke und fand das Abzeichen der New Yorker Polizei.

»Verdammte Scheiße«, fluchte der Bulle am Steuer und trat kräftig aufs Gaspedal.

Er manövrierte hin und her und landete mit seinem Wagen schließlich in der linken Spur der Lexington.

»Und was ist mit dem Mädchen?«, erkundigte er sich, nur halb überzeugt.

»Sie ist eine meiner Spitzel«, erklärte Grace.

»Und warum hat sie Ihnen Ihre Tasche geklaut?«

»Das war nur eine Finte!«

»Eine Finte?«

»Hört zu, Jungs, versucht mal nicht alles zu begreifen, okay?«

»War es wirklich nötig, dass Sie uns so zugerichtet haben? Sie haben mir fast die Nase gebrochen.«

Grace zuckte die Schultern.

»Es blieb mir nichts anderes übrig, um euren Fehler auszumerzen.«

»Wir haben nur unseren Job gemacht. Sie müssen doch zugeben, dass alles gegen Sie gesprochen hat«, rechtfertigte sich der Fahrer, während der andere sie von den Handschellen befreite.

»Ist ja schon gut. Machen Sie sich inzwischen nützlich und fahren Sie mich dahin, wo ich hin will.«

»Wohin wollen Sie denn?«

»Ins St. Matthew's Hospital«, sagte sie und rieb sich die Handgelenke.

Das John-Kennedy-Gesundheitszentrum residierte mit all seinen Abteilungen in einem Metall- und Glasturm an der Ecke Park Avenue und 52. Straße. Juliette verschwand eiligst im Gebäude. Sie kam knapp eine Viertelstunde zu spät in die Sprechstunde, aber man würde sie deswegen wohl nicht ins Gefängnis stecken.

Doch in diesem Land konnte man nie wissen ...

Als sie auf den Aufzug wartete, warf sie einen bewundernden Blick auf die byzantinische, mit goldenen Blättern und Mosaiken verzierte Kuppel, die die Eingangshalle dominierte. Das war ein Punkt, der ihr an New York am meisten gefiel: Selbst wenn man jahrelang hier lebte, verging selten ein Tag, an dem man nicht auf etwas Prachtvolles stieß, das man noch nicht kannte.

Sie nahm den Aufzug in den 33. Stock. Insgeheim schwor sie sich, dass sie die Kuppel in aller Ruhe besichtigen würde, wenn sie die Formalitäten erledigt hätte.

Am Empfang legte sie die Aufforderung vor, in die Sprechstunde zu kommen. Man bat sie, sich etwas zu gedulden, und führte sie in einen Flur, in

240

dem es nach Krankenhaus roch. Juliette war immer noch in Hochstimmung, und selbst die nüchternen, blassen Farben konnten ihrer guten Laune nichts anhaben. Natürlich wäre sie gern anderswo gewesen. »Wenn du gesund bleiben willst, geh den Ärzten aus dem Weg«, pflegte ihre Urgroßmutter zu betonen, die gerade munter ihren fünfundneunzigsten Geburtstag gefeiert hatte. Bisher hatte sie sich immer bemüht, diesen Rat zu befolgen.

»Miss Beaumont?«, fragte ein Mann im weißen Kittel.

»Das bin ich.«

»Ich bin Dr. Goldwyn. Wenn Sie einverstanden sind, fangen wir an.«

Juliette folgte ihm in ein unpersönliches, schmal geschnittenes Zimmer. Die Untersuchung bestand in einem schnellen Check-up. Zuerst erneuerte man ihre Impfungen, dann nahm man ihr Blut ab. Schließlich beantwortete sie ein paar Fragen in Bezug auf ihre Anamnese und die ihrer Familie. Dann horchte der Arzt sie routinemäßig ab. Um die Atmosphäre zu lockern, bat ihn Juliette, als ob sie um einen Gefallen bitte:

»Bitte heute keinen Krebs: Ich bin frisch verliebt.«

Doch der Arzt zeigte nicht die Spur eines Lächelns. Das Gesundheitszentrum behandelte die Patienten wie am Fließband, und wer etwas Wärme erhoffte, sollte besser an einer anderen Tür läuten.

»Fertig, Miss.«

»Kann ich gehen?«

»Ja, aber hinterlassen Sie uns Ihre Adresse, damit wir Ihnen einen Gesamtbericht zusenden können. Oder wollen Sie auf das Ergebnis warten?«

»Wird das lange dauern?«

»Eine halbe Stunde.«

»Dann bleibe ich«, beschloss sie.

So konnte sie diese Geschichte ein für alle Mal erledigen. Man führte sie in ein nüchternes Wartezimmer. Sie nahm sich einen Kaffee aus dem Automaten und stellte sich ans Fenster, um die Reflexe der Wolkenkratzer an der Park Avenue zu beobachten. Wie bei den Lichtspielen spiegelte jedes Glasprisma den Himmel und die Gebäude der Umgebung wider. Juliette fand das wunderbar und erschreckend zugleich, vielleicht weil sie sich klein, zerbrechlich und sterblich fühlte.

Der Kaffee würgte sie. Sie zerknüllte den Pappbecher. Weshalb hatte sie plötzlich eine seltsame Vorahnung in Bezug auf ihren Gesundheitszustand? Das war doch lächerlich. Sie war in Höchstform. Wenn man sie darum gebeten hätte, wäre sie den New Yorker Marathon gelaufen oder auf einem Bein die siebentausend Stufen des Empire State Building hochgehüpft. Sie verdrängte ihre Ängste und stellte sich etwas Positives vor. Wenn sie hier fertig war, würde sie bei Sam vorbeischauen und ihn umarmen. Er hatte bestimmt eine Mittagspause und sie konnten zusammen durch den Bryant Park bummeln.

In der Tür zum Wartezimmer erschien eine Krankenschwester.

»Miss Beaumont, Dr. Goldwyn hat Ihre Ergebnisse. Wenn Sie mir bitte folgen würden.«

Während der ganzen Fahrt presste Jodie die Stirn an die Scheibe. Die unterirdische Landschaft der U-Bahn zog mit rasender Geschwindigkeit an ihr vorbei. Hin- und hergerissen zwischen Verblüffung und Niedergeschlagenheit wusste sie nicht mehr, was sie denken sollte. Sie verlor langsam den Verstand, denn wie anders ließ es sich erklären, dass sie geglaubt hatte, ihre Mutter zu sehen?

Sie machte sich keine Illusionen. Sie wusste genau, dass Grace seit zehn Jahren tot und begraben war. Das Ganze war lediglich eine Nebenwirkung dieser verdammten Droge. Eine Art Halluzination, die ihr den Verstand benebelte.

Und doch schien alles so wirklich. Ihre Mutter war genauso gewesen wie in ihrer Erinnerung. Sie hatte dasselbe Alter, denselben Gang, dieselbe beruhigende und ermutigende Stimme. Während es in ihrem Kopf dröhnte, zogen die Bilder dieser seltsamen Begegnung wie in Zeitlupe vorbei. Eine Frage quälte sie unaufhörlich: Woher wusste diese Frau ihren Vornamen und warum hatte sie sie gegen die Bullen verteidigt? Jodie hatte nicht die geringste Ahnung weshalb, und sie war sich auch keineswegs mehr sicher, ob sie das wirklich gesehen hatte, denn seit die Droge ihr Leben beherrschte, war sie ständig unsicher.

Ein Fahrgast betrachtete neugierig die Handschellen, die an ihrem Handgelenk baumelten. Jodie steckte die Hand in die Tasche, um sie zu verbergen.

Tränen rollten über ihre Wangen und sie konnte sie nicht aufhalten. Noch nie hatte sie sich so einsam und verletzlich gefühlt.

Juliette stieß die Tür zum Sprechzimmer von Dr. Goldwyn auf.

»Nehmen Sie bitte Platz, Miss Beaumont.«

Sie folgte seiner Aufforderung und setzte sich

auf den Stuhl vor seinem Schreibtisch. Er trug die überlegene Miene eines Arztes zur Schau, der etwas über einen weiß, das man selber nicht weiß, und der dies für ein Machtinstrument hält.

»Und?«, erkundigte sie sich, um diese Komödie zu beenden.

Der Arzt reichte ihr ein Blatt Papier: die Ergebnisse der Blutuntersuchung. Juliette blickte darauf, sah aber lediglich eine Reihe von Zahlen, die vor ihren Augen flimmerten.

»Was heißt das?«, fragte sie in leicht besorgtem Ton. »Werde ich bald sterben?«

»Nein, im Gegenteil.«

»*Im Gegenteil?*«

»Wir machen bei all unseren weiblichen Patientinnen im gebärfähigen Alter einen Test.«

»Und?«

»Sie sind schwanger.«

23

Wir existieren nur durch jene,
die wir lieben, und sonst durch nichts.

Christian Bobin

St. Matthew's Hospital

»Madam, Sie dürfen diesen Bereich nicht betreten.«

Grace Costello war soeben um die Empfangstheke der Notaufnahme herumgegangen. Sie näherte sich der Tafel mit dem Dienstplan, um Sams Namen zu suchen.

»Dieser Bereich ist dem Klinikpersonal vorbehalten«, warnten zwei riesige Sicherheitsbeamte, die sich ihr näherten.

Sie wollten sie schon packen, als sie ihnen ihre Wundermarke unter die Nase hielt und diese dann am Revers ihrer Jacke befestigte.

»Polizei! Ich suche Dr. Galloway, es ist dringend.«

Die Schwester an der Notaufnahme warf einen Blick auf den Plan und informierte sie:

»Zweiter Stock, Zimmer 203.«

Grace rannte die Treppe hinauf und trat in das Zimmer, in dem Sam gerade einem Jungen einen Verband angelegt hatte. Als er sie auf sich zukommen sah, verdrehte er die Augen, doch Grace ließ ihm keine Zeit zu reagieren:

»Dr. Galloway, ich brauche Ihre Hilfe.«

Überrascht hielt er inne und betrachtete sie eingehender.

»Was ist Ihnen denn passiert?«, fragte er und deutete auf die blutunterlaufenen Stellen von den Schlagstockhieben.

»Nichts Ernstes.«

»Moment, Sie bluten ja …«

Verwundert befühlte Grace ihre Augenbraue: ein dünner Blutstrahl rann ihre Schläfe entlang. Als sie mit den Polizisten gekämpft hatte, war ihr Kopf auf dem Boden aufgeschlagen, aber sie hatte gar nicht bemerkt, dass sie sich verletzt hatte.

»Setzen Sie sich, ich werde das behandeln«, befahl Sam, nachdem er seinen Patienten versorgt hatte.

Grace legte ihre Jacke ab und setzte sich auf einen Stuhl.

Sam nahm eine Kompresse und desinfizierte die Wunde.

»Wer hat Sie so zugerichtet?«

»Zwei Bullen, aber Sie hätten sehen sollen, was ich denen zugefügt habe.«

Sam musste über diese Aufwallung von Stolz grinsen. In diesem Augenblick verstand er Rutelli besser, der nie gewagt hatte, dieser stolzen, einschüchternden Frau seine Gefühle zu gestehen.

»Wissen Sie, mir gegenüber brauchen Sie nicht die hartgesottene Lady zu spielen.«

»Umso besser, denn ich brauche Ihre Hilfe, möchte Sie aber nicht gern auf Knien anflehen müssen.«

»Meine Hilfe?«

»Um meine Tochter wiederzufinden.«

Fast unmerklich hatte sich ihre Stimme verändert und Sam glaubte, bei Grace Costello eine Nuance von Verletzlichkeit festzustellen.

»Sie haben Ihre Tochter wiedergesehen?«

»Unfreiwillig: Sie hat vor einer halben Stunde versucht, meine Handtasche zu stehlen.«

»Was für eine Familie!«, seufzte er.

Sie warf ihm einen vorwurfsvollen Blick zu.

»Dr. Galloway, es ist ernst, ich bin wirklich besorgt. Wissen Sie, sie hatte diesen seltsamen Glanz in den Augen ...«

Er furchte die Stirn.

»Ich verstehe nicht.«

»... diesen düsteren beängstigenden Schimmer, den man manchmal bei Drogensüchtigen sieht.«

»Wie konnten Sie zufällig auf sie stoßen?«

Grace berichtete ihm ausführlich von ihrem verkürzten Wiedersehen mit Jodie. Sam war gerührt.

»Warum versuchen Sie nicht, mit ihr zu reden?«, schlug er vor.

»Weil ich tot bin«, murmelte sie, »ich dachte, mit der Zeit würden Sie es schließlich begreifen.«

»Für eine Tote haben Sie eine ganz schöne Platzwunde«, sagte er und begutachtete die Verletzung, nachdem er sie desinfiziert hatte. »Ich muss die Wunde mit zwei Stichen nähen.«

Während er sich darauf vorbereitete, fuhr Grace fort:

»Ich möchte, dass Sie mir helfen, Jodie zu finden, und mit ihr reden.«

»Um ihr was zu sagen?«

»Es wird Ihnen schon was einfallen, ich vertraue Ihnen.«

»Warum ich?«

»Weil sie behandelt werden muss, und weil Sie Arzt sind ... und ...«

»Ja?«

»... weil ich außer Ihnen niemand habe. Für alle bin ich tot und ich muss es bleiben. Unter keinen Umständen darf ich in das Leben der Menschen eingreifen.«

Sie blickte zu ihm auf. Ihr Blick verriet Hoffnung und gleichermaßen Angst, er könne es ablehnen. Ein paar Augenblicke lang gewann die anmutige Frau die Oberhand über die Polizistin, und Sam war berührt von ihrer Kraft und ihrer Weiblichkeit. Aber Grace ließ keine Verwirrung aufkommen:

»Au, sachte, sachte«, rief sie und fuhr hoch. »Das machen Sie wohl mit Absicht, oder?«

»Ja, ich mag es, wenn Sie leiden.«

»Gut, dann freut es mich, dass ich Ihnen den Tag verschönt habe, aber ich erwarte jetzt eine Antwort: Helfen Sie mir oder nicht?«

Sam ignorierte die Frage und erkundigte sich:

»Wo wohnt Ihre Tochter im Augenblick?«

»Wenn ich es wüsste, könnte ich auf Ihre Hilfe verzichten.«

»Sie sind die Polizistin«, bemerkte er, »ich bin nur Arzt.«

Sie schwieg.

Er nahm sich Zeit nachzudenken. Dann sagte er: »Wenn wir Jodie finden wollen, dann brauchen wir meiner Meinung nach jemanden ...«

Grace runzelte die Stirn. Sam zog die Karte, die Rutelli ihm gegeben hatte, aus der Brieftasche und zeigte sie Grace. Sie reagierte heftig: »Lassen Sie um Gottes willen Mark aus dem Spiel.«

»Hören Sie, Sie sagten, Jodie habe Handschellen

an einem Handgelenk. Das bleibt mit Sicherheit nicht unbemerkt. Vielleicht meldet es jemand der Polizei und Rutelli erfährt es doch.«

»Nicht unbedingt. Sie wissen ja, dass er degradiert wurde ...«

»Wenn wir ihn informieren würden, würde er uns ganz bestimmt auf die eine oder andere Art helfen. Er war doch ein guter Bulle, nicht wahr?«

»Der beste«, erwiderte Grace wie aus der Pistole geschossen.

»Dann lassen Sie mich ihn anrufen. Das hindert uns ja nicht daran, selbst etwas zu versuchen.«

Grace blieb unschlüssig, doch Sam trieb sie in die Enge.

»Der Kerl ist verrückt nach Ihnen, aber ich nehme an, das wissen Sie ja bereits.«

Grace antwortete nicht, aber in ihren Augen blitzte es auf. Keine Träne. Nur ein Schimmer von Nostalgie und Bedauern.

Sam fuhr fort: »Nach Ihrem Tod ist etwas in Rutelli endgültig gestorben.«

»Als ob ich das nicht wüsste! Es ist nicht nötig, dass Sie die Wunde aufreißen, um Schuldgefühle in mir zu wecken. Darf ich Sie daran erinnern, dass man mich ermordet hat? Ich habe es mir nicht selbst ausgesucht.«

Sam betrachtete sie voller Mitgefühl. Zum ersten Mal schien ihm Grace menschlich, und wenn sie sich unter anderen Umständen getroffen hätten, hätten sie vielleicht Freunde werden können. Eine Frage kam ihm plötzlich in den Sinn:

»Wer hat Sie getötet, Grace? Wissen Sie das?«

Die Frage stand im Raum, schwebte ein paar Augenblicke lang in der kühlen Atmosphäre der Klinik, als plötzlich die Tür aufging und Janice Freeman mit einem Patienten den Raum betrat.

»Oh, ich dachte, dieses Zimmer sei leer.«

»Ich bin gerade fertig«, erwiderte Sam, »aber Sie müssen mir bitte meinen freien Tag zugestehen.«

»Vergessen Sie's«, fiel ihm Janice ins Wort, »das Wartezimmer ist brechend voll und ich erinnere Sie daran, dass Sie erst gestern Ihren freien Nachmittag beansprucht haben …«

»In den zwei Jahren, die ich hier arbeite, habe ich Sie kein einziges Mal um einen freien Tag gebeten.«

»Nun, machen Sie nur so weiter.«

»Es ist wichtig«, beharrte er.

»Galloway, ich habe Nein gesagt, ich muss schließlich dafür sorgen, dass hier alles funktioniert.«

Grace wurde ungeduldig. Da sie energische Methoden liebte, stellte sie sich zwischen die beiden Ärzte und musterte die imposante Leiterin der Notaufnahme.

»Ich gehöre zur New Yorker Polizei. Wir arbeiten gerade an einer heiklen Untersuchung und benötigen die Unterstützung von Dr. Galloway.«

Jodie stand auf einem Bahnsteig der Station von South Bronx. Ihre Lippen zitterten und ihre Stirn glühte. Sie fühlte sich so schwach, dass sie beschloss, ohne Umschweife Cyrus aufzusuchen, auch wenn sie genau wusste, dass es ein Fehler war. Sie hatte kein Geld und er würde nicht lockerlassen. Aber so ist das eben, wenn man kein Geld hat: Man gehört sich nicht mehr selbst. Man gehört dem inneren Teufel, der den Leib verschlingt und einen unaufhörlich quält. Das hat nichts mehr mit dem Willen oder dem Verstand zu tun.

Jodie ging über einen Hof zwischen baufälligen, mit Graffiti übersäten Gebäuden und nahm die Abkürzung über ein unbebautes, mit Stacheldraht eingezäuntes Gelände. Einige Gegenden waren in den letzten Jahren mit öffentlichen Geldern saniert worden, aber Hyde Pierce gehörte nicht dazu.

Wie von einer bösen Macht ferngesteuert, gelangte sie zu dem Block, in dem Cyrus wohnte. An der Fassade des Hauses zeigte ein düsteres Graffiti einen Gefangenen hinter Gittern, der einer Taube nachblickt, die sich in die Lüfte schwingt. Darunter stand in schablonenartigen Buchstaben: »Wenn es keine Hoffnung mehr gibt, ist man in der Hölle.« Ein schöner Slogan, der aber noch niemanden davon abgehalten hatte, Drogen zu nehmen.

Als Jodie die Treppe hinaufstürmte, begegnete sie einer anderen Kundin von Cyrus, eine gespensterhafte Gestalt, mager und voller Wunden, die einst eine Frau gewesen, jetzt aber nicht mehr zu identifizieren war.

Du hast immer noch Zeit, nicht hinaufzugehen ..., flüsterte eine Stimme in ihrem Kopf.

Ein verhasstes Gemurmel, ein hämisches Gekicher, das sich an ihrer Qual weidete und das sie nicht unter Kontrolle hatte. Aber so war es eben: Auch die Schuld gehörte zur Qual.

Du hast Angst, nicht wahr?, behauptete die Stimme. *Ich weiß, dass du Angst hast.*

Jodie versuchte, nicht auf sie zu hören. Sie stieg wie ein Automat die Stufen hinauf, bemüht, nicht mehr zu denken. Sie hatte keine Kraft mehr zu kämpfen. Sie fror, ihr war so kalt, dass sie sich am liebsten in eine Decke gehüllt hätte und für immer eingeschlafen wäre.

Doch die Stimme ließ ihr keine Ruhe:

Du bist dir doch bewusst, dass du eine Sklavin bist? Der Abschaum von einer Junkie-Sklavin.

Schließlich stand sie vor Cyrus' Wohnung und hörte von drinnen diese unerträgliche Musik, die so laut war, dass die Tür davon zu vibrieren schien.

Du glaubst, du hast schon viel gelitten, nicht wahr? Aber wenn du diese Tür aufstößt, machst du einen weiteren Schritt in die Finsternis.

Jodie blieb stehen, als ob sie sich davon überzeugen wollte, dass sie ihr Schicksal noch selbst in der Hand hatte.

Los, geh rein, trieb die Stimme sie an. *Aber es wird noch viel schlimmer sein, als du es dir vorstellen kannst, glaub mir.*

Sie hätte gern einen Knopf gedrückt, um ihre Qualen zu beenden. Sie spürte, wie ihre Beine zitterten, und klopfte mit letzter Anstrengung an die Tür: »Cyrus, ich bin's.«

Sie hörte, wie ein Riegel zur Seite geschoben wurde. Dann ging die Tür auf und Jodie wurde in das Zimmer gezogen, als falle sie in einen Abgrund.

Sam und Grace gingen gemeinsam die breite Auffahrt zur Klinik hinunter. Sam sprach über sein Handy mit Rutelli. Er wollte wissen, ob der Polizist in letzter Zeit etwas von Jodie gehört hatte.

»Und was geht Sie das an?«, fragte Rutelli misstrauisch.

»Weil ich glaube, dass Jodie in Gefahr ist.«

»Die Kleine ist seit zehn Jahren in Gefahr, seit sie ihre Mutter verloren hat.«

Graces Blick trübte sich vor Traurigkeit. Sie konnte das Gespräch mithören, weil Sam auf laut gestellt hatte.

»Wissen Sie, wo sie wohnt?«, erkundigte sich Sam.

»Sie ist vor sechs Monaten aus einem Heim für jugendliche Kriminelle abgehauen«, erklärte der Polizist. »Seither wurde sie nicht mehr gesehen. Zuletzt hieß es, sie wohne angeblich in der South Bronx.«

»Hören Sie zu: Jodie wäre heute Morgen um ein Haar von zwei Bullen festgenommen worden.«

»Wo?«

»In der Nähe von East Village. Sie konnte ihnen aber entkommen, auch wenn einer von ihnen ihr bereits Handschellen angelegt hatte.«

»Du lieber Himmel, woher wissen Sie das alles?«

»Spielt keine Rolle, Rutelli.«

»Sie haben sie wieder gesehen, nicht wahr?«

»Wen?«

»Diese Frau, die sich als Grace ausgibt.«

Sam warf Grace einen fragenden Blick zu, aber sie schüttelte den Kopf und signalisierte ihm mit einer Geste, das Gespräch zu beenden.

»Ich muss auflegen, Rutelli. Rufen Sie mich an, wenn Sie mehr wissen ...«

Das Taxi steckte im Stau. Ungeduldig forderte Juliette den Fahrer auf, sie in Höhe von Murray Hill rauszulassen. Zu Fuß kam sie schneller voran und die eiskalte Luft würde ihr vielleicht helfen, die Gedanken zu ordnen.

Sie war immer noch völlig aufgelöst von der

Nachricht von ihrer Schwangerschaft. Auch wenn das Herz ihr sagte, sie solle sich freuen, riet ihr Verstand zur Vorsicht.

Sie ließ die Geschehnisse der letzten Tage noch mal Revue passieren. Es gab tatsächlich Zeiten, in denen sich alles im Leben überschlug. Dieses Kind war vor einer Woche an einem Abend gezeugt worden, an dem ein Schneesturm wütete, und zwar mit einem Mann, den sie erst ein paar Stunden kannte.

Sie versuchte ihre Gedanken zu ordnen. War es der richtige Augenblick, ein Kind zu bekommen? Sicherlich nicht. Gab es überhaupt einen idealen Zeitpunkt dafür? Sie hatte sich immer vorgestellt, ein Kind zu bekommen, wenn sie einen festen Job hätte und eine eigene Wohnung mit ihrem Mann. Warum wartete sie nicht gleich, bis die Armut in Afrika besiegt war oder ein neuer Messias sich ankündigte?

Natürlich war sie abgebrannt und ihr Leben nicht gerade ein Musterbeispiel an Stabilität. Natürlich war die Welt chaotisch und der Planet ging wegen der Umweltverschmutzung langsam zugrunde, aber welchen Sinn hätte ihr Leben ohne Kinder?

Vor allem zwei Fragen gingen ihr durch den Kopf. Sollte sie Sam sagen, dass sie schwanger war? Und wenn ja, wie würde er reagieren?

Ein Auto, das sich hupend einen Weg zu bahnen versuchte, streifte sie beinahe und der Fahrer beschimpfte sie unflätig. Um nicht wirklich überfahren zu werden, wühlte sie in ihrer Tasche und fand ihre Brille. Sie hatte sie gerade aufgesetzt, als sie auf der anderen Straßenseite Sam entdeckte.

Ihr Herz schlug schneller. Sie wollte ihn rufen

und ein Zeichen machen, als sie bemerkte, dass er sich in Begleitung einer Frau befand. Anfangs konnte sie sie nicht erkennen, weil die Mittagssonne die Straße ins Gegenlicht tauchte. Juliette verrenkte den Hals, um Grace genauer betrachten zu können. Diese Frau war hoch gewachsen, brünett, langgliedrig und trug Stiefel mit Absätzen. Ihre schlanken Beine steckten in Jeans, und eine gut sitzende Lederjacke ließ sie lässig und attraktiv erscheinen.

Um nicht entdeckt zu werden, überquerte Juliette nicht die Straße.

Wer war diese Frau? Eine Arbeitskollegin? Eine Freundin? Eine Geliebte?

Im Nu war die Freude über ihre Schwangerschaft verflogen und einer plötzlichen Melancholie gewichen.

Allen Bemühungen zum Trotz gelang es ihr nicht, den Blick von der Frau zu wenden, die sie sofort als Rivalin betrachtete. Sam und diese Frau schienen durch eine seltsame Komplizenschaft miteinander verbunden zu sein. Sie unterhielten sich lebhaft. Dann legte die Frau die Hand auf den Arm des Arztes, um ihn aufzufordern, mit ihr in ein Café zu gehen. Da sie an einem Tisch neben dem Eingang Platz nahmen, konnte Juliette sie weiterhin durch die Fensterscheibe beobachten.

Diese Frau fing auf seltsame Weise das Licht ein. Sie strahlte buchstäblich. Sie besaß etwas Unnahbares, erinnerte irgendwie an Catherine Zeta-Jones, wirkte aber gleichzeitig auch wie das *Mädchen von nebenan,* dem man Vertrauen schenkt. Auf jeden Fall war Juliette davon überzeugt, dass es sich bei dieser Frau um eine echte New Yorkerin handelte. Sie besaß Charisma, sie hatte bestimmt einen starken Charakter, und sie gehörte zu der Art Frauen, die es schafften, ihr Schicksal selbst in die Hand zu nehmen.

Einen Augenblick lang fragte sich Juliette, warum sie solchen Zorn und solche Enttäuschung empfand. Sicher, weil diese Frau »besser war als sie«: hoch gewachsener, schöner, eine Frau, die sich in ihrer Haut wohl fühlte. Diese Frau an Sams Seite zu sehen, ließ Juliette erneut an ihrer Anziehungskraft zweifeln.

Empfand sie Eifersucht? Auf jeden Fall war es eine echte Qual. Sie hätte Sam so gern vertraut, obwohl sie genau wusste, dass es ihr an Vertrauen zu sich selbst mangelte.

Um sich zu beruhigen, dachte sie an das, was er für sie auf das Diktaphon gesprochen hatte, an die Notiz, die er ihr heute Morgen hinterlassen hatte, an die letzten Stunden voller Leidenschaft, die sie gemeinsam verbracht hatten.

Aber das linderte ihren Schmerz nicht.

An ihrem Tisch neben dem Fenster überlegten Sam und Grace, was sie unternehmen könnten, um Jodie zu finden.

»Wenn Ihre Tochter Drogen nimmt, war sie bestimmt schon einmal in einer Klinik oder in einem Behandlungszentrum.«

»Glauben Sie?«

»In der Notaufnahme werden viele Drogensüchtige aufgenommen, die entweder eine Überdosis genommen haben oder auf der Suche nach Methadon sind. Ich könnte die Aufnahmeunterlagen durchsehen.«

»Dürfen Sie das denn?«

»Ich kann versuchen, ein paar Leute anzurufen. In den meisten Kliniken kenne ich Kollegen, die ich bei einer humanitären Mission in Afrika oder auf dem Balkan kennen gelernt habe. Das verbindet: Wenn ich hartnäckig bin, sind sie bestimmt bereit, mir zu helfen.«

»Sehr gut, aber wir müssen der Reihe nach vorgehen. Mark sagte, man habe Jodie in der South Bronx herumlungern sehen.«

»Gut, ich rufe die Auskunft an, um mir die Nummern der Kliniken in der Gegend zu notieren.«

»Nein? Keine Spur einer Jodie Costello? Bist du sicher? Schade, aber ich danke dir, Alex.«

Sam drückte die Aus-Taste. Das war sein fünfter vergeblicher Versuch. Er hatte sich viel von seinem Anruf bei Alex Stiple erhofft, einem Arzt, den er bei der letzten Impfaktion gegen die spinale Kinderlähmung kennen gelernt hatte. Stiple war Chef der Assistenzärzte in der Notaufnahme von Mount Crown, dem größten Hospital der Bronx, und Sam hatte wirklich geglaubt, er würde eine Spur von Jodie finden, wenn er ihn anriefe. Er bemerkte die tiefe Enttäuschung in Graces Gesicht und versuchte sie zu beruhigen:

»Wir werden es schaffen«, versicherte er ihr, »ich bin davon überzeugt, dass wir Jodie finden werden.«

Um ihr sein Engagement zu zeigen, wählte er eine weitere Nummer, als plötzlich sein Handy klingelte.

»Galloway«, meldete er sich.

»Sam? Ich bin's, Juliette.«

»Ich wollte dich mehrere Male anrufen, aber ich

hatte keine Nummer. Sag, wie ist die ärztliche Untersuchung verlaufen?«

»Eher gut.«

»Wo bist du jetzt?«

»An der Park Avenue. Kann ich vorbeikommen? Vielleicht essen wir zusammen?«

»Hör zu, das würde ich gern, aber es ist nicht möglich. Mit dieser Grippeepidemie sind wir überfordert. Die Leute hören im Fernsehen von der Vogelgrippe und sie bringen alles durcheinander. Man muss sie beruhigen. Bis 14 Uhr muss ich in der Notaufnahme bleiben, dann habe ich Sprechstunde.«

»Wo bist du gerade?«

Sam zögerte. Auch wenn er nicht lügen wollte, war es nicht der richtige Augenblick, ihr von Grace Costello zu erzählen. Er würde Juliette alles erzählen ... später, wenn er sicher sein konnte, dass ihnen keine Gefahr mehr drohte.

»Wo ich bin? Nun, natürlich bei der Arbeit.«

»In der Klinik?«

»Ja, in der Klinik«, erwiderte er voller Unbehagen.

Grace warf ihm einen seltsamen Blick zu, als ob sie ihn vor etwas warnen wollte.

»Was hast du gerade getan, als ich dich angerufen habe?«

»Ich war bei einer Patientin«, erwiderte er, »bei einem kleinen Mädchen von sechs Monaten.«

»Woran leidet sie?«

»An einer Bronchitis. Diese Bronchitis bekommen Säuglinge und ...«

»Ich weiß, was das ist. Wie heißt deine Patientin?«

»Hm ... Maya. Hör zu, Juliette, deine Stimme klingt so seltsam. Ist wirklich alles in Ordnung mit dir?«

»Nein, nicht alles.«

»Warum?«

»Weil du mich anlügst.«

»Aber nein«, verteidigte er sich.

»DU LÜGST MICH AN!«, rief sie und schlug zweimal mit der flachen Hand gegen die Scheibe des Cafés.

Alle Gäste schreckten hoch und blickten gleichzeitig mit Sam zur Fensterfront.

Dort stand Juliette, hinter der Glaswand. Sam betrachtete sie wie benommen. Sie murmelte etwas in seine Richtung. Er las von ihren Lippen die Botschaft:

Ich vertraue dir nicht mehr.

Der Arzt erhob sich und rannte aus dem Café. Aber Juliette floh vor ihm. Er versuchte, sie zurückzuhalten.

»Bitte, warte.«

Die junge Frau war auf die Straße getreten und hob den Arm, um ein Taxi anzuhalten.

»Juliette! Hörst du? Gib mir wenigstens die Möglichkeit, es dir zu erklären.«

Ein Taxi hielt vor der Französin, die darin verschwand, ohne Sam eines Blickes zu würdigen. Der Arzt rannte neben dem Taxi her und trommelte gegen die Scheibe. Dann beschleunigte der Taxifahrer und der Wagen verschwand im Verkehrsgewühl.

»Scheiße!«, rief Sam.

Als er sich umdrehte, stand Grace vor ihm.

»Tut mir Leid, Galloway.«

»Seien Sie bloß ruhig.«

Er wollte noch etwas hinzufügen, als sein Handy klingelte. Er meldete sich sofort, weil er glaubte, dass es Juliette war.

»Hör zu, Liebling, ich kann dir alles erklären. Auf jeden Fall ist es nicht so, wie du denkst ...«

»Das glaube ich dir gerne«, erwiderte Alex Stiple, »aber ich glaube nicht, dass du mich überzeugen willst.«

»Alex? Entschuldige, mein Alter, ich hatte dich ... für jemand anderen gehalten.«

»Ach ja, die Frauen!«, seufzte Stiple. »Sie lassen uns doch immer wieder zappeln, nicht wahr?«

»Ja«, stimmte Sam zu und warf Grace einen bösen Blick zu, »du hast den Nagel auf den Kopf getroffen.«

»Wenn es dich immer noch interessiert, wir haben Jodie Costello aufgetrieben.«

»Ehrlich?«, erwiderte Sam und zeigte Grace den Daumen nach oben.

»Es hat ein wenig gedauert, weil nicht sie zur Behandlung hier war, sondern eine Freundin. Jodie hat sie vor drei Monaten hergebracht, mit einer Überdosis. Wenn es dich interessiert, ich habe eine Adresse.«

»Ich höre«, erwiderte Sam und holte einen Stift aus der Innentasche seiner Jacke.

Wie ein Collegestudent schrieb er die Adresse, die ihm sein Freund diktierte, auf die Handfläche und bedankte sich. Er hatte ein wenig von seiner Energie zurückgewonnen.

»Los, gehen wir«, wandte er sich an Grace. »Mein Auto steht nicht weit von hier, aber bei dem Verkehr sollten wir uns besser beeilen.«

Sam steuerte entschlossen auf den Parkplatz des

Hospitals zu. Er war Grace etwa zehn Meter voraus, als diese ihm zurief: »Noch etwas, Galloway.«

»Was?«

»Glauben Sie mir, ich weiß Ihre Hilfe zu schätzen«, versicherte sie ihm, als sie ihn eingeholt hatte, »aber auch wenn Sie mir helfen, kann ich Ihnen nichts dafür geben.«

»Wovon reden Sie?«, fragte er und runzelte die Stirn.

»Ich bin hier, um Juliette mitzunehmen, und dabei bleibt es. Verstehen Sie?«

Einen Augenblick lang schwieg er, als ob er trotz der sich häufenden verwirrenden Ereignisse immer noch nicht an diese Geschichte glauben konnte. Grace musterte ihn verblüfft und beinahe hypnotisiert von seiner Energie. Dieser Mensch hatte etwas Rührendes an sich in seiner Beharrlichkeit, Gutes tun zu wollen.

»Beeilen Sie sich, ich bin sicher, wir werden Ihre Tochter finden«, sagte er nur.

Ein sadistisches Grinsen überzog Cyrus' Gesicht. Jodie stand vor ihm und flehte ihn an, ihr etwas zu geben. Egal was: Pillen, Crack, Heroin ... Sie hatte kein Geld, aber sie konnte ihn *auf die andere Art* bezahlen.

Der Dealer frohlockte. Er hatte schon immer gewusst, dass Jodie ihm eines Tages ausgeliefert sein würde. So lief das immer mit den Drogen: Anfangs führten sich die Mädchen ziemlich großmäulig vor ihm auf. Wenn sie dann wirklich an dem Zeug hingen, kamen sie angekrochen, verloren ihre Würde und waren zu allem bereit.

Außerdem war die kleine Jodie ungewöhnlich

gut gebaut. Vielleicht etwas mager, wegen all dem Mist, den sie schluckte ... aber dennoch gut gebaut.

Selten war er so erregt. Er empfand weder Erbarmen noch Mitleid mit diesem Mädchen, das tief in der Klemme steckte. Cyrus lebte in einer Welt, in der nur Gewalt herrschte. Doch bevor er sich den ernsten Dingen zuwandte, würde er sich mit ihr etwas amüsieren. Er befahl ihr, sich auf das Sofa zu setzen und ihren Parka abzulegen. Als sie saß, drängte er sich an sie und zerriss ihren Pullover, indem er an ihrem V-Ausschnitt zerrte.

»Zeig mir mal dein kleines Piercing.«

Plötzlich gewann Jodies Aggression Oberhand über ihre Benommenheit. Sie stieß einen Schrei aus und versuchte sich loszureißen. Doch Cyrus lag auf ihr und packte sie mit eisernem Griff an der Gurgel.

»Nicht so eilig, Babe-o-rama.«

Jodie rang nach Luft. Sie versuchte sich ihm zu entwinden, doch der junge Schwarze verstärkte mit Daumen und Mittelfinger den Druck auf ihre Luftröhre. Jodie ging die Luft aus, sie spürte, wie es in ihren Ohren dröhnte. Cyrus drückte noch stärker zu und Jodie glaubte, das Bewusstsein zu verlieren.

Plötzlich stieß er sie vom Sofa auf den Boden und warf sich rittlings auf sie. Er spürte, wie ihn eine heiße Woge des Verlangens erfasste, aber Jodie wehrte sich mit so viel Kraft, dass er sich ganz darauf konzentrieren musste.

»Halt still!«

Er drückte dem auf dem Bauch liegenden Mädchen sein Knie in die Wirbelsäule und verdrehte ihr

den Arm, bis es knackte und Jodie einen Schmer-
zensschrei ausstieß.

»Halt's Maul!«, herrschte er sie an, drehte sie
um und versetzte ihr eine Ohrfeige, die so kräftig
war, dass sie einen Ringer außer Gefecht gesetzt
hätte.

Jodies Kopf prallte mit voller Wucht auf den Boden und sie schien das Bewusstsein zu verlieren.
Ihre Gliedmaßen und alle Muskeln erschlafften.
Cyrus nutzte die Situation, um das Stirnband, das
sie um den Kopf trug, zu lösen und ihr in den Mund
zu stopfen. Er hätte dieses kleine Spiel gern fortge-
setzt, aber er hatte andere Pläne mit ihr.

Als Jodie das Bewusstsein wiedererlangte, hatte
sie einen Knebel im Mund und war gefesselt. Cyrus hatte sie sich wie einen gewöhnlichen Zement-
sack über die Schulter geworfen und stieg mit ihr
die Treppe hinunter. Im Hof angelangt öffnete er
den Kofferraum eines neuen Lexus und warf Jodie
ohne Umstände hinein. Dann setzte er sich hinters
Lenkrad.

Während er fuhr, nahm er ein verchromtes Handy aus der Tasche und wählte eine Nummer, um
sein Kommen anzukündigen.

»Hast du das, worum ich dich gebeten habe?«,
erkundigte sich eine Stimme.

»Ja, Sir«, erwiderte Cyrus.

Dann drückte er die Aus-Taste.

Der Dealer schwenkte seine schmerzende Hand
und zog eine Grimasse: Diese kleine Wildkatze
hatte ihn blutig gekratzt und ihm ein Stück Haut
abgerissen. Er hätte ihr eine kräftige Tracht Prügel
versetzen und sie dann nehmen sollen. Das hätte
sie wirklich verdient.

Er hatte sich nicht aus Mitgefühl gegenüber Jodie gebremst, sondern einzig und allein, weil für dieses junge Mädchen andere Vergnügungen vorgesehen waren.

Von dem Ort, zu dem er sie brachte, waren nur wenige zurückgekehrt.

24

*Das Böse, das die Menschen tun, überlebt
ihren Tod. Das Gute wird häufig mit ihrer
Asche begraben.*

Shakespeare

Cyrus fuhr in rasender Geschwindigkeit durch die
Straßen von Hyde Pierce. Er wollte diese Angele-
genheit so schnell wie möglich hinter sich bringen.
Hätte er eine Wahl gehabt, wäre er lieber irgendwo
anders, aber wenn der Geier einen um einen *Gefallen* bat, empfahl es sich, den schleunigst auszuführen. Zumindest wenn man Wert darauf legte, noch
etwas auf dieser Erde zu verweilen ...

Der Geier hieß in Wirklichkeit Clarence Sterling. Er kontrollierte einen Großteil des Drogen-
handels in South Bronx und fast der gesamte Stoff,
den Cyrus verhökerte, stammte von ihm. Anfangs
war Sterling lediglich ein *Liquidator*, der seine Ta-
lente dem Meistbietenden anbot. Dann aber nutzte
er die tödliche Abrechnung zwischen zwei rivalisierenden Banden, um selbst ins Drogengeschäft
einzusteigen.

Mit der Zeit hatten ihm seine Grausamkeit und
die Unerbittlichkeit, mit der er seine Feinde elimi-
nieren ließ, den Beinamen Geier eingebracht. Doch
niemand hätte gewagt, ihn in seiner Anwesenheit
auszusprechen. Sicher, Brutalität gehörte in dieser
Branche dazu, aber Clarence Sterling fügte noch
eine gute Extradosis hinzu.

Die Wahrheit war, dass er es liebte, andere leiden zu sehen. Ein Teil der Legende, die sich um ihn rankte, beruhte darauf, dass er einen Dealer, der versucht hatte, ihn übers Ohr zu hauen, auf einem Billardtisch kreuzigte: zwei Meißel wurden in seine Handgelenke getrieben, mit zwei weiteren seine Fußgelenke gebrochen. Aber das war nicht seine einzige »Heldentat«. Zeugen berichteten von anderen Folterungen und Verstümmelungen, wo es eine »schlichte« Kugel in den Kopf auch getan hätte.

In letzter Zeit schien sich seine Brutalität noch verstärkt zu haben. Es wurde gemunkelt, der Geier sei krank und nicht mehr ganz bei Sinnen (wenn er das überhaupt jemals gewesen war!).

Vor ein paar Tagen, als Cyrus eine neue Lieferung Heroin in Empfang nahm, hatte ihm Sterling kundgetan, er bräuchte ein Mädchen für *etwas ganz Spezielles.* Cyrus hatte sich gehütet zu fragen, was er damit meinte, aber als der Geier am Ende des Besuchs seine Bitte wiederholt hatte, war Cyrus spontan Jodie eingefallen.

Cyrus schaltete runter, um in eine kleine Gasse einzubiegen, die zu einer Reihe von Lagerhallen führte, die vor kurzem restauriert worden waren. Hier lag das Hauptquartier des Geiers. Der Dealer hielt vor einer Garage, hupte kurz, um seine Ankunft anzukündigen, und machte ein Zeichen in Richtung Überwachungskamera, die über dem Eingang angebracht war. Er hörte, wie Jodie im Kofferraum um sich schlug. Wenige Augenblicke später hob sich das automatische Tor und der Lexus fuhr auf eine Betonrampe, die zu einem Untergeschoss führte.

Cyrus öffnete den Kofferraum, packte Jodie am Schopf, zog sie heraus und stieß sie vor sich her. Sie versuchte sich loszureißen, aber er hatte ihr das Schlüsselbein gebrochen und jede rasche Bewegung ließ ihren Schmerz erneut aufflammen.

Sie überquerten einen kleinen schlecht beleuchteten Parkplatz. Dann führte sie der Dealer in ein langes, schmales Zimmer und zwang sie, in einem nach hinten gekippten Sessel, der an einen Zahnarztstuhl erinnerte, Platz zu nehmen. Er fesselte ihre Handgelenke an die Lehnen, nahm ihr den Knebel aus dem Mund und klebte ihn stattdessen mit Isolierband zu. Dann beeilte er sich, den Raum zu verlassen.

Als er das Licht ausmachte, warf er einen letzten Blick auf das junge Mädchen. Er war fest davon überzeugt, sie nie wieder zu sehen.

Mark Rutelli hielt seinen Wagen vor dem Haupteingang der Büros der New Yorker Polizei.

»Sie können hier nicht parken«, herrschte ihn ein junger Polizist in Uniform an.

»Weißt du was, Söhnchen? Ich werde das Auto nicht nur hier stehen lassen, du wirst es sogar bewachen.«

Er ging ein paar Stufen hinauf, blieb jedoch ruckartig stehen, als der Polizist hinter ihm herrief: »Ich lasse Ihren Wagen abschleppen!«

Rutelli machte kehrt und pflanzte sich vor dem jungen Mann auf, der einen Kopf größer war als er. Einer dieser jungen, ziemlich attraktiven und athletischen Männer, die eher einem Dandy glichen als dem, was sich Rutelli unter einem »echten Bullen« vorstellte.

»Mein Jüngelchen, du wirst gar nichts abschleppen lassen.«

»Soll das eine Drohung sein?«

»Aber ja«, erwiderte Rutelli und packte ihn mit eiserner Faust am Kragen. »Wenn ich wieder herauskomme und dieser Wagen wurde auch nur um zwei Millimeter verrückt, zerquetsche ich dir deine Visage auf meiner Motorhaube, bis so viel Blut fließt, dass dieses Gebäude rot bemalt werden kann. Ist diese Drohung deutlich genug?«

»Hrrg ... ich ... glaube ja.«

»Was heißt das, du glaubst?«, fragte Rutelli und verstärkte seinen Druck.

»Es ist ... sehr ... klar«, stammelte der junge Polizist und erntete verblüffte Blicke der Passanten.

Rutelli lockerte seinen Griff.

»Ich sehe, wir verstehen uns.«

Dann betrat er das Verwaltungsgebäude, ohne sich noch einmal umzudrehen. Er trug keine Uniform, aber dank seiner Erfahrung konnte er die strenge Kontrolle am Empfang umgehen. Statt des Aufzugs nahm er die Treppe und eilte hinauf. Endlich war er in dem Stockwerk angelangt, in dem sich das Büro von Jay Delgadillo, dem Leiter der New Yorker Streifenpolizei, befand.

Es gab Zeiten, da hatten sie sich gut gekannt. Zu Beginn ihrer Laufbahn waren sie alle beide junge und viel versprechende Detectives gewesen. Doch dann waren sie getrennte Wege gegangen. Delgadillo hatte ziemlich schnell alle Stufen der Polizeihierarchie erklommen. Er besaß hochtrabende politische Ambitionen und machte kein Geheimnis daraus, dass er gern der erste spanischstämmige Bürgermeister von New York werden wollte.

Rutelli passierte, wie von einer Mission erfüllt, alle Sperren bis vor die Tür zum Büro seines ehemaligen Freundes.

JAY DELGADILLO
CHIEF OF PATROL

Obwohl eine Sekretärin versuchte, ihn aufzuhalten: »Nein, Sie können nicht ...«, drang Rutelli unangekündigt ein. Delgadillo unterhielt sich gerade mit zwei Männern. Verstimmt über das Eindringen, reagierte er heftig:

»Mark, du kannst nicht einfach so in mein Büro platzen!«

»Bitte, Jay, gib mir drei Minuten, es ist sehr wichtig.«

Normalerweise hätte Delgadillo nicht gezögert, den Sicherheitsdienst zu rufen, aber er wusste, wie schwer Rutellis Reaktionen einzuschätzen waren, und ging lieber kein Risiko ein.

»Meine Herren, wenn Sie mich bitte entschuldigen wollen«, wandte er sich an seine Gesprächspartner.

Als die beiden Männer allein waren, war ihre Unterhaltung sehr angespannt.

»Mark, was soll das?«

Rutelli informierte ihn mit wenigen Worten. Er erklärte ihm, dass er Jodie Costello suchte, und bat, als Erster informiert zu werden, wenn jemand ein junges Mädchen mit Handschellen am rechten Handgelenk aufspürte.

»Vergiss es!«, erwiderte Delgadillo energisch. »Du bist nur noch ein einfacher Streifenpolizist, Mark. Und nach all dem Mist, den du letztes Jahr gebaut hast, bist du nicht mehr in der Position, irgendetwas fordern zu können.«

Er ließ ein paar Sekunden verstreichen. Dann fuhr er fort:

»Wenn du meine Meinung hören willst, solltest du zufrieden sein, dass du überhaupt noch einen Job hast.«

Rutelli ballte die Fäuste. Einen Moment lang hatte er das Verlangen, sich auf Delgadillo zu stürzen. Dann dachte er an Jodie und beherrschte sich.

»Das Gespräch ist beendet«, sagte Delgadillo und deutete auf die Tür. Doch Rutelli kümmerte sich nicht darum.

»Hör zu, Jay, es gibt nicht nur Politik im Leben. Auch du hast Grace gut gekannt. Und wenn ich mich recht erinnere, waren wir beide mal Freunde ...«

»Das stimmt«, räumte Delgadillo ein, »wir waren Freunde, aber das war, bevor du ein Wrack wurdest.«

»Hör auf damit, Jay.«

»Mark, du weißt, du bist ein Schwächling, und ich kann Typen wie dich nicht mehr riechen. Ihr seid eine Schande für die Polizei, und wenn hier eine Säuberung stattfindet, bist du der Erste, den man feuern wird.«

Rutelli gab sich wieder größte Mühe, sich zu beherrschen. Er hatte den Verdacht, dass Delgadillo ihn dazu bringen wollte, die Nerven zu verlieren. Statt sich mit ihm anzulegen, trat er an das große Fenster, das zur Straße lag.

»Siehst du das Gebäude aus rosa Marmor da drüben?«

»Ja.«

»Dahinter ist ein kleiner Hof mit einem geteerten Platz, auf dem Jungs Basketball spielen können.«

»Und?«, fragte Delgadillo genervt.

Rutelli drehte sich um und blickte ihm in die Augen. »Und wenn wir unsere Waffen und Abzeichen ablegen, um in dem kleinen Hof Mann gegen Mann zu kämpfen, wüsstest du sehr genau, wer der *Starke* und wer der *Schwächling* ist …«

»Wir sollen also in einem kleinen Hof *Mann gegen Mann* kämpfen«, spottete Delgadillo. »Wach auf, Mark. Du bist nicht im Kino. Es ist alles zu Ende. Du hast deine Zeit hinter dir.«

Rutelli schüttelte den Kopf. »Du glaubst, es sei zu Ende, weil du nicht mehr zu uns gehörst, weil du Armani-Anzüge trägst und weil du glaubst, eine bedeutende Persönlichkeit geworden zu sein.«

»Du tust mir Leid.«

»Ich tu dir Leid? Na prima. Erinnerst du dich an den Einbruch in das Schmuckgeschäft am Broadway, zu dem wir beide gerufen wurden?«

»Ich verstehe nicht, worauf du hinauswillst?«

»Erinnerst du dich, was du gefühlt hast, als einer der beiden Einbrecher dir die Waffe an den Nacken gehalten hat? Ich bin davon überzeugt, dass du dich daran erinnerst, ich bin sogar ganz sicher, dass du nachts noch davon träumst. Und an jenem Tag warst du sehr froh, dass ich bei dir war …«

»Okay«, gab Delgadillo zu, »du hast mir vor fünfzehn Jahren das Leben gerettet, als du den Dieb in Schach gehalten hast. Aber du hast im Grunde nur deinen Job gemacht, nichts anderes. Und weißt du was, ohne mein Eingreifen wärst du schon längst gefeuert worden. Ich glaube, ich habe meine Schuld längst abgegolten, Mark …«

»Es steht noch eine Zahlung aus«, beharrte Rutelli. »Und das ist die letzte, du hast mein Wort darauf: Wenn du mir in dieser Sache hilfst, werde ich dich nie mehr um etwas bitten.«

Delgadillo verschränkte die Hände und schaukelte auf seinem Sessel hin und her. Dann seufzte er und griff nach dem Hörer. »Okay. Ich werde Anweisung geben, dass du als Erster benachrichtigt wirst und nach Gutdünken mit ihr verfahren kannst, wenn eine Streife etwas über Jodie Costello erfährt.«

»Danke, Jay.«

»Doch dafür stelle ich eine Bedingung: Am Montagmorgen finde ich deine Kündigung auf meinem Schreibtisch vor, du kannst dich entscheiden.«

Damit hatte Rutelli nicht gerechnet. Seine Kündigung! Was sollte aus ihm werden, wenn er keinen Job mehr hatte? Er hatte doch fast schon alles verloren. Aber er trug den Schock mit Fassung.

»In Ordnung, du bekommst sie.«

»Deine Kündigung, deine Waffe und deine Dienstmarke«, betonte Delgadillo.

Sam ließ East Harlem hinter sich und fuhr über die Triborough Bridge Richtung Bronx. Grace warnte ihn: »Wenn wir Jodie finden, dürfen Sie mich unter keinen Umständen erwähnen. Verstehen Sie?«

»Das wird nicht leicht sein.«

»Ich weiß, aber lassen Sie sich etwas einfallen, um sie zu untersuchen und zu überzeugen, eine Entziehungskur zu machen.«

Sam schüttelte den Kopf. »Und wie soll ich meine Einmischung begründen? Jodie ist ein aufsässiges junges Mädchen, das nicht akzeptieren wird, dass ein Unbekannter in sein Leben platzt, um ihm Moralpredigten zu halten.«

»Bei Ihnen wird das funktionieren. Sie haben das gewisse Etwas, das Vertrauen einflößt, und das wissen Sie genau.«

Draußen hatten sich Wolken vor die Sonne geschoben und ein paar Schneeflocken fielen auf die Windschutzscheibe. Grace drückte einen Knopf an ihrer Armlehne, um die Heizung unter ihrem Sitz aufzudrehen. Das Innere des Jeeps erinnerte mit seiner Mischung aus Holz, Kupfer und High-Tech-Technologie an eine Luxusyacht. Zum zwanzigsten Mal las sie voller Besorgnis die angebliche Adresse ihrer Tochter.

»Hören Sie, Galloway, die Adresse liegt in Hyde Pierce, das ist eine gefährliche Gegend. Bitte nehmen Sie das hier mit.«

Sam wandte kurz den Blick von der Fahrbahn und sah, dass Grace ihm ihre Waffe reichte.

»Ich dachte, ich hätte sie Ihnen abgenommen«, bemerkte er erstaunt.

»Ein guter Polizist hat immer eine Ersatzwaffe. Also nehmen Sie sie schon.«

»Ich hasse Waffen.«

»Sparen Sie sich Ihre Predigten: Wenn eine Waffe richtig eingesetzt wird, kann sie Leben retten.«

»Sie können mich nicht überzeugen. Als ich das letzte Mal eine Waffe in der Hand hielt, hat das böse geendet.«

»Das heißt?«

»Ich habe einen Mann getötet.«

Grace zeigte ihre Überraschung. Einen Augenblick lang hüllte sich jeder in Schweigen. Dann begriff Grace, dass Sam die Wahrheit sagte.

»Wann war das?«

»Vor ungefähr zehn Jahren in Bedford-Stuyve-sant.«

»Ich kenne das Viertel.«

»Ich wuchs dort auf, genauso Federica. Sie schuldete einem Dealer Geld, einem gewissen Dustface, der seine Verabredungen in einem ehemaligen Crackhouse traf.«

»Und Sie sind zu ihm gegangen«, erriet Grace.

»Ich hatte einen Teil der Summe aufgetrieben und glaubte, das würde ihn beruhigen. Für alle Fälle hatte ich die Waffe eines Kumpels dabei.«

Grace kam ihm zuvor:

»Sie haben den Dealer erschossen?«

»Nein.«

»Aber Sie haben doch gesagt …«

»Ich habe nicht ihn getötet.«

»Wen dann?«

Sam setzte den Blinker ohne etwas zu sagen. Plötzlich fühlte er sich fieberig und aufgeregt, als ob er die Szene nochmals erlebte.

»Als ich das Crackhouse betrat, stritt Dustface gerade mit einem Kunden. Schnell wurde die Unterhaltung hitzig und der Dealer zog seine Waffe.«

»Was haben Sie getan?«

»Ich wusste, dass er schießen würde. Um ihn einzuschüchtern, habe ich ihn mit meiner Waffe bedroht. Die Spannung war riesengroß. Ich schloss die Augen und der Schuss ging los. Ich weiß nicht einmal mehr, ob ich tatsächlich den Abzug gedrückt habe. Alles, was ich weiß, ist Folgendes: Als ich die Augen wieder öffnete, war nicht Dustface tot, sondern der andere Mann, den er als menschliches Schutzschild benutzt hatte.«

»Das ist eine üble Geschichte«, gab Grace zu.

»Es vergeht kein Tag, an dem ich nicht daran denke. Diese Geschichte hat in gewisser Weise mein Leben überschattet. Nie werde ich meinen Frieden finden ...«

Er ließ die Fensterscheibe herunter, um frische Luft zu bekommen. Dann fügte er hinzu:

»Das ist der Grund, weshalb ich Ihre Waffe nicht will.«

»Sam, ich verstehe Sie sehr gut.«

Jodie war in eine Dunkelheit getaucht, die sie erschreckte. Sie zitterte vor Angst. Sie versuchte, ihre Fesseln zu lösen, aber der Eisendraht grub sich bei jeder Bewegung nur noch mehr in ihr Fleisch. Ihr Knebel würgte sie und hinderte sie daran zu schreien. Aber selbst wenn sie hätte schreien können, wer hätte sie gehört?

Sie versuchte durchzuatmen, als sie Schritte hörte. Sofort zitterte sie am ganzen Körper. Die Schritte näherten sich und es klang, als käme jemand eine Metalltreppe herunter. Jodie betete inbrünstig darum, dass sich die Tür nicht öffnete, denn sie wusste, dass die Person, die eintreten würde, ihr nur wehtun würde.

Ein eisernes Tor wurde knirschend hochgehoben und das Licht einer staubigen Glaskugel erhellte schwach den Raum.

Ein Mann stand in der Türöffnung. Seine riesige, aber magere Gestalt hob sich deutlich ab. Jodie spürte, wie ihr das Blut in den Adern gefror. Der Mann ging auf sie zu. Obwohl er sehr dünn war, war sein Körper muskulös und durchtrainiert. Sein Schädel war rasiert, die Haut ohne Pigmente und eine bunte Tätowierung zog sich über seinen langen nackten Hals, der ihm den wenig schmeichelhaften Beinamen eingebracht hatte.

Clarence Sterling, der Geier.

Wie die meisten Menschen des Viertels kannte Jodie seinen Ruf, hätte aber nie gedacht, dass sich ihre Wege einmal kreuzen würden. Was wollte der Geier von ihr? Wie ein gehetztes Tier ließ sie den Blick durch den Raum schweifen, auf der Suche nach einem Fluchtweg. Aber der Raum enthielt außer dem Sessel, an den sie gefesselt war, nur noch einen Tisch.

Sterling trug einen kleinen Stahlkoffer, den er auf den Tisch stellte. Dann trat er ganz nah an das junge Mädchen heran und sah sie an wie ein Zombie. Seine milchweiße Haut, die grau gefleckt war, glänzte wie Perlmutt und ließ ihn wie ein ätherisches Wesen erscheinen.

Jodie hätte am liebsten geschrien, konnte aber keinen Laut von sich geben. Plötzlich riss ihr der Geier völlig unerwartet das Isolierband ab.

»Nur zu, schrei, heul, ich mag das …«

Jodie wandte den Blick von ihm ab und schluchzte.

Clarence öffnete den Koffer und begutachtete den Inhalt, der aus verschiedenen Spritzen, Flaschen und Skalpellen in allen Größen bestand.

Er ließ sich Zeit für seine Wahl. Als er sich Jodie zuwandte, hielt er eine Spritze mit einer gelblichen Flüssigkeit in der Hand.

Sie wand sich, um ihm auszuweichen, aber es war vergeblich. Ohne Umstände hielt er ihr Handgelenk fest und führte die Nadel in eine deutlich erkennbare Vene ein.

»Du wolltest doch Drogen, nicht wahr?«, fragte er mit gespenstischer Stimme. »Du sollst sie haben.«

Und dann drückte er auf den Kolben.

Jodie spürte, wie schnell ihr Widerstand schmolz, und sie begriff, dass sie nicht mehr bei Sinnen war. In der Nähe ihres Herzens spürte sie einen schrecklichen brennenden Schmerz. Sie warf den Kopf zurück und die Decke wirbelte in rasender Geschwindigkeit herum.

Dann fiel sie in ein tiefes dunkles Loch.

25

Vampire haben Glück: Sie ernähren sich
von anderen. Wir sind gezwungen, uns selbst
zu verschlingen.

Aus dem Film *Bad Lieutenant* von Abel Ferrara

Jodie öffnete mühsam die Augen. Zuerst bemerkte sie lediglich eine Art Funkenregen, intensiv
und blendend, der um sie herumwirbelte. Außerdem hörte sie das Geschrei von Kindern, als ob sie
sich im Pausenhof einer Schule befände. Um sich
gegen das grelle Licht zu schützen, hielt sie beide
Hände vor die Augen, bevor sie Finger um Finger
wegnahm. Als Erstes fiel ihr Blick auf den bogen-
förmigen Washington Square.

Wie war sie hierher gekommen? Sie saß allein
auf einer Bank, mitten in Greenwich Village. Sie
warf einen Blick auf ihre Armbanduhr: Seit der
Geier sich über sie hergemacht hatte, war kaum
eine halbe Stunde vergangen. Das junge Mädchen
bemühte sich aufzustehen, erkannte aber schnell,
dass es nicht möglich war. Eine Art Korsett zwängte
ihren Brustkorb ein, ganz zu schweigen von ihren
schmerzenden Halswirbeln.

Sie versuchte, den Kopf zu drehen, aber diese
Bewegung wurde sofort durch einen lähmenden
Schmerz gebremst, der auf ihre gesamte Schulter
ausstrahlte. Sie unterdrückte einen Schmerzens-
laut. Es lief ihr eiskalt den Rücken hinunter und sie
hörte, wie ihre Knochen wie Kristall knirschten.

Sie legte eine zitternde Hand auf ihren Brustkorb: Warum hatte sie den Eindruck, dass sie fünf oder sechs Rippen gebrochen hatte?

Langsam zog sie den Reißverschluss ihres Parkas auf. Eine Art Schwimmweste umschloss ihre Taille und Brust. Warum hatte man sie mit diesem Ding ausstaffiert? Sie brauchte eine Ewigkeit, bis sie begriff, was wirklich mit ihr geschehen war. In dem Augenblick, als sie die Hände in die Taschen schob und die auf eine Visitenkarte gekritzelte Warnung fand, war ihr alles klar:

One move: you BLOW
One word: you BLOW
Never forget: I'm WATCHING YOU
(Eine Bewegung und du gehst in die Luft. Ein Wort und du gehst in die Luft. Vergiss nie, ich beobachte dich.)

Sie öffnete erneut ihren Parka und begutachtete das Ding, das ihren Brustkorb einschnürte: es war keine Schwimmweste, sondern ein Dynamitgürtel.

Aha, jetzt hat sie es kapiert!

Der Geier geriet hinter seinem Monitor in höchste Ekstase. Dank dem Netz von Überwachungskameras, die im ganzen Park installiert waren, konnte er auf seinem Computer alles verfolgen, was sich am Washington Square abspielte. Er hatte seinen Bildschirm in vier Rechtecke eingeteilt: drei Ansichten vom Park, und zwar aus verschiedenen Blickwinkeln, und eine Nahaufnahme von Jodie. Behutsam fuhr er mit dem Finger über den orangefarbenen Knopf des Zünders, der mit seinem Handy verbunden war. Dieser einfache Kontakt ließ ihn erschaudern.

Alles würde in die Luft gehen. Dieser Sprengstoffgürtel, den er an Jodie befestigt hatte, enthielt über ein Kilo TNT, vermischt mit Metallsplittern. Die Explosion würde ein Massaker verursachen und Szenen voller Panik hervorrufen. Im vergangenen Monat hatte sich eine Selbstmörderin in der Moskauer Untergrundbahn in die Luft gesprengt. Das hatte ihn auf die Idee gebracht ... Im Fernsehen hatte man von zwanzig Toten und mehr als sechzig Verletzten gesprochen. Er hoffte, dass es dieses Mal mehr würden. In zwanzig Minuten sollte vor dem Springbrunnen eine Theateraufführung von Studenten stattfinden. Bei dieser wöchentlichen Vorstellung fanden sich immer viele Menschen ein. Das würde ein Blutbad werden!

In seinem wirren Hirn hatte sich festgesetzt, dass man etwas nur dann völlig besaß, wenn man es zerstörte. Natürlich hätte er alles gleich in die Luft sprengen können. Aber er zog es vor, sich noch etwas zu gedulden, um das Ganze weidlich auszukosten und so viele Opfer wie möglich mitzunehmen. Er liebte diese Art von Präliminarien ganz besonders, diesen kurzen Augenblick der Ruhe, bevor Funken sprühten und die wahnsinnige Krönung des Ganzen bevorstand.

Mit mehreren Mausklicken richtete er den Zoom auf Jodies Gesicht, um sich an ihrem Elend zu ergötzen. Er war fasziniert von der Zerbrechlichkeit dieses Mädchens und ihrem Bemühen, nicht aufzugeben. Doch spürte er, dass sie kurz vor dem Zusammenbruch stand. Für den Augenblick hatte alles bestens geklappt, aber er musste vorsichtig sein. Erneut strich er mit dem Finger über den Zünder.

Er brauchte jetzt nicht mehr allzu lange zu warten.

Im Hausflur hatte sich jemand einen Spaß daraus gemacht, alle Klingeln außer Funktion zu setzen. Sam blieb nichts anderes übrig, als an die Wohnungstür zu trommeln. Er hörte erst Schritte, dann ein Gebrüll; offensichtlich hatte man ihn durch den Spion beobachtet.

»Gehen Sie!«, rief eine Stimme hinter der Tür.

Sam untersuchte aufmerksam das Schloss und stellte fest, dass es schon mal aufgebrochen worden war.

»Ich bin kein Dieb«, rief er beruhigend, »und ich bin auch nicht von der Polizei.«

Schließlich wurde ein Riegel zurückgeschoben und ein schmollendes Gesicht erschien in der Öffnung – das Gesicht von Birdie, Jodies Mitbewohnerin. Die junge Frau hatte wenig an: ein aufreizendes Shorty und ein bonbonrosa T-Shirt, das ihren Bauchnabel enthüllte.

»Worum geht's?«

»Ich heiße Sam Galloway. Ich bin Arzt und muss unbedingt mit Jodie sprechen.«

»Sie ist nicht da«, erwiderte Birdie und bedauerte bereits, dass sie geöffnet hatte.

»Bitte, es ist sehr wichtig«, erklärte Sam und schob einen Fuß zwischen die Tür.

»Was wollen Sie von ihr?«

»Ihr lediglich helfen.«

»Sie braucht Ihre Hilfe nicht.«

»Ich glaube aber doch.«

»Hat Jodie Probleme?«

»Sie nimmt doch Drogen, nicht wahr?«

»Ein wenig ...«

Sam suchte Birdies Blick. Ihre Augen waren traurig, glasig, mit Wimperntusche verschmiert.

»Hören Sie: Ich weiß, dass Jodie Sie nach einer Überdosis in die Klinik gebracht hat. Sie hat Ihnen beigestanden, als Sie es brauchten. Heute sind Sie dran, ihr zu helfen. Geben Sie mir lediglich die Adresse, unter der ich sie finden kann.«

Birdie zögerte.

»Im Augenblick treibt sie sich immer bei Cyrus rum ...«

»Cyrus?«

»Er ist unser *Lieferant*. Ich schreibe Ihnen seine Adresse auf, aber sagen Sie nicht, dass Sie sie von mir haben.«

»Versprochen.«

Birdie kritzelte die Adresse auf die Rückseite eines Ermäßigungscoupons. Sam dankte ihr und gab ihr seine Visitenkarte mit seiner Telefonnummer in der Klinik.

»Wenn Sie eines Tages auf Entzug gehen wollen, kommen Sie zu mir, ich werde Ihnen helfen.«

Birdie wies die Karte zurück.

»Haben Sie nicht zwanzig Dollar für mich?«

»Nein, tut mir Leid«, erwiderte er, enttäuscht von der Reaktion der jungen Frau.

Jedes Mal, wenn er Menschen traf, die in Schwierigkeiten steckten, empfand er Schuldgefühle, wenn es ihm nicht gelang, ihnen zu helfen. Am liebsten hätte er die ganze Welt gerettet. In der Klinik spottete man oft über diesen Wesenszug seiner Persönlichkeit, aber er wusste, dass er seine Stärke und sein Gleichgewicht ausmachte. Er wollte schon wieder die Treppe hinuntergehen, als er plötzlich umkehrte.

»Warten Sie!«

Sam zog zwei Scheine aus seinem Portmonee und faltete sie zusammen. Dabei steckte er seine Visitenkarte in die Scheine, sodass Birdie, wenn sie das Geld wollte, die Karte nehmen musste.

Sie griff nach den Scheinen und schlug wortlos die Tür zu.

Als Birdie wieder im Wohnzimmer war, starrte sie wieder in den Fernseher, doch zuvor ging sie in die Küche und warf die Visitenkarte in den Mülleimer. Sie schob die beiden Scheine unter den Gummi ihres Slips. Damit konnte sie sich zwei oder drei Tütchen mit weißem Schnee kaufen, für einen schönen Trip ...

Inzwischen war Sam wieder bei Grace angelangt. Sie hatte auf ihn gewartet, an die Motorhaube gelehnt und bereit, bei Gefahr einzugreifen.

»Und?«, erkundigte sie sich ängstlich.

»Jodie war nicht da, aber ich habe eine andere Adresse. Steigen Sie ein, unterwegs erzähle ich Ihnen alles.«

Birdie hatte sich quer auf das Sofa gelegt, den Kopf nach unten und die Arme verschränkt, um sich besser von der Musik davontragen zu lassen. Plötzlich trieb sie ein unerklärlicher Impuls erneut in die Küche. Sie wühlte im Mülleimer und fand Sams Visitenkarte, die sie an die Pinnwand neben dem Kühlschrank heftete.

Eines Tages, vielleicht ...

Jodie, die bei der Vorstellung der geringsten Bewegung in Panik geriet, hörte, wie ihr Herz gegen den Sprengstoff hämmerte. Ihre Knie zitterten und in ihrem Leib tat sich eine endlose Leere auf, als ob sie in einen bodenlosen Abgrund fallen würde.

Noch vor wenigen Stunden schien ihr das Leben zum Verzweifeln und ohne Sinn, und sie hatte mehrmals daran gedacht, dass der Tod vielleicht eine Erlösung sein könnte. Doch in diesem Augenblick wusste sie nur eines mit Sicherheit: Sie wollte nicht sterben. Die Vorstellung, dass alles so plötzlich an diesem Winternachmittag zu Ende gehen sollte, ließ sie erschauern. Fiebrig legte sie den Kopf in den Nacken, um sich an der Endlosigkeit des Himmels zu berauschen. Eine Schneeflocke fiel auf ihre Wange und verwandelte sich in eine heiße Träne. Ohne sich zu rühren, blickte sie sich um. Unter der Wirkung ihrer Todesangst nahm sie alles mit übergroßer Deutlichkeit wahr.

Washington Square lag in einem der gediegensten Viertel von Manhattan. Hier gab es anstelle der Wolkenkratzer kleine, elegante, rote Ziegelsteinhäuser. Weihnachten war nicht mehr fern und auf den Bäumen und auf den Balkonen blinkten Engel und Sterne aus Lichterketten.

Im Park hielten sich mit Vorliebe Studenten der New Yorker Universität auf, die in mehreren Blocks um den Park herum untergebracht war. Einige Studenten schienen die Aufführung eines Theaterstücks vorzubereiten, andere spielten Frisbee, jonglierten oder fuhren Inliner. Viele hatten ihre Instrumente ausgepackt und spielten trotz der Kälte für stehen bleibende Passanten. Es war sehr viel angenehmer, hier zu spielen als in einem kleinen

Apartment. Im Westen des Parks luden Bänke und Holztische zum Schachspiel ein. Ein paar Neugierige verfolgten eine anscheinend sehr spannende Partie zwischen einem alten Juden mit Jarmulke und einem künftigen Bobby Fisher.

Mütter banden die Schals ihrer Kinder fester und zogen ihnen die Wollmützen tiefer ins Gesicht, bevor sie den Eichhörnchen hinterherlaufen durften.

Hier war der wahre Geist New Yorks eingefangen. Ein multikulturelles New York, ein Völkergemisch. Für einen Augenblick konnte man beinahe an die Utopie einer Welt glauben, in der alle Menschen Brüder seien.

Jodie betrachtete all das mit einer ganz neuen Wahrnehmung. Auf einer Bank neben ihr teilte sich ein verliebtes junges Paar eine Waffel und küsste sich immer wieder. Gerührt betrachtete sie die jungen Leute: Sie würde sterben, ohne je verliebt gewesen zu sein.

Plötzlich sang in der Nähe des Hauptspringbrunnens eine Gruppe von Studenten, die auf den Beginn des Theaterstücks warteten, im Chor das *Hallelujah* von Leonard Cohen in der Version von Jeff Buckley. Zahlreiche Passanten blieben stehen, und für einen kurzen Augenblick schien im Park die Atmosphäre der Gnade und Reinheit zu herrschen.

Dann hielt ein Prediger mit der Bibel in der Hand die Passanten an, um ihnen eine drohende Katastrophe anzukündigen.

Niemand schenkte ihm Beachtung …

Mark Rutelli fuhr in Midtown Streife und wartete, allerdings ohne große Hoffnung, dass ihn ein

Funkspruch auf Jodies Fährte führen würde. Den ganzen Vormittag hatte er keinen Tropfen Alkohol getrunken. Delgadillo hätte seine hämische Freude daran gehabt, ihn betrunken zu sehen, und diese Freude gönnte er ihm nicht. Das war eine Frage der Würde.

Doch seit einigen Minuten spürte er, wie seine Hände immer stärker zitterten. Fast gegen seinen Willen trat er aufs Bremspedal, direkt vor einem Spirituosengeschäft. Er gab sich keiner Illusion hin: Heute war nicht der Tag, an dem er mit dem Trinken aufhören würde. Er betrat den Laden und kam mit einer kleinen in Packpapier eingehüllten Wodkaflasche wieder heraus. Er wartete, bis er im Wagen saß. Dann genehmigte er sich einen kleinen Schluck. Der Alkohol brannte ihm auf der Zunge, am Gaumen und in der Gurgel, bis er sich beruhigend im Körper ausbreitete. Rutelli wusste wohl, dass dieser Trost nur Augenwischerei war, aber kurzfristig verhalf ihm das Gift dazu, einsatzfähig zu sein. Das Herz voller Traurigkeit und Schuldgefühle, nahm er noch einen Schluck und stellte erleichtert fest, dass seine Hände nicht mehr zitterten.

Rutelli fühlte sich innerlich zerrissen und äußerlich zerschlagen. Man hielt ihn für männlich und stahlhart, dabei war er das genaue Gegenteil. Je stärker er sich in seinem Beruf engagierte, desto stärker wurde er von einem Übermaß an Gefühlen überflutet, mit denen er nicht umgehen konnte.

Sein Beruf konfrontierte ihn nur selten mit den Musterexemplaren der Menschheit. Immer deutlicher gewann er den Eindruck, dass die Wirklichkeit nicht so war, wie sie hätte sein sollen. Er hatte zu trinken begonnen, um sich außerhalb der Welt zu fühlen und die Not und das Elend, das er um sich herum erlebte, ertragen zu können.

Mit Grace zusammen war das Leben leichter gewesen. Da sie zusammenhielten, meisterten sie die heiklen Seiten ihres Berufs viel besser, und Grace besaß ein besonderes Talent: Sie brachte Licht in den Alltag und fand in allem einen Sinn, während ihn eine tiefe Melancholie erfüllte, die ihn nun nie mehr losließ.

Er vermisste Grace Tag für Tag. Manchmal, wenn er volltrunken war, gelang es ihm sogar, sich einzureden, dass sie noch lebte. Aber das dauerte nie lange und jedes Mal war der nüchterne Zustand schwerer zu ertragen. Er grübelte über diesen Gedanken nach, als das Knistern des Funkgeräts ihn in die Wirklichkeit zurückbrachte:

»Rutelli?«

»Ja, am Apparat.«

»Ich glaube, wir haben Jodie Costello gefunden.«

Sam parkte vor dem Block mit den Sozialwohnungen und ließ den Motor laufen. Da es jetzt heftig schneite, waren die Straßen wie ausgestorben und das Viertel schien eine Geisterstadt. Grace empfahl ihm noch einmal, vorsichtig zu sein, doch er zuckte nur die Schultern.

»Hören Sie, Galloway«, beharrte sie, »wir sind mitten in der Bronx und Sie werden einen Dealer befragen, das ist verdammt gefährlich.«

»Ich weiß.«

»Versuchen Sie also nicht, schlauer sein zu wollen als dieser Cyrus. Verstehen Sie?«

»*Yes, Sir.*«

Grace legte eine Gedankenpause ein, dann fuhr sie fort: »Ich habe mir gerade etwas überlegt.«

»Ich höre.«

»Der Dealer Ihrer Frau, dieser Dustface, ist er tot?«

»Ja.«

»Wie ist er ums Leben gekommen?«

Sam öffnete die Wagentür. Eisige Luft drang ins Innere des Jeeps.

»Das ist eine alte Geschichte und keine von denen, die man nach einem Familienessen zum Besten gibt.«

Er stieg aus, ohne noch ein Wort zu verlieren. Nachdenklich blickte ihm Grace nach, wie er durch den Schnee stapfte. Dann stieg sie aus lief ihm hinterher.

»Sam, warten Sie.«

Sie griff nach ihrer Waffe, nahm das Magazin heraus und bot sie ihm erneut an.

»Sie ist nicht geladen. Damit besteht keine Gefahr, dass Sie jemanden töten, aber vielleicht schüchtert die Waffe ihn ein …«

»Bitte, bestehen Sie nicht darauf!«, fiel Sam ihr ins Wort. »Jeder hat seine Methode.«

»Nun gut, dann lassen Sie sich töten, wenn es Ihnen Spaß macht«, erwiderte sie leicht gekränkt.

Sam betrat das Gebäude und versuchte sich zu orientieren. Er fragte niemanden nach dem Weg. Da er seine Kindheit in einer solchen Gegend verbracht hatte, wusste er, dass er einzig und allein auf sich selbst zählen konnte. Als er vor der richtigen Tür stand, läutete er mehrere Male. Trotz der ohrenbetäubenden Musik, die aus der Wohnung drang, öffnete niemand. Er trommelte so lange an die Tür, bis sie aufgerissen wurde und ein junger Schwarzer ihn feindselig musterte.

»Was willst du denn?«

»Bist du Cyrus?«

»Könnte sein.«

»Ich suche Jodie Costello. Ist sie bei dir?«

»Kenne ich nicht«, erwiderte Cyrus lakonisch.

»Du brauchst mich nicht zu verarschen. Ich weiß genau, dass du ihr deinen Stoff verhökerst.«

»Verpiss dich oder ich schlag dir den Schädel ein. Ich kenn sie nicht, deine Jodie.«

Er wollte gerade die Tür zuschlagen, doch Sam schob den Fuß zwischen die Tür.

»Sag mir einfach, wo sie ist.«

Aber der Dealer hatte nicht die Absicht zu kooperieren. Er holte Schwung, spannte sein Bein an, streckte es dann plötzlich aus und versetzte Sam einen Fußtritt, der ihn gegen die Wand des Flurs schleuderte.

»Verdammt! Verpiss dich, du Scheißkerl!«, beschimpfte er ihn und freute sich, dass er seine Kickboxer-Kenntnisse umsetzen konnte.

Dann warf er die Tür hinter sich ins Schloss.

Sam richtete sich mühsam auf. Er hatte einen Tritt in die Leber erhalten und hatte das Gefühl zu ersticken. Plötzlich hörte er auf der Treppe Schritte.

»Nun ... ich habe den Eindruck, dass Ihre Methode hier an Grenzen stößt«, spottete Grace.

»Sie funktioniert nicht immer«, gestand Sam und klopfte sich den Staub vom Mantel.

»Da wir es eilig haben, werden wir jetzt *meine* Methode anwenden, wenn es Ihnen recht ist.«

»Ich habe nichts dagegen.«

»Entschuldigen Sie im Voraus die mangelnde Feinsinnigkeit«, sagte sie und nahm die Waffe aus dem Halfter.

Sie pflanzte sich vor der Tür auf und schoss zweimal hintereinander ins Schloss, dann versetzte Sam der Tür einen Fußtritt.

26

Ich würde in der Hölle schmoren,
um dich zu beschützen ...
Zitat aus dem Film *Der Pate*
von Francis Ford Coppola

Jodie war starr vor Kälte. Ihr von kaltem Schweiß feuchter Parka war viel zu dünn, um sie gegen den Frost zu schützen, und ihre Jeans klebte widerlich auf der Haut, weil sie bei der Begegnung mit dem Geier die Kontrolle über ihre Blase verloren hatte. Das junge Mädchen zitterte so heftig, dass sie glaubte, ihr Körper verflüssige sich und löse sich in ihrer Angst auf.

»Hallo Jodie.«

Voller Panik hob sie den Blick: Mark Rutelli, die Hände in den Taschen vergraben, kam auf sie zu. Sie hätte ihn gern gewarnt, ihm gesagt, er solle sich nicht nähern und vor allem nicht mit ihr reden!

Weil der Geier sie belauerte.

Weil alles in die Luft gehen würde.

Damit sie ihm nicht entfloh, setzte sich Rutelli auf die nächste Bank. Er bemerkte sofort, in welch grauenhaftem Zustand sich das junge Mädchen befand. »Wie geht's dir denn so?«, fragte er, um eine Unterhaltung in Gang zu bringen.

»Könnte besser sein«, gab Jodie zu.

Ihre schwache und brüchige Stimme drohte jeden Augenblick wie die Flamme einer Kerze, die man vor dem Wind schützen muss, zu versagen.

»Hast du Probleme?«

Zuerst rührte sie sich nicht, dann nickte sie und Rutelli stellte fest, dass sie weinte.

»Kann ich dir helfen, Jo?«

Zwischen unterdrückten Schluchzern stieß sie hervor:

»Ich glaube … ich habe eine Bombe …«

»Eine Bombe?«

»… an mir …«

»Was redest du da?«

»… um meine Taille.«

Rutelli schüttelte den Kopf.

»Lass mich sehen«, bat er und stand auf.

Er schickte sich an, auf sie zuzugehen, doch sie gab ihm zu verstehen, dass er nicht näher kommen sollte. Die Augen des jungen Mädchens verrieten eine Panik, die den Polizisten bewog, sich wieder zu setzen. Offensichtlich war Jodie im Delirium. Sie hatte vermutlich eine Überdosis genommen; er hatte das in seiner Laufbahn häufig erlebt. Wenn er ihr helfen wollte, war das einzig Vernünftige, einen Krankenwagen zu rufen. Er wollte schon den Funkspruch durchgeben, als er ihren Blick auffing. Im Allgemeinen vermied er es, ihr in die Augen zu schauen, weil sie den gleichen Blick wie Grace hatte und es ihm wehtat.

Jodies blaue Augen glühten, als stünde das Meer in Flammen. Alles vermischte sich darin: Tränen, Angst, Drogen und Schlafmangel. Und außerdem erkannte Rutelli in ihrem Blick einen Hilferuf:

Rette mich!

Wütend knallte der Geier mit der Faust auf den Tisch. Wer war dieser Kerl, der mit Jodie sprach?

Verdammt, er hätte sie mit einem Mikro ausstatten sollen, um alles zu hören! In seiner Aufregung hatte er alles übereilt und darüber die Grundregeln vergessen. Außer sich vor Wut tippte er ein paar Anweisungen in den Computer, um die Kamera, die das junge Mädchen filmte, entsprechend neu einzustellen. Im Hintergrund erkannte er Rutellis Gestalt. Er furchte die Stirn und kniff die Augen zusammen. Kannte Jodie diesen Mann etwa? Nein, bestimmt nicht. Das war vermutlich einer dieser Perversen, die in den Parks junge Mädchen anbaggern.

Doch ihr Gespräch dauerte ungewöhnlich lang. Der Geier zögerte und warf einen Blick auf seine übrigen Bildschirme. Die Theateraufführung würde bald beginnen und immer mehr Menschen drängten sich um den Springbrunnen.

Noch zwei Minuten, beschloss er und berührte mit zitternder Hand den Zünder.

»Glaubst du, dass er uns beobachtet?«

Jodie nickte unmerklich.

Vorsichtig erzählte sie dem Polizisten, was sie in den letzten Stunden erlebt hatte: wie sie von ihrem Dealer entführt und dem Geier ausgeliefert worden war.

»Glaubst du, er ist in der Nähe?«

»Ja, dank der Kameras.«

Rutelli wandte den Kopf.

»Was für Kameras? Hier sind keine Kameras.«

»Webcams«, erklärte Jodie.

Rutelli knurrte missbilligend. Er kannte keine Webcams. Seit zehn Jahren hatte er sich kaum um die technische Entwicklung gekümmert. Handys,

Palm Pilots, E-Mails, Wifis, all das gab es nicht in seinem Leben. Er erinnerte sich daran, was Delgadillo gesagt hatte: Er hatte sicher Recht, wenn er behauptete, Rutellis Zeit sei abgelaufen.

Diese Erkenntnis erhöhte seine Qualen.

»Entschuldigen Sie«, sagte Jodie unvermittelt und beherrschte sich, um nicht wieder in Tränen auszubrechen.

»Entschuldigen wofür?«, fragte Rutelli und hob den Kopf.

»Dafür, dass ich Ihnen nicht vertraut habe, bevor …«

Der Polizist spürte, wie ihm das Herz schwer wurde. Auch ihn plagte Reue.

»Es ist nicht dein Fehler, Jodie, sondern meiner. Ich konnte dich nicht schützen, ich hätte öfter bei dir sein sollen.«

»Ich habe Ihnen ja gar keine Gelegenheit dazu gegeben«, bemerkte das junge Mädchen.

Ihre Blicke trafen sich erneut und plötzlich spürte Rutelli eine ungewöhnliche Kraft in sich.

»Ich hol dich da raus«, versicherte er ihr. »Aber du musst mir erst verraten, wo sich dieser Scheißkerl versteckt. Kennst du seine Adresse?«

Jodie stellte bestürzt fest, dass sie nicht genau wusste, wo sich das Hauptquartier des Geiers befand. Cyrus hatte sie im Kofferraum transportiert und dann in ein dunkles Zimmer ohne Fenster eingeschlossen. Sie versuchte nachzudenken, aber sie war geistig und körperlich zu erschöpft.

»Ich weiß nicht mehr«, stammelte sie.

»Bemüh dich«, ermutigte sie Rutelli.

Jodie war sich bewusst, dass vielleicht ihr Leben davon abhing, konzentrierte sich, versuchte alle

Kraft zu sammeln, die noch in ihr ruhte, auch wenn sie sich unendlich schwach fühlte.

»Ich glaube … ich glaube, es war irgendwo an der Traverse Road, im Westen von Hyde Pierce.«

»Du musst dich genauer erinnern.«

»Ich weiß nicht … ich weiß nicht mehr.«

Rutelli versuchte seine Enttäuschung zu verbergen.

»Okay«, sagte er und erhob sich, um sich zu seinem Wagen zu begeben, »ich werde es herausfinden, aber ich muss mich beeilen.«

»Ich habe Angst, allein zu bleiben«, gestand Jodie.

»Ich weiß«, erwiderte er. »Rühr dich nicht, ich bin bald zurück.«

Normalerweise besaß er kein großes Talent, Menschen zu trösten, und erst recht kein junges Mädchen in Not. Doch zu seinem Erstaunen kamen ihm die Worte wie von selbst aus dem Mund.

»Weißt du was? Bis ich wiederkomme, stellst du eine Liste auf von all den Dingen, die du vor deinem zwanzigsten Geburtstag schaffen willst. Verstehst du?«

Sie nickte schüchtern.

»Und wenn das alles vorbei ist, helfe ich dir, die verlorene Zeit aufzuholen, das verspreche ich dir.«

»Nach rechts«, wies Cyrus mit zitternder Stimme den Weg.

Der Dealer saß auf dem Rücksitz des Jeeps, Grace drückte ihre Waffe gegen seine Schläfe. Mit ihrer Hilfe hatte sie ihn davon überzeugt, dass es besser war, sie zur Höhle des Geiers zu führen.

»Und weiter?«, fragte Sam.

»Geradeaus und dann die zweite links.«

Das Schneetreiben wurde stärker und Sam schaltete den Scheibenwischer ein. Der Jeep bog in eine Gasse ein, die an den Lagerhallen entlangführte.

»Ist es dort?«, fragte Grace.

»Ja«, erwiderte Cyrus, »die Garage ganz links.«

Sam fuhr langsam auf die automatische Tür zu und blieb in angemessenem Abstand stehen.

»Man braucht einen Code«, stellte er fest, »kennst du ihn?«

»Nein«, erwiderte Cyrus, »er öffnet immer, wenn er weiß, dass ich komme.«

Grace lud ihre Pistole durch und schob sie wild entschlossen Cyrus in den Mund.

»Nenn uns den Code.«

Entsetzt breitete der Dealer zum Zeichen der Ohnmacht die Arme aus.

»Du hast drei Sekunden. Eins … zwei … dr…«

»Hören Sie auf«, brüllte Sam, »er sagt die Wahrheit.«

»Was wissen Sie denn davon?«

»Ich bin Psychologe und weiß, wann ein Mensch lügt.«

»Davon bin ich nicht überzeugt.«

Doch sie nahm den Lauf der Waffe wieder aus Cyrus' Mund.

»Komm mit.«

Sie stieg aus und zog den jungen Schwarzen mit. Sie drängte ihn gegen die Motorhaube und durchsuchte ihn nach seinem Handy.

»Wie lautet die Nummer des Geiers?«

»Keine Ahnung«, log Cyrus, »er benachrichtigt mich immer, wenn er Ware hat.«

296

Grace reichte Sam das Handy. Der Arzt überflog eilends die gespeicherten Nummern, fand aber keine Spur von der Nummer des Geiers.

Grace warf das Handy auf den Boden und zermalmte es mit dem Fuß.

»Hau ab«, sagte sie zu Cyrus.

»Darf ich?«

»Wenn du versuchst, ihn zu warnen, finde ich dich und töte dich. Verstehst du das?«

»Ja, Madam.«

Sam sah das anders.

»Grace, er ist ein Dealer. Soll man ihn nicht festnehmen?«

»Galloway, Sie sind kein Polizist.«

»Aber Sie.«

»Vergessen Sie's, deswegen sind wir nicht hier.« Während sich Cyrus aus dem Staub machte, fügte Grace hinzu: »Ärzte können nicht die ganze Welt retten, und Bullen können nicht die ganze Welt festnehmen. So ist es eben.«

»Was schlagen Sie jetzt vor?«

Grace ging langsam um das Fahrzeug herum, begutachtete es, als ob sie die Absicht habe, es zu erwerben. Es war ein Jeep der gehobenen Preisklasse, mit eleganten Linien, wirkte aber dennoch ziemlich wuchtig, fast militärisch.

Grace betrachtete den riesigen massiven Kühlergrill, der sich zwischen den quadratischen Scheinwerfern senkrecht erhob. Die Breite der Reifen, die beeindruckende Höhe der Sitze: all das verlieh dem Fahrzeug ein robustes, kantiges Aussehen, als halte es sich zum Zusammenstoß bereit.

»Wie viel kostet so ein Brummer?«, wollte Grace wissen.

»Sehr viel«, murrte Sam. »Und zu Ihrer Information: Ich habe ihn noch nicht bezahlt.«

»Seltsam«, bemerkte Grace. »Ich hätte Ihnen diese Art Wagen gar nicht zugetraut.«

Einen Moment lang trübte sich Sams Blick und er gestand ihr verlegen: »Es hat mich einfach gepackt ... an dem Tag, als Federica mir berichtete, dass sie schwanger sei. Ich war dermaßen aus dem Häuschen, dass ich in das erstbeste Jeep-Autohaus stürzte, als ob mir der Kauf eines Geländewagens die große Familie bescheren würde, die dazu passte. Ich stellte mir bereits die Wochenendausflüge vor, die Familienurlaube, die uns durch die Nationalparks führten. Verrückt, nicht wahr?«

»Nein, Sam.«

Und mit einer verständnisvollen Geste legte sie ihm die Hand auf die Schulter. Sam betrachtete seinen Jeep nachdenklich und erklärte:

»Grace, ich weiß, was Sie denken. Und ich bin bereit.«

»Okay«, sagte Grace, »verlieren wir keine Zeit.«

Er stieg wieder in den Wagen und sie setzte sich neben ihn.

Er legte den Rückwärtsgang ein, um so viel Schwung wie möglich zu holen. Das Fahrzeug besaß einen Achtzylinder-4,4-Liter-Motor, den stärksten, der je in einen Landrover eingebaut worden war.

»Bitte, schnallen Sie sich an«, bat er sie.

Am Armaturenbrett ermöglichte eine Steuerung, den Belag festzustellen, auf dem das Fahrzeug sich bewegte. Sam legte den Schalthebel von *Normale Fahrt* auf *Fahrt auf unebenem Gelände* um.

»Wusste ich doch, dass dieser Jeep früher oder

später für etwas gut sein würde«, bemerkte er, bevor er aufs Gaspedal trat.

Die zwei Tonnen des Landrovers donnerten wie ein mächtiger Widder gegen das Metalltor.

Der Geier war fasziniert von den Bildern, die an ihm vorbeiglitten. Der Washington Square war einer der belebtesten Plätze der Stadt. Diese Geschäftigkeit faszinierte ihn, da er es nie geschafft hatte, sich lebendig zu fühlen. Er berauschte sich an der Existenz all dieser Menschen, genoss jedes kleine Detail: die Haarfarbe dieser Studentin, das Lächeln, das die Mutter ihrem Kind schenkte, die Tanzschritte der beiden Rapper …

Er schloss einen Moment lang die Augen und stellte sich vor, was geschehen würde. Die Explosion würde mehrere Kilometer weit zu hören sein. Da wären zuerst diese benommenen Gesichter, weil die Menschen nicht begreifen würden, wie der Krieg so plötzlich in ihr Leben einbrechen konnte. Dann würden zerfetzte Körper den Boden bedecken. Von allen Seiten würde man grauenhafte Schreie hören. Die Menschen würden in alle Richtungen fliehen, mit blutigen Gesichtern und hervorquellenden Gedärmen.

Er sah die Bilder des grauenhaften Gemetzels bruchstückhaft vor sich, als ob das Blutbad bereits stattfände.

Alles war so real. Ein kleines Mädchen, das sich unter eine Bank gezwängt hatte, schrie: »Mama! Mama!« Ein noch junger Mann rappelte sich auf, nachdem er gegen den Springbrunnen geschleudert worden war. Sein Kopf war nur noch eine blutige Masse. Eine Frau, die herzerweichend schluchzte, stellte voller Entsetzen fest, dass sie einen Arm verloren hatte.

Überall lagen Tote, Verletzte. Panik, ein unbeschreibliches Chaos herrschte. Der Eindruck totaler Verwüstung. Körper in Blutlachen.

Überall würde höchste Verzweiflung herrschen, so intensiv und so aufwühlend, dass man es nie vergessen würde.

War er verrückt? Ja, ganz bestimmt. Aber was änderte das? Nachdem Clarence lange über diese Frage nachgedacht hatte, war er zu dem Schluss gelangt, dass die Gesellschaft Menschen wie ihn brauchte. Die größten Kriminellen sind für die Menschheit unerlässlich, und sei es nur, um ihr vor Augen zu führen, was das Böse ist. Denn nur das Böse ermöglicht die Existenz des Guten. Wenn man darüber nachdenkt, steht Folgendes fest: Ohne Krankheit gäbe es keinen Arzt, ohne Brand keinen Feuerwehrmann, ohne Feind keinen Soldat ...

Ja, überlegte er, *nur das Böse ermöglicht es, die Pforte des Guten zu öffnen.*

Sam musste das Manöver mehrere Male wiederholen, bis das Tor endlich nachgab. Der Geier schreckte hoch, als er den Lärm hörte, der von unten zu ihm drang. Polizei? Wie hatte sie ihn aufgespürt?

Ein Blick auf seinen Sicherheitsmonitor bestätigte ihm, dass jemand eingedrungen war. Zu seiner großen Erleichterung stellte er fest, dass es sich nur um ein einziges Auto handelte und dass es keine Bullen waren.

Enttäuscht und verärgert über diese Unterbrechung holte er eine Automatikpistole aus einer

300

Schublade. Wer auch immer die Eindringlinge sein mochten, sie würden es bereuen.

Sam raste die Betonrampe hinunter und landete in einem unterirdischen Parkhaus, in dem völlige Dunkelheit herrschte. Sam wollte die Scheinwerfer einschalten, aber Grace hielt ihn zurück. Als er den Motor abstellte, peitschten mehrere Schüsse schnell hintereinander durch das Parkhaus und die Windschutzscheibe zersprang in tausend Splitter.

»Runter mit Ihnen«, zischte Grace und zerrte ihn am Arm. Sie warf ihm einen Blick zu. Sein Gesicht war aschfahl.

»Bleiben Sie, wo Sie sind!«, flüsterte sie. Sie öffnete die Tür fast geräuschlos und ließ sich mit der Waffe in der Hand auf den Boden rollen.

Eine weitere Salve traf das Fahrzeug, es war ein ohrenbetäubender Lärm.

Grace war es gelungen, sich in eine Betonnische zu flüchten. Gegen die Wand gepresst, schoss sie zurück. Einen Augenblick lang herrschte gespannte Stille. Dann plötzlich erklangen Schritte auf dem Beton. Grace riskierte einen Blick aus ihrem Versteck und sah die Gestalt des Geiers, der in einen Flur flüchtete. Sie lud ihre Waffe durch, schoss und verfehlte. Sie duckte sich und rannte ihm hinterher. Im Flur herrschte ein orangefarbenes Halbdunkel, ein schwacher Lichtschein drang durch einen Türspalt.

Sam, der immer noch im Auto kauerte, vollführte kunstvolle Verrenkungen, um seinen Mantel vom Rücksitz zu holen. Er wühlte in der Innentasche und fand sein Handy, er musste die Polizei verständigen. In der Dunkelheit konnte er kaum etwas erkennen. Er drückte eine Taste, um das Display zu beleuchten, aber nichts geschah. Mist, er hatte vergessen, sein Handy aufzuladen, der Akku war leer. Warum nur hatten sie Cyrus' Handy zerstört!?

Er stieg ebenfalls aus. Wie konnte er Grace helfen? Er kniff die Augen zusammen und entdeckte sie etwa zwanzig Meter vor sich. Sie schlich in dem dunklen Flur auf eine Tür zu. War dort womöglich Jodie gefangen?

Sam zitterte vor Nervosität. Grace ging ein zu großes Risiko ein. Sicherlich erwartete sie der Geier hinter der Tür, um sie zu empfangen. Der Kampf war ungleich. Der Gangster besaß eine Automatikpistole, während Grace nur über ihre Dienstwaffe verfügte.

Plötzlich entdeckte Sam eine dunkle Gestalt, die sich hinter Grace aufbaute, und er spürte, wie ihm der Atem stockte. Der Geier hatte sich in einer Nische in der Wand versteckt. Grace war an ihm vorbeigegangen, ohne ihn zu bemerken, und saß jetzt in der Falle. Sam öffnete den Mund, um sie zu warnen, doch kein Laut entrang sich ihm.

»Suchst du etwa mich?«, fragte der Geier.

Grace erstarrte einen Augenblick lang, dann drehte sie sich blitzschnell um. Aber es war zu spät. Der Geier drückte den Abzug und Grace wurde von Kugeln durchlöchert mehrere Meter zurückgeschleudert.

»Nein«, schrie Sam und stürzte sich auf den Geier.

Er nutzte den Überraschungseffekt und verpasste ihm einen kräftigen Haken, der ihn zu Boden warf. Benommen vom Schlag ließ der Ganove die Waffe fallen. Sam packte ihn am Genick, um ihm mit dem Knie einen Stoß zu versetzen, doch dem Geier gelang es, sich zu befreien. Die beiden Männer standen sich jetzt schwer atmend gegenüber. Sam hatte seine Angst vergessen und kochte vor Wut. Zu seinen Füßen lag Grace auf dem Rücken.

Er hatte sich seit einer Ewigkeit nicht mehr geschlagen, aber getrieben von der Wut, griff er als Erster an und versetzte dem Geier eine Reihe von Kinnhaken, die dieser aber abwehren konnte. Dann verpasste er Sam mit dem Ellbogen einen Schlag an die Schläfe. Der Arzt reagierte mit einem Fußtritt, der seinen Gegner in einer Drehbewegung traf. Der Geier schien zusammenzuklappen. Er lag jetzt auf dem Rücken und war offenbar verletzt. Doch plötzlich schnellte sein Bein vor und versetzte dem Arzt einen Fußtritt, der ihn zu Boden riss.

Der Geier, seinen Vorteil ausnutzend, winkelte das Knie an und bohrte seine Schuhspitze mit einem fürchterlichen Tritt in Sams Schienbein.

Der Arzt fiel brüllend vor Schmerz zur Seite. Ein Ellbogenschlag zermalmte ihm die Schulter und schlug ihn vollends k. o.

»Wirksam, nicht wahr?«, grinste der Geier und griff nach seiner Pistole. »Die Japaner nennen diesen Schlag *fumikomi*. Das funktioniert auch sehr gut, um ein Knie oder ein Fußgelenk zu brechen ...«

Sam lag auf dem Boden und umfasste stöhnend mit beiden Händen sein Schienbein. Das Parkhaus lag immer noch im Dunkel. Der Geier betätigte einen Schalter, er wollte das Gesicht seines Gefangenen sehen, bevor er ihn tötete. Für ihn war es sehr wichtig, das Böse in dem Augenblick zu *sehen*, in dem er es tat.

Grelles Licht flackerte auf und Sam schloss in Panik die Augen. Würde er jetzt sterben, einfach so?

Mit einer Kugel im Kopf, allein in einem schmutzigen unterirdischen Parkhaus in der Bronx? Das war nicht fair! Heute Morgen noch war er neben Juliette aufgewacht und keine Sekunde lang hatte er vermutet, dass dies sein letzter Tag auf Erden sein würde. Sein Herz schlug ihm bis zum Hals.

Doch der Geier schoss immer noch nicht.

Sam öffnete mit einer letzten Anwandlung von Mut die Augen. Er wollte dem Tod ins Auge sehen. Zum ersten Mal sah er das Gesicht seines Angreifers deutlich vor sich und stellte erstaunt fest, dass er es kannte.

Clarence Sterling!

Cyrus hatte kein einziges Mal diesen Namen genannt, sondern immer nur seinen makabren Spitznamen.

Sterling brach in schallendes Gelächter aus, das von den Betonwänden schaurig widerhallte.

»Ha! Ha! Ha! … Galloway …«

Sam richtete sich langsam auf. Er hatte Sterling nur ein einziges Mal in seinem Leben gesehen, und zwar vor zehn Jahren. Aber er hatte dieses Gesicht nie vergessen. Clarence Sterling: der Auftragskiller, den er bezahlt hatte, um Dustface zu töten. Damals war Sterling lediglich eine kleine Nummer im Viertel gewesen, allerdings schon berüchtigt für seine Grausamkeit.

»… ich brauche dich also gar nicht zu töten. Los, steh auf.«

Sam erhob sich und humpelte, bedroht von der Pistole, in den Flur.

Nach seiner gescheiterten Unterredung mit Dustface war sich Sam bewusst geworden, dass der Dealer ihn und Federica jagen würde, bis er sie vernichtet hätte. Tausend Mal hatte er hin und her überlegt, aber es gab keine andere Lösung: Die einzige Möglichkeit, ein neues Leben zu beginnen, bestand darin, Dustface aus dem Weg zu räumen. Unter der Hand wurden die Namen von so genannten »Aufräumern« genannt, die einen solchen Auftrag ausführen konnten. Sam hatte seine Ersparnisse von sechstausend Dollar einem dieser Männer angeboten. Dieser Mann hieß Clarence Sterling. Zwei Tage später war Dustface tot. Niemand hatte je erfahren, dass Sam dahintersteckte. Weder Pater Powell noch Federica. Es war ganz allein seine Entscheidung und seine Verantwortung gewesen. Und jeden Morgen, wenn er sich beim Rasieren im Spiegel betrachtete, zahlte er von neuem den Preis dafür.

Blutgeld.

Die beiden Männer gelangten ans Ende des Flurs und gingen die Metalltreppe hinauf, die zu einer Art Büro führte. Sam war davon überzeugt, Jodie zu finden, gefesselt in einer Ecke. Stattdessen gab es hier lediglich einen Computer mit mehreren Monitoren. Der Geier setzte sich auf seinen Stuhl und gab Sam ein Zeichen, sich in eine Ecke zu setzen.

»Du sitzt hier in der Loge. Mach die Augen auf und schau! Wir werden uns gut amüsieren.«

Sam erkannte auf dem Hauptbildschirm Jodie, die auf einer Bank saß. Im Hintergrund sah er den Washington Square. Was wurde hier gespielt?

Dann bemerkte er, wie Sterling nach einem Zünder griff, und plötzlich wurde ihm klar, dass ein Blutbad bevorstand. Mit letzter Anstrengung versuchte er sich auf ihn zu stürzen, doch wegen seiner Verletzung war er nicht schnell genug. Sterling griff nach der Pistole, die in Reichweite lag, und zielte auf den Arzt.

»Schade um dich.«

Dann schoss er. Der Knall durchbrach die Stille der Lagerhalle, dann ein zweiter, der den ersten wie ein Echo verlängerte.

Sam spürte, wie etwas in seine Schulter krachte. Blut spritzte ihm ins Gesicht. Als er den Geier zusammengesunken auf dem Boden liegen sah, begriff er, dass es nicht sein Blut war. Er starrte auf die Türöffnung. Dort stand Mark Rutelli und betrachtete seine rechte Hand mit der Waffe.

Sie hatte nicht gezittert.

Rutelli trat ins Zimmer und vergewisserte sich, dass Sam nicht ernsthaft verletzt war. Dann ging er auf die Leiche des Geiers zu und schoss noch mal zwei Kugeln ab, als ob er sich damit von den Jahren des Schmerzes und des Kummers befreien würde.

In der Ferne waren die Sirenen von Polizei- und Notarztwagen zu hören.

Rutelli ging um den Schreibtisch herum und entdeckte die Computerausrüstung, die es dem Geier ermöglicht hatte, seine Beute zu beobachten. Er studierte den Hauptmonitor. Jodies Augen in Nahaufnahme schienen ihn anzublicken. Er näherte sich dem Bildschirm und murmelte:

»Es ist vorbei ... Alles wird gut.«

306

27

... und jeder den anderen vor der übrigen Welt
beschützt und jeder für den anderen die übrige
Welt repräsentiert.

Philip Roth

St. Matthew's Hospital, 20:46 Uhr

»Halten Sie still, Dr. Galloway.«

Claire Giuliani, eine junge Assistenzärztin in
der Notaufnahme, legte gerade einen riesigen Verband um Sams Schulter. Auf die Aufforderung seiner Kollegin hin hörte er auf, sich auf seinem Bett
hin und her zu drehen, und schloss die Augen. Auf
das Chaos der Schüsse folgte die Stille der Klinik.
Wenige Augenblicke nach dem Tod des Geiers war
eine Armada von Polizisten und Sanitätern in die
Lagerhalle gestürmt. Sam wurde, ohne dass er seine
ausdrückliche Zustimmung gegeben hatte, in seine
Klinik gefahren, um sich einer Reihe von Untersuchungen zu unterziehen.

»Sie haben Glück gehabt«, bemerkte Claire, »die
Kugel ist durch den Trapezmuskel gedrungen, ohne
den Knochen zu treffen. Doch in ein paar Tagen
müssen wir einen Infektions-Check-up machen,
weil das Muskelgewebe zerfetzt wurde und ...«

»Ist schon gut. Vergessen Sie nicht, dass ich auch
Arzt bin. Und mein Fußgelenk?«

Sie reichte ihm das Ergebnis der Röntgenunter-
suchung.

»Es ist nicht gebrochen, Sie haben lediglich eine böse Verstauchung. Und die Tatsache, dass Sie Arzt sind, erspart Ihnen nicht, eine Ruhepause von vierzehn Tagen einzulegen. Wenn Sie brav sind, mache ich Ihnen vielleicht einen schönen Kompressionsverband.«

Sam verzog den Mund und wandte den Kopf ab. Ein Plastikschlauch in seinem Arm behinderte seine Bewegungen. Doch der Koloss in dunkler Uniform, der vor der halb geöffneten Tür Wache hielt, entging ihm nicht.

»Claire, ich muss Sie um einen Gefallen bitten.«

»Was bringt mir das ein?«, fragte die junge Ärztin und nahm den Eisbeutel vom Fußgelenk ihres Patienten.

»Meinen aufrichtigsten Dank«, erwiderte Sam.

»Sowie ein Dinner bei Jean-Georges. Dort gibt es himmlische Desserts.«

»Einverstanden.«

Er deutete mit dem Daumen auf den FBI-Agenten. In diesem Augenblick kam eine Krankenschwester mit Krücken herein. Der Polizist nutzte die Gelegenheit und folgte ihr ins Krankenzimmer. Der Mann wirkte wie ein Kleiderschrank und hatte den traditionellen Bürstenhaarschnitt, den viele seiner Kollegen trugen. Er ging auf das Bett zu und präsentierte seinen Ausweis.

»Guten Abend, Mr Galloway, ich bin Agent Hunter. Ich weiß, es ist vielleicht nicht der rechte Augenblick, aber ich muss Ihnen ein paar Fragen stellen.«

»Ganz zu Diensten«, erwiderte Sam und tat so, als sei er kooperativ.

Claire hatte erraten, was Sam von ihr erwartete, und mischte sich ein.

»Das ist völlig unmöglich«, sagte sie in strengem Ton, »die ernsten Verletzungen meines Patienten erfordern absolute Ruhe.«

»Ich werde es kurz machen«, versprach Hunter, »nur ein paar Klarstellungen, um die Aussagen von Officer Rutelli zu untermauern.«

»Ich bin strikt dagegen«, sagte sie streng und drängte ihn zur Tür.

Aber Hunter war entschlossen, sich nicht abwimmeln zu lassen.

»Geben Sie mir eine Viertelstunde.«

»Alles, was ich Ihnen geben werde, ist die Anweisung, zu verschwinden.«

»Sie bedrohen einen Bundesagenten!«, begehrte er auf.

»Genau«, erwiderte die junge Frau, ohne mit der Wimper zu zucken. »Dr. Galloway untersteht meiner Verantwortung und sein Gesundheitszustand lässt im Augenblick keine Befragung zu. Deshalb bitte ich Sie, nicht darauf zu beharren.«

»Hm … nun denn«, gab Hunter nach, verstimmt darüber, von dieser kleinen Weibsperson in die Flucht geschlagen zu werden. »Ich komme morgen früh wieder.«

»Tun Sie das«, erwiderte sie, »und benachrichtigen Sie mich vorher, damit ich Sie mit Blumen empfangen kann.«

Agent Hunter verließ das Krankenzimmer. Er unterdrückte einen Fluch und bedauerte die Zeit, die noch gar nicht so lange zurücklag, in der Frauen wussten, wo sie hingehörten.

Sobald der Polizist draußen war, schob Sam die

Bettdecke zurück, setzte sich an die Bettkante und befreite sich von seiner Infusion.

»Darf ich wissen, was Sie vorhaben?«

»Ich gehe nach Hause.«

»Sie legen sich sofort wieder hin«, befahl Claire. »Für wen halten Sie sich? Für Superman? Es kommt überhaupt nicht in Frage, dass Sie die Klinik verlassen.«

Mit dem Bein stieß Sam den Wagen mit den Instrumenten zum Vernähen der Wunden zurück und griff nach seinen Kleidern.

»Ich unterzeichne Ihnen alles, was Sie der Verantwortung enthebt, wenn Sie das beruhigt.«

»Darum geht es nicht, sondern um gesunden Menschenverstand. Sie sind gerade dem Tod von der Schippe gesprungen und Ihre Schulter und Ihr Fußgelenk sind in einem erbärmlichen Zustand. Es ist jetzt 21 Uhr und die Außentemperatur beträgt minus zehn Grad. Was können Sie denn machen, außer das Bett zu hüten?«

»Ich muss eine Frau finden«, erwiderte Sam und erhob sich.

»Eine Frau!«, rief Claire überrascht aus. »Glauben Sie etwa, sie findet Sie mit Ihren Krücken und Ihrem Verband unwiderstehlich?«

»Darum geht es nicht.«

»Und wer ist überhaupt diese Frau?«

»Ich glaube nicht, dass Sie das was angeht.«

»Doch, das geht mich was an!«

»Sie ist Französin«, begann Sam.

»Das hat mir gerade noch gefehlt«, scherzte sie. »Jetzt hätte ich Sie endlich mal eine ganze Nacht für mich allein, und Sie betrügen mich mit einer Französin.«

Sam lächelte ihr zu und humpelte zur Tür.

»Claire, vielen Dank für alles.«

Sie geleitete ihn über den Flur und wartete, bis der Arzt im Fahrstuhl stand. Dann fragte sie ihn:

»Sam, erklären Sie mir bitte noch eines.«

»Ja?«

Ihre Blicke trafen sich in dem Augenblick, als die Tür sich wieder schloss. »Warum sind es immer die Gleichen, die Glück haben?«

Der Fahrstuhl endete in der Klinikhalle, die mit ihrer Fensterfront und ihren Grünpflanzen wie ein Wintergarten wirkte. Sam humpelte durch die Halle, um sich zu erkundigen, wo Jodie untergebracht war. Bevor er zu Juliette ging, wollte er sich vergewissern, dass das junge Mädchen in guten Händen war.

Er blieb kurz stehen, um durch die Fenster auf die Schneelandschaft zu blicken. Er mochte die Klinik bei Nacht, wenn die ganze Geschäftigkeit des Tages vorbei war. Er kannte das Gebäude in- und auswendig. Es war sein Bereich, vielleicht der einzige Ort der Erde, wo er sich zu Hause fühlte, und nützlich.

Am Ende eines Flurs stieß er behutsam die Tür des Zimmers auf, das ihm eine Krankenschwester genannt hatte.

Mark Rutelli wachte an Jodies Bett. Mit verschränkten Armen stand er neben einem Stuhl, wachsam wie ein Panter, bereit, bei der geringsten Gefahr, die seinem Schützling drohte, zum Angriff überzugehen.

Er empfing Sam mit einem Kopfnicken. Nach dem Schusswechsel hatten die beiden Männer noch nicht miteinander gesprochen, aber sie wussten beide, dass sie durch ein seltsames Band miteinander verbunden waren. Rutelli erkundigte sich stirnrunzelnd nach seiner Verletzung und Sam schüttelte gleichmütig den Kopf, wie jemand, dem schon Schlimmeres zugestoßen war.

Dann ging der Arzt auf das Bett des jungen Mädchens zu. Lediglich ihr blasses zartes Gesicht lugte unter einem Betttuch und einer Decke hervor.

Auf dem Nachttisch brannte eine kleine Lampe, die beruhigendes Licht verbreitete. Automatisch überprüfte Sam die Infusionsschläuche und studierte das Krankenblatt am Ende des Betts.

»Man muss Mittel und Wege finden, sie endgültig von den Drogen abzubringen«, flüsterte Rutelli beunruhigt. »Sonst wird sie irgendwann daran zugrunde gehen.«

Sam hatte bereits darüber nachgedacht.

»Ich werde mich darum kümmern«, versprach er. »Ich kenne in Connecticut eine Entzugsklinik, die gute Erfolge erzielt. Sie ist immer überfüllt, aber ich werde mich gleich morgen darum kümmern.«

Rutelli brummte etwas Ähnliches wie danke. Schweigend betrachteten sie beide das Mädchen. Dann sagte der Polizist: »Gehen Sie jetzt schlafen. Sogar Helden brauchen Schlaf. Außerdem sehen Sie leichenblass aus.«

»Sie sehen auch nicht besser aus«, erwiderte Sam und verließ den Raum

Nervös ging Juliette in der Wohnung auf und ab. Seit ihrem Streit am Nachmittag hatte sie nichts mehr von Sam gehört. Jedes Mal, wenn sie ihn auf dem Handy erreichen wollte, antwortete nur die

Mailbox. Daraufhin hatte sie beschlossen, ihn in seiner Wohnung zu erwarten.

Sie drückte die Stirn gegen die kühle Scheibe und betrachtete die Lichter in der Ferne. Selbst wenn ihre Geschichte hier zu Ende sein sollte, musste sie ein letztes Mal mit ihm reden, um die Dinge zu klären. Sie wusste nicht, was sie von der »anderen Frau« halten sollte, aber eines war sicher: Sie nahm es Sam sehr übel, dass er sie belogen hatte.

Juliette zündete ein paar Kerzen an, die das Wohnzimmer in sanftes Licht tauchten. Sie erinnerte sich voller Wehmut an ihre erste Liebesnacht. Doch schnell verdrängte sie diesen Gedanken. Es war nicht der richtige Augenblick, den Dingen nachzutrauern. Sie machte sich Vorwürfe, weil sie an die Liebe geglaubt hatte. Als gute Literatin hätte sie die Warnungen von Kant und Stendhal ernst nehmen sollen: Die Liebe schafft Qualen und erzeugt Schmerz; die Liebe ist nur eine verräterische Sonne, eine Droge, die uns daran hindert, die Wahrheit zu sehen. Wir glauben immer, jemanden um seiner selbst willen zu lieben, doch in Wahrheit lieben wir an ihm nur die Vorstellung von der Liebe.

Um auf andere Gedanken zu kommen, schaltete sie den Fernseher ein. Ein Nachrichtensender lief. Unter der Brust der Nachrichtensprecherin, einer üppigen Brünetten à la Monica Lewinsky, leuchtete der rote Streifen *Terroralarm in New York*. Der Polizei sei es soeben gelungen, ein Attentat am Washington Square zu vereiteln. Die Reportage, die wie der Vorspann zu einem Actionfilm inszeniert war, schilderte das Drama eines jungen fünfzehnjährigen Mädchens, das von einem Psychopathen in eine menschliche Bombe verwandelt worden war. Unter dem Vorwand, an die Vorsicht zu appellieren, leierte die Sprecherin erneut die gefürchteten Begriffe herunter: al-Qaida, Saringas, Bombe, Anthrax.

Seit Juliette in New York lebte, war sie die Dramatisierung der Nachrichten gewöhnt. Müde drückte sie auf die Fernbedienung, um diese Litanei zu beenden.

In der Klinikhalle, neben den Automaten, befanden sich öffentliche Telefonzellen. Sam kramte in seiner Tasche nach Münzen. Er musste unbedingt Juliette finden. Er versuchte es mit Colleens Nummer. Sie war zu Hause, aber sie wusste nicht, wo Juliette war, und Sam entschuldigte sich, sie belästigt zu haben.

Etwas enttäuscht ging er auf den großen Parkplatz hinaus und stieg in eines der Taxis, die auf Kranke warteten. Er fror, da sein Mantel noch in seinem Jeep lag. Seine Verletzung zwang ihn, das Oberteil des Krankenhauspyjamas anzubehalten, und er hatte nur noch sein Jackett, um sich warm zu halten.

»Alles in Ordnung, Sir?«, erkundigte sich der Taxifahrer und beobachtete ihn durch den Rückspiegel.

»Es geht«, erwiderte er und lehnte sich im Sitz zurück. Der Wagen fuhr los. Im Radio sang Cesaria Evora ein trauriges Lied.

Sam legte die Hand auf die Stirn und stellte fest, dass er Fieber hatte. Er war erschöpft. Dieser Tag war einer der härtesten seines Lebens gewesen. Graces Tod hatte ihn tief berührt und er verstand, was er erlebt hatte, nur zum Teil.

Eingelullt von der Stimme der kapverdischen Sängerin schloss er die Augen und sank in einen unruhigen Schlaf.

Sie war gekommen, um Sam mitzuteilen, dass sie schwanger war. Sie war ihm die Wahrheit schuldig. Doch wie auch immer seine Reaktion sein sollte, sie hatte beschlossen, das Kind zu bekommen. Sie hatte den ganzen Nachmittag darüber nachgedacht. Zu ihrem großen Erstaunen hatte sich diese Entscheidung wie von selbst ergeben und ihr wurde jetzt klar, dass sie immer schon gewusst hatte, dass sie eines Tages Leben in sich tragen würde.

Trotz der unsicheren Zukunft.

Trotz der Leiden der Welt und des Wahnsinns der Menschen.

Fröstelnd versuchte Juliette die Heizung aufzudrehen, doch ohne Erfolg. Um sich zu wärmen, zog sie eine von Sams Jacken an, die über einem Sessel lag, und kuschelte sich in die Sofaecke. Die Jacke roch nach Sam, und sie spürte, wie ihr eng ums Herz wurde. Ihre Gefühle waren so stark, dass sie Gänsehaut bekam. Mit dem Ärmel wischte sie eine Träne ab, die über ihre Wange rollte.

Scheiße, wie ist es möglich, dass mich ein Kerl in diesen Zustand versetzen kann?

Ein zerknülltes Stück Papier lugte aus einer der Seitentaschen hervor. Neugierig nahm sie es heraus und glättete es. Es war die Kopie eines zehn Jahre alten Zeitungsartikels.

Grace Costello, eine Polizistin des 36. Bezirks, wurde gestern Nacht am Steuer ihres Wagens tot aufgefunden. Sie ist von einem Schuss in die Schläfe getötet worden. Im Augenblick sind die Umstände ihres Todes noch unklar ...

Juliette überflog flüchtig die ersten Zeilen. Dann betrachtete sie die beiden Fotos, die den Artikel umrahmten, und erkannte die Frau, die sie am frühen Nachmittag in Begleitung von Sam gesehen hatte. Ungläubig rieb sie sich die Augen. Doch es bestand kein Zweifel: es war dieselbe Person.

Aber weshalb war sie in all den Jahren nicht gealtert? Und vor allem: Was tat sie in den Straßen von Manhattan, wenn sie vor zehn Jahren gestorben war?

Juliette schüttelte ratlos den Kopf, als sie hörte, wie die Eingangstür geöffnet wurde. Sie stürzte zur Treppe und gab einen Laut des Erstaunens von sich, als sie Sam sah. Er war auf zwei Krücken gestützt und gerade damit beschäftigt, einen Verband an der Schulter zu arrangieren. Im Nu verwandelte sich der Zorn, der sich in ihr aufgestaut hatte, in Besorgnis, und sie lief schnell die Treppe hinunter.

»Was ist mit dir passiert?«

Er zog sie an sich und vergrub den Kopf an ihrem Hals. Der Duft ihres Haares war der erste beruhigende Augenblick dieses Tages. Sie machte sich von ihm los und betrachtete ihn voll panischer Angst. Ihre bläulich angelaufenen Lippen zitterten vor Kälte. »Du glühst ja«, stellte er fest, als er die Hand auf ihre Wange legte.

»Es geht schon«, beruhigte sie ihn.

Sie half ihm die Stufen hoch. Als sie oben waren, entdeckte er den Zeitungsartikel, der auf dem Tisch lag.

»Wer ist diese Frau?«, fragte sie gepresst.

»Eine ehemalige Polizistin«, erklärte er, hin- und hergerissen zwischen dem Willen, nicht mehr zu lügen, und der Unmöglichkeit, die Wahrheit zu sagen. »Eine Freundin, die mich gebeten hat, ihre Tochter zu finden.«

»Aber sie ist vor zehn Jahren gestorben.«

»Nein, sie ist heute gestorben.«

Er wollte sie erneut in die Arme nehmen, aber sie stieß ihn zurück.

»Ich verstehe kein Wort«, stieß sie hervor.

»Hör zu, ich kann dir nicht mehr sagen, ich flehe dich aber an, vertrau mir. Und ich verspreche dir, dass diese Frau nicht meine Geliebte ist, wenn dich das quälen sollte.«

»Und ob mich das quält!«

Sam war sich sehr wohl bewusst, dass er ihr eine Erklärung schuldete, und zwar eine ehrliche. Er erzählte ihr also in groben Zügen Jodies Geschichte und ihre Entführung durch den Geier. Er berichtete, wie Grace erschossen wurde und er selbst nur dank des Eingreifens von Mark Rutelli gerettet worden war. Um zu erklären, weshalb der Zeitungsartikel Graces Tod verkündete, behauptete Sam, dass sie vor zehn Jahren im Rahmen eines Zeugenschutzprogramms eine neue Identität angenommen habe. Das war seine einzige Konzession an die Wahrheit.

»Du wärst fast umgekommen!«, stellte sie fest, als er seinen Bericht beendet hatte.

»Ja, in dem Augenblick, als dieser Wahnsinnige seine Waffe auf mich richtete, dachte ich, dass ich jetzt sterben würde, und ich dachte …«

Er hielt inne, ging ein paar Schritte auf Juliette zu und umfing ihr Gesicht mit beiden Händen.

»Was hast du gedacht?«

»... da habe ich endlich jemanden gefunden, den ich liebe, und es ist mir nicht einmal vergönnt, es ihr zu sagen.«

Sie blickte zu ihm hoch und umarmte ihn behutsam. Zwischen zwei leidenschaftlichen Küssen gelang es ihm hervorzupressen:

»Ich wollte dich etwas fragen ...«

»Ich höre«, erwiderte sie und küsste ihn.

Er öffnete die ersten Knöpfe ihrer Bluse.

»Du wirst mich bestimmt für einen Narren halten, aber ...«

»Sag.«

»Was wäre, wenn wir ein Kind zeugen würden?«

Eine Stunde später.

Sam und Juliette lagen auf dem Sofa, die Beine ineinander verschlungen, eng aneinander geschmiegt.

Sie hatten die Heizung ganz hochgestellt und eine Flasche Wein aufgemacht. Die Rolling Stones sangen *Angie.*

Sam stellte fest, dass Juliette eingeschlafen war, den Kopf an seine Brust geschmiegt. Eine lange blonde Haarsträhne fiel über ihre Wange. Mit den Fingerspitzen streichelte er ihre Brust, die sich regelmäßig hob und senkte. Er rührte sich nicht, um sie nicht aufzuwecken, legte lediglich die Hand auf ihren Leib. Ein Kind! Sie würden ein Kind bekommen! Als Juliette es ihm gesagt hatte, hatte er vor Freude geweint. Doch jetzt gelang es ihm nicht, sich zu entspannen. Warum? Weil er dem Glück misstraute?

Wenn alles zu gut läuft, dauert es im Allgemeinen nie lange, überlegte er gerade, als ihn das aggressive Geräusch der Haustürklingel aus seiner Lethargie riss.

Juliette schreckte aus ihrem Halbschlaf hoch. Sie hüllte sich in eine Decke und im Nu fand sie ihre Dynamik und Vitalität wieder.

»Soll ich nachfragen, wer es ist?«

»In Ordnung«, willigte Sam ein, der froh war, sich nicht hochrappeln und zur Sprechanlage gehen zu müssen.

Er griff nach der Fernbedienung der Hi-Fi-Anlage und brachte mit einem Knopfdruck Mick Jagger zum Verstummen.

»Es ist deine Nachbarin«, berichtete ihm Juliette, als sie wieder ins Zimmer kam. »Sie behauptet, dein Jeep stünde auf ihrem Parkplatz.«

Sam furchte die Stirn.

Welche Nachbarin? Und wie sollte sein Landrover hier sein, wenn er doch im Parkhaus des Geiers zerschossen wurde?

Die Besorgnis, die er vor ein paar Minuten gespürt hatte, wurde immer stärker. »Lass mich mal sehen«, sagte er, zog sich einen Bademantel und dann den Mantel über.

Er stieg die Treppe hinunter und trat vor die Haustür, die Kälte nahm ihm fast den Atem.

»Ist da jemand?«, rief er.

Niemand antwortete.

Eine Nebelschicht hatte sich über die Häuser gesenkt. Sam tat ein paar Schritte in die Dunkelheit, fast blindlings.

»Galloway.«

Er wandte sich um, verblüfft über den Klang der Stimme, die ihn ansprach: Grace Costello, die sich an einen Laternenpfahl lehnte, betrachtete ihn traurig. Ihr Gesicht, erhellt durch das milchige Licht, glänzte porzellanfarben.

»Grace?«

Ungläubig ging er auf sie zu.

Das war doch nicht möglich! Er hatte miterlebt, wie sie von Kugeln zerfetzt auf dem Boden lag. Und der Geier schoss nicht ins Leere: seine Schulter und die Windschutzscheibe seines Autos waren die besten Beweise dafür.

»Ich … ich verstehe nicht.«

Als Arzt hatte er manchmal Aufsehen erregende, ja wundersame Heilungen erlebt, aber niemand konnte ein paar Stunden später, nachdem er aus einer Automatikpistole einen Kugelhagel verpasst bekommen hatte, wieder auf den Beinen sein.

»Sie sind nicht …«

Grace öffnete ihre Jacke und löste die beiden Klettverschlüsse, die auf jeder Seite eine kugelsichere Weste festhielten. Sie nahm die Weste ab, die ihr die Brust einschnürte, und warf sie dem Arzt vor die Füße.

»Tut mir Leid, Sam.«

Etwas in ihm zerbrach. Noch nie war sein Verstand so heftig erschüttert worden. In seinem Kopf, in seinem Körper geriet alles aus den Fugen: der Kummer und die Schuldgefühle, die er seit Federicas Tod empfand; der Schock, knapp dem Tod entronnen zu sein, den der Geier ihm zugedacht hatte; die traumatischen Erinnerungen seiner Vergangenheit, denen zu entfliehen er versucht hatte, die ihn aber unaufhörlich einholten; die tiefe Freude, die er empfunden hatte, als er erfuhr, dass Juliette schwanger war; und jetzt noch dieses Wiederauftauchen von Grace, die er für tot gehalten hatte.

Er ließ sich auf die mit Schnee bedeckten Stufen fallen, die zum Hauseingang hochführten, vergrub den Kopf zwischen den Händen und weinte vor Angst, Wut und Verständnislosigkeit.

»Tut mir Leid«, wiederholte Grace, »aber ich habe Sie gewarnt: Ich werde hier bleiben, bis meine Aufgabe zu Ende geführt ist. Ich kann nur *mit* Juliette *heimkehren*.«

»Nicht jetzt!«, flehte er, »nehmen Sie sie mir nicht jetzt.«

»Der Zeitpunkt hat sich nicht geändert: übermorgen an der Drahtseilbahn von Roosevelt Island. Es tut mir wirklich Leid, es entspricht nicht meinem Willen«, erklärte Grace und zog sich zurück.

»Das lasse ich nie und nimmer zu!«, rief Sam, als er sich endlich wieder aufgerappelt hatte.

»Wir reden noch mal darüber, aber nicht jetzt.«

»Wann dann?«

»Morgen früh, ich erwarte Sie im Battery Park.«

Er spürte Mitgefühl in ihrer Stimme, als ob er der Kranke wäre und sie die Ärztin.

War das alles wirklich so erstaunlich? War er nicht im Grunde seines Herzens immer davon überzeugt gewesen, dass ihm, wenn überhaupt, nur kurze Momente des Glücks gewährt würden, als läge ein Fluch, dessen Sinn er nicht begriff, über all seinem Handeln?

Bevor Grace in der Nacht verschwand, sagte sie:

»Sam, ich bin ungern zurückgekehrt, ich hätte mir gewünscht, dass das alles anders enden würde …«

Und Sam begriff, dass sie es ehrlich meinte.

28

Nichts ist so sicher wie der Tod.
Nichts ist weniger sicher als die Stunde,
in der er eintritt.

Ambroise Paré

Freitag – 8:12 Uhr

Grace schlug den Kragen ihrer Jacke hoch. Windböen fegten über den Battery Park an der Südspitze Manhattans. Grace ging auf die lange Promenade am Fluss zu, die ein atemberaubendes Panorama bot. Trotz der frühen Morgenstunde und der Kälte wimmelte es bereits von Touristen und Joggern. Sie setzte sich auf eine Bank und starrte aufs Wasser.

Die reine kalte Luft brannte in ihren Augen und sie fröstelte. Seit sie zurückgekehrt war, nahm sie kleine Details mit ganz neuer Schärfe wahr: die Farbe des Himmels, der Schrei der Möwen, das Gefühl des Windes in den Haaren ... Sie wusste, dass sich ihr Aufenthalt hier unten dem Ende näherte und dass sie bald auf all das, was Lebensgenuss ausmachte, verzichten musste. Doch seit sie ihre Tochter wiedergesehen hatte, hatte sie wieder Spaß am Leben, und das machte sie anfällig und verletzbar.

Menschlich.

Ihr war klar, dass sie sich ihrer Aufgabe nicht entziehen konnte, dass sie gezwungen war, sie zu Ende zu bringen ... Doch die Vorstellung war ihr unerträglich geworden. Gleichzeitig stellte sie sich immer wieder die gleichen Fragen: Warum war sie immer noch nicht in der Lage, sich genau an die Tage vor ihrem Tod zu erinnern? Warum hatte man Spuren von Drogen in ihrem Körper gefunden? Und vor allem, warum hatte man sie ausgewählt, um diese seltsame Aufgabe auszuführen, deren Sinn sie immer noch nicht begriff?

Als Sam die Augen aufschlug, war Juliette nicht mehr da. Sie waren beide bis zum Morgengrauen wach geblieben. Erst im Licht der Morgendämmerung war er durch das Schmerzmittel, das er genommen hatte, in eine Art Halbschlaf gefallen.

Voller Panik war er auf einen Schlag hellwach, doch eine Nachricht auf dem Kopfkissen beruhigte ihn:

Mein Liebster,
ich muss zum Konsulat, um meine Situation zu klären. Wir sehen uns später. Pass auf dich auf.
Ich liebe dich.
Juliette
PS: Denk mal über Vornamen für unser Baby nach. Mir gefällt Matteo, wenn es ein Junge wird, und Alice, wenn wir eine Tochter bekommen. Oder warum nicht Jimmy und Violette?

Sam ließ sich wieder auf das Kopfkissen fallen und versuchte ein wenig von dem Duft der Frau einzuatmen, die er liebte. Dann rappelte er sich hoch und ging ins Bad, wo ihn über dem Spiegel eine mit Lippenstift geschriebene Nachricht erwartete:
Oder vielleicht Adriano und Céleste?
Oder Mathis und Angèle …?

Und wenn es *Zwillinge* werden, überlegte er plötzlich und begeisterte sich an dieser Vorstellung.

In der Küche stellte er fest, dass auf dem Kühlschrank die magnetisierten Buchstaben in Form von Dschungeltieren verschoben worden waren, um zwei neue Worte zu bilden. Es gelang ihm, sie zu entziffern: Guillermo, dann etwas tiefer Claire-Lise. Er fragte sich, wie man wohl diese Namen aussprach.

Sam kleidete sich trotz seiner Schulterverletzung so gut wie möglich an und trat auf die Straße. Da es noch früh war, hatte er keine Mühe, ein Taxi zu finden.

»Battery Park«, erklärte er dem Fahrer.

Sam stieg vor den Hochhäusern von Lower Manhattan aus. Er spürte eine seltsame Leere in der Magengegend und ihm wurde bewusst, dass er seit vierundzwanzig Stunden nichts mehr gegessen hatte. Also machte er vor dem erstbesten Starbucks Halt, um ein kleines New Yorker Frühstück zu bestellen: einen Bagel und einen großen Kaffee, den er im Gehen trank.

Plötzlich klingelte sein Handy. Jemand hatte ihm eine Nachricht hinterlassen. Juliettes Stimme erklärte ihm:

Vielleicht auch Manon oder Emma oder Lucie, Hugo, Clément, Valentin, Garance, Tony, Susan, Constance oder Adèle ...

Enttäuscht spürte er, dass er das, was ein Augenblick der Freude und der Verbundenheit hätte sein sollen, nicht genießen konnte.

Hinkend ging er um Castle Clinton herum, das kleine Fort inmitten des Parks, das einst dazu diente, den Hafen zu verteidigen. Er hatte sich entschieden, ohne Krücken zu gehen, was er bereits bitter bereute. Kurz vor dem Landungssteg kam ihm Grace entgegen.

Erneut war er überrascht, dass sie am Leben war. Als er heute Morgen aufgewacht war, hatte er sich fast gewünscht, dass ihre Begegnung vom Vortag nur in seiner Vorstellung stattgefunden hätte. Schließlich hatte er Fieber und delirierte im Schlaf.

Aber es war nicht der richtige Zeitpunkt zu träumen.

Fast verlegen legte Grace die Hand auf seinen Unterarm und erkundigte sich leicht gehemmt:

»Ich hoffe, Ihre Verletzungen bereiten Ihnen nicht allzu große Schmerzen.«

»Wie Sie sehen, bin ich in Höchstform«, erwiderte er halb aggressiv, halb resigniert. »Wie wär's mit einer kleinen Partie Squash, würde Ihnen das zusagen?«

»Noch einmal, es tut mir Leid, Sam.«

»Hören Sie auf, ständig Ihr Bedauern zu äußern«, rief er aufgebracht, »das ist zu einfach! Sie platzen in mein Leben und verkünden mir, dass die Frau, die ich liebe, sterben wird, und da erwarten Sie, dass ich Samba tanze, um meine Freude zu bekunden.«

»Sie haben ja Recht«, murmelte sie begütigend.

Beide waren starr vor Kälte. Um sich aufzuwärmen, ließen sie sich von dem Strom der Fahrgäste zum Terminal der Fähren nach Staten Island mitführen. Sam versuchte zu verbergen, dass ihm das Gehen schwer fiel, doch Grace bemerkte es wohl. Sie wollte ihm helfen, aber er wies sie zurück.

Eine Fähre legte gerade ab. Wortlos entschieden sie mitzufahren. Die Fahrt war kurz, kostenlos und vor allem war die Fähre geheizt.

Trotz der Kälte ging Sam auf das Vorderdeck und Grace folgte ihm. Wie bei ihrer ersten Begegnung reichte sie ihm einen Becher Kaffee. Sam nahm ihn, trank einen Schluck und verzog den Mund. Der Kaffee war eine dünne Brühe, aber zumindest wärmte er die Hände.

So standen sie eine Zeit lang nebeneinander und schlürften das heiße Getränk. Wortlos blickten sie zum bläulichen Horizont. Grace ließ den Blick über Ellis Island und die Docks von Brooklyn schweifen, als ob sie sie zum ersten Mal sehen würde. Sam zündete eine Zigarette an und atmete langsam den Rauch aus. Vor ihnen erhob sich die Freiheitsstatue mit ihrer Fackel.

»Wissen Sie, Sam, selbst wenn ich mich weigern würde, meine Aufgabe zu erfüllen, würde man jemand anderen schicken.«

»Jemand anderen?«

»Einen anderen *Boten*, um den Fehler zu korrigieren ...«

»Den *Fehler* zu korrigieren! Darf ich Sie darauf aufmerksam machen, dass Sie von einem Menschenleben reden.«

»Ich bin mir dessen sehr wohl bewusst, aber ich habe es Ihnen ja bereits erklärt: Juliette muss sterben, deshalb hat man mich geschickt. Ich habe mich nicht um diese Aufgabe gedrängt und glauben Sie mir, ich erfülle sie wahrlich nicht mit freudigem Herzen.«

Erneut trat Sam für die Frau, die er liebte, ein.

»Ich hasse diese Vorstellung von der Vorherbestimmung. Mein ganzes Leben lang habe ich darum gekämpft, kein Sklave des Determinismus zu sein. Ich wurde in einem der schlimmsten Viertel dieser Stadt geboren und damit war mein Schicksal eigentlich vorprogrammiert. Aber ich habe darum gekämpft, nicht kriminell zu werden, und ich habe es geschafft.«

»Sam, das haben wir alles schon besprochen. Ich habe nie behauptet, die menschlichen Handlungen seien bis ins kleinste Detail vorprogrammiert, noch dass das Leben die Inszenierung eines im Voraus geschriebenen Drehbuchs sei.«

Sie blickte ihm intensiv in die Augen, dann fuhr sie fort:

»Ich habe Ihnen nur gesagt, dass es Dinge gibt, denen man nicht entgehen kann.«

Sam fielen keine weiteren Argumente ein. Gestern Abend, als er Grace nach dem Schusswechsel wiedersah, hatte er begriffen, dass der Kampf von vornherein verloren war. Trotzdem fügte er wie einen Aufschrei des Herzens hinzu: »Aber ich liebe sie!«

Grace bedachte ihn mit einem nachsichtigen Blick.

»Sie wissen genau, dass Liebe nicht ausreicht, um jemanden vor dem Tod zu bewahren. Ich liebte meine Tochter, ich liebte Mark Rutelli, doch das hat nicht verhindert, dass ich eine Kugel in den Kopf bekam ...«

Sie schwieg einen Augenblick lang nachdenklich und fügte dann, wie zu sich selbst, hinzu: »Am meisten bedauere ich, dass ich gestorben bin, ohne ihm meine Liebe gestanden zu haben.«

Sam hatte sich eine zweite Zigarette angezündet, die von allein herunterbrannte, so sehr war er in die Unterhaltung mit Grace vertieft. Mittlerweile hatte die Fähre in Staten Island angelegt, aber die meisten Passagiere blieben an Bord, um nach Manhattan zurückzukehren.

Seitdem Sam wohl oder übel die unbeschreibliche Geschichte von Grace glauben musste, quälten ihn Fragen über das Wesen des Lebens und des Todes. Hatte das menschliche Leben eine Zweckbestimmtheit oder war es nur ein biologischer Mechanismus? Und der Tod ... War er sinnlos oder bedeutete er einen Übergang in ein anderes Leben, in ein Jenseits, in das wir alle eingehen würden?

Seit er in seiner Jugend auf einen Mann geschossen hatte, konnte er nie wieder den Tod anderer akzeptieren und fühlte sich trotz seines Berufs jedes Mal, wenn er mit ihm konfrontiert wurde, hilfloser. Und versuchte er, den Tod zu leugnen, holte er ihn unweigerlich wieder ein.

Er sah Federicas Gesicht vor sich, die er nicht hatte retten können, dann Angela, die kleine Patientin, die er erst kürzlich verloren hatte. Er dachte sogar an den Geier, dessen gewaltsamer Tod ihn ebenfalls verfolgte. Wo waren sie jetzt, all diese Toten?

Häufig hatte er mit asiatischen Patienten diskutiert, die glaubten, dass etwas in uns unsterblich sei und in anderer Form weiterlebe. Andere Male war er verwirrt von den Berichten jener Patienten, die eine Nahtoderfahrung gemacht hatten: der Lichttunnel, das Gefühl des Wohlbehagens, das Wiedersehen mit den Verstorbenen ... Aber zu überzeugen war er nicht gewesen, auch nicht durch die schönen Worte von Pater Hathaway, der ihn in seiner Kindheit ermahnt hatte, Gott zu suchen und auf seine Existenz zu vertrauen.

Aber da Grace auf der *anderen Seite* gewesen

war, konnte sie ihm vielleicht das *große Geheimnis* enthüllen.

Mit einer Mischung aus Neugier und Sorge fragte er sie: »Und was kommt danach?«

»Wonach?«

»Sie wissen genau, was ich meine.«

Grace antwortete nicht sofort. Ja, sie wusste, was Sam meinte. Sie hatte von Anfang an gewusst, dass sie früher oder später auf dieses Thema kommen würden.

»Nach dem Tod? Es tut mir Leid, Sie zu enttäuschen, aber ich erinnere mich an nichts.«

»Das kann ich nicht glauben.«

»Es ist aber die Wahrheit.«

»Haben Sie keinerlei Erinnerung an die letzten zehn Jahre?«

»In meiner Erinnerung ist es, als ob es diese zehn Jahre nie gegeben hätte.«

»So ist also der Tod: ein riesiges schwarzes Loch …«

»Keineswegs. Die Tatsache, dass ich mich an nichts erinnere, bedeutet nicht, dass es da nicht etwas gäbe, sonst wäre ich nicht hier. Ich glaube eher Folgendes: Die *Boten*, die zur Erde geschickt werden, erinnern sich an nichts, weil das Geheimnis des Todes gewahrt bleiben muss. Denn zu Lebzeiten können die Menschen niemals Zugang zu dem haben, was danach kommt. Ich weiß nur, dass wir nicht zufällig auf der Erde sind.«

Angesichts seiner Verwirrung fügte sie mit sanfterer Stimme hinzu:

»Glauben Sie nicht, dass mir das nicht auch Angst einjagt. Ich fühle mich hilflos und ohnmächtig, und wenn Sie es genau wissen wollen, ich habe

Angst, dorthin zurückzukehren. Dagegen weiß ich, dass ich einen Auftrag ausführen muss und dass ich, abgesehen davon, nicht in das Leben der Menschen eingreifen darf.«

»Als es darum ging, Ihre Tochter zu retten, hatten Sie keine Hemmungen!«

»Das stimmt«, räumte Grace ein, »als ich versuchte Jodie zu retten, war ich bereits teilweise meiner Aufgabe untreu.«

Sam zuckte die Schultern. Sein Handy klingelte, während die Fähre kehrtmachte, um nach Manhattan zurückzukehren. Er drückte die Empfangstaste.

»Ja?«

Es war Juliette. Der Empfang war schlecht und ihre Stimme schien von weit her zu kommen. An Deck wehte ein heftiger Wind, doch Sam schnappte ein paar Worte auf: »Ich bin in Eile ...«, »Ich liebe dich ...«, »Erkälte dich nicht ...« sowie eine Salve neuer Vornamen: »Jorge, Margaux und Apolline ...« Dann wurde die Verbindung gestört. Sam nahm es als ein Signal dafür, dass Juliette ihm bereits entglitt.

Während die ersten Passagiere von Bord gingen, beschloss Sam, seinen letzten Trumpf auszuspielen. In den letzten Tagen hatte er, ohne es sich einzugestehen, häufig über diese Möglichkeit nachgedacht. Seit dem Abend, als er die durch Angelas Zeichnungen formulierte Botschaft entdeckt hatte, wusste er wohl, dass seine Begegnung mit Grace Costello nicht folgenlos für ihn bleiben würde. Bei allem Unglauben hatte er doch Möglichkeiten erwogen, wie er Juliette retten konnte, und ihm war nur ein einziger Ausweg eingefallen.

»Wenn Sie unbedingt jemanden mitnehmen müssen, wenn diese *Ordnung der Dinge* beachtet werden muss ...«

»Ja?«

»Dann nehmen Sie doch mich mit! Akzeptieren Sie, dass ich anstelle von Juliette mit Ihnen in die Drahtseilbahn steige.«

Grace blickte ihn durchdringend an. Ihr Gesicht war seltsam weich, als ob sie nicht wirklich von Sams Vorschlag überrascht sei. Ihre Antwort ließ eine Weile auf sich warten. Sam öffnete den Mund, um etwas hinzuzufügen, besann sich jedoch.

»Es geht um Ihr eigenes Leben«, bemerkte Grace schließlich. »Das ist eine Entscheidung, die man nicht auf die leichte Schulter nimmt, und Sie könnten es in letzter Sekunde bereuen.«

»Ich habe genug darüber nachgedacht. Um Federica zu retten, habe ich einst ein Verbrechen begangen und habe sie letztlich doch nicht gerettet und mich selbst verloren. Um Juliette zu retten, habe ich heute keine andere Wahl als mein Leben für ihres zu geben. Nehmen Sie es«, flehte Sam.

»In Ordnung, Sie begleiten mich also.«

Eine Windböe erhob sich. Sam versuchte, seine Gefühle zu verbergen, aber er spürte, wie seine Beine zitterten.

»Bei der Drahtseilbahn von Roosevelt Island, nicht wahr?«

»Ja, morgen um 13 Uhr«, erläuterte Grace.

»Und wie kann ich Sie erreichen?«

»Ich melde mich bei Ihnen.«

»Nein, Grace«, sagte er und holte sein Handy raus. »Fortan sind Sie nicht mehr die Einzige, die hier die Regeln festlegt.«

Bevor sie die Zeit fand zu protestieren, schob Sam ihr keinen Widerspruch duldend das Handy in ihre Jacke. Dann ging er von der Fähre.

Grace verweilte noch ein paar Minuten auf der Fähre und beobachtete, wie sich der Arzt entfernte.

Im Augenblick lief ihr Plan so, wie sie ihn vorgesehen hatte.

29

*»Man würde gern zu der Seite
zurückkehren, wo man liebt.
Doch die Seite, auf der man stirbt,
liegt bereits vor uns.«*

Lamartine

Früher Nachmittag – St. Matthew's Hospital

Das kleine Zimmer von Jodie Costello lag im Halbdunkel. Die Tür ging leise auf und jemand steckte den Kopf durch die Türöffnung. Nachdem sich Grace davon überzeugt hatte, dass das junge Mädchen schlief, näherte sie sich lautlos dem Bett.

Behutsam legte sie eine zitternde Hand auf die Stirn ihrer Tochter. Erschüttert blieb sie reglos neben dem Bett stehen, während Tränen über ihre Wangen rollten. Nie zuvor hatte sie so empfunden: die tiefe Freude, endlich Jodie wiedergefunden zu haben, und der große Schmerz, nicht mit ihr reden zu können. Einen Augenblick lang war sie versucht, sie zu wecken, um ihr zu sagen, wie sehr sie sie liebte und wie ihr all das, was passiert war, Leid tat. Aber sie wusste, dass sie nicht das Recht dazu hatte und dass es nicht wünschenswert war: Jodie brauchte in erster Linie Ruhe und keinen neuen emotionalen Schock. Also begnügte sie sich damit, zu flüstern:

»Verzeih mir, dass ich dich in all den Jahren im Stich gelassen habe.«

Dann ergriff sie ihre Hand.

»Ich hoffe, dass jetzt alles besser für dich wird.«

Jodie hatte einen leichten Schlaf. Sie bewegte sich hin und her und murmelte irgendwelche unverständlichen Worte. Auf dem Nachttisch erkannte Grace das Foto, das sie selbst immer in ihrem Portmonee trug.

Sie erinnerte sich genau an den Tag, an dem das Foto aufgenommen worden war. Es war Anfang der neunziger Jahre ...

Es war ein schöner Herbsttag gewesen, ein Sonntag. Grace und Mark Rutelli hatten beschlossen, die Sonne auf der Insel Nantucket, im Süden von Boston, zu genießen. Sie hatten ihre Taschen am Madaket, dem Lieblingsstrand der Surfer, abgestellt und ihre Decken am Ufer ausgebreitet. Neben ihnen spielte Jodie, die gerade ihren ersten Geburtstag gefeiert hatte, im Sand und knabberte an einem Keks. Aus einem alten Radio klang ein Lied von Simon and Garfunkel, das von der Macht aufrichtiger Zuneigung handelte. Grace schloss die Augen. Sie fühlte sich gut, ruhig, eingelullt vom Plätschern der Wellen und einer sanften Sommerbrise.

Dann gab es Sandwiches mit Schwertfisch, Hühnchenpastete und, um Jodie eine Freude zu machen, Pancakes mit Heidelbeeren und Ahornsirup.

An jenem Tag hatten sie sich auch über ihre Zukunft bei der Polizei unterhalten. Ein ehemaliger Kollege, der eine eigene Versicherungsgesellschaft gegründet hatte, hatte ihnen gerade Arbeit angeboten, die besser dotiert und weniger gefährlich war als jene, die sie im Augenblick taten. Rutelli spielte mit dem Gedanken, das Angebot anzunehmen, während das für Grace nicht in Frage kam.

»Marko, ich mag meinen Job. Ich mag die Straße ...«

»Du magst es, ein mieses Gehalt zu haben, in einer alten Rostkarre herumzufahren und in einer schäbigen Wohnung zu leben?«

»Mach dich nicht lustig. Und im Übrigen ist meine Wohnung nicht schäbig.«

»Auf jeden Fall ist dieser Beruf zu gefährlich, vor allem für eine Frau.«

»Aha, das ist also der Punkt. Die typischen Argumente eines Machos.«

»Ich bin kein Macho.«

»Ich liebe diesen Beruf, ich will keinen geruhsamen Job. Mir gefällt die Vorstellung, mein Leben zu riskieren, um das anderer zu retten.«

»Grace, du nimmst zu viele Risiken auf dich. Du hast jetzt ein Kind, denk auch ein bisschen daran.«

»Ich vertraue meinem guten Stern.«

»Eines Tages wird dich das Glück verlassen.«

»Nun, wenn es mich verlässt, verlässt es mich eben. Ich kann genauso gut auf der Straße überfahren werden.«

Rutelli hatte nach dem Fotoapparat gegriffen und forderte Grace auf, sich mit Jodie vor dem Meer aufzustellen.

»Ich werde meinen Job nie und nimmer aufgeben«, wiederholte Grace und nahm ihre Tochter auf den Arm.

»Du musst auf alle Fälle vorsichtig sein«, wiederholte Rutelli. »Man lebt nur einmal.«

Sie hatte mit den Schultern gezuckt und ihm dabei ihr unwiderstehliches Lächeln geschenkt.

»Wer weiß, Marko? Wer weiß?«

Das Knarren der Tür brachte Grace ruckartig in die Gegenwart zurück. Die Krankenschwester überzeugte sich nur davon, dass bei Jodie alles in Ordnung war. Dann zog sie sich wieder zurück, ohne sich um Graces Anwesenheit zu kümmern.

Grace seufzte erleichtert auf, aber sie war sich sehr wohl bewusst, dass ihr Besuch hier riskant war. Sie konnte nicht ewig bleiben.

Jodie warf sich im Bett hin und her. Grace summte ihr, wie sie es früher oft getan hatte, die Melodie von Gershwin mit dem viel sagenden Titel *Someone to watch over me* vor. Dann beugte sie sich über das Bett und sagte leise:

»Ich weiß nicht, wohin ich gehe, ich weiß nicht, was mit mir geschehen wird, ich hoffe nur, dass ein Teil von mir bei dir bleibt, auch wenn du mich nicht sehen oder hören kannst.«

Plötzlich fuhr Jodie aus dem Schlaf hoch.

Jemand war in ihrem Zimmer.

Sie schlug die Augen auf und knipste die Nachttischlampe an.

Aber Grace war bereits verschwunden.

Chelsea – 151 West, 34. Straße

Mit seinen hunderttausend Quadratmetern und seinen zehn Stockwerken nahm Macy's auf der Seventh Avenue einen ganzen Häuserblock ein. Sam und Juliette wollten ihren Nachmittag in diesem

Einkaufstempel, dem *größten Kaufhaus der Welt*, beenden. Nach einem Bummel durch Soho und einer Eiscreme bei Serendipity hatten sie Zukunftspläne für die nächsten fünfzig Jahre geschmiedet. Sie hatten sich auch über die Vornamen ihrer drei Kinder, die Farbe der Rollläden ihres Hauses, die Marke ihres nächsten Autos und ihre Urlaubsziele geeinigt.

Juliette, die rundum glücklich war, strahlte. Leichten Schrittes ging sie durch die Gänge des Kaufhauses, fasziniert von Wiegen, Stofftieren und Strampelanzügen. Sam, der etwas hinter ihr ging, versuchte zu verbergen, dass er völlig niedergeschlagen war. Den ganzen Nachmittag hatte er über ein Glück sprechen müssen, das er nie erleben würde, denn er war sich bewusst, dass er seine letzten Stunden auf Erden verbrachte. Morgen zur gleichen Zeit würde er nicht mehr am Leben sein, und das jagte ihm eine Höllenangst ein. Dennoch, nicht eine Sekunde lang bedauerte er die Abmachung mit Grace. Er würde Juliette retten und allein dieser Gedanke verschaffte ihm eine Erleichterung, die alles wettmachte.

Denn er brauchte sich nichts vorzumachen: Er war verantwortlich für den Tod zweier Männer. Auch wenn es sich um Dealer handelte, hatten ihm die Schuldgefühle, die er seither empfand, das Leben schwer gemacht. Im Grunde seines Herzens hatte er immer gewusst, dass er eines Tages dafür würde zahlen müssen, und Federicas Tod hatte nicht ausgereicht, seine Schuld zu sühnen. Deshalb hatte er Juliette am ersten Abend belogen. Die Last seiner Schuld war so schwer zu tragen, dass sie ihm für immer versagte, glücklich zu sein.

»Sam!«

Juliette winkte ihm vom Ende des Gangs her zu. Sie stand vor einem Plüschdinosaurier, der über fünf Meter hoch war, und amüsierte sich. Er lächelte sie an, war aber in Gedanken ganz woanders.

Als ob er bereits tot wäre.

Verdammt, er hatte Angst. Dabei hatte er schon mehrere Male Patienten bis an die Pforte des Todes begleitet. Er hatte Patienten ohne Familie die Hand gehalten und versucht, beruhigende Worte zu finden, um ihnen die Angst zu nehmen. Aber nun ging es um den eigenen Tod ...

Seine Angst vermischte sich mit der Enttäuschung, keine Gelegenheit zu haben, sein Kind kennen zu lernen. Würde es ein Junge oder ein Mädchen werden? Nicht einmal das würde er wissen.

Seit Jahren verspürte er den Wunsch, eine Familie zu gründen. Er hatte nie eine gehabt und immer darunter gelitten. Er wollte Kinder, um in der Welt Wurzeln zu schlagen. In einer immer feindlicheren, entmenschlichteren Umgebung wollte er enge Bande knüpfen und ein Umfeld von Gefühlssicherheit schaffen.

Von wegen ... morgen würde er sterben! Juliette würde vermutlich nach Frankreich zurückkehren und ihr Leben neu beginnen. Wer weiß, vielleicht würde sein Kind nie von ihm erfahren? Schließlich, welches Erbe würde er ihm hinterlassen? Er besaß keine Güter, keinerlei Vermögen, keinen richtigen Beweis dafür, dass er gelebt hatte. Gewiss, er hatte Hunderte von Menschen geheilt und behandelt, aber wer würde sich daran noch erinnern?

Plötzlich kam ihm eine Idee: Warum heiratete

er Juliette nicht, bevor er starb? Genau, das war die Lösung. Das kam einer offiziellen Anerkennung seines Kindes gleich. Er überlegte noch eine Weile, griff nach Juliettes Handy und rief die City Hall an, um sich zu erkundigen, was er unternehmen musste. Konnten sie abends oder am Morgen des nächsten Tages heiraten? Man antwortete ihm, man sei nicht in Las Vegas, Eheschließungen im Staat New York erforderten eine *Eheschließungserlaubnis*, die vierundzwanzig Stunden vor der Zeremonie beantragt werden müsste. Sam war deprimiert. Er hatte nicht einmal mehr vierundzwanzig Stunden zur Verfügung

»Wirst du mich immer lieben?«

Gedankenverloren hob er den Kopf. Juliette stand vor ihm auf den Zehenspitzen und wartete darauf, dass er sie küsste.

»Immer«, erwiderte er und küsste sie.

Er hätte sich so sehr gewünscht, dass es stimmte. Doch, wie Grace Costello sagte, gab es im Leben zweifellos Dinge, denen man nicht entkommen konnte.

Als sie auf dem Gehweg standen und Juliette als Erste in ein Taxi stieg, kam Sam noch eine andere Idee.

»Würde es dir etwas ausmachen, ohne mich heimzufahren? Ich würde gern noch schnell in der Klinik vorbeischauen.«

»Aber ich wollte doch den Abend mit dir verbringen.«

»Nur zwei Stunden«, bat er. »Es ist wichtig.«

Sie verzog enttäuscht den Mund.

»Nur zwei knappe Stunden«, versprach Sam,

schloss die Wagentür hinter ihr und warf ihr einen gehauchten Kuss hinterher.

Als er allein war, schaute er auf seine Armbanduhr. Es war noch nicht zu spät. Wenn er sich beeilte, würde er es vielleicht schaffen. Er eilte zur nächsten U-Bahn-Station und fuhr nicht, wie er Juliette versichert hatte, zur Klinik, sondern zu seiner Bank.

»Unsere Finanzberater empfangen gewöhnlich nur auf Verabredung«, erklärte ihm der Angestellte am Empfang. »Doch vielleicht hat einer gerade Zeit, ich werde mal nachsehen.«

Sam wartete in einer Ecke, die als Warteraum diente, und studierte die Broschüren, die für das Publikum ausgelegt worden waren. Als er in das Büro von Ed Zick jr., Investmentberater, geführt wurde, hatte er genug Zeit gehabt, seinen Plan reifen zu lassen.

»Was kann ich für Sie tun?«

»Ich würde gern eine Risikolebensversicherung abschließen«, erklärte Sam.

»Wir haben ein ausgezeichnetes Modell, einfach und nicht zu teuer, um die Zukunft Ihrer Angehörigen abzusichern«, erklärte der Banker.

Sam nickte und forderte ihn auf, fortzufahren.

»Sie kennen sicherlich das Prinzip dieser Art Versicherung? Sie zahlen monatlich eine Prämie. Wenn Ihnen nichts zustößt – was hoffentlich der Fall sein wird –, dann haben Sie mit Verlust eingezahlt. Aber im Fall eines vorzeitigen Todes erhält der Begünstigte, den Sie bestimmen: Ihre Frau, Ihre Kinder oder jemand anderer, eine Kapitalabfindung. Und das alles, ohne dass irgendein Erbrecht zu beachten ist.«

»Das ist genau das, was ich suche.«

In knapp einer halben Stunde waren sich die beiden Männer über die Höhe der Prämien, die Frist für die Unterzeichnung, den Versicherungsbetrag (750 000 Dollar) und die Begünstigte (Juliette Beaumont) einig.

Sam füllte einen Gesundheitsfragebogen aus und verpflichtete sich, gleich am nächsten Tag eine Blutuntersuchung machen zu lassen. Aufgrund seines Alters waren die Formalitäten relativ unkompliziert. Ed Zick jr. gab ihm die Liste der anerkannten Kliniken, zu denen zufällig Sams Klinik gehörte. Er konnte die Untersuchung morgen früh erledigen. Und noch ein Glücksfall: Zick arbeitete am Samstag und würde Sams Unterlagen sofort bearbeiten, sobald ihm das entsprechende Fax vorlag.

Während Sam sich anschickte zu unterschreiben, schlug ihm der Banker in vertraulichem Ton eine zusätzliche Absicherung vor: eine Kapitalverdoppelung, sofern der Tod durch *Unfall* einträte.

Sam runzelte die Stirn und tat so, als denke er nach. Er hatte mal einen Finanzwirtschaftskurs für Mediziner besucht und kannte diese Marketing-List. Laut Statistik wurde nur ein Todesfall von zwölf oder dreizehn durch Unfall verursacht. Die Versicherungsgesellschaften gingen keine großen zusätzlichen Risiken ein, während die Erhöhung der Prämien ihre Gewinnspanne erheblich vergrößerte.

»Einverstanden«, stimmte Sam zu und dachte an den Unfall mit der Drahtseilbahn, der seinen Tod herbeiführen würde.

Ed Zick jr. grinste von einem Ohr zum anderen und reichte ihm die Hand, davon überzeugt, diesen idealen Klienten ohne Mühe übers Ohr gehauen zu haben.

Morgen wirst du weniger triumphieren, dachte Sam, als er sich verabschiedete. Aber das war ein schwacher Trost.

Als er auf die Straße trat, war die Kälte eisig und die Nacht brach herein. Am Himmel zeigten sich die ersten Sterne.

Sam stieß einen Seufzer der Erleichterung aus. Zumindest war jetzt die materielle Zukunft von Juliette und seinem Kind gesichert.

Aber er wusste natürlich, dass Geld nicht unbedingt eine Lösung war.

Süd-Brooklyn – Bensonhurst – früher Abend

Mark stieg die Teppen zum zweiten Stockwerk eines kleinen braunen Backsteinhauses hinauf. Er öffnete die Tür zu seiner Wohnung, ohne gleich Licht anzumachen. Die Rollos waren hochgezogen und der Vollmond tauchte das Zimmer in bläuliches, sanftes Licht. Auch wenn man es nicht unbedingt bei ihm vermuten würde, war die Wohnung, bescheiden und unpersönlich, sauber und aufgeräumt.

Rutelli war zwei Tage lang nicht mehr zu Hause gewesen. Er hatte die letzte Nacht in der Klinik verbracht und den ganzen Tag über Dienst gehabt. Solange er mit der Arbeit beschäftigt war, fühlte er sich gut, doch jetzt überfiel ihn wieder die Angst vor dem Alleinsein. Er legte eine CD ein: eine Symphonie von Prokofjew. Er liebte klassische Musik und kannte sich gut damit aus. Wer ihn nur oberflächlich kannte, hielt ihn meist für einen unkultivierten Alkoholiker. Nur wer sich intensiver mit ihm unterhielt, merkte, wie kultiviert und feinfühlig er war.

Er ging ins Bad, nahm eine Dusche, rasierte sich und schlüpfte in saubere Kleidung: schwarze Jeans und ein marineblauer Pullover, den Grace ihm vor langer Zeit geschenkt und den er seit Jahren nicht mehr getragen hatte. Zum ersten Mal seit Monaten wagte er es, in den Spiegel zu schauen. Normalerweise gefiel ihm sein Spiegelbild nicht, doch seit er Jodie gerettet hatte, spürte er, dass sich etwas in ihm verändert hatte, und er ertrug den Anblick, den ihm der Spiegel bot, ohne den Mund zu verziehen.

Er ging in die Küche, öffnete den Kühlschrank, um ein Sixpack Budweiser herauszuholen. Das war seine Ration, seine Dosis, das einzige Mittel, das ihm einzuschlafen half. Er wusste genau, was geschehen würde: Er würde so lange trinken, bis er von Alkohol benebelt in einen unruhigen Schlaf fiel, der bis drei Uhr morgens anhalten würde. Dann würde er nervös und zitternd aufstehen. Um bis zum Morgen durchschlafen zu können, benötigte er einen kräftigen Schluck Wodka.

Er stellte die sechs Dosen Bier auf den Tisch, berührte aber keine davon.

Was spielst du da für ein Spiel? Du weißt genau, dass du sie schließlich trinken wirst.

Er öffnete die erste, ohne sie zu trinken.

Es amüsiert dich wohl dir einzureden, dass es nur eine Frage des Willens ist!

Er leerte die erste Dose in die Spüle, dann die zweite, die dritte, die vierte und die fünfte.

Es bleibt jetzt nur noch eine übrig. Mach weiter, um mal zu sehen, was daraus wird.

Er hatte Lust, sich bis zur Bewusstlosigkeit zu betrinken. Trotzdem goss er auch die letzte Dose in den Ausguss und drehte den Wasserhahn auf, um den Geruch zu vertreiben.

Er zündete sich eine Zigarette an und trat auf die Terrasse. Morgen würde er sich an Sam Galloway wenden und ihn um Hilfe bitten, und wenn nötig, würde er sich einer Entziehungskur unterziehen. Zum ersten Mal war er der Meinung, dass es sich lohnen würde. Er würde sich selbst und Jodie zuliebe mit dem Trinken aufhören.

Er blies in die Hände, um sich aufzuwärmen. Die Kälte war stark und schneidend. Als er wieder ins Zimmer zurückkehren wollte, hörte er Schritte hinter sich.

»Hallo Marko.«

Er wandte sich ruckartig um, geschockt über das Timbre der Stimme, die ihn ansprach.

Grace stand drei Meter von ihm entfernt. Strahlend, beruhigend, genauso, wie er sie in Erinnerung hatte.

Rutelli spürte, wie ihm Tränen in die Augen traten. Die Gefühle überwältigten ihn.

Scheiße, seit zwei Tagen habe ich keinen Tropfen Alkohol getrunken …

Kein Zweifel: Er verlor den Verstand. Er ging einen Schritt auf sie zu, versuchte zu sprechen, aber seine Stimme versagte.

»Ich … ich verstehe n…«

»Ich glaube, es gibt nicht viel zu verstehen«, sagte sie und legte ihm einen Finger auf den Mund.

Grace umarmte ihn und Rutelli genoss diesen

344

Moment unbeschreiblich. Lange hielten sie sich umschlungen und Rutelli atmete den Duft seiner ehemaligen Kollegin ein, eine Mischung aus Milch und Vanille. Nie hatte er diesen Duft vergessen.

»Du hast mir so sehr gefehlt«, gestand er ihr.

»Du mir auch, Marko.«

Rutelli spürte, wie sein Herz vor Aufregung und Angst klopfte. Er hielt Grace am Ärmel fest, konnte sie nicht loslassen, da er Angst hatte, sie von neuem zu verlieren.

»Bist du wirklich zurückgekehrt?«, stieß er hervor.

Sie blickte ihm in die Augen und legte die Hand auf seine Wange.

»Ja, Marko ...«

Sie verstummte, ebenfalls überwältigt von Gefühlen.

»... aber ich kann nicht bleiben«, beendete sie den Satz.

Rutellis strahlender Blick verdüsterte sich von einer Sekunde zur anderen. Grace lehnte den Kopf an seine Schulter.

»Ich werde dir alles erklären.«

Eine Stunde später hatte Grace ihre unglaubliche Geschichte erzählt. Mehrere Male hatte Rutelli erstaunt die Stirn gerunzelt, dennoch hatte er dem Bericht seiner Kollegin bis zu Ende schweigend gelauscht. Auch wenn sein Weltbild sich in nichts aufzulösen schien, wusste er, dass Grace die Wahrheit sagte.

»Vielleicht kannst du mir helfen«, sagte sie schließlich zu seinem Erstaunen und reichte ihm ein Bündel Papiere.

Rutelli faltete den Bogen auseinander. Es war Graces Autopsiebericht. Er hatte ihn bereits mehrere Male gelesen, studierte ihn aber erneut aufmerksam.

»Fällt dir nichts dabei auf?«

»Was?«, brummte er.

»Die Heroinspuren. Warum? Ich habe keine Drogen genommen, nicht wahr?«

Rutelli seufzte betreten.

»Erinnerst du dich nicht?«

»Nein.«

Grace fürchtete sich vor dem, was Rutelli ihr sagen würde. Sie war in allem unsicher. Wer war sie wirklich? Hatte sie etwas zu verbergen?

»Damals hatte dir das Rauschgiftdezernat einen Job als Undercoveragent angeboten.«

»Ich arbeitete undercover?«

Rutelli nickte.

»Du hast versucht, dich in eine Gruppe von Dealern einzuschmuggeln.«

»Was die Spuren von Drogen erklärt.«

»Ja, du kennst ja die Heuchelei bei dieser Art von Job ...«

Grace nickte. Ganz allmählich kehrte die Erinnerung zurück. Um vor den Dealern glaubwürdig zu erscheinen, mussten Undercoveragenten sich häufig eine Spritze setzen. Sie wusste, dass viele von ihnen schließlich ins andere Lager wechselten.

»Glaub mir, ich habe versucht, dich davon abzubringen, diesen Job anzunehmen«, versicherte Rutelli. »Aber du warst jung und furchtlos und draufgängerisch, und du glaubtest unerschütterlich an deinen Auftrag.«

»Ich wollte der Gesellschaft nützlich sein und meiner Tochter eine sicherere Welt bieten.«

»Na ja, du warst vor allem eigensinnig, und man weiß ja, wohin dich das geführt hat.«

»Das Leben ist oft grausam«, stellte sie fest und dachte dabei an das, was Jodie später zugestoßen war.

»Ja«, stimmte er zu, »grausam und kurz.«

Plötzlich waren beide von tiefer Traurigkeit erfüllt, und Grace bereute es schon fast, das Thema angesprochen zu haben.

»Marko, lass uns diesen Abend nicht verderben. Lädst du mich zum Essen ein?«, schlug sie vor, um die Atmosphäre etwas aufzuheitern.

»Wohin du willst.«

»Vielleicht in unser Stammlokal?«

Sie fuhren einige Minuten Richtung Norden und parkten den Wagen auf der Brooklyn Heights, zwei Schritte vom River Café entfernt. Das berühmte, weltweit bekannte Restaurant bot einen einmaligen Blick auf Manhattan und die Brooklyn Bridge. Einst, als Grace und Rutelli im Viertel auf Streife waren, hatten sie beschlossen, dass sie, wenn sie eines Tages Geld hätten, in diesem luxuriösen Restaurant speisen würden. Inzwischen holten sie sich bei Grimaldi's eine Pizza und verzehrten sie in ihrem Auto, ihrem »Stammlokal«. Eine kostengünstige Alternative zum River Café. Vielleicht weniger elegant, aber der Ausblick war genauso schön.

Grace war allein geblieben, während Rutelli die Pizza besorgte. Dann klopfte er an die Scheibe und stieg mit dem Pizzakarton in den Wagen.

»Pizza del Mare, wenn ich mich recht erinnere?«

»Du hast ein gutes Gedächtnis.«

Wie in den guten alten Zeiten verspeisten sie ihre Pizza, hörten Radio und genossen den Blick über die Brooklyn Bridge. Gerade spielte Neil Young auf seiner Gitarre *Harvest Moon*, eine verträumte Melodie. Vor ihnen erstreckten sich die Wolkenkratzer von Lower Manhattan und von neuem hatten sie den Eindruck, dass die Stadt ihnen gehörte. Hier hatten sie stundenlang diskutiert, gescherzt und die Welt neu geschaffen.

Ein Engel ging vorüber, dann stellte Rutelli die Frage, die ihm seit einer Weile auf der Seele brannte:

»Kannst du nicht noch ein bisschen bleiben?«

Grace schüttelte langsam den Kopf.

»Nein, Marko, was ich gerade mache, ist schon verantwortungslos genug …«

»Und wann und wie gehst du wieder?«

Sie berichtete ihm, was am nächsten Tag in der Drahtseilbahn von Roosevelt Island geschehen sollte. Rutelli spürte tiefe Niedergeschlagenheit. Grace versuchte ihn zur Vernunft zu bringen:

»Du musst aufhören, mich zu idealisieren. Du musst lernen, ohne mich zu leben.«

»Ich kann nicht.«

»Natürlich kannst du es. Du bist noch jung, du besitzt eine Menge Qualitäten. Du kannst dein Leben neu beginnen, eine Familie gründen und glücklich sein. Und bitte wach über Jodie.«

Rutelli wandte sich unvermittelt ihr zu und furchte die Stirn.

»Aber … du?«

»Ich bin bereits tot«, erwiderte Grace sehr leise.

Doch Rutelli konnte es nicht akzeptieren.

»Ich hätte dich an dem Abend, als du ermordet worden bist, begleiten sollen. Ich hätte da sein müssen, um dich zu beschützen und dich nie mehr zu verlassen.«

»Nein, Marko. Nein! Du hast dir nichts vorzuwerfen. Es ist eben so, das Leben ist so!«

Rutelli ließ nicht locker:

»Dann wäre alles anders gewesen.«

Einen Moment lang zog sich jeder in seinen Kokon zurück und sie schwiegen beide, bis Grace Mark durch die Haare fuhr.

»Du musst deine Trauer endgültig ablegen«, murmelte sie.

Rutelli begnügte sich damit, zu nicken.

»Tu es mir zuliebe. Reiß diese Mauer aus Einsamkeit und Abhängigkeit ein, die du um dich herum errichtet hast.«

»Grace, wenn du wüsstest, wie du mir gefehlt hast.«

Seine Stimme versagte und er wandte den Kopf ab, damit sie seine Tränen nicht sehen konnte.

»Du fehlst mir auch«, sagte sie und beugte sich zu ihm herüber.

Sie vergaßen die Welt um sich herum und küssten sich endlich zum ersten Mal.

Kurz nach Mitternacht kehrten sie nach Bensonhurst zurück. Als Rutelli im Erdgeschoss seines Hauses angelangt war, glaubte er, die Stunde des Abschieds sei bereits gekommen, und sein Herz wurde schwer.

»Weißt du, du musst unbedingt wissen ...«

Grace unterbrach ihn leise:

»Marko, ich weiß, ich weiß.«

Sie kämpfte gegen die Übermacht ihrer Empfindungen und sagte in spöttischem Ton:

»Willst du mich nicht auf ein letztes Glas einladen? Ich dachte, du wüsstest, wie man Frauen behandelt ...«

Etwas verlegen gingen sie die Treppe hinauf. Aber als sie die Tür hinter sich geschlossen hatten, legte sich ihre Verlegenheit und sie umarmten sich stürmisch. Sie wussten beide, dass dies *ihre* Nacht war, wenn auch die einzige.

Sie nutzten jeden Augenblick. Zeit existierte nicht mehr. Hier waren nur noch zwei Menschen, die unsterblich ineinander verliebt waren und die sich liebten, als ob sie sich nie wieder aus den Armen lassen wollten.

Am frühen Morgen wurde Rutelli vom Gurren der Tauben und vom Gezwitscher der Stare geweckt. Die Wohnung war in bläuliches Licht getaucht. Schnell wandte er sich um. Nein, es war kein Wunder geschehen: Grace lag nicht mehr neben ihm und er wusste, dass sie nicht wiederkommen würde.

Er erhob sich und blickte zum Fenster hinaus. Der Tag brach an.

Lange dachte er über all das nach, was Grace ihm erzählt hatte, bis ihm plötzlich eine Idee wie eine Erleuchtung kam. Er erwog alle Folgen, dann traf er eine Entscheidung.

Als er das Fenster schloss, spürte er eine merkwürdige Heiterkeit.

30

Wenn ich an all das denke, was ich erlebt
habe, drängt sich mir der Gedanke auf,
dass ein geheimnisvolles Schicksal die Fäden
unseres Lebens mit einer sehr klaren Sicht
der Zukunft webt, allerdings ohne unsere
Wünsche und Pläne zu berücksichtigen.

Nach: Matilde Asensi

»Ich geh jetzt, Liebster.«

Sam fuhr aus dem Schlaf hoch. Juliette, taufrisch und wie aus dem Ei gepellt, küsste ihn auf den Hals und stellte ihm ein Frühstückstablett aufs Bett.

Er richtete sich ruckartig auf.

»Wohin gehst du?«, fragte er beunruhigt.

»Colleen, meine ehemalige Mitbewohnerin, zieht heute aus. Ich werde ihr helfen.«

Mit einem Satz sprang er aus dem Bett, überrascht und missmutig, weil er nicht früher aufgestanden war. Wie konnte er mit der Angst, die ihn erdrückte, so tief schlafen? »Aber, ... ich dachte, wir verbringen den Vormittag zusammen.«

»Ich brauche nur ein paar Stunden. Wir können dann am frühen Nachmittag zusammen essen.«

Am frühen Nachmittag werde ich tot sein!

Sie reichte ihm einen Bagel, den sie mit Marmelade bestrichen hatte. Er konnte den Blick nicht von ihr wenden. Sie betrachtete ihn lächelnd, freute sich, dass er ihr so viel Aufmerksamkeit schenkte. Alles in ihr strahlte. Der Trinkjogurt hinterließ einen zarten weißen Schnurrbart über ihrer Oberlippe und die Sonne zauberte goldene Lichtreflexe in ihre Haare.

Unten auf der Straße wurde zweimal gehupt.

»Das ist Colleen«, stellte Juliette fest und schaute zum Fenster hinaus. »Ich habe sie gebeten, mich abzuholen.«

Sie knöpfte ihren Mantel zu und griff nach ihrem bunten Schal.

»Noch einen Augenblick«, bettelte Sam.

Er folgte ihr zur Tür und ergriff ihre Hand. Sie umarmte ihn und er schmiegte den Kopf an ihren Hals, atmete ihren Duft nach Blumen und Aprikose ein.

»Ich bin nur etwa vier Stunden weg, Liebling«, sagte sie und amüsierte sich über seinen Eifer.

Aber ich gehe für immer!

Sie entzog sich ihm bereits. Er würde sie nie wieder sehen. Er hätte nicht gedacht, dass es so schnell gehen würde. Welche Erinnerung würde sie an ihn haben? Sie hatten so wenig Zeit gemeinsam verbracht. Er wollte ihr noch so viel sagen, hätte sich so sehr gewünscht, dass sie ihn näher kennen gelernt hätte, hätte gern …

Aber vielleicht war es für sie so leichter.

Resigniert ließ er ihre Hand los.

Die junge Frau ging hinaus und die Treppe hinunter. Sam begleitete sie bis auf die Straße, wo sie in Colleens alten Chevy stieg. Colleen ließ den Motor an. Juliette hob ihr Handy hoch und Sam konnte durch die Scheibe zwei kurze Sätze auf ihren Lippen lesen:

Der erste lautete: *Ich ruf dich an.*

Der zweite: *Ich liebe dich.*

Dann verschwand der Wagen hinter der nächsten Kurve.

Nachdem sich Sam gewaschen und angekleidet hatte, fuhr er in die Klinik, um dort die erforderlichen Untersuchungen über sich ergehen zu lassen, die für die Gültigkeit des Versicherungsvertrags unerlässlich waren. Am Tag zuvor hatte er Janice Freeman über sein Kommen informiert und alles war in knapp einer Stunde abgewickelt. Als er seinem Banker die Ergebnisse durchfaxte, hatte er immerhin die traurige Gewissheit, dass er in bester Gesundheit sterben würde.

Wenn es nur nach ihm ginge, wäre er hier geblieben, um zu arbeiten, um seine letzten Stunden sinnvoll zu nutzen. Seit er heute auf den Beinen war, begleitete ihn eine unterschwellige Angst und er fürchtete sich davor, allein zu sein. Aber Janice Freeman verscheuchte ihn energisch und empfahl ihm, seinen Zwangsurlaub auszukosten.

Draußen ließ der Widerschein der Sonne auf dem Schnee die Stadt in Millionen von Funken erstrahlen. Auf dem Gehweg ließ er sich freiwillig von den Passanten anrempeln. Er fühlte sich wie ein Wassertropfen in einer Welle; ein Mensch unter seinesgleichen. Dieses stillschweigende Einssein beruhigte ihn und inmitten der Menge verlor seine Angst an Intensität.

Er schritt rasch aus, um sich aufzuwärmen, genoss es, den Schnee unter den Füßen knirschen zu hören. Am Portobello setzte er sich an einen Tisch und bestellte einen Cappuccino.

Bevor er sich von dieser Welt verabschieden würde, musste er noch etwas Wichtiges erledigen: ein

Versprechen halten. Er tippte auf seinem Handy die Nummer des Butterfly Center in Hartford ein, einem Drogenentzugszentrum, das auf Jugendliche spezialisiert war. Wie er befürchtet hatte, war die Warteliste so lang, dass erst nach einem halben Jahr wieder neue Patienten aufgenommen werden konnten, was im Übrigen über zehntausend Dollar kostete. Sam setzte sich leidenschaftlich dafür ein, dass Jodie trotzdem genommen wurde, betonte das Trauma, das sie gerade erlitten hatte, und die Notwendigkeit, sie ganz schnell ins Programm aufzunehmen. Zwanzig Minuten später wurde sein Eifer belohnt und man war bereit, das junge Mädchen aufzunehmen, unter der Voraussetzung, dass der gesamte Betrag für die Behandlung noch am selben Tag bezahlt wurde. Sam rief seine Bank an und bat um Auskunft über seinen Kontostand. Seine Anstellung als Klinikarzt brachte ihm einen Bruchteil dessen ein, was er mit einer Privatpraxis hätte verdienen können. Er schaffte es gerade so, sein Stipendium zurückzuzahlen.

»Sie haben elftausenddreihundertundzwanzig Dollar auf dem Konto«, teilte ihm der Bankangestellte mit.

Ohne zu zögern veranlasste er die Überweisung dieser Summe auf das Konto des Butterfly Centers und hinterließ der Verwaltung eine Nachricht über seine Maßnahme.

Das war also meine letzte Handlung als Arzt ..., überlegte er und verspürte einen Stich im Herzen.

Er bemühte sich, den Schmerz zu verdrängen, und ließ den Blick durch den Raum schweifen.

Er beobachtete heute Morgen die Menschen, die ihn umgaben, so intensiv wie noch nie. Er wäre so gern stehen geblieben und hätte mit jedem ein paar Worte gewechselt. Selbst die kleinsten Details schienen ihm bedeutungsvoll und schön: die Sonnenstrahlen, die durch die Scheibe drangen, das Lachen an den Tischen, der Duft des Kaffees und des Gebäcks ... Warum musste man erst an der Pforte des Todes stehen, um die kleinen Dinge zu schätzen, die dem Leben die Würze geben?

Er blickte zur Wanduhr hoch, sah besorgt, wie schnell die Sekunden verstrichen. Es war also schon zu Ende? Was hatte er vom Leben gesehen? Nicht viel. Er dachte an die Länder, die er nicht besucht hatte, an die Seiten, die er noch nicht gewendet hatte, an all die Pläne, die er auf *später* verschoben hatte.

Sam verließ das Café in gedrückter Stimmung. In seinen Gedanken huschten die Bilder der letzten Tage vorüber. Vergeblich versuchte er hinter den vergangenen Ereignissen einen Sinn zu sehen. Warum hatte er den Eindruck, etwas Wichtiges auszulassen?

Als er darüber nachdachte, erinnerte er sich an einen kleinen Vorfall, der ihn verwirrt und den er vielleicht nicht genügend beachtet hatte. Er stand an der Ecke Second Avenue und 34. Straße. Er hob die Hand und rief ein Taxi.

Er musste unbedingt Shake Powell einen letzten Besuch abstatten.

Shake war keineswegs überrascht, als er Sam aus dem Taxi steigen sah. Seit zwei Tagen erwartete er ihn, hatte aber auch Angst vor diesem Besuch. Mit Unterstützung eines Ehrenamtlichen lud er gerade vor der Kirche Kisten mit Lebensmitteln in einen

Lieferwagen, die für ein Obdachlosenzentrum der Stadt bestimmt waren.

»Soll ich helfen?«, schlug Sam vor.

»Das ist keine Arbeit für schwache Männer«, warnte ihn Shake.

»Weißt du, was der schwache Mann dir sagt?«, erwiderte der Arzt und lud sich die schwerste Kiste auf.

Die drei Männer arbeiteten schweigend und bald waren alle Lebensmittelkartons verladen. Bevor Shake die Heckklappe schloss, packte er noch Decken und einen Beutel mit Toilettenartikeln ein.

»Sachte, sachte, Chuckie!«, rief er und schaute dem davonfahrenden Fahrzeug nach, einem alten Pick-up, der bereits zu Reagans Zeiten ein Wrack gewesen sein musste.

Der Ehrenamtliche reagierte auf den Ratschlag mit zweimal hupen. Halbwegs beruhigt wandte sich Shake an Sam.

»Was ist los, Junge? Du siehst nicht gerade fröhlich aus.«

»Mach mir einen Kaffee, bitte.«

Sie gingen in die Wohnung hinauf. Während sich Shake an seiner alten Espressomaschine zu schaffen machte, betrachtete Sam nachdenklich das Kreuz, das auf den Unterarm seines Freundes tätowiert war.

»Ich habe ihn noch nie gesehen«, behauptete er mit einer Stimme, in der leichter Zorn schwang.

»Wen denn?«, fragte Shake und servierte den Kaffee.

»Deinen verdammten Gott. Ich habe ihn nie gesehen. Weder im Viertel, als ich klein war, noch in meiner Klinik, noch in einem der Länder im Kriegszustand, in denen ich war.«

»Trotzdem ist er da«, erwiderte der Priester und öffnete das Fenster. »Du musst genauer hinsehen, Junge.«

Sam warf einen Blick durch das Fenster.

Zwei Kinder, ein Junge und ein Mädchen, spielen auf dem Basketballplatz. Er ist Schwarzer, sie Asiatin, beide sind knapp zehn. Sie zeichnet mit Kreide Himmel und Hölle auf den Boden, während er den Freiwurf übt. Bald werden größere, kräftigere Jungen kommen und den Platz für sich beanspruchen und sie verjagen. Doch einige Minuten lang gehört er nur ihnen. Der Junge ist füllig und so klein, dass der Ball, den er in den Händen hält, riesig scheint. Trotz all seiner Bemühungen gelingt es ihm kein einziges Mal, den Korbrand mit dem Ball auch nur zu streifen. Doch seine kleine Freundin feuert ihn liebevoll an. Nachdem er es einige Minuten probiert hat, findet er wohl, dass nach der Mühe die Muße kommt.

Trotz der Kälte setzt er sich auf die kleine Mauer, die den Platz umgibt, holt ein Schokomuffin aus seinem Rucksack und gibt seiner Freundin, die fröhlich lacht, die Hälfte ab.

Sam wandte sich seinem Freund zu.

»Das ist schön, in der Tat, aber das genügt mir nicht«, sagte er.

»Es reicht dir nicht?«

»Nein.«

Die Antwort war klar und deutlich. Shake seufzte:

»Was willst du noch?«

»Verstehen.«

»Was verstehen?«

»Den Sinn all dessen: die sinnlosen Kriege, die unheilbaren Krankheiten, die Attentate, die Unschuldige treffen ...«

»Sam, du langweilst mich. Gott ist nicht Superman. Da du doch so sehr die Freiheit liebst, müsstest du dich freuen, die freie Wahl zu haben. Was würdest du sagen, wenn eine Macht von außen alle naselang in dein Leben eingreifen würde, um die Wirkung deiner Handlungen zu korrigieren?«

Sam zuckte die Schultern, um zu signalisieren, dass ihn dieses Argument nicht überzeugte.

»Wir sind frei im Guten und im Bösen«, stellte Shake fest. »Je mehr Freiheit man hat, desto schwieriger ist die Wahl, die man zu treffen hat, aber wir dürfen Gott nicht den Preis für diese Freiheit zahlen lassen.«

Shake erhob sich und zündete sich ein Zigarillo an. Am Geruch erkannte Sam, dass es nicht nur Tabak enthielt.

»Was ist los mit dir?«

»Shake, ich habe Angst.«

»Warum?«

»Weil ich sterben werde.«

»Red keinen Unsinn!«

Ein Windstoß riss das Fenster auf. Sam stand auf, um es wieder zu schließen. Die Sonne war verschwunden. Düstere Wolken zogen eilends nach Norden und tauchten das Zimmer plötzlich in Dunkelheit. Shake wollte eine Lampe anmachen, aber die Birne gab ihren Geist auf.

»Ich muss gehen.«

Sam schickte sich an, die Treppe hinunterzugehen, als Shake ihn am Ärmel zurückhielt.

»Warte!«

»Was gibt's?«

»Ich habe dir neulich nicht alles gesagt ...«

Sam, der in seinem Schwung gebremst wurde, plumpste auf die obere Treppenstufe. Auch wenn er Angst vor dem hatte, was ihm sein Freund offenbaren würde, tat er den ersten Schritt.

»Du kennst sie, nicht wahr? Deswegen hast du mich in der Klinik angerufen.«

»Grace Costello? Ja«, seufzte Shake, »ich habe sie schon mal getroffen.«

»Wann?«

»Vor zehn Jahren.«

»Ihrem Todesjahr?«

Shake nickte schweigend.

»Bei dem Schusswechsel mit Dustface hast du geglaubt, du hättest einen Kunden des Dealers getötet, nicht wahr?«

»Ja«, stimmte Sam zu, »es war dunkel und ich habe ihn nur von hinten gesehen, aber ich erinnere mich, dass es ein Mann mit einer Mütze war.«

»Es war kein Mann, Sam.«

Der Arzt begriff immer noch nicht:

»Was willst du damit sagen?«

»Ein paar Sekunden, nachdem du geschossen hast, floh Dustface, als er ein Auto hörte. Er dachte, es sei die Polizei, dabei war ich es. Federica machte sich Sorgen um dich und sie hatte mich telefonisch benachrichtigt.«

»Das weiß ich doch alles«, bemerkte Sam.

Wie ein Geistesblitz kam die Erinnerung mit erstaunlicher Genauigkeit zurück. Indem die beiden in Gedanken jenen traurigen Abend noch mal aufleben ließen, spürten sie noch einmal die Atmosphäre, ja sogar den Geruch der Angst, die sie damals beide empfunden hatten.

Shake fuhr fort:

»Als ich das Zimmer betrat, hatte ich sofort erkannt, dass die Situation brenzlig war. Ich wollte dich beschützen, Sam.«

»Du hast gesagt, ich solle mit deinem Wagen fliehen. Ich wollte nicht, aber du hast dermaßen gewettert, dass ich schließlich los bin«, bemerkte Sam voller Schmerz. Immer noch wurde er von einem starken Schuldgefühl gequält.

»Genau, und das war auch richtig«, bekräftigte Shake. »Wenn ein Typ wie du mit zwanzig im Knast landet, dann musste man ja an der Welt verzweifeln. Du musstest dein Studium beenden. Das war die Priorität. Für dich und für Federica und für uns alle.«

»Sicherlich …«

Shake fuhr fort:

»Ich bin allein in diesem Zimmer geblieben. Auch ich hatte Angst, aber ich wusste, ich würde damit fertig werden. Es genügte, dass ich die Leiche verschwinden ließ. Ich kniete mich also neben der Leiche nieder, die mit dem Gesicht zur Erde lag, und drehte sie um. Es war eine Frau …«

Sam war wie versteinert.

»Ich habe ihre Taschen durchwühlt: Sie hatte kein Portmonee dabei, aber ich habe ihre Autoschlüssel gefunden. Ich habe das Haus verlassen und mich nach ihrem Auto umgesehen und es auch schnell gefunden. Ich konnte es nicht auf der Straße stehen lassen, denn sonst würde sich die Polizei

360

in Bedford umhorchen. Ich habe die Leiche der Frau in dem Auto verstaut und bin meilenweit gefahren, damit ich sicher sein konnte, dass man keine Spur finden würde, die zu dir führte.«

Sam war bestürzt, unfähig, etwas zu sagen.

Shake beendete seinen Bericht:

»Erst zwei Tage später habe ich die Identität dieser Frau aus der Zeitung erfahren: Sie hieß Grace Costello und war Polizistin. Daraus habe ich geschlossen, dass sie als Undercoveragentin für das Rauschgiftdezernat arbeitete, um Dealer zu überführen.«

Shake sah jetzt sehr angespannt aus, als ob das Ausgraben von Erinnerungen ihn um mehrere Jahre altern ließ.

Sam stand immer noch unter Schock. Seine Glieder zitterten und sein Herz schlug immer schneller.

Shake legte ihm eine Hand auf die Schulter.

»Weißt du, weshalb ich diesen Artikel, der von dir handelt, aus der *New York Times* ausgeschnitten habe? Um ihn den Jungen im Viertel zu zeigen und zu erklären: Seht ihr diesen Typen, der Arzt geworden ist? Er wurde, genau wie ihr, hier geboren, in diesem Viertel, in dieser Scheiße. Er hatte keinen Vater, und seine Mutter hat sich nach seiner Geburt aus dem Staub gemacht. Und dennoch hat er es geschafft, weil er sich Mühe gegeben hat und nicht auf die kleinen Arschlöcher gehört hat, die ihn vom Weg abbringen wollten. Dieser Typ heißt Sam Galloway und er ist mein Freund.«

»Danke«, erwiderte Sam.

»Wir haben beide getan, was wir glaubten tun zu müssen«, sagte Shake mit fester Stimme. »Und ich weiß nicht, wem gegenüber wir auf dieser Erde Rechenschaft ablegen müssten.«

»Ihr gegenüber, Shake, Grace Costello.« Er warf einen Blick auf seine Armbanduhr: Er war um 13 Uhr mit Grace verabredet und jetzt war es schon fast zwölf Uhr.

»Ich muss gehen«, verkündete er plötzlich.

Er sprang auf und rannte die Treppe hinunter. Shake versuchte ihn zurückzuhalten.

»Wohin willst du?«, rief er und lief ihm hinterher. »Du bist mit ihr verabredet, nicht wahr?«

Zum Glück hatte Sam den Taxifahrer gebeten zu warten. Er stieg hinten ein.

»Ich geh mit dir!«, sagte der Priester fest entschlossen.

»Nein, Shake, dieses Mal gehe ich allein.«

Sam schlug die Wagentür zu, ließ aber die Scheibe herunter und versicherte seinem Freund:

»Mach dir keine Sorgen. Ich gebe dir ein Zeichen.«

Der Wagen raste Richtung Manhattan davon und Shake Powell fragte sich, wie er die letzten Worte deuten sollte.

31

*Das Universum umarmt mich und ich kann
nur daran denken, dass es diese Uhr gibt,
aber keinen Uhrmacher.*

Voltaire

12:01 Uhr
Das Taxi trödelte vor der Brooklyn Bridge.
»Schneller!«, befahl Sam.
Der Chauffeur zuckte die Achseln und deutete
auf die Autoschlange, die sich wegen des schlech-
ten Wetters nur im Schritttempo vorwärts be-
wegte.
Zum zweiten Mal in einer Woche wurde New
York von einem Schneesturm heimgesucht. Der
Wind wehte in starken Böen, und wenn man die
dunklen Wolken betrachtete, die drohend über
den Wolkenkratzern dahinzogen, konnte man sich
kaum vorstellen, dass am Morgen noch strahlender
Sonnenschein geherrscht hatte.
Auf dem Rücksitz kramte Sam in seiner Tasche
nach der Zigarettenschachtel. Es war nur noch eine
übrig.
Die letzte Zigarette des Verdammten, dachte er
und zündete sie an.
Der Taxichauffeur wies auf das Schild *No Smo-
king.*
»*Please, Sir.*«
Sam kurbelte die Scheibe herunter, ohne seine
Zigarette auszumachen.

Shakes Geständnis hatte ihn tief erschüttert, gleichzeitig aber auch vieles geklärt. Er hatte Grace getötet und würde nun sterben. Auch wenn ihn diese Enthüllung mit Schmerz erfüllte, begriff er zugleich, dass der Preis, der zu entrichten war, dem Ausmaß seines Verbrechens entsprach. Grace war also zurückgekehrt, um sich zu rächen. Das erschien logisch, aber er musste Gewissheit haben.

»Haben Sie ein Handy?«, fragte er den Chauffeur.

»Handy?«, wiederholte der Pakistani und tat, als verstehe er nicht.

»Ja, ein schnurloses Telefon«, erklärte Sam.

»*No, Sir.*«

Sam seufzte, dann zog er einen Zwanzigdollarschein aus seinem Portmonee.

»Nur ein Anruf!«

Der Chauffeur nahm den Schein und reichte ihm ein kleines verchromtes Handy, das er wunderbarerweise aus dem Handschuhfach ans Tageslicht befördert hatte.

Wenn das Geld rollt, öffnen sich alle Türen, zitierte Sam in Gedanken und griff nach dem Handy.

Er tippte seine eigene Nummer ein, und wie vorgesehen antwortete Grace:

»Sam, Sie haben doch unser Rendezvous nicht vergessen?«

»Machen Sie sich keine Sorgen.«

Er war wütend auf sie und ließ es sie merken:

»Sie wussten, dass es so enden würde, nicht wahr?«

»Wovon reden Sie?«

»Diese ganze Geschichte wegen Juliette, das war

doch ein Vorwand, nur eine Möglichkeit, mich zu treffen. Von Anfang an waren Sie hier, um sich zu rächen.«

»Wofür, Sam?«

Verwirrt schaute der Arzt durch die Scheibe. Der Himmel war grau wie Asche und der Schnee fiel jetzt in großen Flocken. Spielte Grace nur die Erstaunte oder wusste sie wirklich nicht, wer sie getötet hatte?

»Hören Sie auf mit dem Theater, Sie wissen sehr genau, weshalb man *Sie* für diese Aufgabe gewählt hat.«

»Nein«, schwor sie.

An der heftigen Art, mit der sie dementierte, erkannte Sam voller Entsetzen, dass Grace nicht log und dass er es ihr sagen musste.

Aber wie sollte er es anstellen? Jedenfalls nicht so! Nicht am Telefon! Aber es ging nicht anders, er konnte sich nicht mehr erlauben zu zögern. Also sagte er mit zitternder Stimme:

»Der Mann, der vor zehn Jahren auf Sie geschossen hat, der Mann, der für Ihren Tod verantwortlich ist und für alles Unheil, das Ihre Nächsten getroffen hat ...«

Er unterbrach sich kurz, als ob er Atem holen würde, und fuhr dann mit seinem Geständnis fort:

»Dieser Mann ... war ich.«

Da sie schwieg, sprach er weiter:

»Ich wollte auf Dustface schießen, um zu versuchen Sie zu retten, aber ich habe ihn verfehlt.«

Sam hörte, wie Grace am anderen Ende der Leitung tief atmete.

»Tut mir Leid, Grace. Alles, was Ihnen zugestoßen ist, tut mir so Leid.«

Ihr Atem wurde kürzer und von Schluchzen unterbrochen. Auch wenn Grace schwieg, konnte Sam ihre Bestürzung spüren. Er wiederholte lediglich: »Tut mir Leid.«

Dann wurde die Verbindung unterbrochen.

12:07 Uhr

Der Schneefall wurde immer heftiger. Die Autos fuhren mittlerweile Stoßstange an Stoßstange und veranstalteten ein gewaltiges Hupkonzert. Sam hatte versucht Grace noch einmal anzurufen, aber sie hatte das Handy ausgeschaltet. Er warf einen Blick auf seine Armbanduhr: Es blieb noch ein wenig Zeit bis 13 Uhr. Wenn der Verkehr sich nicht entspannte, würde er eben an einer U-Bahn-Station aussteigen.

Aber noch etwas quälte ihn: Wenn Grace nicht zurückgekehrt war, um sich zu rächen, warum war sie dann so schnell bereit gewesen, ihn anstelle von Juliette mitzunehmen?

Er spürte, dass ihm ein Teil des Puzzles fehlte, auch wenn er nicht wusste, welches. Zudem quälte ihn, seit er sich von Shake verabschiedet hatte, eine schreckliche Migräne. Er vergrub den Kopf in den Händen, hielt sich mit den Daumen die Ohren zu und versuchte nachzudenken. Mit großer Mühe ließ er die wichtigsten Ereignisse der letzten Tage vor seinem inneren Auge vorbeiziehen: seine erste Begegnung mit Grace im Central Park, dieser Zeitungsartikel, der auf den darauf folgenden Tag datiert war und in dem stand, dass Juliette am Leben war, ihre Unterhaltung über dieses unerbittliche Schicksal, gegen das man vergeblich kämpfte, die Botschaft aus dem Jenseits, die durch Angela anhand ihrer Zeichnungen übermittelt wurde, dieser Drahtseilbahnunfall, der in der Nachrichtenzeile auf dieser geisterhaften Website erwähnt wurde, dieser Satz, auf dem Grace bestanden hatte: *Manchmal gibt es Dinge, an denen man nichts ändern kann.*

Genau das störte ihn: Wenn man nichts an der Ordnung der Dinge ändern konnte, warum war dann Grace einverstanden gewesen, ihn statt Juliette mitzunehmen? Das war nicht einleuchtend.

Dann fiel ihm plötzlich ein Detail ein. Als Grace ihm die Website gezeigt hatte, auf der von dem Drahtseilbahnunfall berichtet wurde, war er ziemlich sicher, dass 12:30 Uhr als Uhrzeit angegeben wurde. Grace hatte sich mit ihm um 13 Uhr verabredet!

Dieses Mal passte alles zusammen. Grace hatte ihn manipuliert, indem sie bewusst eine falsche Uhrzeit angegeben hatte. Sie hatte erkannt, dass er Juliette nie aufgeben, sondern alles tun würde, um ihren Tod zu verhindern. Um seine Wachsamkeit abzulenken, hatte sie ihn glauben lassen, dass sie sein Opfer annehme. Er hatte ihr vertraut, aber sie hatte ihr Wort nicht gehalten.

Und jetzt war Juliette in Gefahr.

12:12 Uhr
Wenn der Unfall um 12:30 Uhr stattfinden sollte, blieben ihm nicht einmal mehr zwanzig Minuten.

Energisch forderte er den Taxifahrer auf, ihm noch mal das Handy zu geben.

»He, Sie haben versprochen, nur einen Anruf zu machen ...«

Er musste unbedingt Juliette auf dem Handy erreichen.

Erstes Läuten.

Zweites Läuten.

Drittes Läuten.

»Guten Tag. Sie sind mit dem Handy von Juliette Beaumont verbunden. Wenn Sie mir eine Nachricht hinterlassen ...«

Verdammter Anrufbeantworter.

12:14 Uhr

Und wieder warf er einen Blick auf seine Uhr. Zu spät. Selbst wenn er die U-Bahn nahm, würde er nie und nimmer rechtzeitig da sein. Nur noch eine Viertelstunde.

Das Taxi steckte immer noch im Verkehr fest und war wegen des immer dichteren Schneetreibens noch nicht einmal am Astor Place vorbeigekommen. Sam geriet in Panik, fühlte sich ohnmächtig, wusste nicht, was er tun sollte. Er gab dem Chauffeur fünfzig Dollar und stieg eilends aus. Plötzlich spalteten Blitze den Himmel und es donnerte. Er hob die Augen zum Himmel und staunte über diesen Schneesturm. Selbst das Klima spielte heute verrückt.

Er blickte sich um. Er musste etwas versuchen, aber was?

Ein kleines geländegängiges Motorrad, das sich zwischen den Autos durchschlängelte, erregte seine Aufmerksamkeit. Ohne nachzudenken, rannte er auf die Fahrbahn. Der Motorradfahrer musste eine Vollbremsung machen, das Hinterrad der Suzuki rutschte, das Motorrad geriet ins Schleudern und fiel um.

»Sie sind ja irre!«, brüllte der Motorradfahrer und rappelte sich hoch.

Sam stürzte auf ihn zu, aber statt ihm zu helfen, stieß er ihn zurück, um ihn aus dem Gleichgewicht zu bringen.

»Tut mir Leid«, rief er, »ich habe keine Zeit, es Ihnen zu erklären.«

Im Nu schwang er sich auf das Motorrad, ließ die Kupplung kommen, drückte den Knopf des Anlassers und der Motor heulte auf.

»Du Idiot, es ist noch nicht mal eingefahren«, rief ihm der Motorradfahrer hinterher.

Aber Sam hörte ihn nicht mehr.

12:17 Uhr
Das Motorrad war leicht und wendig und schlängelte sich mit beeindruckender Geschwindigkeit durch den Verkehr. Ein Blick nach rechts, ein Blick nach links: Sam konzentrierte sich, um keinen Unfall zu bauen. Von nun an zählte jede Sekunde. Während er auf den Verkehr achtete, überlegte er, was er tun sollte. Wenn er Juliette sofort fand, hatte er noch eine Chance, sie zu retten.

12:19 Uhr
Sie hatte ihm gesagt, sie würde bis zum frühen Nachmittag bei Colleen bleiben. Dort musste er sie suchen. Er erinnerte sich an die Adresse, die sie ihm gegeben hatte: ein kleines Haus am Ende des Morningside Parks. Ein Blick in den Rückspiegel, Blinker setzen, dann eine Beschleunigung, um mehrere Autos auf einmal zu überholen und nach Norden zu brausen.

Als Shake sechzehn gewesen war, hatte er eine alte 125er gekauft und Sam hatte ihm geholfen, sie herzurichten. Den ganzen Sommer über waren sie

damit herumgebraust und hatten mit der Stopp-
uhr die Zeit gemessen, die sie quer durchs Viertel
brauchten.

Genau daran dachte er, als er den Broadway hinauf fuhr, zum Columbus Circle und zum Central
Park West abbog ...

12:21 Uhr

Als er am Morningside Park ankam, fand er mühe-
los Colleens Adresse. Ein Blick auf die Namen der
Briefkästen belehrte ihn, dass Colleen im sechsten
Stock wohnte.

Sollte er den Aufzug nehmen? Nein, das würde
zu lange dauern. Trotz seiner Verletzung raste er
die Treppe hinauf und gewann allmählich wieder
Hoffnung.

Als er vor der Tür stand, trommelte er wie ein
Geisteskranker dagegen. Colleen, einen Pinsel in
der Hand, trug ein T-Shirt der Columbia University
und eine Latzhose aus Jeansstoff. Eine lange blonde
Strähne stahl sich unter ihrer Baseballmütze hervor.

»Wo ist Juliette?«, rief er und packte sie an den
Schultern.

Sie sah ihn an, als sei er ein ausgeflippter Irrer.

»Was ist denn mit Ihnen los, Sam?«

»WO IST JULIETTE?«, wiederholte er und schüttelte sie.

»Sie ist schon weg«, sagte sie und stieß ihn zurück.

»Wann?«

»Vor einer Viertelstunde. Jemand hat sie abgeholt.«

»Wer?«

»Ich weiß nicht. Eine Frau. Juliette schien sie zu kennen und sie sind gemeinsam losgegangen.«

»Wer war diese Frau?«

»Eine Brünette, etwa fünfunddreißig, mit einer Lederjacke und ...«

Grace!

»Wohin sind sie gegangen?«

»Keine Ahnung.«

Scheiße!

12:24 Uhr

Er rannte die Treppe schneller hinunter, als er sie hinaufgegangen war. Außer Atem stieg er wieder auf das Motorrad und raste in Richtung Drahtseilbahn. Seine Befürchtungen waren richtig gewesen: Grace hatte Juliette abgeholt, um sie mitzunehmen!

Er umklammerte den Lenker, als er so schnell wie möglich dahinbrauste. Er hatte seinen Mantel ausgezogen und die Polarkälte ließ seine Knochen gefrieren. Schneeflocken verfingen sich in seinen Haaren und wirbelten vor seinen Augen. Er musste den Weg mehr erraten, als dass er ihn sehen konnte.

12:25 Uhr

Sam fuhr aus nördlicher Richtung um den Central Park herum und dann die Fifth Avenue entlang. Er bremste ab, um in eine Straße einzubiegen, die er für eine Abkürzung hielt, die sich jedoch als Einbahnstraße erwies. Dennoch fuhr er in die falsche Richtung weiter, scherte mehrere Male auf den Gehweg aus und wurde von einem wütenden Hupkonzert zur Ordnung gemahnt, bevor er seine rasende Fahrt fortsetzen konnte.

Die Straße war so glatt wie eine Eisfläche und er fürchtete, bremsen zu müssen.

12:26 Uhr
Mit einer Geschwindigkeit von 100 Kilometern in der Stunde gelangte er zur Grand Army Plaza. Hier musste er gegen den heftigen Wind ankämpfen, aber es gelang ihm, das Gleichgewicht zu bewahren. Ein Polizeiwagen verfolgte ihn bereits, es kümmerte ihn nicht. Er war jetzt fast am Ziel. Kaum war er am Trump Tower nach Osten abgebogen, als ein Hagelschauer über der Stadt niederging. Auch das noch! Sam versuchte zu bremsen, doch das Motorrad kam ins Schleudern, rutschte ein paar Meter weiter, bevor es gegen ein parkendes Auto prallte.

12:27 Uhr
Sam rappelte sich auf. Seine Hose war zerrissen, sein Ellbogen blutete und seine Schulter tat höllisch weh. Aber er konnte noch gehen. Er ließ das Motorrad auf dem Gehweg stehen und legte die letzten hundert Meter so schnell zurück, wie es sein Bein zuließ.

12:28 Uhr
Sam gelangte zur Abfahrtstelle der Drahtseilbahn, an der Kreuzung der Second Avenue und 60. Straße.

Normalerweise verband die Schwebebahn über den East River Manhattan mit Roosevelt Island. Doch wegen des Unwetters hing eine Sicherheitskette vor dem Aufgang und ein großes gelbes Schild mit einem Totenkopf stand davor.

Doch eine letzte Kabine setzte sich soeben in Bewegung. Offenbar war sie leer.

Doch sie war nicht leer.

12:29 Uhr

Sam konnte von seinem Ausgangspunkt den Umriss zweier Fahrgäste unterscheiden.

»Juliette! Grace!«, rief er und stürzte zu der Stelle, an der die Gondel losfuhr.

Aber es war zu spät, die Automatiktüren hatten sich bereits geschlossen.

»Man muss sie unbedingt anhalten!«, brüllte Sam, um den Lärm des Windes und der Hagelkörner zu übertönen.

Niemand hörte ihn. Voll hilflosem Zorn fiel er auf die Knie, ohne die Kabine, die dem Himmel entgegenfuhr, aus den Augen zu lassen.

Nach den Blitzen folgte der Donner und der Hagel vermischte sich mit dem Schneetreiben. Die Gondel befand sich jetzt über dem East River.

Sams Herz schlug zum Zerspringen. Er versuchte vergeblich, sich zu beruhigen. *Und wenn Grace all das erfunden hatte? Warum sollte diese Gondel denn einen Unfall haben? Das war unsinnig. Niemand kann die Zukunft kennen. Es würde überhaupt nichts passieren ...*

12:30 Uhr

All diese Gedanken gingen Sam durch den Kopf, als ein heftiger Windstoß die Seilbahn ins Schwingen brachte. Die Gondel wurde aus den Trägerkabeln gerissen und rutschte ein paar Meter nach unten, bevor sie gegen einen Mast prallte, was einen grauenhaften Krach erzeugte.

Es entstand ein Funkenhagel. In der Kabine flackerte das Licht, dann ging es ganz aus. Wenige Augenblicke schwebte die Seilbahn unbeweglich in der Luft. Ein erneuter heftiger Windstoß riss sie völlig los und sie stürzte in die eisigen Fluten des East River.

32

Diese Welt ist nur eine Brücke. Überquer sie,
aber bau nicht dein Haus darauf.

Henn, Apokryphen, 35

Der Schnee fiel unaufhörlich und erstickte die Stadt
unter einer perlmuttfarbenen Schicht.

Sam lief ziellos durch die Straßen, niedergeschlagen, von schweren Gewissensbissen und Schuldgefühlen gequält. Wieder war es ihm nicht gelungen,
die Frau, die er liebte, zu retten. Und dieses Mal
konnte er keine Entschuldigung mehr vorbringen.
Ihr Tod war nicht überraschend eingetreten, er hatte genug Zeit gehabt, ihn kommen zu sehen.

Während er sich im unteren Teil der Park Avenue herumtrieb, sah er in einem Schaufenster sein
Spiegelbild, und was er sah, erschreckte ihn. Seine
Hose war zerrissen, sein Hemd voller Blut und sein
vor Kälte blau angelaufenes Gesicht wirkte wie
eine Maske.

Er zitterte an allen Gliedern, als er seinen Kreuz-
weg wieder aufnahm. Er dachte an den Abend, an
dem er Angelas Zeichnungen an der Wand befestigt
und die Worte gesehen hatte: *Grace sagt die Wahr-*
heit.

Ja, Grace hatte die Wahrheit gesagt: Sie würde
nur zusammen mit Juliette gehen. Und genau das
hatte sie getan.

Unwetter und Kälte hatten die Straßen leer ge-
fegt. In dieser unberührten Schneelandschaft fiel

die Blutspur ins Auge, die Sam hinterließ. Er zwang sich, seine Wunde zu untersuchen. Als er mit dem Motorrad ausgerutscht war, war sein Arm von irgendeinem Metallstück aufgespießt worden. Was er anfangs für einen einfachen Riss gehalten hatte, erwies sich bei näherem Hinsehen als tiefe Schnittwunde, die ihm den Muskel bis auf den Knochen durchtrennt hatte.

Doch sein geschundener Körper war nichts im Vergleich zu dem Übrigen. Alles in ihm war leer. Er wusste, diese neue Prüfung würde er nicht bestehen, und nichts hielt ihn mehr hier auf Erden.

In der Nähe des Union Square ging er in das verborgene französische Café, in das Juliette ihn am Morgen nach ihrer ersten Liebesnacht geführt hatte. In diesem altmodischen Café hatten sie miteinander gelacht, Kekse gegessen und er hatte sich unsterblich in sie verliebt.

So wie sie gelacht und alte Chansons mitgesummt hatte, war er sich sicher gewesen, dass sie die Richtige war, die Frau, mit der er sein Leben verbringen wollte. Die Frau, die er beschützen würde und die ihn beschützen würde. Als habe der Himmel einen Engel geschickt, ihn von seinen Qualen zu befreien. Als er sich erinnerte, wie glücklich sie an jenem Wochenende gewesen waren, überkam ihn tiefste Niedergeschlagenheit. Wenn das Schicksal dieses Glück erlaubt hatte, warum forderte es dann einen so grausamen Preis dafür?

Aber er wusste genau, er würde keine Antwort auf diese Frage erhalten. Erschöpft und besiegt, streckte er die Waffen.

In der Nähe seines Hauses kauerte er sich in den Schnee.

Wie lange lag er so im Schnee?

Eine Ewigkeit …

Bis er sie auf der anderen Straßenseite erblickte, durchscheinend und unwirklich.

Juliette.

Sie tat ein paar Schritte, kämpfte gegen den Schneewirbel. Dann rannte sie auf ihn zu …

Als habe der Himmel einen Engel geschickt, ihn von seinen Qualen zu befreien.

Epilog

Ein Tag später ...

Nachdem der Schneesturm mehr als vierundzwanzig Stunden gewütet hatte, legte er sich genauso schnell, wie er aufgekommen war. Nebel breitete sich aus und die Spätnachmittagssonne zeigte sich hinter den Wolkenkratzern.

Überall in New York ging das Leben wieder seinen normalen Gang. Schneepflüge räumten die Straßen, Menschen griffen zu den Schaufeln, um ihre Eingänge freizubekommen und die Jungs holten ihre Schlitten heraus.

Ein Vogel mit silberfarbenem Gefieder zog seine Bahn über Midtown. Er stieß durch das orangefarbene Licht, das die Gebäude entflammte, und setzte sich auf ein Fenstersims des St. Matthew's Hospital.

Im Zimmer 660 lag Sam, ein Bein in Gips, einen schweren Verband um die Schulter, und döste. Neben seinem Bett saß Juliette in einem Sessel und achtete auf jeden seiner Atemzüge. Als er zu sich kam, liefen gerade Nachrichten in einem Radio, das jemand wortlos auf seinen Nachttisch gestellt hatte.

... der heftige Sturm, der Manhattan heimgesucht hat, scheint sich gelegt zu haben und unsere Stadt findet wieder etwas Ruhe. Die Schäden sind beträchtlich: Im Central Park wurden Hunderte von Bäumen entwurzelt, die Straßen sind mit

Glasscherben übersät, unzählige Autos wurden beschädigt ...

Sam ließ sich eine Weile von der Stimme einlullen. Als er die Augen aufschlug, stand Juliette neben seinem Bett und lächelte ihn an.

Hin- und hergerissen zwischen Hoffnung und Angst, richtete er sich auf, ohne recht zu begreifen, wie ihm geschah. Juliette legte die Hand auf seine Wange und beugte sich über ihn, um ihn sanft auf die Lippen zu küssen.

Im Hintergrund fuhr der Nachrichtensprecher fort:

... die Hilfsdienste waren den ganzen Tag im Einsatz und die Hospitäler wurden gestürmt ...

In Sams Kopf wirbelten die Fragen durcheinander.

»Warst du nicht in der Seilbahn?«

Juliette schüttelte den Kopf.

Sam war erleichtert, aber er verstand nicht. Er war sich sicher gewesen, zwei Gestalten in der Gondel gesehen zu haben. Wenn Grace ohne Juliette gegangen war, wer hatte sie dann in die Seilbahn begleitet?

Er erhielt die Antwort auf magische Weise über den Äther:

... nach dem tragischen Unfall von gestern wird die Seilbahn von Roosevelt Island mehrere Wochen lang außer Betrieb bleiben müssen. Laut Zeugenaussagen waren zum Zeitpunkt des Unglücks zwei Menschen in der Kabine. Die Taucher suchen weiterhin im Fluss, da bislang keine Leiche gefunden wurde. Die Gondel konnte geborgen werden. Die ermittelnden Beamten haben darin lediglich zwei Polizeiabzeichen gefunden. Das erste soll

Officer Mark Rutelli vom 21. Bezirk gehören und das zweite einer Detective, die vor zehn Jahren gestorben ist ...

Sam konnte seinen Schmerz nicht verbergen. Rutelli hatte also als letztes Zeichen seiner Liebe Grace in den Tod begleitet.

Juliette ergriff seine Hand.

»Es ist Grace Costello, nicht wahr?«

Sam blickte sie erstaunt an.

»Woher weißt du das?«

»Weil sie mich bei Colleen aufgesucht und mir das hier für dich gegeben hat.«

Juliette streckte die Hand nach dem Nachttisch aus und griff nach einem Umschlag. Sie entnahm ihm einen Brief und reichte ihn Sam.

Sam,

als sich unsere Wege vor zehn Jahren zum ersten Mal kreuzten, hat die Verkettung der Umstände zu einem schrecklichen Drama geführt. Aber Sie sind nicht dafür verantwortlich, Sam. Ich glaube sogar, wenn wir uns unter anderen Umständen begegnet wären, hätten wir Freunde werden können.

Ich danke Ihnen, dass Sie den Schleier gelüftet haben, der über dem Geheimnis meines Todes lag. Ich kenne jetzt die Antworten auf die Fragen, die mich quälten.

Trotzdem bin ich mir über den tieferen Sinn meiner Aufgabe nicht mehr sicher. Wenn ich mich nun von Anfang an über das, was man von mir erwartete, getäuscht hätte? Wollte man wirklich, dass ich Juliette mitnehme oder hatte man mich geschickt, um meine Tochter zu retten und um Frieden mit Ihnen zu schließen? Ich weiß es nicht.

Ich weiß nur eines: Ich nehme Ihnen die Frau, die Sie lieben, nicht weg.

Wenn Sie ab und zu an mich denken sollten, dann tun Sie es ohne Schmerz und ohne Schuldgefühl. Sagen Sie sich, dass ich eventuell gar nicht weit weg bin, und machen Sie sich keine zu großen Sorgen um mich.

In einem Zimmer Ihrer Klinik liegt ein fünfzehnjähriges Mädchen, das kein leichtes Leben hatte. Sie hat bereits den Körper einer Frau, ist aber noch ein kleines Mädchen. Sie ist das Liebste, was ich besitze. Sie haben sie bereits einmal gerettet; sie braucht weiterhin Ihre Hilfe und Ihr Vertrauen. Bitte wachen Sie über sie.

Die Zeit vergeht und man erwartet mich dort.

Ich weiß nicht, was auf der anderen Seite mit mir geschieht und welche Folgen meine Handlungen haben werden. Ehrlich gesagt, habe ich ein wenig Angst. Aber wenn ich jetzt gehe, möchte ich gern daran glauben, dass man mir die Wahl gelassen hat. Ich habe auf mein Herz gehört und es hat mir gesagt, ich soll Ihnen Juliette lassen.

Hatte ich das Recht, diesen Entschluss zu fassen? Ich weiß im Grunde nichts, aber das spielt keine Rolle ...

... der Himmel kann warten.

Grace

Danksagung

Ich danke Suzy.

Meinen Eltern und meinen Brüdern.

Allen Lesern von *Ein Engel im Winter*, die mir per Telefon oder Brief ihre Begeisterung für diese Geschichte bekundet haben.

Bernard Fixot, Edith Leblond und Caroline Lépée.

Mit euch zu arbeiten ist ein Privileg.

LUST AUF MEHR UNTERHALTUNG?

Dann sollten Sie unbedingt umblättern. Hier erwartet Sie eine exklusive Leseprobe aus Guillaume Mussos neuem Roman »Vielleicht morgen«.

Erster Tag

Kapitel 1

Von Phantomen umgeben

Man ist nicht die Person, die man im Spiegel sieht, sondern die, die im Blick des anderen erstrahlt.

Tarun J. Tejpal

Universität Harvard
Cambridge
19. Dezember 2011

Der Hörsaal war überfüllt, doch es herrschte Ruhe. Die Zeiger des Bronze-Zifferblatts der alten Wanduhr zeigten auf 14:55. Die von Matthew Shapiro gehaltene Philosophie-Vorlesung neigte sich dem Ende zu.

Erika Stewart, zweiundzwanzig Jahre alt, saß in der ersten Reihe und fixierte ihren Professor. Seit einer Stunde versuchte sie erfolglos, seine Aufmerksamkeit auf sich zu lenken, hing geradezu an seinen Lippen und nickte bei jedem Satz. Trotz der Gleichgültigkeit, auf die ihre Bemühungen stießen, übte der Professor eine täglich größer werdende Faszination auf sie aus.

Seine jugendlichen Züge, sein kurzes Haar und sein Dreitagebart verliehen ihm einen beträchtlichen Charme, der unter den Studentinnen für Aufruhr sorgte. Mit seiner verwaschenen Jeans, seinen abgenutzten Lederstiefeln und seinem Rollkragenpullover ähnelte Matthew eher einem Doktoranden als seinen, zumeist streng und nüchtern wirkenden, Kollegen. Mehr noch als sein markantes Gesicht betörte jedoch seine Redegewandtheit.

Matthew Shapiro war einer der beliebtesten Professoren auf dem Campus. Seit fünf Jahren lehrte er in Cambridge, und seine Vorlesungen begeisterten die Neulinge. So hatte Mundpropaganda dafür gesorgt, dass sich in diesem Quartal über achthundert Studenten für seine Kurse eingeschrieben hatten. Seine Vorlesung fand derzeit im größten Hörsaal von Sever Hall statt.

LEER IST DIE REDE JENES PHILOSOPHEN, DURCH DIE KEIN EINZIGES LEIDEN EINES MENSCHEN GEHEILT WIRD.

Auf diesem Satz von Epikur, der aus einer Auswahl von Schriften mit dem Titel *Von der Überwindung der Angst* stammte und den er an die Tafel geschrieben hatte, basierte Matthews Lehre.

Mit Intelligenz und Humor verstand es Matthew, auch Populärkultur in seine Vorlesungen zu integrieren. Filme, Songs, Comics: Über alles konnte man philosophieren. Sogar Fernsehserien fanden ihren Platz in seinem Unterricht. *Dr. House* wurde als Beispiel für experimentelles Argumentieren herangezogen, die Schiffbrüchigen aus *Lost* boten Gelegenheit, Überlegungen zum Gesellschaftsvertrag anzustellen, während die machohaften Werbeleute aus *Mad Men* dazu dienten, die Entwicklung der Beziehungen zwischen Mann und Frau zu studieren.

Obwohl diese pragmatische Philosophie dazu beigetragen hatte, ihn auf dem Campus zu einem »Star« zu machen, hatte sie auch viel Neid und Verärgerung unter seinen Kollegen hervorgerufen, die Matthews Vorlesungen für oberflächlich hielten. Zum Glück hatten die guten Ergebnisse von seinen Studenten bei Prüfungen und in Auswahlverfahren bisher zu seinen Gunsten gesprochen.

Erika kniff die Augen zusammen, um ihren Professor genauer zu mustern. Seit dem Drama war in Matthew etwas zerbrochen. Seine Züge waren härter geworden, sein Blick hatte das Feuer verloren; Trauer und Kummer verliehen ihm jedoch eine düstere und melancholische Ausstrahlung, die ihn für die junge Frau noch unwiderstehlicher machte.

Die Studentin senkte den Blick und ließ sich von der sonoren Stimme tragen, die den Hörsaal erfüllte. Eine Stimme, die etwas von ihrem Charisma verloren hatte, aber immer noch angenehm war. Sonnenstrahlen fielen durchs Fenster, heizten den großen Raum auf und blendeten die Studenten in den mittleren Reihen. Erika fühlte sich wohl, umfangen von diesem beruhigenden Tonfall. Doch dieser wunderbare Augenblick hielt nicht an. Sie zuckte zusammen, als die Glocke das Ende der Vorlesung ankündigte. Ohne Eile packte sie ihre Sachen ein und wartete, bis der Hörsaal sich geleert hatte, um sich Shapiro schüchtern zu nähern.

»Was tun Sie denn hier, Erika?«, fragte Matthew erstaunt, als er sie bemerkte. »Sie haben diesen Schein doch bereits letztes Jahr gemacht. Sie müssen die Vorlesung nicht mehr belegen.«

»Ich bin wegen des Satzes von Helen Rowland hier, den Sie so oft zitieren.«

Matthew runzelte verständnislos die Stirn.

»Die Dummheiten, die ein Mensch in seinem Leben am meisten bereut, sind jene, die er nicht begangen hat, als er die Möglichkeit dazu hatte.«

Dann nahm sie allen Mut zusammen und erklärte: »Um in diesem Sinne nichts bereuen zu müssen, möchte ich eine Dummheit begehen. Also, ich habe nächsten Samstag Geburtstag und würde gerne ... ich würde Sie gerne zum Essen einladen.«

Matthew sah sie überrascht an und versuchte sofort, seine Studentin zur Vernunft zu bringen:

»Erika, Sie sind doch eine intelligente junge Frau. Also wissen Sie sehr wohl, dass es tausend Gründe gibt, warum ich Ihre Einladung ablehnen werde.«

»Aber Sie hätten Lust dazu, nicht wahr?«

»Lassen wir das, bitte«, unterbrach er sie.

Erika spürte, wie ihr die Schamesröte ins Gesicht

stieg. Sie stammelte noch einige Worte der Entschuldigung, bevor sie den Hörsaal verließ.

Matthew zog seufzend seinen Mantel an, band sich seinen Schal um und ging hinaus auf den Campus.

—

Mit seinen ausgedehnten Rasenflächen, den imposanten braunen Backsteingebäuden und den lateinischen Sinnsprüchen auf den Giebeln strahlte Harvard den Stil und die Zeitlosigkeit eines britischen College aus.

Sobald Matthew draußen war, drehte er sich eine Zigarette, zündete sie an und verließ dann rasch die Sever Hall. Die Ledertasche umgehängt, überquerte er den *Yard*, den großen, von Rasen bedeckten Innenhof, der von einem Gewirr an Wegen durchzogen war, die über mehrere Kilometer weit zu den Vorlesungssälen, Bibliotheken und Unterkünften führten.

Der Park lag in einem schönen herbstlichen Licht. Die Temperaturen waren für die Jahreszeit ausgesprochen mild, und der Sonnenschein schenkte den Bewohnern Neuenglands einen angenehmen, späten Altweibersommer.

Matthew zog an seiner Zigarette, während er an der monumentalen Massachusetts Hall, im georgianischen Stil erbaut, vorbeiging, in der sich sowohl die Büroräume der Direktion als auch die Unterkünfte der Studenten des ersten Studienjahrs befanden. Oben auf den Stufen stand Miss Moore, die Assistentin des Rektors, die ihm einen wütenden Blick zuwarf, gefolgt von einer Abmahnung (»Mister Shapiro, wie oft habe ich Ihnen schon gesagt, dass es verboten ist, auf dem Campusgelände zu rauchen …«) und einer wortreichen Moralpredigt über die schädlichen Wirkungen des Tabaks.

Mit starrem Blick und undurchdringlicher Miene ignorierte Matthew sie ganz einfach. Einen kurzen Moment war er versucht, ihr zu antworten, dass sterben zu müssen nun wirklich seine geringste Sorge sei, aber er besann sich eines Besseren und verließ das Universitätsgelände durch das riesige Tor, das auf den Harvard Square führte.

Der Square, auf dem es zuging wie in einem Bienenstock, war ein großer Platz, gesäumt von Geschäften, Buchhandlungen, kleinen Restaurants und Terrassencafés, in denen Studenten und Professoren die Welt neu erfanden oder ihre Vorlesungen weiterführten. Matthew suchte in seiner Tasche und zog sein U-Bahn-Ticket heraus. Er hatte soeben den Fußgängerüberweg zur Station der *Red Line* betreten, die in einer knappen Viertelstunde das Zentrum von Boston erreichte, als ein alter, blubbernder Chevrolet Camaro an der Ecke Massachusetts Avenue und Peabody Street auftauchte. Der junge Professor zuckte zusammen und wich zurück, um nicht von dem knallroten Coupé angefahren zu werden, das mit quietschenden Reifen vor ihm anhielt.

Das Fenster an der Fahrerseite wurde geöffnet, und

zum Vorschein kam die rote Haarpracht von April Ferguson, die seit dem Tod seiner Frau mit in seinem Haus wohnte.

»Hallo, schöner Mann, soll ich dich mitnehmen?«

Das Dröhnen des V8-Motors fiel in dieser Ökoenklave aus dem Rahmen, wo man ganz auf das Fahrrad und Hybridfahrzeuge eingeschworen war.

»Ich nehme lieber die öffentlichen Verkehrsmittel«, lehnte Matthew ab. »Bei dir hat man das Gefühl, in einem Fahrsimulator zu sitzen!«

»Na komm schon, sei kein Angsthase. Ich fahre sehr gut, und das weißt du genau!«

»Vergiss es. Meine Tochter hat bereits ihre Mutter verloren. Ich möchte es ihr ersparen, mit viereinhalb Jahren Vollwaise zu werden.«

»Schon gut! Nun übertreib mal nicht! Komm, Hasenfuß, beeil dich! Ich halte den ganzen Verkehr auf!«

Von dem Hupen gedrängt, ergab sich Matthew seufzend in sein Schicksal und stieg in den Chevrolet.

Kaum hatte er den Sicherheitsgurt angelegt, als der Camaro, unter Missachtung sämtlicher Verkehrsregeln, auch schon eine gefährliche Kehrtwende machte, um gen Norden zu brausen.

»Boston liegt aber in der anderen Richtung!«, protestierte Matthew und klammerte sich am Haltegriff fest.

»Ich mache nur einen kleinen Umweg über Belmont. Gerade mal zehn Minuten. Und keine Sorge wegen Emily. Ich habe ihren Babysitter gebeten, eine Stunde länger zu bleiben.«

»Ohne mit mir darüber zu sprechen? Also ehrlich, ich …«

Die junge Frau drückte das Gaspedal durch und beschleunigte so plötzlich, dass es Matthew die Sprache verschlug. Nachdem sie einen Lastwagen überholt hatte, wandte sie sich ihm zu und reichte ihm eine große Mappe.

»Stell dir vor, ich habe vielleicht einen Kunden für den Farbholzschnitt von Utamaro«, sagte April.

April Ferguson leitete eine Galerie im South End, die auf erotische Kunst spezialisiert war. Sie hatte ein echtes Talent, unbekannte Künstler aufzuspüren und deren Arbeiten zu verkaufen, wobei sie hübsche Gewinne einstrich.

Matthew öffnete den Verschluss der Mappe und schlug die Seidenhülle zurück, die einen japanischen Farbholzschnitt schützte. Es war eine Shunga, ein erotischer Holzschnitt, aus dem späten achtzehnten Jahrhundert.

»Bist du sicher, dass du dich davon trennen willst?«

»Ich habe ein Angebot bekommen, das man einfach nicht ablehnen kann«, antwortete April und imitierte dabei Marlon Brandos Stimme aus dem Film *Der Pate*.

Der Chevrolet hatte das Universitätsviertel verlassen. Sie fuhren nun einige Kilometer auf einer Schnellstraße am Fresh Pond – dem größten See von Cambridge – entlang, bevor sie Belmont erreichten, eine kleine Stadt westlich von Boston. April gab eine Adresse in ihr Navi ein und ließ sich zu einem schicken Wohnviertel leiten, in dem eine von Bäumen umgebene Schule direkt neben einem Park und mehreren Sportplätzen stand. Sie sahen sogar einen Eisverkäufer, der direkt aus den 1950er-Jahren zu stammen schien. Obgleich es ausdrücklich verboten war, überholte der Camaro einen Schulbus und parkte in einer ruhigen, von Villen gesäumten Allee.

»Kommst du mit?«, fragte April und griff nach der Kunstmappe.

Matthew schüttelte den Kopf.

»Ich warte lieber im Auto.«

»Ich beeile mich, so gut es geht«, versprach sie.

Dann nahm sie einen Lippenstift aus ihrer Tasche und zog sich rasch die Lippen nach, bevor sie ihr Outfit als Femme fatale perfektionierte, indem sie in einen hautengen roten Lederblouson schlüpfte.

Schließlich öffnete sie die Wagentür und schwang ihre endlos langen Beine, die in Leggings steckten, aus dem Wagen.

Matthew blickte ihr nach und sah sie an der Haustür der größten Villa in der Straße klingeln. Auf der Skala der Sinnlichkeit war April nicht weit von der höchsten Stufe entfernt – perfekte Maße, Wespentaille, Traumbusen –, aber diese Inkarnation männlicher Phantasien liebte ausschließlich Frauen und tat ihre Homosexualität auch offen kund.

Das war übrigens einer der Gründe, warum Matthew sie als Mitbewohnerin akzeptiert hatte, wusste er doch, dass es zwischen ihnen nie die geringste Zweideutigkeit geben würde. Zudem war April witzig, intelligent und schlagfertig. Sicher, sie hatte einen problematischen Charakter, ihre Ausdrucksweise war blumig, und sie war zu homerischen Wutausbrüchen fähig, aber sie verstand es wie sonst niemand, seine Tochter wieder zum Lachen zu bringen, und das war für Matthew unbezahlbar.

Er warf einen Blick auf die andere Straßenseite. Eine Mutter und ihre beiden kleinen Kinder dekorierten den Garten. Ihm wurde klar, dass in knapp einer Woche Weihnachten war, und diese Feststellung versetzte ihn in einen Zustand des Kummers und der Panik. Er sah mit Entsetzen den ersten Jahrestag von Kates Tod auf sich zukommen ... diesen verhängnisvollen 24. Dezember 2010, der sein Leben mit Trauer und Schwermut erfüllt hatte.

In den ersten drei Monaten nach dem Unfall hatte der Schmerz ihm keine Atempause gelassen und jede Sekunde vergiftet – eine offene Wunde, der Biss eines Vampirs, der jegliches Leben aus ihm gesaugt hatte. Um diesem Martyrium ein Ende zu bereiten, war er mehrfach versucht gewesen, zu einer radikalen Lösung zu greifen: aus dem Fenster zu springen, sich aufzuhängen, einen Medikamentencocktail zu trinken, sich eine Kugel in den Kopf zu jagen ... Aber jedes Mal hatte ihn der Gedanke an den Kummer, den er Emily damit zufügen würde, zurückgehalten. Er hatte einfach nicht das Recht, seiner Tochter den Vater zu rauben und ihr Leben zu zerstören.

Die Auflehnung der ersten Wochen war einer langen Phase der Trauer gewichen. Das Leben war erstarrt in Überdruss, eingefroren in einer anhaltenden Verzweiflung. Matthew befand sich nicht mehr im Kriegszustand, er war einfach am Boden zerstört, von der Trauer erdrückt, dem Leben gegenüber verschlossen. Der Verlust war und blieb inakzeptabel. Es gab keine Zukunft mehr.

Auf Aprils Rat hin hatte er sich jedoch überwunden und bei einer Selbsthilfegruppe angemeldet. Er hatte an einer Sitzung teilgenommen und versucht, seinen Schmerz in Worte zu fassen, ihn mit anderen zu teilen, war dann aber nie wieder hingegangen. Um falschem Mitgefühl, abgedroschenen Phrasen oder dümmlichen Lebensweisheiten zu entgehen, hatte er sich isoliert, sich monatelang willenlos treiben lassen und war ohne jeden Plan wie ein Gespenst durch sein Leben geirrt.

Seit einigen Wochen jedoch kam es ihm so vor, als würde der Schmerz langsam nachlassen, auch wenn er nicht hätte sagen können, dass er sich wieder »lebendig« fühlte. Das Aufwachen war und blieb schwierig, aber sobald er in Harvard eintraf, konzentrierte er sich, hielt seine Vorlesungen und nahm mit seinen Kollegen an den Konferenzen teil, wenn auch mit weniger Elan als früher.

Es war nicht so, dass er schon wieder auf die Beine gekommen wäre, vielmehr akzeptierte er nach und nach seinen Zustand und half sich selbst mit bestimmten Leitsätzen aus seinem Lehrstoff. Zwischen dem stoischen Fatalismus und der buddhistischen Wandelbarkeit nahm er das Leben nun als das an, was es war: Etwas äußerst Prekäres und Labiles, ein Prozess in ständiger Entwicklung. Nichts war unveränderlich, schon gar nicht das Glück. Es war zerbrechlich wie Glas und durfte nicht als gesichert betrachtet werden, da es doch nur einen Augenblick dauern konnte.

Durch Kleinigkeiten gewann er wieder Freude am Leben: einen Spaziergang in der Sonne mit Emily, ein Football-Match mit seinen Studenten, einen besonders gelungenen Scherz von April. Tröstliche Anzeichen, die ihm behilflich waren, die Trauer auf Distanz zu halten und einen Damm zu errichten, hinter dem er seinen Kummer verbergen konnte.

Doch diese Erholung stand auf tönernen Füßen. Der Schmerz lag auf der Lauer, jederzeit bereit, Matthew zu überwältigen. Eine Kleinigkeit genügte, um sich zu entfesseln und grausame Erinnerungen in Matthew zu wecken: Eine Frau, der er zufällig auf der Straße begegnete und die Kates Parfum oder den gleichen Regenmantel trug; ein Lied, das er im Radio hörte und das ihn an glückliche Zeiten erinnerte; ein Foto, das er in einem Buch fand …

Die letzten Tage waren beschwerlich gewesen, hatten einen Rückfall angekündigt. Der nahende Todestag von Kate, die Dekorationen und der Trubel bei den Vorbereitungen für Weihnachten und Silvester, all das erinnerte ihn an seine Frau.

Seit einer Woche schreckte er jede Nacht mit heftigem Herzklopfen aus dem Schlaf hoch, war in Schweiß gebadet und wurde immer wieder von derselben Erinnerung heimgesucht: den albtraumhaften Bildern von den letzten Lebensmomenten seiner Frau. Matthew war bereits vor Ort, als Kate ins Krankenhaus eingeliefert wurde, wo ihre Kollegen – sie war Ärztin – sie nicht hatten retten können. Er hatte zugesehen, wie ihm der Tod brutal die Frau entriss, die er liebte. Ihnen waren nur fünf Jahre des perfekten Glücks beschieden gewesen. Fünf Jahre innigsten Einvernehmens, kaum die Zeit, den Weg für eine Geschichte zu bereiten, die sie nicht leben durften. Eine Begegnung, wie man sie nur ein Mal im Leben hat, das glaubte er, sicher zu wissen. Und dieser Gedanke war ihm unerträglich.

Matthew bemerkte, dass er dabei war, den Ehering zu drehen, den er noch immer am Ringfinger trug. Er hatte zu schwitzen begonnen, und sein Herz klopfte heftig. Er ließ das Fenster des Camaro herunter, suchte in seiner Jeanstasche nach seinem angstlösenden Medikament und schob eine der Tabletten unter seine Zunge. Diese Pillen verschafften ihm einen künstlichen Trost, der seiner Unruhe innerhalb von Minuten ein Ende bereitete. Er schloss die Augen, massierte sich die Schläfen und atmete tief durch. Um sich gänzlich zu beruhigen, musste er rauchen. Er stieg aus, verriegelte die Tür und entfernte sich einige Schritte auf dem Bürgersteig, bevor er sich eine Zigarette anzündete und einen tiefen Zug nahm.

Sein Herzschlag normalisierte sich, und er fühlte sich sofort besser. Am Ende der Straße vor einer der Villen hatte sich eine Menschenansammlung gebildet. Neugierig näherte er sich dem charakteristischen neuenglischen, mit Holz verkleideten Haus. Auf dem Rasen davor wurde eine Art Trödelmarkt abgehalten – typisch für dieses Land, wo die Menschen mindestens fünfzehn Mal im Leben umzogen.

Matthew mischte sich unter die zahlreichen Neugierigen, die auf über hundert Quadratmetern in den angebotenen Sachen stöberten. Den Verkauf leitete ein Mann seines Alters mit Glatze und kleiner eckiger Brille, verdrießlichem Gesichtsausdruck und unstetem Blick. Er war von Kopf bis Fuß schwarz gekleidet und hatte die nüchterne Strenge eines Quäkers. Neben ihm nagte ein Shar-Pei an einem Hundeknochen aus Latex.

Matthew war drauf und dran, das Gelände des Flohmarkts zu verlassen, als er einen Computer entdeckte. Es war ein Laptop, ein MacBook Pro mit Fünfzehn-Zoll-Bildschirm. Nicht das neueste Modell, aber eines aus der letzten oder vorletzten Serie. Matthew ging zu dem Gerät und prüfte es von allen Seiten. Das Aluminiumgehäuse war durch einen Vinylaufkleber außen auf dem Deckel personalisiert. Der Sticker zeigte eine Figur à la Tim Burton: Eine stilisierte Eva, sehr sexy, die zwischen ihren Händen das Apfel-Logo der bekannten Computerfirma zu halten schien. Unterhalb der Illustration war die Signatur »Emma L.« zu lesen, ohne dass man wirklich wusste, ob es sich um die Künstlerin handelte, die diese Figur gezeichnet hatte, oder um die frühere Eigentümerin des Laptops.

Warum nicht?, dachte er, während er das Etikett betrachtete. Sein altes Powerbook hatte Ende des Sommers den Geist aufgegeben. Zwar hatte er einen PC zu Hause, aber er benötigte wieder einen Laptop. Seit drei Monaten verschob er diese Ausgabe ständig auf später.

Das Gerät wurde für vierhundert Dollar angeboten. Ein Betrag, der ihm angemessen erschien. Das traf sich gut, denn er schwamm derzeit nicht gerade im Geld.

Er ging zu dem Verkäufer und deutete auf den Mac.

»Der Computer funktioniert doch, oder?«

»Nein, der ist nur Deko … natürlich funktioniert er, sonst würde ich ihn nicht zu diesem Preis anbieten! Es ist der ehemalige Laptop meiner Schwester, ich habe die Festplatte selbst formatiert und das Betriebssystem neu installiert. Der ist wie neu.«

»Einverstanden, ich nehme ihn«, erklärte Matthew nach kurzem Zögern.

Er kramte in seinem Geldbeutel. Er hatte nur dreihundertzehn Dollar dabei. Verlegen versuchte er zu handeln, aber der Mann lehnte sehr entschlossen ab. Verärgert zuckte Matthew die Schultern. Er wollte gerade gehen, als er Aprils fröhliche Stimme hinter sich hörte.

»Lass mich ihn dir schenken!«, sagte sie und bedeutete dem Verkäufer, zu warten.

»Das kommt gar nicht infrage!«

»Zur Feier des Verkaufs meines japanischen Farbholzschnitts!«

»Hast du den erhofften Preis dafür bekommen?«

»Ja, aber nicht ohne Mühe. Der Typ dachte, für diesen Preis hätte er zusätzlich noch Anrecht auf einige Kamasutra-Übungen!«

»*Das ganze Unglück der Menschen rührt allein daher, dass sie nicht ruhig in einem Zimmer zu bleiben vermögen.*«

»Woody Allen?«

»Nein, Blaise Pascal.«

Der Verkäufer reichte ihm den Laptop, den er in den Originalkarton gepackt hatte. Matthew dankte ihm mit einem Kopfnicken, während April bezahlte. Dann beeilten sie sich, wieder zum Auto zu kommen.

Matthew bestand darauf, zu fahren. Als sie Boston erreichten, konnte er, während sie im Stau standen, noch nicht ahnen, dass der Kauf, den er soeben getätigt hatte, sein Leben für immer verändern würde.